追灯人

王铭婵 著

天津出版传媒集团
百花文艺出版社

图书在版编目（CIP）数据

追灯人 / 王铭婵著. -- 天津：百花文艺出版社，
2024. 11. -- ISBN 978-7-5306-8968-4

Ⅰ. I247.5

中国国家版本馆 CIP 数据核字第 2024WU4774 号

追灯人
ZHUI DENG REN
王铭婵　著

出 版 人：薛印胜
选题策划：汪惠仁　　编辑统筹：徐福伟
责任编辑：邱钦雨　　美术编辑：任　彦
出版发行：百花文艺出版社
地址：天津市和平区西康路 35 号　邮编：300051
电话传真：+86-22-23332651（发行部）
　　　　　+86-22-23332656（总编室）
　　　　　+86-22-23332478（邮购部）
网址：http://www.baihuawenyi.com
印刷：山东临沂新华印刷物流集团有限责任公司
开本：900 毫米×1300 毫米　　1/32
字数：231 千字
印张：10
版次：2024 年 11 月第 1 版
印次：2024 年 11 月第 1 次印刷
定价：58.00元

如有印装质量问题,请与山东临沂新华印刷物流集团有限责任
公司联系调换
地址:山东省临沂市高新技术产业开发区新华路 1 号
电话:(0539)2925886
邮编:276017

一

　　每年这张启事如期而至,有时被陆小楚略过,有时她会扫一眼,从来不曾放在心上。这回,为等这张启事,为等这个人,她竟愁出几根白发。今年,她要有大动作,得有大人物来撑场。要是大人物真来就好了。大人物偶尔来港城,她接待得井井有条。应大人物的邀请,她也去过几次日本总部。她心里清楚得很,每年的这张启事就像对港城活动的一次体面问候,谁也不会成为谁的客人,为此她绞尽脑汁,搬出一个合作展望,先请到著名车模连宣儿出席港城车展。

　　此刻,小楚偎着公寓沙发,头枕文件,口吐芬芳,漱口水浸过的嘴,上下唇亲得要命。她的手机突然弹出一条信息,是集团方董发来的,她在他手下谋生,仿佛已入他的三宫六院,来这套兴师问罪,滚吧,然而骂归骂,还得继续过着给人打工的日子。方董又发来一条信息:大人物田中正飞往港城!

　　她起身,重盘头发,驱车往国道兜风。从今天开始,无论和哪位上司交谈,失技术是小,失台风是大,被人小瞧了,想办的事儿就更难成了。当看见国道两旁相向而立的粉白色线状瓣子,在蓝天下招摇时,她习惯性地刹了车,取出两个三角警告牌,立于后备箱和前机盖下方,然后扶住栏杆向东南眺望,合欢树的影隙间再熟悉不过的井架子,挂在云霄。她看一次,急一次,头上冒汗。

立即,马上,她轻点手机,田中的头像开始闪烁。这些年,她沾田中的光,混得有模有样,说起话来,也是随性随意,但也得看是什么话题,此刻,她不能随性随意,而是说了几句无关痛痒的欢迎话。田中大笑后,挂掉电话。她像被火烙了一下似的疼,为平复情绪,她快速返回4S店。

车间的地板能映出人影,一排溜的地漏亮得像一串白银片,卷帘门高举,玻璃房内保安正在沉睡,房外的两只狼狗像是被下了安眠药。她的心往下沉,火气灼烧,狠踏地面,保安像接到信号般睁开发红的睡眼,哈欠在半空中静止。她没工夫搭理保安的窘态,去往比办公室还干净的洗手间。

这是田中在这儿最喜欢的地方。器具似封釉的白玉盘,一面洗手镜,整得比总统套房的梳妆镜还气派,小型的罗马柱、性感的水晶鞋、流动的微型象牙塔,这是后来要求装上的,说能增加点儿味道。味道在哪儿没见着,惹事儿的见了不少。那回一同事被辞,竟往梳妆镜贴了一根体毛,拍照发上论坛,引来一阵爆笑。她不介意这种恶搞,工作这些年什么人没见过。洗手间的空气,远比办公室的好。

手机响了,在午夜里显得很是突兀。她的脸蛋奇怪地一收,嘴角微提。田中语速很快,跳跃性很强,她一直等着田中切入正题,当然,也并不担心田中像刚才一样撂下电话。几分钟后,田中搬出车模的话题。田中问她怎么看宣儿,她闭口不言,她已经不像过去那样凡事都把真实的想法倒出来,她知道摆不正位置的员工永远不会讨喜。她忽地想起方董的信息,应该也是要谈宣儿的,这样说来,她刚才有点儿自作多情了,方董肯定比田中早到港城,两人握手拥抱的情景在她脑海里泛滥了一会儿。

撂下电话后,她举起右手在左手心不断写着几个字,直到晨曦擦过天边,才拉了电闸,开车朝大路驶去。路上,她接到宣儿的电话。宣儿这姑娘说话字正腔圆,语速慢,这让小楚心上踏实不少。田中又来信息,字里行间表示中国车模漂亮的少。

　　"汽车协会例会"在知名的温泉村举行。微信群里晒起泳衣泳裤,互相逗乐取笑,若干上年纪的职业经理人一下子年轻了,眼里藏着钻石。"脑子有病!"小楚骂道。每次她都是不下水的,方董总说她矫情,再这样发展要受限的。小楚想,不如找个人去,免得在这节骨眼儿上,被说成发展受限,她想到宋经理,宋经理是集团的人事骨干,三年前下派港城4S店,让他去谁也说不出闲话。她随即转发邮件给宋经理并附上几个字。宋经理立马回复,好像已专程为此事空出时间,果不其然,回信写了些首家二手车置换店储备人才的事儿,随信而来的是一个简历电子压缩包。她下载打开,洋洋洒洒一片,现求职人除了文化体貌硬条件外,新添人脉疏通、商业头脑、演技等。她粗略看了几份简历,心怦怦乱跳。

　　她需要田中的话语权,若是再给田中打电话,十二个小时内两人将完成三通电话,前两通已注定意义不大了,第三通会不会令人硌硬?除去工作,她实在不了解田中知道她的想法后,是会笑还是会默不作声?她回忆起刚入职车行不久陪方董去日本总部,回国后,田中单独邀她某月某日去日本,方董说是个机会。那是她第一次坐在上百平方米的会议室里听报告,田中脾气很大,批评人像是不共戴天,可会议一般很短,火药味消失得快。小楚猜想也许主领市场的人,皆是重兵器出身。那次会后,田中吩咐她去买睡衣。这是要干什么?搞惯市场的人,绝不会出一道简单题目,她兜了一圈儿,又按路折回,观察每个店员的表情、着装、语气、站姿及店面装修,捕捉南来北往顾客的着装、谈话内容,这些看似无关紧要,但与睡衣的处境关系密切,也正因此,她回到工作岗位如鱼得水。二〇〇〇年后,营销方案"空城计"便是她的杰作,车库里满满当当,对外却说紧缺,与全国各地的经销商打了一场结实仗,后来此方案被德系车照抄,效果也非常好,田中为她点赞,再后来,就没有后来了。这回,她还得给车行唱个"空城计",目标不是客户了,而是方董。

一阵敲门声。

宋经理让她给"协力会"回执单签字,西装把老头儿捆得结实。

"辛苦您了,宋经理。"她看他戴了一副不知哪辈子的近视镜,忍不住笑了。有一年,公司特意出钱,要给他换新,老头儿认死理,说现在的东西不养眼。

"陆总,来回有飞机坐着,不累。"宋经理抿着嘴,眼神从墙角饮水机到红木书柜,从真皮躺椅到镂空花架,最后落到乌黑板台的电脑屏幕上,满屏的求职简介。

她套上黑蓝西装,硬是找来一张废纸,用一根德国自动铅笔一笔一画地写着"正"字,说:"有事儿就说。"

"得储备人才了。"

"没说不让招,有合适的来谈。"

"邮箱里的都合适。"

"刚毕业的娃子,会什么?干不了几天就跑了。没招上人,不赖你。"她轻松地说,笔尖往纸上一顶,像是写毛笔字的人收尾时含气推笔,然后把回执单往前一推,不再吭声。

宋经理走后,她丢下笔,把头埋进臂弯。与时间赛跑时,哪个口儿也不能松,堵得发慌时,她会轻声地骂一句,×。

又有人叩门,是姜帅。几年前,田中把姜帅推荐给小楚做助理,这男人长着一副工匠用刀子刻出的五官,只是没文凭、没经验,送来做助理,有些蹊跷。她看着姜帅靠近桌子,一双腿被竖条纹西裤衬得特有形。她往空中喷了香水,告诉姜帅没什么事儿就出去吧。姜帅走了,她伏向桌子,摁了手机免提,妹妹小裙说父亲正在家骂着呢。小楚头顶旋起炸弹，她的父亲叫陆福，退休前是龙田矿的掘进工。她知道父亲从不单枪奋战，父亲和工会的贺主席，两人好得像牙和黏牙糖，包在一张唇里。她讨厌贺主席，但两人也有过一次合作，就是使龙田矿大多数兄弟开上补贴后"无水价"的汽车。但她对贺主席依旧爱答不理，一个光棍成天串门子，让人笑掉牙，何况这光棍和父亲在一起净吹牛，矿上开大会，他们开小会，已上了岁数的父亲不知哪儿来的激情，也跟着谈寻资源的事儿，声音像打雷，每回她都闭着眼睛听，不知是累的，还是被啥电波控制了。她更不愿看妹妹拿着纸笔争分夺秒地记着，把在工会工作的那套本领往她面前显摆。一个未走出港城的矿妹，还当自个儿是大盘鸡，要跟着登庭入宴了。

矿上最早喊找资源时，小楚她们姐俩都还在念书，那时，港城抓车市、房产、铁路、国道，招得各路大咖前来助阵，也不乏本地企业家挥金如土，说是准备赶超二线城市，待嚼透这话时，部分井田上方已被割占，哪个行业也挪不走。贺主席却一拍胸脯说，一百年的时间，干到退休肯定没问题。矿上真正的担心，是从无煤可挖、矸石连片、连续降薪、多次开调动会开始的，兄弟们成天闹工会，贺主席被骂得不成人形，也没拿出个像样的主意。自此，兄弟们迎着太阳也不笑，有酒也不喝，心思挂在各路器官上，下井、上井心里不断地犯嘀咕，井底的说井底的，井上的瞅井上的，各怀心思，搞得出活儿拖沓。后来，就好了一点儿，工会保证每个兄弟有活儿干，不降薪，可今年资金告急，又以降薪开战，兄弟们那点儿干劲儿化为乌有，架子上、木料上、小矿车上，皆可见一簇一簇的蒿荠样子。

新萍家的小伐把从井底听到的告诉小裙，小裙再传给贺主席，贺主席担心上班时间三心二意出事故，就硬着头皮向上面申请，把井下的工资再提上来，要降就降机关的。这下子，可捅了马蜂窝，近千号机关人员联名上书，骂贺主席净出馊主意，说他们有家有口，贺主席却只管一个人顶着雀子满街跑。小裙代表小伐多次跟贺主席说，

5

挖那点儿煤就不该养那么多机关人员。贺主席示意她不要再说这话,然后讲资源型企业得顺应趋势,这点儿道理不懂,还做煤矿?小楚则说小裙跑煤矿受罪,是个不成熟的死丫头。小裙反讥小楚虚荣得跳脚,就怕别人揭她的身世。

小楚一哆嗦,即便工作再出色,在他人眼里,她也是个见不着天,浑身汗臭的挖煤人后代。她像被人点了死穴,顿时双目无光。

一个时尚,一个土气;一个投机,一个实干;汽车人一套工装就八千块钱,定时干洗,每年换新;矿区劳保服,每回由大嫂转来转去地洗,晾干后,根据歪歪扭扭几行字,将破扣子烂洞修补好。女工很少化妆,机关楼的涂点也怪怪的,随时间推移,小楚曾经护短的想法,被一道很厚的屏障就隔着了,确实,现在连她自己也不愿意面对出身问题了。

又一个激灵,"不想回,不想回"几个字,写了足有一个软抄本。家是要回的,骂是要挨的,成千上万个一百年,是要往前走的。小裙絮叨个没完,活像个回音壁,把小楚打算忘掉的许多事儿,放电影一样地念叨,切个镜头十年前,换个镜头五年前,使小楚对未来的想法,更沉重,更透明。

二

　　小楚刷了一下门禁卡，焊有"龙田家属区"字样的大门悠悠敞开。她怕碰到熟人，低着头越过几块过路石，当熟人气息扑面而来，抖一下是小，手心攥汗，烧得脸蛋火红一片是大，她心里清楚，小裙说她忘本还真说到点子上了。

　　二十世纪八十年代的建筑，看起来灰白灰白的，灰白色的鸽子"咕咕"叫着飞过，颜色与建筑倒真像一家子。昨晚的雨水功劳极大，把蓝白相间的马赛克外墙洗得更像小块冰糕，在金色的阳光下，诱人极了。飞鸟和飞虫不间断地从天地而过，让此处更显宁静，仿佛处在世外一隅。

　　靠近保安室的第一栋楼的一楼住着刘香青。刘香青是运动型人物，就差体育装备齐全，就算没有这些，寒来暑往，比起搞专业的她也毫不逊色。家属区附近有座小黄山，山腰处有深浅不一的窝洞，小楚回回散结郁闷之气，总会碰见干净利落的刘香青在一山窝处，舞弄身姿，那番原生态的美如春花绽放，像是听到花蕊的争相舒展声。可刘香青的声音与舞姿却是不搭的，"几度风雨几度春秋，风霜雪雨搏激流"。小楚母亲生前和刘香青要好,在矿上,她最喜欢刘香青。刘香青很漂亮,是矿区公认的矿花,是在煤矿与纺织厂联谊时,经历一系列事情后,嫁给老隋走进矿工家庭的,在儿子隋强不足十岁时,成了工亡矿嫂。家属区的人说刘香青又狠又冷,又能折腾,成天写举报材料,送到了哪里没人知道。矿上的机关干部觉得刘香青有些过分,简直成了无理取闹,可对于工亡家属,得悠着点儿,不能再度刺激,便适时宜地找人来劝,来陪。刘香青不吃这套,摔盆摔碗,直到儿子吓得哇哇尖叫,才停了折腾,只是到现在仍旧写材料。

　　小楚不禁往窗台瞟了一眼,玻璃上满是灰尘,就算趴上去,也不可视物,何况帘子遮着,可想而知整个房间是怎样的阴暗。这时刘香青是在山里跳舞还是在家里写材料,她拿捏不准,叹了一口气。"人识字不见得是好事儿,成天掉进字眼里,净折腾自个儿的手和脑,这牛角尖钻的,排山倒海的力量也拉不回来。"贺主席和父亲在一起时,便会这样说。凡是和贺主席沾边的事儿,小楚一定要为另一方喊号子,这习惯十几年如影随形,她认为刘香青做得对,就应该去告状,何况是告贺主席。这时一只飞虫钻进了小楚的鼻孔,喷嚏接二连三,身子剧烈抖动,让她感觉形象有损,决定这回不去刘香青那里了。她总觉得矿嫂新萍的情况更严重,她愿意把更多的时间给新萍。新萍家住第三栋楼,楼外有高大的杨树。

　　第二栋楼里住着宋冰,在小楚看来,名字有"冰"的女人,相貌好像都不错。宋冰年轻,爱笑,是矿区纪委祁书记的二婚老婆,婚后,从磅房直接跑到技术科了。小楚不喜欢宋冰每回穿得像时装周走秀,舌头顶着牙齿,故意 zh、ch、sh 说不清,哆得像连嫩豆腐也咬不动。宋冰很会装模作样,遇到兄弟们时俨然一位领导夫人,嘘寒问暖,目送兄弟远去时眼神颇专注,可秦辛不吃这套,祁书记和宋冰走后门,乱用人,最可恨。老公秦辛走后,新萍就疯了。

　　"小楚回来啦!"一团乌黑的高髻子,一对绽放的小酒窝,宋冰把名牌水桶包往怀里一抱,真有点儿明星范,只不过雨水冲过的地面青得苍白,没有一丝红毯的味道。

"下班了?"小楚问。

"轻快得让人难受。"宋冰双臂蜷成心形,整理鬓子,仿佛发丝开得不够痛快。她举着一面镜子,左右观赏。

"哦。"

"回去问问你妹疗养的事儿。"宋冰收起镜子,抱过小楚的胳膊,夹在腋下,拽得小楚直趔趄,"看看,掘进工的女儿,成了女王,比你妹有出息。"

"哦。"小楚脸色微变,扪心自问,哪句话说错了。

"女人当官就是精神!"宋冰指着小楚合身的工装,转头说,"我也要这样穿。"

"下回给你捎一件。"

宋冰又说回疗养的事儿。小楚最烦企业正为一事焦灼,员工却跑来要享受。立场像一根针,在这样的时刻,扎得小楚生疼。她草草地答应着,便走开了。

穿过几棵杨树就是新萍家了,这栋楼在夜里最亮,当初设计路灯时,多出的几盏立在新萍窗外,作为矿上唯一女技术员的福利。楼道充斥着喘息声,拖沓、沉闷,小楚走到门前,敲了几下,门开了,两个月未见,新萍又像老了十几岁,半黑半白的头丝滑向脸颊,像密集的爬墙虎,两臂在哑铃的重垂下押得笔直。

茶几上的药瓶未开封,她从包里取出另一些,对新萍说:"姨,你多少吃点儿,锻炼更得劲儿。"

新萍的双唇由几层黄白痂皮覆住,像揉烂的两张纸。小楚跑去厨房接水,烧上。矿上的水又脆又冽,当初是新萍和各位技术员学成归来,把废水滤成澡水,把有杂质的水滤成纯净水、直饮水。小楚母亲活着时常说新萍是才女;父亲与贺主席凡提起新萍,也都很严肃,在该省可谓是男性对女性的极大尊重;小楚更是把新萍当老师。

沏好水,小楚取出一粒药,放在锡箔纸上,"姨"。新萍目光呆滞,似这房间无人,继续不管不顾地漫游在行动中,一串呼吸声杀尽耳畔,若战鼓擂起,战旗飘扬。小楚记不清这是第几次重复见到此场景,走出新萍家,她把大颗的泪珠砸向泛着青色的地面,瘪了瘪嘴,哭声像是怕氧气,未从喉门挣脱。

快到家时,小楚看见前方有一人影,正歪着肥大的脑袋,躲躲闪闪,走近才确认是巷修队的庞队。庞队快要蹲不住了,一手叼着烟,一手举着电话,像发情公猫一样肆无忌惮地一口一个"宝贝儿"。真看不出,五十多岁的男人,玩起酸来,能要了人命。庞队熏黑的指甲搓摸着手机的黑背身,这黑似乎充满神秘和诱惑。她冷笑着,自以为是的父亲时常提起庞队怎么利用上井时间自修法律大专,做到了管理层。父亲还让小楚这个叛徒学学庞队忠于本行且自食其力的精神,这是励志典型。小楚暗想,这不糟蹋励志典型的形象吗?电话那头是谁啊,聊得如此腻?这个蹲法,不得痔疮才怪。

她围了过去,庞队可能感觉气氛不对劲儿,扭脸一瞧,差点儿趴下,抖着腿扶墙起身,火星子燎掉几根草。

"你蹲那儿给谁打电话,庞叔?"她扬着尖下颌问。

庞队没接茬儿,说:"矿上不出煤了,安排当官的也去抓阄儿。"听庞队的语气,像是也有怨气,拿阄儿说事儿,算是一个战壕的。

"哦。"

"这活儿真他妈的……"

"兄弟们想干别的?"

"这老把式不能丢。"

她似乎被震到了,一阵安静过后,又问:"叔,你在和谁打电话?"

庞队挤着小眼睛,笑得直流蜜,又搁过话头,说:"回去让贺主席和你妹多积德吧!"

电话又响了,庞队朝她摆摆手,往前面的墙根去了。她也气哼哼地往家走,心里想,这简直成了光天化日下系不紧的裤腰带。

她家在第四栋楼,不足四十平方米的小屋,绿墙裙,白墙面,瓦蓝色的脸盆架上搭一块红色毛巾,黄色香皂在皂盒里泡着,像坏掉的蛋羹,渣子荡漾。小裙一早蒸的猪头肉,香气扑鼻,引出馋虫。小楚挨不住馋,从锅里撩了一块,吃下去被烫得直跳,嗯,再来一块,跳着也得吃,比车行的饭好吃。小楚往窗外看去,身高腿长的父亲正经过楼前,这一路与父亲没打上照面,谁能和循环跑的人碰到,说明那谁也在循环跑,肯定不是她,她看了看父亲远去的背影,回房间睡觉了。

下午六点多,小裙和贺主席一前一后进门,吵得小家直晃,小楚闭着眼睛装作听不见。小裙喊她,她仍装听不见。没人喊她时,她起来了,扔给小裙一句话:"这家还让透气吗?三口人已经够多了。"轮到贺主席装作听不见了,小裙则气得直跺脚。

一个老光棍,成天跑俩大姑娘家干什么?小楚觉得贺主席应该往李矿家跑,李矿也是一个人,两个光棍凑一起,就是个双。这时,父亲散发着夏天独有的汗味回来了,把运动鞋一踢,趿着拖鞋去洗手间冲澡,出来后没上没下地打身体活血。"能把脑子打通",父亲自言自语着。

小裙把从食堂打来的馒头摆上桌,贺主席格外开心,先斟满两杯酒,这张老脸在小楚看来充满无尽的假象,小楚想骂人,而后主动要求替换小裙,捣蒜泥去了。

父亲又不干不净地骂着,一旦搭上调子,个把小时不会停,如果说这也算排解压力、锻炼身体,小楚愿意牺牲自己。

"你还知道回来,成天出的哪门子差?"

"李矿不也成天东南西北地跑吗?"

"你一个女人能和李矿比?"

小楚气鼓鼓地扔出一句话:"若李矿来做我这个,不一定比得上我;我做李矿那事儿，也不一定比他差。"

"我给你脸了！帮着外人做事！叛徒！"父亲要运大气发大功了。两人越说越不对路，贺主席连忙劝酒，小裙则把小楚往房间里推。

"就是个古董，将来送博物馆存着！"小楚嚷着。

"我给她脸了！"父亲的瘦巴掌在半空中乱挥舞。

"新萍姨做的事儿，你会吗？李矿会吗？"小楚推门叫着。

父亲气得发紫的脸庞，瞬间凝住。每个夜跑，父亲都得在新萍家窗外的路灯下，站个把小时，像是个膜拜者，多少年了，他再也无法踏进那扇门。

"孩子好不容易回来一次，你这是打给我看啊？"贺主席一饮而尽，吐着浊冽的酒气。

小裙像个和事佬似的劝小楚，却被骂得眼圈儿微红。小楚看不惯小裙成天三句话不离矿山——有煤有饭，老把式不能丢。她又从父亲数落到贺主席，一个比一个会装，成天开家庭会议，拿出点儿执行力不好吗？要么上报，往上找，让上面看看怎么办，若是没那个本事，就别背后使劲儿。她又提起庞队，说矿山要从内部腐烂了，这话犹如一股电流，电击了姐俩，似乎要指责哪些具体的人物。姐俩互看一眼，话匣子并未顺利打开，听来的事儿，往往有两种可能，一是无中生有，一是无风不起浪。小楚安静了一会儿，上床躺下了。上一代的事儿，归了时光，而当下的事儿，要在时光中解决，想到这里，她吐了一口气，说："行，骂我，骂吧，被一个掘进工肯定又能怎样？"

她觉得话有些过，索性拉了床被子，裹紧自己，迷迷糊糊地睡了。睡不安稳，一梦套一梦，她先是站在一个不知名建筑物的顶端，无处可逃，四顾眩晕，她前倾后，听到一声巨响，本应从床上醒来，却又掉入另一个梦境，她冒着雨跑回家，见母亲回来了。她扑过去说，妈妈别走。梦中的妈妈说是做梦呢，她就笑了，远处听到父亲骂她帮别人赚钱，她气冲冲地跑过去，准备开战，父亲却一把将她揽入怀中,她定睛一看,父亲又成了田中,田中笑了两声,咳起来。渐渐地听到真实的咳嗽声,她左脚钩起小衫,右脚夹起袜子,甩向一边,不巧盖在小裙脸上,这没感觉的家伙,拱了几下,睡得踏实。

她拉下灯绳,十五瓦灯泡骤亮,漆黑房间,哪怕一丁点儿光明,都这般刺眼。父亲在东屋咳着,痰声呼噜噜地下去,又呼噜噜地上来,此刻冒泡样喘气。这个声音准能把小裙惊醒,果然小裙蒙眬着睡眼,循着灯光下床,摸到暖瓶,晃晃,有水,另一只手握着粗大的搪瓷缸子,"龙田矿山表彰"一坨红光。这团光活了好些年,现在老得直掉渣,和缸子同族的东西有的是,例如一支钢笔、几块枕巾、几个笔记本,全是父亲的精神食粮,每一件都写着"龙田矿山表彰"。她听着小裙倒水,舀蜜,滴油,用匙搅拌一通。然后她听到小裙喊父亲的声音很轻,父亲喝蜜水的声音很重,她顿时觉得他们是一对可怜人,为傍晚的争吵生了些悔恨。

她想和小裙说两句话,但小裙倒头就睡,震得推拉式床头柜直摇摆,一层黑泥胶黏,这家具和那杯子岁数差不离,她拉了几下,没有松动的意思。家里的"聚宝盆"由小裙看管,就在推拉式床头柜里,"扑通"一声,也没把这个管家的惊醒。柜子里简直收的是骗子的把戏:镀金、镀银的项链,生了锈的铁戒指,一块浸过水的泰山牌机械表,一个画着卷发姑娘的粉盒,被震裂的玻璃镜面小猫苏绣,几支铁锈色的钢笔……她想起母亲白皙的脖颈被染过的一圈儿细黑,不禁含泪笑着。柜子里倒有一件贵物,那是母亲没戴过的金耳环,存到现在等着下崽呢。小裙的呼噜声令她烦躁,这个没出息的家伙,成天粗线条地活着,给她一个小礼物,能换来一团惊叫,之后也等着下崽。她一回来就得扯事,从公事到家事,她也觉得自己讨厌,可换换环境总是好的。

她推醒小裙,说:"换房子吧。"

"住得好好的,换什么?"

"这小房子,对爸气管不好。"

"到别处住爸才生气呢。你不懂爸,别胡思乱想了。"

小裙张开五根脚趾,似要去海里扒蛤,最终禁不住她这个夜游神的活动,一弹而坐,揉着睡眼,暗灯泡下,看谁都像害了大病。父亲的节俭远近闻名,她给父亲配的几部手机皆放置家中颐养天年,父亲与对面楼隔空喊话,他那嗓子真够劲儿,不用手机也有实在理由。那些卷成大圈儿的牙膏皮、瘪歪的塑料瓶、揉皱的挂历纸、油腻腻的矿泉水瓶子塞得三居室热闹极了,挤得洗脸架子倚着外门,随时有被扫地出门的危险,同时,父亲也有被挤出去的危险。他的房间好乱,母亲走后,除了清晨开一小会儿窗,始终霉味弥漫。有一回小裙说空气不好,擅自打开窗户。父亲让小裙下井看看去,说她一点儿苦吃不了,简直掉进福窝子了。后来,演变成她们更加说不得父亲了。父亲咳得重,不经意挂下来的痰液因老眼顾不过来,四处淌散,谁要这时扯一块卫生纸给他,必然会讨来一顿恶骂。"用得了这么一大块吗?!"父亲揪了半个巴掌大小,混着手擦秽物。她在灯光下数落着父亲种种劣迹,嘴皮子上下翻卷,激动得口干舌燥。

"他们喝到很晚,好像说到刘香青了。"小楚说。她知道矿上的事儿完全是小裙心上的江山。小裙也不睡了,与小楚并排坐着。

天完全黑下来时,贺主席说刘香青是一团火,熊熊烧个没完,谁靠近烧谁,给她儿子隋强找活计,是小事儿,找成后,恐怕这一笔也要写进"状子",当下正积极筹备第三次抓阄儿,个人的事儿先放一放。父亲气得砸了酒瓶子,刘香青的老公老隋是父亲的好兄弟,老隋走后,刘香青跑山腰唱了这么多年,似钝刀割肉一般,在父亲身上划来划去。

小裙吓了一跳,连忙下床跑到饭桌前四处看,一堆酒瓶碴早收拾进了簸箕。小裙怕贺主席今晚不来,急得直让小楚出主意。小楚觉得挺好,打得再厉害些,一两年不来才好,父亲就和矿上断了关系,跟她去别的地方住了。

谁知一大早,贺主席提着几斤毛豆,兴冲冲地跑去厨房,又洗又煮。父亲仍旧像一块黏牙糖似的,跟了进去,围向厨房,又在重复昨天的会议。

"明天,第三批真要抓阄儿了,贺主席通知了。"小裙附在她耳边悄悄说。

"抓吧,抓吧,最好把那个叫陆福的也抓走。"她气哼哼地说。

她贴住门框,厨房传来两人窃窃私语。"嘉水矿是合作的,鹤西矿也是合作的,听说要收嘉水矿。"随之一声重叹,父亲踹了一脚破烂。"钱是问题,干合作也挺好,对方出地,龙田出技术,共同出人。有提辞职的,有假离婚的,怪招多,只能防,稳不住不行。"又一声重叹。窗外云彩遮了室内阳光,暗垂下一地无精打采,正消耗一天的力量,幸好贺主席的毛豆端上桌,两只酒盅上桌,墙角处正是昨晚未收拾净的酒瓶碴,也像是要上桌。

她别扭地在房间搞出动静。

"姐,领导来家坐坐,爸也舒心。"小裙抱着她的脖子,撒欢地笑,一对梨涡绽放。

忽然,听到父亲一声"不好"以及贺主席剧烈的开门声,她也跟着飞了起来,随他们一前一后匆匆朝矿区医院跑去。小裙追上她说:"又一个患尘肺病的兄弟走了。"

在矿区医院前,众人拥挤着掩面哭泣。家属说上井后,领着退休金,过得别提多舒心。可恨煤渣子,躲进肺里坐窝,赶也赶不走,专挑着人迫害。小楚记得很小的时候听新萍讲过,那是凝成的肺场标本,与免疫力相互厮杀,若战胜了,就继续喷洒伤人的气流。如今故去的兄弟在父亲眼中俨然一个孩子。小裙突然尖厉地叫喊起来,接着便晕倒了。这是小裙去工会后,第三位退休兄弟死于这病。

床榻前,小楚唤醒小裙。小裙含泪说怕父亲也会这样。小楚摆摆

15

手,表示不会。小裙没有力气问为什么,心事重重地说明天抓阄儿的事儿。小楚没说什么,隔着窗户见刘香青正抱着一堆材料,往病房这边来,东瞅西瞧,不像是要去市里告状,倒像找不到看病号的门。她真想告诉刘香青,刚走的人已经被抬走了,可是她没有,因为刘香青没看她,只是紧紧地抱着材料在门口站了一会儿,扭头便走。小裙说刘香青每回都是这一套,凡与矿上有关的地方,都会拿着材料转一圈儿。她没听小裙继续说,而是追上刘香青,谁知刘香青的眼睛充满惊恐,一边咕噜着,一边翻了几下材料,头也没抬就走了。小裙说刘香青去找李矿和贺主席了,不闹他们闹谁?刘香青会认为兄弟患病走了,也是矿上的责任,就像老隋遭遇矿难是一个道理。刘香青把所有的事儿捏成一个事儿一个理,加大的筹码更容易让刘香青朝着矿上发怒发威。刘香青到底去没去过市里告状,谁都不知道,反正每回材料写好,总有人见刘香青早出晚归,一副去了远道的样子。

有人哭哭啼啼,姐俩歪头一看,是宋冰。宋冰上前握着小裙的手,哭叹着兄弟苦过,累过,该享福了却没命享。让宋冰这么一说,姐俩本来有泪也没了泪,因为宋冰一边哭着,还一边拿镜子看妆花没花。小裙气呼呼地闭上眼。小楚倒觉得宋冰的泪是真的,照镜子也是真的,就是两件事儿放在一起,像是造了假。

宋冰哭了一会儿,就问起疗养的事儿。从入职熬年限说到论资排辈等疗养,尤其是现在煤井空了,怕被矿上放了鸽子。小裙紧闭双眼,任宋冰怎么叫,也纹丝不动。宋冰甩着很响的步子走了。

"只顾着向内谈,哪个出谋划策支点子支着儿要求谈谈走出去,薪资小刀切着,渗着小剂量的血,宋冰不痛,别人还痛呢,一个干部家属这么不懂事儿!历届干部家属,没一个如此穷凶极恶地要福利,当妈的没了奶,挤得双乳成了皮,也得啃着喝。"宋冰走后,小裙骂着,咽了一口水,继续骂。一看小裙这副背后老来骂的状态,就不像在工会只待了一年。小楚第一次发现小裙是个有潜力的工会名角。

何为名角？宋冰若在当前，小裙愣装不闻或笑脸相迎，一套劝人话后，再相向叹口气，会把宋冰说得一次次知难而退，而宋冰走后，小裙这类人会跳到云彩上研究方法对策，或是跳着脚骂粗鲁的话。

撤下点滴，小裙要求回家，脚未进家，父亲来电话说拿些钱去走一趟。小楚送去两千元，小裙送去五百元，回来的路上，见父亲像一头打着跟头的老豹子在狂跑。要是父亲知道宋冰三番五次要疗养，恐怕就不是老豹子，而是过年时放的蹿天猴，扎进空中定要炸出个响儿。祁书记成天跟着李矿四处调研、总结，怕是没心思管媳妇。小裙想，拖着好，拖到最后，总能蹦出个解决事儿的人，但一想明天抓阄儿的景象，脑袋便像被马蜂蜇过一口，无形地肿胀不少。小楚知道小裙在想什么，她们想的不一样，或者说是要走两条路的人用的是相同的铺路材料，所以她不会问小裙，一问就得吵，就得表明观点去说理，有这个闲暇，不如各干各的，看看到底谁能先铺成想要的路。

当小裙说到小伐配合工作，积极要求走出去时，天色已擦过最后一抹夕照，渐渐暗下来。小楚盘腿坐在床上，酸溜溜地嚼着从矿上超市买回的锅巴，暗忖：这回看爸怎么出力。小伐在父亲心中的位置高，甚至高于姐俩，她讨厌小伐。最初秦辛出事后，秦小伐成了他们家的常客，她也欢迎过，可是后来，小伐变了，她也变了，唯有小裙没变。小裙刚要替小伐在她面前说几句好话，她做了一个打住的手势，屋内射进一道不可名状的光，很深邃，仿佛几百米的巷道被一缕光线疏通，两边显得愈加昏暗。

"瞧，'半月湾'的光，真好看。"小裙扑向窗台，像小时候。

小楚举首瞭望"半月湾"的灯光，莫名的思绪涌上心头。这灯，这景，在她心中打上不一样的底色。

"他是名流，认识好多人，吃饭宴请少不了贵重角色，我们干不过他们。"小裙攀着窗棂，梦呓般。

"半月湾"是搞房地产的，港城遮盖煤田的几大行业之首，领头人是曾董,在老百姓口中像一个来自历史的英雄人物。老百姓就是奇怪,越够不着谁,越替谁吹嘘,说得像亲眼见过一般,尤其会把所有好处往这个人身上堆积,然后再出来谈得天花乱坠,不知道的还以为他们当过曾董的座上宾。小裙仰着脸说:"贺主席认识他。"平时贺主席说起这人,便把声音压得像只蚊子,哼哼得让人难受,有话不明说,不是有鬼就是有诈。小楚笑得比哭难看,说:"认识是一回事儿,有交情又是另一回事儿。每回说起人家,就像犯错的孩子,就是不自信,就是心中有鬼,就是想算计人家,贺主席不是不想坏,那是坏不起来。"她等着小裙反驳她,谁知小裙睡了。

夜更深了,小裙的微鼾氤氲着整间房。小楚站在窗前,见父亲像一台切割着夜风的机器,随时来到眼前,随时远去,她无名地恐惧起来,也对未来充满着不确定。她不明白为什么每回让嘴巴痛快了,心中就会缺少一份安定,这样的感觉越来越明显。曾董也是她计划中的人物,她连见都没见过,就把人家在脑海里胡作非为了,她觉得自己悄悄行事像个罪人。她又不想被兄弟们诟病,说她像贺主席那样只会用嘴巴给兄弟们做工作、扭转兄弟们自由的思想。她可不是这样的,但她想证明什么?想让煤矿人和她一样走出矿区吗?碎片式的疑团悬得越来越大。一道浅光照亮床头柜,姜帅来信息说"半月湾"曾董要约见她。她没回复,心怦怦地跳,这么轻易就去,岂不是对"半月湾"极大的奉承?

三

几天后,小楚逃离家中,无头绪的憋闷最终在公寓旋转门前化掉了。姜帅甩着刚染的几绺绿毛儿,接过她的拉杆箱,请她先回房吃早餐。

方董明天到,田中后天到。她渴望田中先到,放下手机,喝起果奶,喝到半杯,开始吹着奶泡儿玩,然后吃起樱桃,一声脆响,汁水漫过舌根,直抵喉门。

她瞟了姜帅一眼,便直起身子去冲凉,而后拉上一床被子,伸出扁而小的脚丫子,伸一个懒腰,拿起枕边的汽车杂志看了起来。姜帅抱来紫色盆子,拧散热腾腾的毛巾,捂住她的脚,接着揽在怀中,像抱着一个婴孩。她的头歪出杂志,看了一会儿,没作声。回家像打仗,精神体力消耗得不轻,不吃饭小事一桩,满身血液不沸腾一下就是罪过了。姜帅低头比抬头更好看,只是整过的脸从鼻翼线往上是立体的,耳根靠后多半鼓胀。姜帅的指腹细而有力,使她脚趾的筋络寸寸炸开,姜帅又沿着骨缝,往上寻找能泛起酥痒感的穴位,而后,再猛地按住穴位。全身及整张脚面子的舒服劲儿,令人想喊,想叫,她

19

不能喊,抿着嘴,急迫地享受着。

姜帅的嘴巴也抿着,像跟谁较劲儿,她不提田中,他也不提,仿佛田中与他没有过去,而是他自动自发地投到她麾下。她把脚收了回去,一盘腿坐起来,惊得他收起双手。她四周环顾,对这套八十平方米的公寓房,放心不下,时刻有种被做局之感,每回梦醒,仿佛她在明处,有人在暗处。她知道她不可能不要姜帅的,姜帅是田中的人,不要姜帅就等于不需要田中这个后台,可是她不明白为什么送姜师这么个按摩师到港城,难道就是因为她简历上曾写过兴趣爱好是按摩?她实在喜欢被按,这是对个体生命力的救赎,自母亲走后,她的身子忽地没了着落,空空地过了许多年,直到第一次到日本开会期间,去享受,她才知道人体的经络可以起到复苏精神和补充身子承受力的作用,对别人是否管用她不清楚,但对她实在是好。每当姜帅为她服务时,她不得不承认姜帅是有用的,不像在车行认为这是个无用的人。她喜欢按摩的缘由田中并不知道,田中提供的仅是为按摩而按摩,背后肯定有田中的市场,到底是什么,几年前她还会思考,现在她早放弃了,倒不是无用功,而是她确实想不透,想不透就说明道行不够,何必费那劳什子力。

她让姜帅收拾了东西出去。姜帅收拾好东西告诉她又一个好消息,"半月湾"的杜主任来电说要团购汽车。她能感到自己的脸上挂着笑,脚丫子又伸了出来。姜帅取来按摩槌,先敲几下肌肉,往复中,小槌顶住脚跟中央几秒。这家伙,在日本没白培训。

她压着嘴唇,发出嗡嗡的说话声:"谁去谈的?"她知道"半月湾"有曾董,可她没听说过杜主任。

"你和杜主任认识?"她接着问。

"嗯,熟悉……"姜帅收拾器具时,话头也就止住了。她一口气坐起来,定了定神,奇怪感像条血液里的虫子,时不时蜿蜒一下。她实在担心被设局。

姜帅走后，她开车到4S店，按摩后格外轻松，原本可以处理三件事儿，现在提到五件也不觉得累。徐小凤的《每一步》在车内回旋，凉风习习，是呐喊，是吐故纳新。她喜欢徐小凤，可能女歌手里她也就喜欢了徐小凤，男歌手里她喜欢黄霑，那个二〇〇四年就去世的人。她觉得这两个歌手的歌中有她的展望，还有更多，她说不上来。两个人的歌曲轮换着听，从母亲去世就开始了。而刘香青喜欢唱《便衣警察》，不是煤矿没有自己的歌，而是"风霜雪雨搏激流"太像刘香青的日子了。大多时候，小楚觉得自己和刘香青属于一类人，新萍属于另一类，父亲则是外星人。那么走的那些前辈呢？她瞬间觉得矿上的每个人都是一个角色，热热闹闹的，像井下等待破壁而出的火焰。想到这里，她觉得还是和煤矿人亲。

急吼吼的电话铃催发她的怒火，小裙像个无组织无纪律的人，不停地拨打电话，不停地发送短信，她没看短信，而是抓起电话："能不能让我省点儿心！"

"姐，出大事儿了！"小裙一声尖叫。

她的扁桃体翻滚，口水淹了喉咙，特别紧张的另一种生理表现起起伏伏，她想到矿难以及父亲的身体。

"慢慢说。"她在道边停车，一团粉色擎着白云，白粉相间，往日一定像极了爱情的天空，此刻却像受伤的碎片融合，她紧握着手机。

"贺主席说，有个人要到矿上写我们。"小裙怒气冲冲的。

她恨不能钻进电话那头，打小裙个四仰八叉，"你是不是有病啊？"幸好，眼前的合欢树几束粉红摇曳，似裙裾样仙气飘飘，消解了先前的恐惧和恨意。

小裙在电话线另一端，依旧很急，似乎有人要把小裙游街示众。小裙护着矿区的每个人，矿区是小裙的桃源，酸甜苦辣各有景致。小裙不想外人拿笔来指画，家家都有丑，不扬是好手。这"奸细"得多给力，才能跋山涉水从京城而来。

小楚听了,大为不快,暗忖:横平竖直都没弄清,指不定那人是来歌颂的。

"兄弟们正等着倾诉衷肠,'一支笔'再添油加醋,我非揍她不行。"听语气,小裙肯定一副鲁智深拳打镇关西的模样,凡事总能招来小裙咬牙切齿,好像小裙从小就会咬着牙说话。想到这里,小楚又觉得小裙特可爱。

小楚关上音响,听着小裙叽里呱啦地一通讲,越听越烦,干脆挂上电话,左手一揿,按摩垫子开始在背部做功,右手一推,轻音乐再响起。小裙不过是个工会办事员,属于最低的小跑腿,先迈哪条腿认真得要命,只是眼界有限净做些半吊子事儿,并自以为是地认为能力颇佳,拥有一双护着矿区的翅膀。

进了4S店,小楚先去了人力资源部,宋经理把参加"协力会"后的总结材料递过来,她没看,来回那些事儿,早已习惯。宋经理又举起奖状说要挂到展厅——"老带新"活动成功率居高不下,续保客户络绎不绝,综合排名全国前列,奖金分批到账。宋经理这一代,得两块钱奖金都能高兴得睡不着,这回参与现场,亲自上台领奖,更是几夜没睡。

"这趟真没白去。"宋经理说。

小楚笑了,办公室好热,整个身子成了一台出水机器。宋经理不舍得开空调,眼镜滑到鼻翼,口里喷热气是常态,手里擎着的那张奖状看起来也跟着湿乎乎的。突然,宋经理像是要给恋人一个惊喜,从抽屉里飞快摸出一张卡,是嘉奖优秀职业经理人的。她立马让宋经理核算一下分成,宋经理立马核算好了。店面成立这么久,许多工作流程,靠应用软件就是一键启动,看着份额,她摇了摇头,画了几笔,说:"这回得多奖励您!"

"我不要。"宋经理喷着热气说。

"这钱不干净,还是有什么讲究?"她故意这样问。

"光着膀子泡澡不正经,这卡正经。"宋经理说,"又露骨头又露肉的,不就开个会吗?怎么,还得在澡堂子里开?"

她热得慌,还想笑,说:"你该开空调了,那是度假村,是泡温泉。方董多时尚的一个人,你净拖后腿,矫情!"她把方董说给她的话转给了宋经理。

宋经理不接话,只是一步上前护着空调开关说:"老一辈没空调照样过,现在这些人都成了雪做的。"

"就算你是铁做的,传热也是快的,找时间冷却一下吧。"她终于笑出声了,"这钱不要不行,谁让你去了!"

事后,宋经理觉得拿人钱手短,关于招聘新人的事儿,也就一拖再拖,这下子真得成宿睡不着。作为方董手下的老骨干,优先考虑集团人事最大化是宋经理毕生的追求。考虑到钱退不回去,宋经理就连发两封邮件,表示这钱给公司留着,随后,又正式提起招聘一事。小楚装傻充愣,心里兜着算盘,朝哪处打得响,可不是宋经理说了算。又过了些日子,她开始心疼宋经理一把年纪,一辈子认真做事,再急出个好歹,便回了一封邮件,说:"一切我兜底。"宋经理也没客气,回复:"陆总兜不住的。出了事儿,陆总走人简单,可是企业恢复经营就难了。"此刻,她气得像小裙一样咬着牙,怎么就牵扯到经营上了?一把年纪说话没遮拦,非得把她看成要走的人,是自以为人力资源管理做久了,会看相还是怎么回事?她把这封邮件拖进回收站,然后彻底删除,深吸一口气。

她觉得宋经理一时半刻不会有动作了,最大的动作就是方董来时报告她工作懈怠。告吧,这店在这儿也倒不了,产值稳住了,方董不会听宋经理的,何况方董就算摇摆,也得看田中的脸色,她毕竟是田中调教出来的汽车人。她就这么拖着宋经理,把"半月湾"团购的事儿也拖着,她不想让"半月湾"认为她差这一单,同时,她想谈的事情远不止这些。杜主任倒是挺急,一遍一遍地来电话。

这晚,姜帅按摩时,小楚的电话又响,她不接,她不生这个气。啪啪啪,小脚板子敲得震耳欲聋,她让姜帅把脚趾根使劲掐住,姜帅便挨个脚趾根做环绕性夹捏,使得她心旷神怡。

子夜一点,田中来电,惊得小楚一身冷汗。他们先是操着简单的日语聊,不一会儿,转成汉语,田中提到这次出来后被上司莫名裁去很多权利。在德日品牌竞争的当口,田中被拿,意味着限制用款权、调配权,没有钱将摸不到车,市场也会一片灰暗。作为一名小兵,她也替田中着急。田中没顾得跟她一起着急,而说跌下来不过是暂时的,谁不是升了跌,跌了升,就像股市一样,智慧型的都是跌跌撞撞一生。田中把自己夸得很高,像是喝高了酒。凭她对田中的了解,这次八成真伤了七寸。但田中依旧是她的高山,过去风光过的人,吃老底,再风光个三五年不成问题。这三五年,她的事儿早就落地成形了,要紧的是,田中降权,对她也是一个警钟,懈怠工作或是得罪了人,恐怕都会令自己一时遭殃。放下电话,她打开电脑,又回复了宋经理一番,然后把销售部与市场部汇总的潜在客户打印了,用铅笔勾画。

"半月湾"赫然纸上,不知被谁用三角号标注过,她在三角号上画了一个叉。她确切地知道,当初矿上与"半月湾"合作过,具体情况,没有人跟她讲。父亲是干掘进的,想参与那次事很难,想来贺主席能知道些,可也不会跟她分享,毕竟她不是贺主席与父亲会议上的与会人员。她歪着脑袋,表示不屑,她可不会借助这层虚实不定的关系套近乎,她要凭着车行的业绩,以港城一个行业纳税人的姿态,与"半月湾"的曾董平等对话。她拿不准的是曾董到底是何许人。这位富可买下城池的商人,帅得出奇,出手阔绰,汗珠子落地化作金豆子,月亮见了也得离地面近几光年。各路人见缝插针,凡能讨上点儿关系的,无不说同曾董吃过饭、喝过酒、握过手,曾董对他们说常联系。这样的人回到圈子里,立马被高看,其余人消化着听来的一真半假的话,出现又一个版本:只要曾董签字,百亿元马上进账。曾董一挥手,政界、科学界、文艺界、医学界人士,前仆后继。哪一界不需要曾董大手大脚的费用……让许多关于曾董何许人也的版本漫天飞是老百姓的事儿,可小楚不能处在眼花缭乱中,她得推进事情的进展。这时,手机来了信息,是姜帅发的:"曾董有的是钱,这样拖着,团购就黄了。"看罢,她笑得胸口疼,曾董有的是钱,更说明想给谁使给谁使,与时间没关系,再说了商人的钱在链子上,一节断了,根基颤抖。他们平时很难拿出现钱,转来转去的往往是一些数字,这些数字不到必不可少时,是不会拿来显原形的,社交、投资、撑场子、打点关系、给员工发薪才会使一使。

笑归笑,她觉得确实需要早些规划这一行程,这几年,车行除了政府采购过几笔后,再无实质性的团购。她心生一计,有些像田中的后现代市场主义,若能借着曾董,把当地政界和商界团到一起做生意,那铺排的局子就大了。她想着想着开始乐,也就乐了一会儿,方董来电话了。

"为什么不谈'半月湾'?"方董这话问的,小楚确实无言以对。方董又追问一遍。

"等一等,田中部长要来,一起谈,会谈得有身份。"她不知哪儿来的理由,竟让方董表扬了一番。作为后辈,过去她弄不懂方董想些什么,猜测领导心思的能力太差了,就像现在她带的这些兵,没有一个知道她对未来的市场思考着什么。现在她能猜到领导的心,而且还能正中红心。

她起得太猛,瞬间天旋地转,眼前红蓝飞蹿,像是秧歌舞者披红挂绿的绸衣。她从箱子里找出巧克力,慌忙吮进口,用舌头抿开,播散出的香醇汁水直往牙缝里钻。帘外"半月湾"会所彩灯高照,琉璃涟漪,炫目的光环远近交替。不远处,数股绞车绳盘于井架,似几条瘦过身的巨龙绕着天地。井头举着强壮的灯柱,像喷出的火芯子,点亮化不开的黑夜。

"车行、'半月湾'和铁路压了煤田，东一块地西一块地地占着，到底要把人逼到何处？"她忽然想起小裙的质问。

"城市寻求发展，煤矿为生态让步，我看挺好。"小楚侧倚着窗台，自言自语，随后又骂自个算个屁，这是城市的规划，狐假虎威地跟在后面，拿腔拿调丢人现眼。她回身再望一眼那串灯光，要不带着怨去谈业务，是万不可能的。

目光从窗外睃回，她拿起手机，拨通杜主任的电话。夜黑得如此忧伤，这女人竟也没睡，润声润气，活脱脱一只会唱夜歌的鸟儿。杜主任先把小楚夸奖了一番，思维跳得极其快，从东京，蹦到上海，从上海蹦到港城，一段话下来，小楚才清楚这是杜主任熟悉的谈资，后尾便像老牛似的吭哧吭哧地，以笑代言了。

打了足有一个多小时，愣没提团购。小楚也沉住气不提。杜主任说曾董从澳大利亚回来后，专等她呢。杜主任咯咯的笑声，使小楚觉得身价飘忽不定。小楚说之前从日本捎回一架望远镜适合送给杜主任，杜主任跟着说要送她几款面膜，两人的热乎劲儿噌噌上涨。小楚心中的石头眼见着地有望，高兴得有些不自然。

直到见曾董第一面，小楚才看清杜主任可有可无的身份待遇。这种待遇是杜主任自讨的。杜主任不会保持距离，凡事围领导太紧，绝对令人窒息生厌。好好一张酷似女明星的脸，看得久了，倒像蓄谋已久的白骨精。曾董多次让杜主任先下去，杜主任都装听不见，殷勤备至地立在曾董身后，像个身经百战的人体模特，当实在拘不住脸，抬步要走时，换作别人肯定面红耳赤，检讨过失，可杜主任笑得依旧甘甜，那欢喜真有些苦尽甘来的大荣光。

曾董和小楚谈事情，相互不看对方的眼睛，都像低头背稿子，你一句我一句。她是懒得看曾董，人不配财。老有个老样，少有个少样，丑有个丑样，这个曾董，身上没霸气，没豪气，不知从哪儿购得的二手板台上除了几支新雪茄,没有称得上博物的物品。靠窗处一张高六十厘米的地台放着一支普通钢笔,她想起一签字百亿元入账的传言,就这光景令她嘴角提了提。地台左侧摆着普通的椅子,大约是供够得上与曾董面对面谈话的客人坐的吧。她够不上,被安排在侧面木沙发上,与曾董算是对角而坐。曾董整张后背压着椅背上的衣服,揉皱的布料看起来像龇牙咧嘴的饥饿者,一站起来,衣服哗啦落地,曾董自己再弯腰拾起。她来了有半个小时,曾董起来三次,才有些正式谈话的意思。她觉得这是在消解她的耐性,或是低看她。

招待她的饮品,竟不如车行客休区的。她原以为的高大上在一杯白水中,打了折扣,不快感始终伴随着。她谢绝吃饭后,继续说:"您看在龙田矿区搞一次团购活动怎么样?"

"'半月湾'地方大得很,"曾董抹了一下脸,猫咪般的憨态,"矿上正为这事儿愁吧?"

看来许多年前的那次合作,有它的阴影。她暗想了一会儿。

"您把矿山压了。"她语气有些重。

"你们不也压着吗?小扑棱蛾子都如此,老鹰就不能吃块肉?"曾董咳着点上一根烟,像幼儿刚学叼奶瓶,渐进地往嘴巴里嘬,然后一言不发地盯着她,两枚眼珠似两把电筒,说得更严重些,像车大灯。她也放出两道光,清澈无比,正好用于杀敌。待烟把儿成了弹珠大,曾董活动着后脖颈,准备继续提吃饭的事儿。

"您有房要售,活动放您那儿也好。"不能把天聊死了,她往后退了一步。

"谁说的要买车,给一套公寓房不比烂车值钱?"他呼噜呼噜地笑着,肩背的肉块,剧烈地起伏。

这天聊死了,牌既已出,没有回旋的余地。她眼前有些暗,喉咙有些痒,努力直了直身子。

"那您约我来谈什么?"她问。

绿墙裙,漂不白的墙壁,天花板平均分的六块切割面清晰可见,老房子特有的"糙相",曾董像是欣赏不够,收回目光后,指着地台上的钢笔呼哧呼哧地笑着,说:"成天签不完的字,哪儿来的工夫约你?"

气涨红了脸的她,呼地起身,低血糖症状袭来,她哆嗦着摸出一块巧克力,塞口里。曾董看着她。

"杜主任联系我店里的同事说的。"她像一个诚实的犯人一样,明显已不是平等对话了。

"她能代表我?你喜欢被代表?"曾董又一阵笑。

巧克力是低血糖的克星,见招拆招,招招应验。她回头粲然一笑,说"不好意思,打扰了",而后咽着抖擞的喉舌,发冷的牙齿,推门往外走,杜主任则反方向一溜儿小跑。小楚噔噔噔地往楼下去,这也算是办公楼,同家属区无差别,二十世纪八十年代的建筑里坐着福布斯富豪榜上的曾董,确实挺搭的,她在心里把曾董狠狠地嘲笑一番,觉得挺解气。

整条楼道空得很,潮得发酸,墩布没拧净,或是用了沤了一夜的水,恶心感扑鼻。外物不过提醒她,是时候摘下谈判的面具了。她觉得被"局"了。从姜帅转达意向,方董关注此事,杜主任又多次联络,而曾董竟甩手一掌,捆得她晕头转向。但是,这些人又不像一起的,"局"她能"局"出什么?她一个掘进工的女儿,没有任何背景。

"陆总,杜主任来电说曾董请您回去。"姜帅的信息很及时。

小楚删掉信息,这一路,她把车开到一百四十迈,路经合欢树时,一片粉红笼住了她,擦窗的间隙,她扶着前额拼命地吸吮着又一块巧克力,一仰头,刹住了车。欺负人没有这么欺负的,她拒绝被愚弄,一直在寻求的身份不知不觉被灰色、乌色、黑色盖掉了。

她摸着方向盘,生转了几下,抓起曼陀罗味道的香水,深吸一口,猛打方向盘朝着"半月湾"的新楼盘驶去。这地方靠海,潮来潮往,楼盘尚未售出,木质护栏便生出斑驳的绿苔,这不影响买卖,毕竟当地人很少有钱买靠海的房子,外地有钱人买这里的房,过来度假时,临时收拾一下,住十天半个月也就撤了。

她经过新楼盘时,没停车,前面就是港城各个角度可见的占地一百亩的"半月湾"会所。将活动安排于此处,依山临海,确实绝佳。她的心不自觉地揪紧,被牵一回鼻子就被牵吧,不出港城就行,可转念一想,不卖车,专卖房,她又算是哪一路的神仙?她垂着头小心翼翼地走进去,一层是茶歇,其他层她连猜也懒得猜,从世界东头走到西头,无非男女,无非文化,无非经济,无非娱乐,无非全是无非,拼的是装修风格,给人以耳目一新或杂乱无章感,堪称成功。这座会所看起来是西洋镜里的西洋景,亚非拉的艺术元素全跑到材料上争地盘,欧盟艺术主流在此也不堪落后。如果让田中看了,肯定会讲是"脑残一族的放大化智慧"。

她要了一杯咖啡,喝得有些起劲儿。旋转门缓缓开启,庞队拥着杜主任往二楼去。小楚不相信自个儿的眼睛,这哪是五十几岁井下满身汗泥的那个男人?她想起那日酸过头儿的话,倒是与一身得体简单的休闲装、干净的头发、甩开的步子、油腻腻的笑脸成了标配。看这脸算是没白活,笑开了花。哪见庞队这么笑过,蜜里调油,这身板笔直得,更不像撅着屁股,躲在墙根时,哼哼唧唧"爱"得死去活来的"老牛"。

女人凡谈到男人猛、强,多半是想把他们哄上天,再找他们办事情。听到一直都是杜主任说个不停,小楚有些恼火,哄谁不好,偏哄矿上的?这像剜了小楚的肉,转念一想,碍自己什么事儿?

"你等着这回!"庞队不会哄人,一张口就是粗人一个。小楚差点儿喷出咖啡,忽地一阵悲凉袭上心头,眼角勾住两人的背影。

小楚拨了电话,杜主任接了,此刻的庞队八成成了空气里的一分子,隐藏得特好。

"要人很好玩吗?"小楚问。

"陆总,您听我说……"杜主任像受了委屈,带出哭腔,继续重复着,"陆总,您听我说……"

小楚挂了电话,忽地略带歉意,把一个妙不可言的下午搅翻,心中太过意不去。她冲个小职员恼什么?格局烂透了。她扳着手指,数起几乎被她踩遍的港城大户,从银行,到政府,从医院,到保险业,凡能置办汽车的,都曾是4S店购销合同上的一方。虽说销量一般,可软广告效应带来的上涨却一发不能收拾,带动着老百姓这支犹如千军万马的队伍一呼百应,这些合同总算没白签。她抿干净咖啡,又不像前些日子想到团购那么垂头丧气了。现在愁余下的时间,热血三千里换了靶子,瞄不准了,冷面冷眼冷调调的曾董,一脸的半生不熟相,她一时半会儿找不到突破口。真要借外力,哪个也不铁,私人交情极其一般。

她深一脚浅一脚地走出会所,已是傍晚。海边一圈儿纳凉的人,特嘈杂,像是要给海来一场深夜前的交响曲。他们把席子铺在沙滩上,歪着脚丫子,摇着扇子,游夜泳的多得数不过来,黑乎乎的脑袋像黑瓢在水中一沉一浮。

有人喊她,她回过头,曾董赤着厚肉脊梁,穿一条黑色大短裤坐在沙滩上。她觉得像梦,似是而非的。她往前走,并不理睬,这个时候,把人认混了也是可能的。

"上午我们见过面。"曾董喊道。

确实是他,她的脑袋仿佛被谁别在脚下,她不相信一个巨富会像个退了休的老大爷泡海。那支签上亿资金的笔搁哪儿啦,就连她这个给人打工的总经理也难得一闲。

"来,陪我坐会儿。"曾董拍着身旁的沙滩,像农村老汉拍炕招呼客人坐会儿一个路子。

说得好轻巧,就像朝过路人,随时吹个口哨,她一边想一边抹着脸,她的淡妆早掉了,恐怕脸上印着泪痕,一步裙短得要命,怎么坐?

坐在哪儿？坐远了，沙滩上人来人往能切断他们相互注视的目光；坐近了，混着海的咸味，这得发散多紧张的味道！一时间她怔住了，随后莞尔一笑，从语调上，彰显着愉悦："曾董，您好。"

"这天真热呀！我买水给你喝。"曾董拍掉身上的沙子，跑起来像只海星，她心中隐隐发痛。曾董往回跑时，海风兜得裤管面积骤然增大。她接过水站在一旁。他们没提上午的事儿，像是没发生过。海浪冲过来，一枚干瘪的海星扑到沙滩上。海星、曾董和她，形成三角的三个点，仿佛正是这三点挑起会所前的六根参天灯，缥缈的光芒移转一片红，一片绿，一片黄。

"你多大？"

"三十了。"

"好年纪啊。"

"您多大？"

"五十五了。"曾董的眼睛像两枚大灯直射着她，"你怎么在这儿？"

"我该在哪儿？"她笑了，一笑就收不住。她觉得很讽刺。

"买几台车没问题，关键是你想解决什么问题。"曾董在她走后找人查了她的简历。

这话把她感性的心束紧了，她往下抻了抻一步裙，伸直双腿，也只有这样坐在沙滩上，走光能少些，她不知道该怎么回答他，怕再被羞辱。

"怪不得让你做高管。"曾董丢下这句话后，拖着肥屁股往海里跑，用海水洗脸，洗胳膊，洗腿，回来后，往她脸上弹了不少水珠子。

"龙田矿快没了，兄弟们不想走。我想在那里做个大活动，顺便给他们找工作……"她把另一些话咽了下去。

"你太敢想了，这儿装的什么？"曾董指着自己的脑袋说。

"装的饭碗。"她说，"地层深处很累，又得离家，多苦。"

"龙田矿有的是主意，你跑中间忙活什么。这是资源型企业的宿

31

命,就像'半月湾'也不能待在一个地方建房。"曾董知道她是一个掘进工的女儿,耿直型、闷头硬干型,这种人"霸气"得没边儿。

"我求您件事儿吧。"海浪泪泪,欢声细语,夜色优美,仿佛正是求人的好机会。

"说说看。"曾董把瓶子里的水喝干净,抹了一下嘴。

"不愿离家的,让他们进'半月湾'物业。"她说。

曾董拧碎了瓶子,说:"隔行如隔山,行业跳槽打破了根本,挤对新就业市场干什么?"

"给我些岗位。我的那两个店,也聘他们。"她说得太急,声音变调,几次吞音,幸好夜朦胧着,看不清她的大红脸。

"太年轻了。"曾董说。

小楚霍地一下起身,拍净身上的沙子,说:"龙田人能行,您再考虑一下吧。"她的声音更软了。

"我得走了。"曾董望着海中央石砌的月亮老人。

"您忙吧。"她站起身,往下抻着裙子,转身向前走着。

"一起去吧。"曾董说。

她抓起一把沙子,扬出老远。

四

　　前天，小裙父亲和贺主席大吵一架，十根指头轮番抖动，张着鼻孔凶神一般，桌上残迹一片，小凳子踢飞了，现正蹲在洗手间一隅，门上砸出的一个大坑说明这一脚不比球场竞技差，马桶也未能幸免。贺主席昨晚给小裙父亲道歉，二人又你一杯我一杯喝起来，像没事儿人。打归打，好归好。

　　下班后小裙添了心事儿，贺主席今天下班早，应早在家里和父亲"开会"了。一天的工作，不想向父亲汇报也得向父亲汇报，小裙就怕再飞起物什，砸出另一个大窝子，因此在楼下徘徊。

　　宋冰穿着一件笔挺的工装，在小裙面前左摆一下，右扭一下，腰肢软得很，胸前像藏着两只水袋子，晃得小裙眼晕。宋冰热情得不得了，傍晚的夕阳烧红半边天，也烧透宋冰的脸蛋，火焰一般。

　　"有心思？"宋冰微喘着，眯着眼睛笑。

　　小裙怕话头一起，再提疗养，拿工会开炮。小裙忽地转身，噔噔噔跑上楼。气得宋冰跺着高跟鞋，往自家回。窗台前的小裙，吐着舌头，有惊无险。屋内的谈话声忽高忽低。父亲的卧室门虚掩着，砰砰！

啪！衣柜门合起关上，视野窄得可怜，小裙看不清。贺主席先小裙一步到家，竟和父亲在卧室里。

"钟玲怎么说？"

小裙听贺主席提母亲，心一下子揪起来，思念之情像只鼓槌，敲得她泪如雨下。茶缸子砸桌角声、叹气声，这叹气声太老到，辨不出来自哪条声带。一堆沉默积向空气，白墙上的黑电闸酷似要给静默加一回电，这时间太长，能把人等睡了。

"错了，错了。"这是贺主席的声音，温软，慢条斯理的，一听就在赔礼。一口水喝下去，咕嘟声炸开一样，这是父亲。

"孩子大了，我快入土了。"父亲的拳头捶着床铺，"你就是你，我就是我，孩子是我的！""七上"和"八下"，是父亲养的两只小鸟，一只眉眼，一只蓝雀，现在吓得在笼子里直扑腾。小裙和它们一样在扑腾，只是扑腾的是心。

"你们见过面了，我都知道。"父亲一阵咳嗽，贺主席听到声音，推门出去，小裙连忙调蜜水。

父亲和贺主席出卧室后立马换了表情。父亲光着膀子盛出入口即化的猪头肉，贺主席启开酒瓶，小裙慌乱地放下蜜水，拿起笤帚到卧室装作扫地。柜门关得好好的，两只小鸟也不唱了。这晚，没谈矿上的事，酒喝至中场，父亲让贺主席回老巢，贺主席不回。父亲第一次在小裙面前说贺主席是个老光棍。

老光棍贺主席现在是个处级干部，煤矿大学毕业后，分配到集团，跟着"准备队"一起打过井，跟指挥部一起张罗过招工。陆福就是贺主席招的。陆福是有技术的老把式，贺主席是青年才俊，两人一见便互生钦慕，从开始就好得像一个人，陆福年长许多，算是忘年交。

贺主席一辈子没结婚，一提老光棍，龙田矿上下无人不知这雷打不动的标签，矿上几次为贺主席张罗对象，而他要么不看，要么就是没看成，风风雨雨几十年青春全给了矿上。

贺主席这条光棍在年轻时,张罗过光棍兄弟们的婚事。那时,李矿笑贺主席,净扯事。可光棍们凑到一起,这脑子就活了,从纺织厂到面粉厂,凡是女工多的地方,准有他们的身影。面粉厂不给力,纺织厂给力,他们就往那里的工会扎得频,打着工会相见一家亲的旗号,男男女女在装扮一新的纺织车间,曲子一响,心花一颤,情愫一喷,热火朝天地,准会好上。

　　好了一大批,看在眼里,喜在心里,首批家属楼也为迎娶新人以箭离弦般的速度建成。放眼一看,该结的结了,该处上的牵着手呢,处不上的再想办法吧。而陆福属于既处不上,又想不出办法的。

　　那年,贺主席自个也落单,贺主席母亲的话像掴耳光,说他成天"翘天站着",还在乎别人。贺主席知道争不过母亲,就随母亲说,说说败火,不容易生病。贺主席正当年纪,也有翻拢着睡不着的时候,过去一年的时光像海沫子一样,不断地涌着。纺织厂的女工嘻嘻哈哈地从窗口走过,笑声酥脆,迷得贺主席想到《聊斋志异》。真人能和狐狸精一样吗?

　　贺主席这才有些后悔给兄弟们牵了线,自己落了单。前几年和纺织厂谈得多愉快,每回联谊的日子直接敲定,因此贺主席桌上多的是单根的烟,每根烟上还标的名字,意思是让贺主席派他们去跳舞。兄弟们的精力太过旺盛,贺主席也就顾不得想自己了,把兄弟们安排妥才是工会该做的,但是贺主席也有烦的时候,会冷不丁丢出一句哪个会跳舞,到工会来教教。兄弟们便会起哄,说不会跳舞,还不会踩脚吗!贺主席气得要命:"别净给矿上丢人,像是没见过女人似的,要文明处对象。"

　　"对,先哄着,结了婚,弄她。"一个兄弟做出浪荡的肢体动作,弄得气氛有些燥热。这时贺主席会脸一沉,说:"国企员工说这话?改革开放后,更要迎着新思想。老婆是用来疼的,怎么能用'弄'呢?"说到这儿,贺主席自个也笑了,笑罢,说了一个好消息:"矿上出钱,凡处上的,先给女方一辆自行车,拿了东西手短,答应见面的机会就多了。你们大胆地表现,姑娘们看到咱这儿的好处,也就舍不得走了。"别说,这招还真灵,一年成了一百多对,先是住进单身公寓,这下没老婆的更完蛋了,成天听着四面八方又吼又叫,急得单身兄弟配着现有的"音乐"在床上各自行动起来,谁也不先服软。

因此,贺主席的母亲更急了,在屋里不断地走动,一是骂这个世道变坏了,二是骂儿子没闹点儿动静。贺主席哪敢有动静。为了宽慰母亲,贺主席说过他是干部,得把好处先让给基层。母亲就说不当干部,也得留着这好处。人这辈子,够吃够喝就得了,关键得娶个老婆,有个孩子,才叫男人。后来成婚的都搬进了家属区,单身兄弟才有了点儿消停之意。

领房那天,大呼小叫的,全是来自纺织业的女工。她们看着绿色墙裙、白色墙面、漆红色接地底裙,通明透亮的大窗户,抓阄儿获得的新房钥匙拿在手里沉甸甸的,比捧着金块还要带劲儿几分。一天工夫,你去我家,我去你家,去了哪家没去哪家都忘记了,去同一套房子三次的不在少数。可不是,一梯三户,房间结构相差不大。把这些小媳妇笑得透不过气,尤其刘香青,又能笑又能说,人还美,仿佛力气用不完。她是第一个辞去纺织厂的工作全职照顾老公的人,也或者说刘香青的感情是有故事的。随后,辞去工作的妻子更多了,毕竟原单位离矿区太远,又无直达车,再说她们的活儿三班倒,下井一天的老公回家见不到妻子,浑身痒痒,刺挠不已,更坚定了她们安心扎在矿上的决心。纺织厂的工会主席跳着脚埋怨,这真是赔了夫人又折兵。贺主席没让兵闲着,尽力安排部分家属在矿上就业,可如此一来,再去纺织厂搞联谊就不合适了。

新楼住上一年多,后半夜持续着砸铁的声音,往窗外瞅,弄不清哪儿传来的,刘香青家的老隋只要不下井,就得提棍巡逻看看,回来后,每回都要说好不容易休个晚上,谁不想和媳妇睡个好觉?这样就形成了一里一外的动静,搞得家属区人心惶惶。贺主席心里有数,觉得闹这么久,太不像话了。那时,碍于情面,纺织厂的工会主席已为贺主席专门介绍了一位姑娘,贺主席的日子挺甜的,所以没怎么理会长久以来的砸铁声。

为了消除这动静,维护家属区治安,一天晚上,贺主席专门打着电筒往山墙下照,果然是陆福,他正在砸一个废掉的架子,架子一侧已弯成钩子状。

"老陆,怎么一点儿不懂事儿?"

"我就他妈的是太监。"

砸铁声沉重刺耳,贺主席想夺下铁锤,陆福搡贺主席倒地,跟贺主席要个说法。真正让女人望而生畏的也是陆福的脾气。哪有那样见女人的,第一次见面,还没说几句话,他就会问:"行不行,给个话。你哑巴啊?"吓得姑娘见了这回,说什么也不再见了。贺主席找陆福谈过几回,说不能急,就像干掘进一样,得一米一米地进,必要的时候,还得一尺一尺地进。陆福受气一样,暴躁起来,说:"那娘儿们就是看不上我!"贺主席脸色铁青,嘱咐陆福不要说娘儿们娘儿们的,要称姑娘、女孩子。

有一段时间,陆福也爱在井下闹事儿,尤其见贺主席也牵着姑娘的手,对贺主席的抱怨加剧。为使贺主席的工作难开展,没缘由地在井下挨个人吵嘴,尤其哪个结了婚的兄弟要上井或刚下井,陆福总要无视纪律,前去找点儿碴儿。这个状况,陆福被告了好几次,也被罚了好多次。工会是矿工的家,又轮到贺主席找陆福谈心。陆福瞪着圆鼓鼓的眼睛,咬着嘴唇,喘着粗气,随后把椅子一踱,拒绝谈话,扬长而去。贺主席气得牙齿直晃,真想一纸文件把这个人开掉。

陆福还恨着贺主席呢!喂饱了兄弟又喂自己,成天傍晚推着自行车和姑娘走在矿区小路上。陆福也买了辆自行车,立在床头靠想象过日子。别看陆福成天找事儿,但井下的活儿做得漂亮,特能分清儿女情长与地层是两码事儿,时间长了,他也就不找兄弟的事儿了,觉得会影响兄弟们挖煤的心情,寻思着还得找贺主席闹。

　　一个午后,蝉鸣喑哑,苍蝇趴在地面摩拳擦掌,陆福专门坐在食堂,等着用凉透的汤水溅贺主席一身。贺主席躲开了。陆福借酒壮胆,指骂贺主席一通。一下午,没人敢进食堂,似专门腾出地方供贺主席办公用。时钟走到下午六点,贺主席的女友钟玲往里探着头,一伸一缩地,像小姑娘做游戏一般。

　　"我没有老婆,你也别想去。"陆福看了钟玲一眼说。

　　"你耍赖是不是?"贺主席说着就往外走。

　　"谁也别想走!"陆福抱住比他瘦两圈儿的贺主席。

　　"行,我去说说。"贺主席想推开陆福。

　　"我去说。"陆福一个箭步,往前去。

　　气得贺主席鼻孔冒烟,失手将餐具打落在地。李矿到食堂吃饭,但见陆福凶兽般的脸蛋子就差露獠牙了,也没敢出声。

　　"她跟我正谈朋友呢。"贺主席一字一顿地说。

　　"别给我来这些虚的,她说不定喜欢我。"陆福一脸很有把握的样子。

　　贺主席想起那日钟玲笑得好看,回头一瞅,陆福正望着他们,这个辗转多处矿山的老把式,浑身上下是劲儿,脑瓜子活,黑漆漆的巷道,能走出金碧辉煌的气派,被女人留意也正常。

　　"那我先把你弟妹送回去。"贺主席有意宣示主权。按理贺主席和钟玲早该结婚了,但由于第二批家属楼未完工,才憋着婚期没放口。谁知贺主席出了食堂,走到车前正好车把,刚要走,陆福一提劲儿把车子和贺主席拖倒在地。贺主席恼了:"老陆,注意影响!"

　　怎么说也不成,围观的人越来越多。贺主席让钟玲骑车回去了。陆福正要挥拳头,一只略绵软的手扶住陆福的肩头,忙碌一天的秦辛夫妇正来食堂打饭带回家吃,见状便上前劝解。陆福敬秦辛,这男人敢说真话,不管谁官多大,谁安排走后门就是与他秦辛过不去。

"福子,别闹了。"秦辛说。

"别闹了,你们这样小钟心里怎么看?"新萍说。

"强扭的瓜不甜,你急吼吼地把人吓跑,赖着谁。"这话幸好是李矿说的,陆福呼出一口闷气,接过秦辛的烟。

"下回再领你去看,可不许上来就急。"贺主席随声道。

"指不定她喜欢我呢。"陆福又说。

"姻缘得合适。"新萍又说话,陆福不作声。这女人懂得多,能写出来,能讲出来,还能把陆福的梦想操控成现实。

"让钟玲选吧。"贺主席扔下这句话,头也不回地走了。

贺主席再次去求纺织厂给陆福介绍个对象时,纺织厂的领导说什么也不给办了,任贺主席送礼打点也无用。纺织厂的领导说纺织工都给煤矿人做了媳妇,这纺织业得倒,说得贺主席不好意思再登门求亲了。正在贺主席因发愁无暇顾及钟玲时,钟玲骑一辆崭新的女式自行车与陆福绕着家属区赛着圈儿地骑,一人一辆,真气派。陆福一身汗,钟玲一脸笑,万一车头碰到一起,钟玲会"啊"的一声划出美丽的弧形调子,娇嗔声不绝于耳。连着几个月贺主席活得绿不拉叽像根带刺的黄瓜。那阵子正好特讲恋爱自由、结婚自由。"自由"这个词了不起,把贺主席的嘴巴捆得结实难受,把贺主席的母亲急得眼珠子快扔脚面子上了。

"贺主席总不能拆散人家吧?"

"贺主席年轻,好找,再等几年也没事儿。"

"谁说非得嫁当官的呀,人家钟玲就喜欢那身煤味。"

"处了这么长时间,贺主席不好受。"

"老陆处不上才难受,这把年纪了。"

话题风风火火,井上井下漫天胡扯地聊,仿佛这类真实的段子,为井下作业的肺活量增大不少。见效益走势好，李矿也无话可说，谁也不能堵住悠悠众口。直到陆福娶了钟玲，这些活动的嘴巴才慢慢消停。窗上大红喜字喷着金边儿，彩绦条闲逸地垂着，风一吹，摆得像少妇的青丝，瞬间满窗台的女人味。

钟玲的身子特软，像是刚揉好的面团，能弓成一座桥，而陆福的身子硬，硬得像一台掘进机器，还未开启，就隆隆作响，盼着压过桥面子。

"超载了。"

"压碎了，我会修。"

新婚夜，他们一边修桥，一边开车，直到天亮。

钟玲的新婚夜，贺主席失眠了。他后悔没送钟玲自行车，只会信口说理想，谈抱负，回回像粘在嘴上。贺主席蜷曲着瘦身体，听到心脏怦怦跳不停。

陆福单独请贺主席到家一聚，钟玲始终没露面。再往后，贺主席见了钟玲，闪得飞快。

钟玲怀孕了，白嫩嫩的肚子怪馋人的。

钟玲不笑了，眼瞅着褪色的喜字被鼓进窗台的冷风吹得截截断开，她一把抓下被吹碎的喜字，揉成团，又扯得稀烂，抛向门旁的两辆自行车。

本来就高人一头的陆福，走起来更是大模大样。在不经意中，听有人说什么奉子成婚，比他们结婚早的肚子尚无动静，又赞扬陆福不愧是名副其实的先进工作者。正在井下工作的陆福冲着冒水的地面，吐了一口痰，举起扳手砸向地面，几秒工夫后，陆福又重操工具专注起来。上井后，陆福第一个钻进浴池，没头没脸地冲着水，仿佛泡在混沌中。浴池的窗玻璃一层灰，一层水汽，与陆福一个模样，先洗掉油尘，任水汽顺着急流涓涓而下。

洗完澡后，陆福直接去了食堂，贺主席端着盘子凑了过来。

"你一边吃去！"陆福举着绿油油的酒瓶子，往嘴边送，碰得牙齿哐当响。

"谁又惹你了？"贺主席挪了几下屁股，没挪地儿。陆福挽起裤管和袖管，一副不好惹的样子。

"快当爹了，可不许脾气这么暴躁。"贺主席说。陆福把酒杯一蹾，眼白充满紫红色的血丝。

陆福没再碰钟玲的肚子，陆福看出钟玲不笑了，钟玲也看出陆福变了。

一天晚上，天空飘起清雪，冷风袭来，灌得从耳孔鼻孔酸凉，钟玲泪流不止，关上窗户，而后眼睛像射击一样瞄着陆福起跑的身影。她唇线蜡白，面颊枯黄，呜的一声，把吃下的东西倒腾出来，胃液热滚滚的。她刚收拾罢，轰隆一声，门开了，陆福歪歪扭扭地进来，往洗手间吐酒。

"没吃饭吗？"钟玲问。

"那单子我看看。"陆福眉头上挑，仿佛一把利剑。

陆福把这张纸按在为双生子准备的双人床上，新打的家具，款式时尚超前，尤其推拉式床头柜，散发着鲜木味。钟玲艰难地睁着惊恐的眼睛，想说点儿好话，舌头却像被一堆石头压着，手还能动弹，她取出一支钢笔，是去年矿上奖励进步矿工的，印着"龙田先进"。

"福子，这支笔送我吧。"钟玲说。

陆福借着昏暗的灯光，举着明晃晃的"先进"，觉得钟玲进一步羞辱了他。此时，井下的流言如乌云压顶，陆福顶不住脾气，骂钟玲流氓，没完没了地打钟玲的身体。钟玲下体泛潮，蜷住身子，用膝顶住，不想完全趴下身体，喊着："别罚我的孩子，要罚就罚我吧。"两人对脸相望，一个惨白，一个惨黄。钟玲底裤上的几缕血迹，吓得陆福胡乱念经。钟玲晕倒了。

钟玲醒来时，陆福像换了一个人，端来剥好的鸡蛋和米粥，而后按时下井去了。上井后,陆福往家去,一层积雪发出吱扭的怪叫,像齿缝塞了沙子,胀碜感不断加剧,他想着贺主席最近仪表不凡,满面春风,光棍的日子真精神,也没见贺主席再张罗着搞对象,钟玲也从未打听过贺主席,两人似成了绝缘体……陆福逼着自己不想,拧钥匙进屋,房间一片漆黑。钟玲出去了。这么冷的天,别是想不开。陆福内心祈祷着,一瞬间,陆福觉得这事儿也没啥,煤矿人的骨血,就是他的骨血。

陆福打着电筒出去找人,胃疼、肝疼、肠子疼、眼皮疼、屁股疼,浑身上下说不出的滋味。寒风一吹,体内气流一阵通畅,好多了,风过去后,又是这儿疼那儿疼,只能往外吐着气。明儿井下设备通排,不用下井,可以睡个好觉,陆福摸着裆下坚挺的物什,想着没闹这出时,钟玲怀着孕也有绝活儿。现在那活儿在他俩之间生锈了,陆福一时间怅然若失。

钟玲披散着头发往机关楼去。贺主席磨蹭了好久,才从光溜溜的树后面露出一截身子。今晚是贺主席值班,钟玲是算着日子来的。腊月的天,寒风削脸,肩胛仿佛被一根钢爪箍着,摇得两人直晃。贺主席推上自行车,打算送钟玲回去,他们走出矿区大院。

"你找我有事儿?"贺主席问。

风声剧烈,枝丫拨弄着枝丫,发出簌簌的哑闷声,在风中的两个小人,仿佛两只牵线布偶,时而一左一右,时而一前一后,风向再张罗,头也碰不到一起。两人一直走到家属区。

刘香青扶着阳台,瞅着两人,心口呼地一跳。在纺织厂时,她和钟玲要好,来到矿山,她们也好。刘香青漂亮,钟玲秀气,此刻钟玲尖尖的肚子格外刺眼。贺主席的事儿刚闹腾过去,这又得撩事儿吗?钟玲走在前面,贺主席随后,像他押着她到家属区游行似的。可细一看,贺主席耷着头,一点儿干部样也没有,仿佛被前面这个披头散发的魔女施了魔法,亦步亦趋。很快,两个人走远了。前方正建第三批楼呢,他们去那儿干什么?刘香青跑到床上,推醒老隋,刚熄火的老隋又来了精神,要不完的娘儿们!刘香青使劲儿拍着老隋的嘴,指着窗外,把嘴巴努得老高。老隋翻了个身,用枕巾塞耳,心忖:这女人哪儿都好,就是爱嚼舌头,贺主席苦着呢,井下人哪个不知道,婚姻自由害了他。

借着工地上的微光,停住自行车,钟玲回过身子,往后退了几步,从棉服口袋摸出叠得像块饼干的单子,朝贺主席丢过去。

白色的菱形线和夜晚的星同时跳动着,"饼干"滚进一个蓄水浅沟,泡过的纸,打不开,洇得丝丝缕缕。

满口抱负的贺主席,想丢官要孩子。钟玲仰望寒冷的夜,大片的思绪滚着热浪,脑袋木得像要抽风。贺主席迅速脱下棉服,给钟玲穿上,连串的喷嚏使贺主席扶不住墙。钟玲怕冻着肚子,想回去,报废的单子清晰不过,说再多也无济于事。贺主席拉住钟玲冰凉的小手,垂着头,似有万语化作煤块,等待引燃。外界依旧昏暗。

半个月不到,闲话骤然增多,整个矿区活脱脱地瘦出了模样,贺主席瘦得更厉害,额顶生出大面积的白发,额纹深长断裂,横七竖八,老了十几岁的样子。陆福闭着口,安静得令人费解。其实,陆福并没闲着,而是在给李矿单独施压。李矿无所适从,递烟送水,劝回好几次。钟玲知道后,拿出菜刀要切了肚子,陆福才消停了几日,李矿却怕陆福有更大的动静,便旁敲侧击地渴望贺主席先有动静。瘦下来的贺主席身轻如燕,工作效率大幅度提高,像是有干不完的事,往几个办公室跑来跑去,留李矿空坐好久。

突然有一天,贺主席要辞了工作,带钟玲走。陆福不情愿地唔唔喇喇,无法再将贺主席妖魔化。从那一刻起,李矿不用接待陆福了。

夜不断地黑下去,没有一块透亮的地界,而月光似乎要在黑洞洞的影子里,为窗户挂上一片皎洁。贺主席的心里没有皎洁,陆福的心里一片黑暗,这事儿就算封住了。

初春时,矿上的一双女儿落地。李矿牵头给先进矿工庆贺。陆福醉了,贺主席哭了,刘香青和新萍一人抱着一个孩子,乐得直晃。钟玲心头的一块石头落了地,她接过陆福刚知道她怀孕时为她准备的金耳环,瞥见贺主席通红的眼睛,拿起一杯酒,在一团红光中猛地喝下去。

五

　　三伏天酷热难耐,前往港城前,仕云在地图某个位置画圈儿,这是先用笔关照一下将留足迹的地方。她要写点儿事儿,这回信心十得,到真排了时间要做时,却倍感压力。当初心大得想把改革开放后煤矿行业的事儿写个滴水不漏,横向,纵向——坐标搬到文字里,解文筛字,落笔一网打尽。她想得太美,现在才感觉张的网太大,已把自身圈囵套进去了。

　　当被贺主席引进高层公寓时,仕云真是无法想象这个弥漫着潮酸气的老建筑将成为她未来近半年的住处。此刻她小心翼翼地跟在后边,心情湿漉漉的,两腿灌铅一样,托不住身子和发胀的头颅。女工早已不住宿舍,她成了此处唯一的"女工"。铁架床摇晃着,一碰便刺啦响,心被泥巴糊住一般。贺主席不无自豪地讲,这是当年港城最早的高层。仕云踩到一张簸箕,差点儿仰倒,幸好后脑勺顶住墙。顺势看到布满乌云的立镜里,大粉大绿的床单怯得很。突然一阵浓重的锈酸味扑进鼻孔,她跑到公共厕所,干呕。厕所更难闻,简直是混杂馊味的大聚会,只有没闻过的气味,没有闻不到的气味。她盯着窗外,眼泪在眼眶里横冲直撞。楼高风大,炎夏有了腊月的怒吼,像是要吹断大块玻璃窗的筋骨。仕云回房后,贺主席说过去这里热闹着呢,指着大衣柜说当年高档着呢。柜门上的污泥络绎不绝,边角泛青苔,人脸映于柜镜中,像长了礁绒,更像新版《西游记》电视剧里妖怪的脸。她决定不在这里住,贺主席陪着她下去了。

最终找到机关楼的一间办公室,房檐没完没了地掉着白渣。有一回半夜,仕云嘴里一股腥涩气,牙齿咬着硬壳,舌头被硬壳上的小爪拼命地挠着,像是跳跳糖在嘴里运动,她翻下身来,往外一吐,吐出一只虫子,惊叫不已。夜里整栋机关楼仅她自己,睡不着,就坐着,坐烦了,就走会儿,走累了,躺回床上,脸上盖上枕巾,仍旧睡不着。她再次后悔为什么跑到这里来。她倚着缺了个角的书桌发愣,就因这桌角,每回写作总得有一只胳膊累得发酸。何止没有桌角,这里还没有网线,黑咕隆咚的机关楼室内没有厕所,贺主席送来一个紫色的尿盆,说这下就方便了,还帮着推到床底下。她垂着头,那些豪言壮语几近消停。

仕云步行到餐厅,一路的口号和标语,难招眼球。毕竟来前,她去过河北、河南、内蒙古的煤矿,把对标语的热情留给了它们。餐厅挺宽敞,保洁人员抱着一盆筷子,往洗碗池走,冲上水后,回来抱下一盆。仕云来得比较晚,没什么能解馋的菜,要了一个馒头、一份油炸花生米、一份免费稀饭。她吞不下,胸闷得要命。

工会干事陆小裙,说话像吃了枪药,把大红大绿的被褥往仕云身上一推,虎着脸打量她,那脾气简直像窜天猴,不炸出个响完不了事儿,第一回见面就泼冷水,说:“这么年轻来写啥?会写啥?现在什么人都可以写作,真是门槛比挖煤的还低,你以为你是谁呢!”贺主席像个聋子,不批评他的兵,反而留小裙和仕云聊聊。贺主席走后,小裙尖着嗓子说:“别以为我以后得伺候你,矿上得伺候你,没有的东西自个儿买!”有一回,小裙扫了一眼仕云新布置的房间,拔插着仕云的钢笔说:"我告诉你,你要敢给我们写不好……"仕云赔着笑,工会至今不给安排采访对象,就这么晾着她能有什么东西可写?顶多写写日记,把对矿区的直观感受抒发一下。小裙多次来多次走,就好像是为了走马观花。仕云的胸闷闷的,又值伏天火气大,皮肤响应着火气的号召,排列出许多小红疙瘩,仿佛一堆红蚁。

想到这里仕云吃不下了,把东西倒掉,回去了。

贺主席把仕云介绍给矿上负责材料的徐经理,一堆理论性的东西推给仕云让她自个儿看,她看不下去,大好的光阴,更该和人对话。她问徐经理点儿事儿,徐经理所答非所问,像怕踩到雷一样,对矿上的事儿绝口不提。贺主席又让她排着日子听高中层会议,她觉得这个好。会议很有料:机关楼里的干部没有一个想走出去的,憋着一股劲儿,正相互察言观色。会议成天这么开,也算是洗脑,也算是走形式。听贺主席讲,原来的会议不这么开,现在井下空了,上不来几钩子煤,也就没什么工作可汇报,关键是要把阄儿抓顺利了,让龙田矿的煤矿人都走出去。贺主席问她有没有什么好主意,或者通过她往上面报报,帮着龙田矿找几处更好的资源。她摇摇头,这是行业里的事儿,她一个写字的人不过鸿毛一根。当时她有点儿惭愧,晚上回过神来,明白贺主席的言外之意是劝她少帮倒忙。

人生地不熟,她不敢造次提出已商定好的流程,贺主席一直装糊涂也正常,对于某些机关干部来说装糊涂常是拿手活儿。她的拿手活儿是不多言也没有任何表情,第一次参加会议时,贺主席很隆重地介绍了她。李矿看着她笑,一些中层也冲她笑,几乎每个机关人员都对她很友好,徐经理冲她笑得最欢,可她没有任何表情,连句谢谢也没说。她知道自己是一个人,脑力再好也不够使,他们是众人,每一束目光如一道绳索,最终网住她,从不同的侧面讨论她。仕云想得没错,矿区上下见了她很礼貌,可就是没有人说一点儿额外的话,即便问起,也只是说让她吃好喝好之类的。

徐经理继续敷衍她，有模有样地带她到监控室讲了一个小时后，随手把集团文体中心慰问演出的材料给她看，说写写这个。快中午时，徐经理有些心不在焉，她起身告辞。徐经理同她出了生产楼，急匆匆地去了停车场。

　　没有胃口，她从食堂折回来，头枕着粉色绣有"喜结连理"字样的枕头。有人来砸门，仿佛是雷霆震怒的前兆，她一骨碌爬起来。

　　"你成天是不是闲的，甩着个手什么也不干！矿上有什么好写的?! 你怎么不写警察局，不写监狱?!"仕云讨好般地把计划表给小裙看，也只能给小裙看，别看小裙只是个干事，这个干事可不一般，小裙要是松了口，这事儿能成一半，谁知却被小裙不断吆喝。

　　"等着吧！"小裙白了仕云一眼，"领导班子心眼子丢沟里了，招了你这个黑心记者来。"小裙碎嘴骂完了，突然怕被一巴掌掴到脸上。仕云只是一脸怒气地转过身去，眼瞅窗外，努力不让脾气翻涌上来。小裙见仕云没反应，接着说："看你那尖酸刻薄脸，就知道要等着拿别人的痛苦当加冕材料。书店里那些四不像的作品还少吗？写这些，不过为了博人眼球，你有什么了不起，跑到煤矿找这点儿材料，等着往后成炫耀的资本，对不对？简直是思想巨大、行动迟缓、不落地的人。"小裙这些话，似按钉结实地扎进仕云的心，作品作秀，反过来真会像一把自刎的剑。

　　小裙训完话后，哑着嗓子往外走，回头嘱咐说："少喝些水，省得跑厕所，晚上机关楼没人。"仕云礼貌性地送小裙出门，小裙刚要再开口，楼梯处，一位身材笔挺的小伙子正往二楼张望。小裙像只小鹿轻盈地跳起来，声音甜出了蜜，喊"小伐"。仕云正怀疑耳朵，细一看，刚还哑着嗓子的小裙不再凶，反而乖巧可人。

　　仕云回到房间，插上门闩。她怕再有人来，这里除了贺主席和小裙，经常有人来看望她，仿佛她才是采访对象。她把窗帘拉上，这样来人就会以为她睡觉了或是出去闲逛了。她听着陆续的敲门声，发呆。贺主席这招拖延人的方法像熬鹰似的,促使她想说话和想接触人的心越来越焦灼,仿佛对谁害了相思,真恨不得和矿工兄弟谈一场"恋爱"。恋爱的时候,人问啥说啥,不过脑子。话说回来,贺主席派的这些人没一个想和她"谈恋爱",他们都很讲礼仪,登门从不空手,有送蜂蜜的,有送饼干的,有送茶叶的,他们很有礼节地说些与矿山无关的话题,聊港城的一些新闻,走时约定说过几日再来。仕云不用他们来,也不要这些东西,窗帘也拉得越来越早。她恳求贺主席别糊弄她了。贺主席是个老好人,用最温柔的笑打发着她。

她实在按捺不住时,便悄悄地潜入家属区,与小保安有了联系。小保安很健谈,说不会随大部队去嘉水,说在哪儿做保安都一样。这次,仕云去家属区,被盯梢的小裙拦住。小保安立马吐着舌头,关上窗户,朝着另一个方向看去。仕云的脸凝住了,上次小保安请她进屋坐,她问起小裙的事儿,小保安像有很多话要说,四处看,说时却没说小裙,反而说到矿嫂新萍的老公秦辛,竖起大拇指,说秦辛曾为乱用人一事敲响工会的桌子,那么好的人走了。保安又一指第一栋楼一楼的窗台,仕云顺着方向看见一个纤细的背影正在伏案,她从小保安口中得知那是矿嫂刘香青。老隋走后,这个女人到处告贺主席的状,常来保安室念材料。小保安有点儿自豪,接着又说,要是秦辛活着,准能说给秦辛听,唉,不过也不一定,女人的心思难猜。看着小保安的年岁不大,像个苦尽甘来的老人发出长吁短叹,仕云决定去找刘香青,小保安却不让她去。

但这回,仕云就是来找刘香青的,不巧被小裙碰个正着。在家属区,小裙装着一肚子气,看了仕云一眼,很礼貌地把仕云"押"回了矿区机关楼。仕云说觉得矿上做事怕人,小裙听后白了她一眼,说:"你去有什么用?你能成天陪着刘香青吗?人家把话掏心掏肺地说给了你,你再晾人家一生。我看得没错,你们这些人就是想让人家再痛苦一遍。"

这时,宋冰提着半个西瓜朝这边走来。小裙让仕云去记分西瓜的场面,瓜是矿上给矿工的福利。接着小裙介绍宋冰是祁书记的老婆,是矿上的才女,也是矿上的矿花。宋冰咯咯笑着,谁夸宋冰漂亮,宋冰就对谁好。小裙没想到夸奖也没拦住疗养一事,宋冰又重提起。小裙指着仕云说:"刚才去家属区了,你帮我看着她。"宋冰感觉她们在说笑,冲仕云露出几粒白牙,热情地挽住仕云的手。仕云觉得宋冰的妆容精致,也夸奖了几句,宋冰更飘起来了,手里的瓜拎来拎去,像在荡秋千。不过,宋冰心里有数,是刘香青写材料后成天糟蹋形象,她宋冰才成了矿花,否则竿子伸不到宋冰这张脸蛋上。宋冰属于穿戴时尚、化妆精致、常去美容院的,五官倒是一般。

仕云回到房间时,一身大汗。贺主席送来一个西瓜,仕云说晚上没地儿去洗手间,好意领了。殷勤的贺主席从床底拖出紫色的尿盆,尿盆很新,标签纸依旧硬邦邦地粘在上面,贺主席说买来就是用的。仕云一个劲儿鸡啄米似的点头,收下瓜,关上了门。她又想笑又想哭,想起一句古老的俗语:"光着屁股磨磨——转着圈儿丢人。"

午饭后,贺主席主动领仕云四处转转。空气干得仿佛一掰就碎,人似被烟熏火燎的肉,靠海的优势未能彰显。一路上工具车擦肩而过,仕云走在四通八达的小型铁轨上,颇像初次练习杂技的演员。庞队迎面走来,非邀请他们去区队吃瓜。庞队的区队现在绩效整改,多人不服,扬言要去工会说理。贺主席说知道这事儿,现在矿上没资源,闹情绪是早晚的事儿,得安抚。

安抚得用嘴皮子,可他们这些挖煤出身的大老粗哪会耍嘴?庞队让仕云写资源不好寻,是希望国家干预把私人手里的煤矿兼并到国企。庞队真把仕云这支笔当成马良的神笔了,写什么有什么。贺主席放下瓜皮,点上一支烟,很快被烟圈儿笼住,看仕云。仕云才听明白,庞队简直和贺主席如出一辙,就是让她少采访,要是真能办事儿,先把大家吃饭问题解决了。

从庞队办公室出来，大太阳依旧不饶人地吐着火舌。几名整修轴承的兄弟对贺主席说没吃着瓜。有一个揉揉嘴唇抢着说，意思是说好了四人一个瓜的，结果一口没吃上。这天能烤煳嗓子。贺主席笑说谁让他们不早些回去。一个兄弟说总不能不干活儿盯着那口东西。另一个兄弟说都送出去了，说罢嘴巴朝前一努。这话不假，机关楼连着几天瓜味极浓。路上，仕云委婉地问贺主席，贺主席扶了扶滑落的眼镜，表示是一线往机关送的，机关就留下了。仕云刚想问一线都没吃上，哪有多余的往外送。这时，一位络腮胡粗腰身的男人迎面走来，快乐得像个孩子，对仕云说："想见汪老师真是不易，成天早出晚归，大门紧闭。"贺主席用极其规范的态度介绍了祁书记。仕云觉得宋冰的老公很有男子气概，宋冰很娇，一刚一柔挺好。祁书记说刚从嘉水回来。李矿暂时没回来。贺主席锁着眉，用眼神询问祁书记。祁书记摇了摇头，说了句"回头再聊"，便大步流星地往生产楼去了。

随后，贺主席和仕云也回了工会。小裙正在做阄儿，贺主席让小裙倒水，小裙不耐烦地说正忙着。仕云想拍几张做阄儿的相片，小裙围拢起纸片，让仕云离远点儿。

这也不让看，那也不让看，仕云有些生气，把没喝完的茶往桌前一推，要走。贺主席这才出了动静，道："汪记者，再坐坐，这刚泡的茶喝一半倒了可惜。小裙干事做事一向认真，不许生人碰工会的东西。"小裙回过头，先扫一眼贺主席，撕碎一张阄儿，说："我就不愿意她来，谁让她来的?!"仕云觉得小裙在矿上的位置不简单，并亲眼看见撕掉的阄儿上写着"秦小伐"。

"他的做多了?"仕云问。

"要你管? 别碰我的东西!"小裙把那张阄儿扔进垃圾桶时，与祁书记撞了个满怀。

"谁的声这么大? 吵到我啦。"祁书记从生产楼回来，到工会宣布，"晚上我请客吃饭，在场的全到，不见不散。"

"我晚上有事儿，"仕云很直率，"有稿子赶着改。"

祁书记瞟了一眼撕碎的阄儿，转身走了。小裙吐着舌头，一脸得意。贺主席脸色沉得像块生铁。

在工会待得没意思，仕云告诉贺主席想去矿灯房看看，贺主席把她送了过去。准备下井的兄弟们个个像揣了高兴事儿，对于明天要突击抓阄儿的事儿恐怕无人知晓。他们调皮地绕着仕云转圈儿，她问兄弟们平时忙吗，兄弟们几乎是齐声回答"你找我，我就不忙，也不累"。今天庞队也有下井任务，正领瓦斯报警仪，喊仕云。

仕云正要过去，徐经理捧着茶碗从矿灯房维修室出来，说："老庞，你现在能多拿多少钱？"

"别丢官就行。"庞队说。

"也不见你主动请缨。"徐经理说。

"你不也没主动吗？"庞队说。

"我一个管采料的，不如你顶事儿。贺主席真是好意思，成天撩火候。"徐经理用几根指头捻着庞队胸前的报警仪，"底下没啥活儿了，这个没啥用。"

"你放屁！"庞队说。

"你放屁！拿得少，把你冤得。"徐经理说。

"滚你的！"庞队说。

庞队排在下井队伍的最前面，长队足有五米，三纵队，仕云与他们离得很近，好多话在舌尖上乱跳，她真想拉住一个人，拖进房间，即兴采访，真把她憋疯了。队伍经过整理着装的大立镜，往井口去，她跟了几步，几个队尾的兄弟回头，纷纷说："走，带你一起去。"她退后几步，拍了几张兄弟们的背影。

仕云回到矿灯房外刚整队的地方，抬起头，盯着窗外的绞绳和卷卷白烟，要是几个上井的兄弟能主动找她该多好！她也只是想想，不过心底挺激动，兄弟们脸对脸地看她，觉得彼此的关系更近了。

夜很快地来了，这一天看来又要废掉。整理完一篇日记，她拿起书，刚翻了几页，文友来电话。仕云诉苦抢话，不给对方张嘴的机会，她憋得不轻，蜷在小床上，享受着那架三翅风扇无目的地转圈儿，送来忽冷忽热的风。

"我是楼长。"机关楼晚上应该有值班的人，到底是谁，仕云不知道，仕云就当她自己了，说罢就吵着要睡觉，因为文友又训她跑煤矿上干什么。讨厌的文友和仕云两个人吵了好，好了吵，像是相互惦念是为每一回痛快地吵架。仕云挂了电话，又躁又热，越躁心越慌，她得找贺主席严肃谈谈，并决定不再讨好小裙。

一早，仕云拦住贺主席的车，排练了一夜的情绪瞬间爆发，手舞足蹈，长话短说，短话有核。贺主席不愧是老工会人，微微环顾，把仕云请进矿区保安室。家属区的小保安今天在矿区轮班，装作不认识仕云。刘香青穿着一件白底碎花人造棉套装，眼角微吊，目光平和地立在桌前。刘香青扬着手里的一堆纸，见人来，不失时机地往桌上狠摔两下，那堆纸皱得让人难受。贺主席垂着头，很专注地聆听摔打声，像在举行某种仪式。可能是摔够了，刘香青走了。贺主席又站得笔直，注视着刘香青远去的背影。仕云问到底什么时候安排采访。贺主席回过神，重重叹一口气，整张脸阴沉得要命。

"矿工没时间，也不会说话。"贺主席接过小保安递来的烟。

"抽这么贵的？"贺主席问小保安。

"往后抽不起了。"小保安撇撇嘴。

"去嘉水抽。"贺主席说。

"保安这活儿，哪儿干着都成，都那俩钱儿。"小保安顺嘴说着。

"他们说什么，我听什么，面对面坐会儿就行。"仕云怕刚起头的事儿断了，插上一句。

"我找几个机关的给你问问吧，机关的会说，知道得也多。井下的，连话都说不利索。"贺主席重复一遍。

"干部也好,开个头就好。"仕云的火气下去了一半。

"昨晚你有事儿,今晚祁书记请客,一起聊聊。饭桌上说不定会有收获。"贺主席说。

那是肯定的,有多少事成于饭桌,毁于饭桌。她推托,是觉得祁书记看她的眼神怪怪的,也许是她想偏了。应下来后,贺主席竟从车上取下一份材料让仕云签字,竟然还有"不需要矿上负责我的人身安全",简直是此地无银三百两。也巧,小裙骑着自行车凑过来,突然瞪大眼珠子,直瞅贺主席。贺主席的脸更阴了,直接把这张纸摔得比刘香青还狠,又踩碎了。

三人往回走。仕云回到房间,把一些稿纸扬到地上,使劲儿踩了几下,又拼命地拖那把钢管椅子,拉得地面像在烧电焊。有人敲窗,祁书记招呼仕云出来拍相片,窗外全是机关人员弓腰的背影,今天大扫除,院里院外,门前三包。仕云出去拍了几张,站在原地,又一次感觉自己想偏了。就像部分井下干部找过她,说看海,说吃饭,说边逛边唱,边吃边说,谁都能打得开话匣子讲一些煤矿上的事儿。她也没去,肯定也是多心在作怪,把事儿想偏了,因此,她为错过的机会沮丧了一把。

她往床上一躺,擎着本子,把提纲重新顺了一遍。祁书记位高权重,据说是集团派过来的,有一定的实权。今晚若谈得愉快,单独采访矿工指日可待。仕云抱着一床粉色毛巾被乐了,来了精神后,她准备好好拾掇一下自己,打了冷水,烧了热水,在小屋里洗了头发,洗了脚,扎好辫子,然后认真地坐在缺角桌前,打开电脑——这样的心情一定要记上。

傍晚,贺主席敲门,节奏急得像冰雹一般。她突然心慌起来。

"还有女的吗?"仕云问。

"没有,女人得回去照顾家。"

"小裙不去吗?"

"老陆身体不好，小裙回去照应。"

"我不去了。请女客吃饭，没女性陪同，我还是头一次听说。"

"我去找小裙，唉！"贺主席拨通电话。陆福知道今天贺主席不来家里，而是几个人要陪一个采访矿上的丫头吃饭，心中不悦。一个女人不在家待着，跑到矿上来打听事，有本事把资源寻来。没有能力做实事，专来听笑话了。陆福会这样认为，与小裙的影响分不开。当知道这事儿是祁书记主导的时候，陆福就更气愤了。祁书记年轻时喜欢文学，是集团的才子，别再对远道而来的丫头起什么歪心。这个事儿，可真没有准儿，尤其是那些舞文弄墨的男人。从昨晚，贺主席说仕云不去，劝陆福别多这个心，再说这么多双眼看着呢。陆福说都是有女儿的人，可得拿人家的闺女当闺女。贺主席说："祁书记不也娶了宋冰吗？"陆福有些恼火地回道："怎么还得离了宋冰，再另找女人？以为还是当年你负责搞联谊搞对象的时候？"几句话把贺主席说得很不自在。贺主席知道陆福讲得对，可祁书记从仕云来的第一天就巴望着请客，贺主席已经费力压了很久。矿上都知道祁书记爱好文学，一讲文学就会落泪，接着软塌塌的一副才子爬不起床的样子。贺主席怕仕云出去当笑话讲，当年秦辛也看不上祁书记，一谈起文学就像没骨头。

贺主席开车，祁主席和仕云坐后排，副驾驶坐着庞队。后面还有一辆车拉的是小裙和徐经理。车左拐右拐，一排宜古宜今的农家小院闯入眼帘。下车进厅，乱搭是艺术，这一说法传到民间各地，有的登列高雅之堂，有的则下放乡村，几个上了年纪的女人迎上来，手上油乎乎的，还不时揩着汗。整条窄通廊里一股子汗气、腥气、臊气，这里的肉荤全是现场活杀的。

"快进屋，屋里有空调，环境好。"贺主席走在前面说。仕云想和小裙挨一起，小裙用胳膊肘拐她，仿佛在说离她远点儿。房间不大，却放了一大一小两张桌子，一行人坐上大桌。祁书记双手拍着双膝，自顾自地唱起来,随后说:"汪记者一会儿要现原形了。"仕云不自然地一笑。

　　席间,祁书记经常打断仕云的话,大谈作家三毛、丁玲那些捕风捉影的风流韵事。祁书记又另找了一些与采访无关的人和事儿,唾沫横飞,谈着谈着眼圈儿红了,红着红着,擤鼻涕了,擤着擤着,双手搓出眼泪,一杯酒下肚,吆喝着此生就想和文艺女青年谈一场轰轰烈烈的恋爱。徐经理和庞队一个勾着身子,一个弓着腰,像是爬行动物,挨着祁书记落座,也不知道刚才进门时去了哪里。当徐经理与仕云的目光碰到一起时,徐经理不自觉地回避了。

　　祁书记说起当代文坛大师的家事,尽是丑化,好像他们是同村人。看样子祁书记喝多了,不像先前那么高捧写文字的人,说写字的人藏得深,端得大,翻出哪个身上的事儿都不少。说着,他一指捅过来,仕云隔着薄裙的软腰受侵,想发火,但还是挤出看起来最灿烂的笑,把酒杯举起来,说着采访的事儿,说请祁书记多关照。祁书记摁住仕云的酒杯,说着互相关照的话,然后端起酒杯,示意仕云一饮而尽。仕云没怎么喝过酒,端杯子不过为了说几句话,若真是纯酒下腹,晕头转向,像皮球滚到桌子底下,这人就会丢得再也拾不起来了。仕云放下酒杯端起茶水,针对祁书记的前番话说世上的人都怕前房后屋的发展成才,倒对天涯海角稍有成绩的人表现得顶礼膜拜。家家都有丑,不扬是好手。她特想替写文字的人扳回这局。

　　几个男人舌头似上了弦,越说越不像话,简直要俗得脱裤子晒太阳。一直没动静的小裙附和着说了几句,例行公事一样给仕云倒茶,嘱咐仕云多吃点儿。贺主席是练到火候的人,一言不发。这时,徐经理去小桌倒水,仕云只是好奇地看了一眼。徐经理绕过祁书记,到仕云跟前,用新杯换了旧杯。正待他转身时,仕云问他:"为什么给我换杯?"

　　"杯子里有菜叶。"徐经理说。

"拿来我看。"仕云拿过徐经理手上的杯子,用过的杯子干净得很。徐经理原地不动,一个劲儿地挠头。贺主席喝酒不吱声。祁书记的腿也不再抖动,仿佛打了败仗,不怎么好意思地举起双手。

"祁书记,贺主席,你们加起来一百多岁了,真好意思。在矿上,我吃得差些,住得差些,苦些累些脏些臭些,没什么。"仕云气得些许岔声。一时间场面静得很,小裙像个吃错药正要死去的孩子,伏在桌上。被点名的贺主席腮帮子活动几下,依旧没吱声。

"看错了,看错了。用这么久,也该换了。"祁书记发言了。

"服务员给顾客换杯,还知道征求一下意见,这惯常伺候领导的人难道这么没有眼色!"仕云愤愤道。若是平时,仕云早掀了桌子。此刻,她头皮发麻,舌头发颤,胸口闷着一团火,指甲剜着指肉,她怕明天就得收拾铺盖走人。

"是该换了,谢谢。"仕云冲徐经理一笑,"以后多关照。"

徐经理像吃多了药的病人,一脸死相。

后半场,只听得舌头卷牙齿的声音。离开农家乐,小裙主动提出要陪仕云回去,贺主席载着她俩。这次,小裙格外热情,给仕云讲本市哪里最繁华,最著名的小吃是焖子,那是由玉米淀粉熬成的"糨糊",等着结成个儿,再切成小块儿,放在挂了油的平锅上煎,兑上麻酱、鱼汤,也可以是蟹汤虾汤,蒜泥,真好吃!小裙说着,还吧嗒着嘴,最后说矿上环境差,一个人多长点儿心。仕云没有心思听。

再后来,小裙对仕云的态度转了一百八十度的弯,一直没解决的窗户问题,成功地可开可关了。同时,按不住脾气的小裙把吃饭的事儿说给小楚听,一再说确实可疑。小楚乐得咯咯笑,说:"他们哪个也不敢呀,这玩笑开大了。"

而仕云为此生了一场病,去医院挂号看医生,医生说她是焦虑,她说不焦虑。医生又说她心脏不好,建议她背二十四小时心电图。昼夜后,大夫给出结果没事儿,开了几盒药。仕云打车回到矿上,独自坐到天亮,欲哭无泪。

采访进度为零,丢人倒丢了不少。夜里有人敲窗户,仕云扭脸一看是祁书记。她顺手拍了一张相片,发给贺主席,附言:"矿上的好书记!"贺主席怎么和祁书记说的谁也不知道,后来祁书记再见到仕云就眼望着天走,装作不认识。

经这一闹,仕云采访干部的事儿也搁置了。贺主席有几天没来了,小裙也没来。仕云叉着手,坐在床上检讨过失,觉得自个儿不会办事儿,把人全吓跑了。

六

仕云写了不少场景和物象,可没有人的参与,这文字就活不了。仕云急得直说痴话,如扬言不坐罐笼车下到井底,就直接跳到四五百米的深井去掘进头采访矿工。不那么急的时候,仕云就想回家,按矿上给的赞歌材料编。

仕云在房间里走来走去,心底不停地咕噜:不行,不可能,谁也不是圆的,说滚蛋就滚蛋,何况脚丫子踩了进来,薅住地面,更难滚蛋。走烦了,心突然一慌,觉得是饿了,刚要去拿柜子里的面饼泡来吃,有人敲门,声音出乎意料地轻,大中午的又谁来捣乱?攒了许久的脾气,促使仕云跳了起来,对着门也一顿敲,声音又急又响,随后开了门。

天哪,一张狡猾的小脸,一套笔挺的西裙,一只绾得极高耸的发髻,来人称是陆小裙的姐姐陆小楚。小楚进屋后,像坏透的小孩撒泼,指着床单、被套笑得东扭西歪,更像故意来搞怪的。小楚笑半米长的缺角桌子,笑抽屉斜得要掉下来竟还大模大样地挂着锁,笑一根电线上挂的内衣、底裤、裙子,仿佛主人在经历一场自娱自乐的展览。仕云被笑得又气又恼,这笑收得也利索。

"有脸没处丢,撑得没事儿干?"小楚问。

"我想写点儿东西。"

"对付他们,"小楚指着楼上,"你得硬起来。"

"你能帮我说和说和吗?"

小楚一阵得意,她身直如鹤,特喜欢外人拿她当回事儿,尤其是仕云这个外地人。这番成就感促使小楚血液加速。

"祁书记见过吧?"小楚抠着指甲,望了一下窗外。

"见过的。"

"别看他是管纪委的,你找他准没错。"小楚说。

仕云像是听懂了小楚的弦外音,盯着三个翅膀的风扇,又一次自我检讨:出来做事儿,矫情什么?但仕云还是难受地从枕头下摸出病历,从抽屉里找出心电图纸和几瓶药,递给小楚,好像小楚是她的领导。

"你长丑点儿不就省心了?你放心,他不敢。我告诉你,男人多半是狼心兔子胆,别看惦着女人,我敢打包票,谁也不想横着出矿区。何况祁书记也就换换杯子,换个血冲脑门子、全身脉门直荡漾的经历。别想那么多,他人不错,特体恤一线兄弟,常为兄弟们争福利。"小楚说。

仕云瞅着眼前这个辣人眼睛的女人,收起了病历等物。

"你帮我牵牵线吧。"仕云再提。

小楚拍着胸脯让仕云放心,说要帮着仕云进家属区。仕云怕兄弟们不说,也怕干扰他们正常休息。小楚指指心口,说:"想说的自会说,不想说的,也不用赖着人家。"

"你真是我的救星!"仕云眼神炸出星花,一下子亮起来,在原地跳跃不止。

"但他们说什么,首先要告诉我。"小楚说。

"一定，一定，"仕云握着小楚的手，"你人真好。"

"你写不出好东西的。离婚的、闹企业的、辞职的、攀比领导的，还有认为文体中心成天歌呀舞呀，没有必要留的。那可都是有脸有面儿的家属子女从事的工作。现在往嘉水去的不少，受气的不少，可工会宣传的可不是这样子：煤矿伢子一家亲，国企带动私煤窑。家属区则在下面小声嚷嚷，若在港城有出路能给缴纳保险，不受这气。不竖着耳朵亲自去听，你知道谁说得对？这都是些传言，谁的也别听，自个儿去看。"小楚指着落满蛛网的墙沟子，带刺儿的软虫拼命挣扎于上，"我往矿外跑，有人往矿里跑，跑来和虫子做伴，也不清理？"

"太高了，够不着。老建筑层高出奇高，这得两把长梯子才能攀上去。"仕云说。

小楚撇撇嘴说："高有什么用，现在都愿意住新建筑。这些老建筑设施跟不上，就剩高了。"

仕云越过不起眼的话题，谈提纲。小楚听得极其入神，这像是要打开某级市场之前的预案，她要了一份提纲折进包里，仕云搬过电脑，请她看写过的几篇文字，而后，找来曾经去过的矿山图片。

小楚不觉得这些与龙田矿的现状有联系，说："每家矿山不一样，经验不能照搬。这些矿山有煤，有煤和无煤的管理也不会一样，矿工的想法更是大不相同。"小楚是不耐烦看，别的矿山与她的心思丝毫不挂边。仕云见状，也懒得说余下的话，关了电脑。小楚踱着步子，脑海里有了新的想法，似乎要对刚才看到的说点儿什么，时而搓手，时而做扩胸运动，话匣子却始终没打开。

待了好一阵子，小楚说要载仕云去做足疗，仕云欣然前往。汽车正要发动，贺主席大汗淋漓地跑过来，小楚踩紧刹车，厌恶地盯着后视镜迎来的老脸。贺主席让小楚回家看看，好不容易回来一趟。

"小裙什么时候辞职？成天写人家名字，烦不烦？"小楚盯着前挡风玻璃，像在和空气交流。

听罢，贺主席头也不回地走了。仕云白了一眼远去的背影，说："夹尾巴狼，该他说句公道话的时候，一声不吭。"

仕云刚想挥手，汽车已经开出了矿区。

小楚的嘴巴像把铲子不停地翻炒，说出的话像豆子数着个儿地往外炸。仕云不敢往她脸上看，这个女人正在气头上。突然小楚咯咯笑起来，一脸的豪迈，就像刚才那些话不是打她嘴里进出。仕云更不敢看她了，刚才是想看不敢看，现在是没有必要看，若是真看，指不定她又翻过脸来，还会问仕云看她干什么。想到有自讨没趣的可能，仕云很安静。自来到矿区，仕云仿佛退化了，就像原本长的獠牙，现在全被磨平了磨软了磨得没劲儿了，喝个凉水都要嚼半天。车真正开起来后，仕云浑身的关节第一次有了暖意，尤其在花红柳绿的关照下，身体轻起来，就像被空气托着，暖融融地在舒展。

小楚说港城比京城好，列举了许多港城的天然地理优势，仕云不想惹她气短，否则无人能牵线家属区。仕云估计错了，小楚气不短，说完港城好后，把大城市的好列举得更是天上地下的，嘴里的话又持续开进。

车开到一幢中西合璧的梯形楼前，月季开得正旺，秋千架、健身椅、挺拔的路灯站岗一样，红黄交错的鹅卵石深一色浅一色辉映着，混搭木质的甬道近在眼前。车开到阴凉处，树木挥舞着树冠，风风火火地承受着烈日。这幢楼的设计特张扬，设计师赚的就是这个钱，理念出处东拼西凑不说，弄成什么糟糕的样子，皆可以艺术作品来搪塞。只要是个新的，就会被叫好，时间久了，也就成了某处的文化。仕云无心打量，小楚说这是"半月湾"会所的后院，建得怪模怪样，也不失一种身份，因为凡到这会所的全是些有身份的人。

仕云问是什么人。小楚摊手说不知道，不想引出太多的话题，关于很多问题两人观点可能相悖，搞得灰头土脸就不好了，尤其做惯市场的人,不会乱抛话头,要做到使好腿、管住嘴,大旗往哪儿飘,目的明确。

"煤田被压,新兴的行业带动了建设。就活该我们从热乎乎的炕上挪窝。"小楚踢着一块石头,这石头像是有灵性,停下来的地方,一定是在她的脚尖处。

"往外走是件好事儿。"

"凭什么?"

"煤矿的宿命。"

"就不兴我们在原地干点儿别的?"

"隔行如隔山,不容易的。"

这话小楚听过多次,每回像被揪了耳朵。她眼神含怒,说:"别瞧不起人,没有生下来的神仙。"作为首批修炼成仙的人,她把有灵性的石头踢飞了。

"就怕行业之间相轻,日子更难过。"

"谁轻谁重?"

"不,不,我没这个意思。"仕云觉得小楚和小裙不一样:小裙的厉害不吓人,就是令人心犯堵,睡一觉就好了;小楚的厉害吓人,像要堵人的路,而且是非常结实地堵住。

小楚一脸战意,仕云抿着嘴,咽下话。见仕云不语,又一脸熊相,小楚暗骂自个儿是战争贩子,走哪儿争哪儿,就得父亲赶脚骂着,才能消停。她莞尔一笑,拉过仕云的胳膊,走进会所前厅。和曾董分别后,她接二连三地过来喝咖啡,那个男人像是消失了,想进一步商量的事儿像根羽毛似的飘来飘去。好在团购的单子在杜主任的主导下已签,择日的大型活动就算曾董不参加,小楚也可以借机拜访他。她刚走近前台办理洗浴事项,一对熟悉的身影像春天的燕子低飞而过。又是庞队!穿雪纺裙的是杜主任。仕云从茶几走向圈椅,差点儿喊庞队,却被小楚拉着进了最近的电梯,躲过庞队投来的眼神。"真成了常客,还不见不散呢,"小楚觉得庞队没救了,口里又骂,"一群傻子!"

小楚和仕云泡完澡,做了个全身按摩,晚上十一点她送仕云回到宿舍。仕云趁着凉爽,睡到天亮。

有小楚的鼎力相助,事情好办多了。仕云和小楚开始经常见面。小楚心直口快,有二不说一,一股脑儿地连分析带猜测,反正说完了也不用负法律责任。说到"半月湾"房产,小楚会说曾董人不错,土得掉渣;杜主任虽说漂亮,假的,整过,现在时兴这个,没整过的反倒觉得不遵守这个社会的礼仪。可曾董烦杜主任,杜主任就算伤心,也不至于看上浑身臭汗味的庞队;庞队是个粗人,平时三句离不开国骂,由于没有主骂对象,这国骂好似成了他的口头禅,不过能钓到杜主任也算庞队有些本领,而后小楚总结说,应该是杜主任钓庞队,怕是有事求他。求庞队什么呢?要几钩子煤?惦记着油页岩?小楚咯咯地笑着,说,怕是平日干净得体,找个沾满黑泥的,更觉刺激吧?小楚让仕云猜,仕云没这本事,只对相约周末去看的早已被挖尽的老煤矿充满憧憬。

小楚按约载仕云去目的地,拉倒井架子时的沟痕被那个冬季冻住,成了天然的"人"字形小路,更似一个由沙土雕饰的巨大变形金刚。仕云举起望远镜,小楚却说什么也看不到,那是一段梦。仕云扭过头,把目光聚拢,封过的井口被蓝色的乳漆盖着,像一块风干后的奶油蛋糕。从另一面看,荒草遮掩留下的一半,更像彩色垃圾桶。小楚垂着头,捡了一块很小的石头,说:"喏,这是油页岩,现在就挖这个。"说着扔出去很远,越来越小的影子划着弧线,落到地平面。

"这就是以后龙田矿的命运。去不去当年的办公楼看看?有人留守。"

"看家吗?"

"人的关系没处理完,尤其和附近农民的,贺主席就管这个,费事儿得很。"

"那天,有个叫刘香青的抱着一摞纸。贺主席好像怕她。"

"不是。"

"哦。"

"刘香青是矿嫂,为隋叔,告贺主席,成天写,成天唱,是我们矿上最好看的女人。她真的很漂亮,天生的底子好,美人坯子。"小楚蹲下身子,一步裙往上抻着,"我们这样的,比起刘香青,就是个小酸菜,还自以为漂亮得了不得。"

"你真敬业,休息日也穿这么正式。"

"你懂什么,这叫性感。"小楚咯咯地笑着。

仕云笑了,脚下的泥沙路,使鞋底生了暖意。

"男上司成天忙得昏天黑地,女同事再不打扮得诱人些,让他们日子怎么过?"小楚站起来捧着肚子笑得歪斜,像个小妖怪,"我是今早有会,没来得及换。还有啊,女同事打扮得再漂亮,也没用,因为刻意打扮出来再公开的美,就不美了。你看我们煤矿,每个人的美都是真实的,我觉得小裙就很漂亮,从不化妆。庞队也好看,但是为了博取女人欢心,失了自己就不漂亮了。"

"你对煤矿真好,不像你这两天说的那样。"仕云这两天常听小楚丑化煤矿,说什么一群脑子笨的人乱开会、领导逼兄弟们到嘉水、就知道窝里横。

"像根不大的鱼刺卡在喉咙,剜不出来,也就有了感情。现在活得像个笑话,为他们的事儿忙前忙后。"小楚继续笑。

"假英雄主义,没你人家就吃不上饭?领导班子的力量大着呢,我看没谁逼谁,都是自愿的,是兄弟们自己纠结。听贺主席说有个叫秦小伐的还想着去呢。"仕云也是个直肠子,和小楚处长了,就敢说话了,也不怕小楚恼火了。

"我被人诟病是早晚的事儿。你算早的了。"小楚没脾气,"秦小伐……是新萍的儿子,新萍的老公也走了。"

仕云因失言,惭愧得红了脸,纠正说:"你把大话放在肚子里,你干出来了,再说。"

来回走了几圈儿,已过晌午,仕云仍旧不想离开。没什么可看,小楚就带仕云步行去人工湖,途经空旷的村子。村里的路难走,废水多,有些塌陷处正在整修,过不去,返回来开车,在行进中,整台车像换了一身颜色。来一趟不容易,仕云还是想多待一会儿,多拍几张相片。仕云从包里摸出两包干脆面。小楚叉着手笑,看着远方,从包里摸巧克力给仕云。仕云不接,小楚自己吃了,也啃了一口干脆面,说:"这割得嗓子疼。"

"照这么个吃法,你就是熬坏了,也什么都写不成。这面是哪个年代的产品?"小楚放声笑着,回音盘绕,矿区更荒芜,这三不管地界,到处飘着孤独分子。"走吧,要写采煤人关键得下井去看看,我给你想办法。"

"龙田矿前几天分西瓜了。"

"你不要抓这点儿屁事儿,哪个单位不分西瓜吃?"

两人无话,不约而同地又走到车旁。车内回旋着徐小凤的《每一步》,小楚车技很好,弯道超车,不会招骂。她边开车边打字,车模连宣儿后天到港城。她发了两字"放心",像是承诺了别人什么事儿。放下手机后,她从车抽屉摸出几份材料递给仕云,说:"这个车模怎么样?前几年总上头版头条。"

仕云端详一会儿,说:"我写过这个连宣儿,很漂亮的一个女孩,她是煤老板的女儿,当初特受追捧,虽说没有任何艺术基础,但丝毫没影响到她的发展。那个圈子就这样,很多人的成名,搞得滑稽,成得快,落得也快。"

"煤老板的女儿?哪个煤老板?"连宣儿从没讲过这些,小楚也不清楚。这时她的心扑扑地跳起来,说不出为什么。

66

"都这么说，我也不清楚，"仕云又补充，"很漂亮的。"

"假的吧。"小楚咯咯笑起来，觉得把人说成假的，挺刺激的。

仕云指着连宣儿的相片，说："这儿修过。"

"你说她本人不如照片？"小楚问。

"照片上都修成锥子脸了。"仕云回忆着。

"哦，"小楚点点头，"请她给我们助场，怎么样？"

"4S店请来她，费不少钱吧？"

小楚哑然，没费钱，是用那座会所的主人交换的。宣儿来港城就是为了认识曾董，宣儿也可以扑门而上，可那显不出自身高贵。

"富商和车模'成交'的不计其数。"仕云也打开了话匣子。

小楚说："有材料的旧物，那叫古董，更值钱。"

仕云笑得车发抖。

"笑什么，真事儿。听矿上领导说，前几年好多影星专门跑到港城参加活动，临夜就扑上门去，一夜一百万到一千万元不止，来睡名气了。说真的，让我大跌眼镜。人一走近，真是可怕。有一些看起来德艺很高的呢，确实，德艺高，完事儿后，带着钱走，这事儿就算干净了，过去那几年有拍合影的，为了避免麻烦，现在少了，怎么也算百年修得共枕眠，何必相互折腾。"小楚说这些时，宣儿托付的事，不断进于脑海，她沮丧极了。

仕云不甘落后，又举一例，现在两人索性成了八卦婆："听人说曾董也没闲着，和二十世纪九十年代的一位港姐冠军碰出火花，那时钱值钱，一夜给了五百万元。"

谈这种话题，像是给小楚不断地喂毒药，她呼出一口气，把车靠边停了，说："你在京城，接触的人多，这样的花边新闻，能写几本书了。"

仕云自觉惭愧，说起话来没边，连忙住口，叹了一声，一路提不起心情。

她们驱车回到小楚的住处,独立洗手间竟占三十几平方米,嵌着金屑儿的洗浴床呈一枚写意的心形,上方有主控键,服务生随叫随到。仕云赞叹条件不错,小楚说这是集团奖励她的,不是哪个人都有的。

　　仕云进去沐浴,小楚则备好几件干净的衣服放在洗手间外的地台上,以便仕云伸出湿漉漉的胳膊可以摸到。她对仕云抱有巨大的期待,想要二人里应外合,各取所需,共同拿第一手材料。她猜庞队会反对,八成怕丢官,仕云从矿灯房转述来的,不正好暗合吗?她拿起床头早为仕云备好的两份材料,一份旧花名册,一份新花名册。仕云出来穿了衣服,擦着头发接过花名册。两人对了一下,除了顺序不一样,名字完全一样,说明这几年矿上没招新人。采访一千人,实属天方夜谭,面对面采访上百个,也将忙不过来。小楚索性按照工种及年龄区分,先锁定五十个兄弟,这些是她认为愿意说话的,毕竟她从小在矿区长大,谁人谁景她清楚得很。她又说另留五十个,到嘉水去找,如果嘉水不通行,她再想办法。

　　控下的水珠,落了一地。小楚按铃,服务生提着墩布,有板有眼地拖着。服务生拿着脏衣服走后,小楚又进去了。仕云没事儿干,又不便躺别人的床,便打开电视,哗啦一声,屏幕色彩鲜艳,节目却挺可气的,讲一些女性被家暴,最后选择以暴制暴。

　　小楚出来了,手擎风机吹着头发,说:"打一次不走,打两次还不走,活该!那男的更活该被打死!"

　　"你们省的事儿。"

　　"我们省的?"小楚趴到电视前,瞅着下排一行小字,确定后,撇了撇嘴,"胡乱报。"

　　"你们省的男人大男子主义重。"仕云说。

　　"呸,哪个城市都有装大爷的。我们省男人最疼女人了,赚钱如数上交,让他扫地,他不抹桌子。"小楚说,"如果真舍得老婆,还用得着出走嘉水那么困难吗？"

"你结婚了？"仕云问。

"没有。"小楚摇了摇头。

"没合适的？"仕云又问。

"怕挨揍。"说罢，小楚咯咯地笑着，手上的吹风机跌向地面，她又收拾了一会儿。

二人并排躺在一张床上，小楚绞着双手，仕云敲着床板。绞得没意思，小楚拿杯子盛水喝，递给仕云一杯。

"你比小裙好相处。"仕云说。

小楚喷出一口水，洇湿了床铺。二人连忙掸着床褥子，越掸洇得越大，喊来服务生更换。更换后，二人重新并排躺着。

"你眼睛有毛病。"小楚说。

"会吗？"仕云问。

"无利不起早。"小楚说。

"那也没有错。"仕云说。

"小裙其实很仗义的，就是没见过什么世面，活得像个老母鸡。"她说。

轮到仕云咯咯地笑起来，空调风吹着，近一月来的半焦虑状态，彻底烟消云散，浑身是劲儿，食欲迭起，主动提出吃牛排。待仕云换过干洗好的衣服，二人便往西餐厅去。这一顿，仕云吃得特饱，脸上洋溢着红光。回到矿上，擎在高处的喇叭正在广播祁书记怎么抓党风建设。广播员声情并茂，一字一顿，说到某些地方，会把"祁书记"三个字，像喊叫似的脱口而出。小楚也学着广播员的声音，朝着仕云的耳朵大声喊"祁书记"。仕云无奈地摇着头。忽地见远处一个人正朝停车场这边来。

来人是秦小伐。小楚斜眼看小伐笔直的身形、高挺的鼻骨，两鬓像被剃刀修过，遗传秦辛了。小楚不觉脸一红，不谙事时，她曾说过要嫁秦辛那样的,因为除了父亲,敢惹当官的就是秦辛了,只要不公平或是走后门啥的,秦辛就会管到底,管到底不是说管成功了,而是把他的力气用到底。小楚一时间恍惚,觉得像秦小伐这样急于去嘉水的,会不会阻挡她的计划,认为她是天底下跨行业最会走后门的?管他呢!她是为了兄弟们可以守着家还有饭吃。何况秦小伐还是个偷窥癖!看那副走路的架势,小楚说:"可惜了这个好身板,底下有红毯是怎么回事儿,瞧,走得一抖一抖像个公鸡。"仕云疑惑地看了小楚一眼,说:"挺精神的。"

"就他?这人我不介绍,看着恶心。"小楚说。

仕云下车后,邀小楚进屋,谁知小楚像翻脸的孩子二话没说掉转车头,驶出矿区。仕云看了一会儿,没理会,几步追上小伐,直截了当问他想不想去嘉水。小伐指着工会的窗户,摆摆手。他来工会几次,皆以闭门羹收场。他不死心,像条滑溜的黄鳝,顺着时间的缝隙,踩点儿就来,把想法往外兜,谁也封不住他的嘴。听说今儿贺主席值班,他来了,可贺主席拒见他,他正徘徊着想主意。仕云亦步亦趋地跟在后面,小伐回头注视工会的窗户,眼神极忧郁,让人心生怜悯,那股欲说还休的气息,穿过机关楼,回旋在矿区大院。

二人走到生产楼,小伐举着手,用力地朝上面摇了摇。徐经理正在应话,小伐常去那里查材料,想发明个事半功倍的设施。矿上的人信他,缘于信新萍、信秦辛。知道小伐又没见成,徐经理让他上去。徐经理也打着算盘,小伐若真能去嘉水探个底,那嘴准会实话实说,不像他们那伙去的,有一句没一句的,相互猜谜语似的,就是为了让人捉摸不透。在徐经理心里,领导干部说的那些好话也不敢听,干宣传得要命,贺主席就是做宣传成精,否则当年怎么会"携"来那些女人。

小伐冲着徐经理摆手,急得徐经理差点儿从二楼跳下去。徐经理下楼引小伐到无人处,就叽叽喳喳不停,分明在给小伐支着儿。

看样子小伐不想听,瞅着仕云。徐经理让仕云先忙,小伐让徐经理先回,徐经理知道和小伐不是一路人,拍了拍自身肩头上的衣服褶儿,便噔噔噔地朝楼上跑去,心里嘀咕着:这熊孩子,和秦辛一样,不过比秦辛强,起码还会送个口信。秦辛成天就会挑人毛病,像是矿上派来当警察的。

仕云觉得小伐要说什么,屏住呼吸。小伐说:"要想知道事儿,就去找陆福,那人脾气不好,一着急,啥都说出来了,可也有主意,若是问不好,恐怕陆福会抡巴掌。"仕云想让小伐引荐,谁知话音刚落,仕云从小伐的眼睛里分明读出了怨,这矿上的人哪个都古怪,说得好好的,突然就给了她一个扭头走人的结局。后来仕云才知道小伐暂时去不成嘉水,就是陆福主导的。

煤是火,产火的人有自我燃烧的功能,小伐提到陆福,贺主席也提过,贺主席提是当作旗帜晃来晃去,更像火苗忽高忽低,仕云听得出陆福在燃烧自己。小伐虽然身上也有火,但仍怕烧着,才跑远了。这一阵子贺主席再没提过陆福,恐怕也是怕烧到,如今,这个人物成了仕云解馋的象征,馋没解上,引来更多的虫儿。此刻,仕云迫切地想见陆福。

仕云把想法告诉小楚,小楚让父亲"垫底",并让仕云准备好明天采访相关事宜。撂下电话,仕云备好录音笔、电脑、巧克力、水杯,瞅一眼提纲觉得好笑,只有兄弟们说什么记什么才对,若有余空,拣几个好问的问问。仕云觉得小伐肯定有许多想说的,自己却跟着小伐转移到陆福那里,这样一来,自己又没抓住机会,还把小伐气走了。

谁知傍晚小伐来敲门,仕云乐意按他的意思出去走走。碾压过几遍路,他仍旧不说一个字,看起来属于那种死了都要抑郁的人,也仿佛少时已积攒了过多的苦大仇深。幸好夏末凉风习习,否则这几天的快活劲儿能被他阴沉掉大半。

仕云好不容易等到他开口，第一句就是"真想去"。他觉得仕云从大城市来，脑子活。仕云让他去找嘉水矿矿长的电话，当他兴高采烈地觉得主意好时，仕云则认为自个儿的脑子被驴踢了，但那也得硬着头皮再说，这样才能靠近嘉水的五十个采访对象。

　　"你是大学生，懂技术，甘愿下井，他能要的。能去，也给我联系几个老嘉水人，电话谈谈也行。"仕云三句两句又往自个儿身上划拉，和徐经理没什么两样，看得出小伐挺不乐意她讲这些。

　　又绕了矿区三圈儿，二人无语。夜色下的矿车像个幼稚的孩子，因吃不净嘴，满身挂满渣子。修复车间的灯亮着，传来欢笑声、打铁声、搬抬嗨嗨声以及机器轻微的震动声，滚入鼓膜后，仕云往里看了一眼，徐经理正记着什么。"他主动跑来记缺的材料，等不得一份一份地上报了。"小伐说得很严肃，眼珠子一动不动持续很久，好像看到猫腻一般。小伐没说再见，扭头走了，把仕云扔在黑夜里。

　　刚好了一天的心情，突然就低落了，一生气，仕云就得吃东西，这是第一次黑了天去餐厅，咸菜馒头各拿一份，正吃着，一位兄弟拿着手机走过来，仕云一扫忧郁，挪了地儿，以示对方稍坐。这位兄弟个子不高，左眼眶边一道疤，黑红色的脸庞在灯光下活像个台上的绿林好汉。他哼哧哼哧地，净喘气儿，呼出的热气，成股地往她脸上刮。

　　"成天净和当官的混在一起。"不知道这个兄弟在说谁，口气倒大得要命，"混"字用得仕云承担不起，灯光更刺眼了，外面一团黑。仕云霍地站起身，正要离开，"看，看，你还生气了，把写的东西拿来我看看。"这兄弟把口水咽得很响，眉毛上挑，嘴角抿着，左眼眶的水疤像条虫子在蜿蜒，拿出手机，说："就比如这样的。"面前是一幕性爱视频，后面还配有文字。兄弟脸上的红盖过了黑，仿佛被爱情的烈火熊熊地烧着。一只沾了口水的黑手指伸向桌子，写了一个"刁"字。"我姓刁，男人是不是不该姓这个？他们都叫我'大刁'。"

烧得像红果子的脸嘿嘿地笑着。空气里播散着浓重的荷尔蒙气味。仕云把椅子归位时，有些响动。

"你瞧不起'协议工'。"刁兄说。

协议工是矿上没有编制的群体，按年签合同，住单身公寓。他们有的单身，有的妻儿在外乡。使她对"刁兄"的看法大为改观的是去矿上超市那次，她听到一个熟悉的声音问爹妈好，问孩子的学习，俨然是一个孝子、一位慈父，他对着话筒解释工资下调，寄回去的少，要往更远的地方走，不知对面说了些什么，他以"知道了，知道了，放心吧，放心吧"结束谈话。

从餐厅出来的第二个早上，仕云主动向贺主席打听这位兄弟，贺主席使劲儿想了想说没有这么个人。说得仕云脑海一阵恍惚，到底有无此人？幸好当日，她主动迎着庞队，一边走，一边问起这个兄弟。庞队说小刁是协议工，住公寓六楼。庞队不让找肚里没料的小刁。她又核实疤，庞队说没错。

"怎么，他找你了？"庞队问，接着哈哈一笑。

"那天说了几句。"仕云说。

"不稀得搭理他。"庞队说。

庞队说协议工一般待不长久，哪个煤矿给钱多，他们去哪个，身份待遇比起有编制的更无保障，出力倒不少。仕云希望他们都有编制。庞队把编制条例讲了一下，言外之意就是因为他们无编，所以才跳来跳去，这些有编的人不愿走出去，更不敢辞去有编制的工作。仕云想多打听点儿刁兄的事，可没说两句，庞队接起了电话，打了好久，最后挤得一对法令纹不断地纵深下去，这状态，像极了蹲坑未果，八成有什么愁事。她反倒觉得刁兄更不容易。

和小楚分开的第三天，采访局面才真正打开。上午一位，下午一位，仕云按约提着电脑，背着书包，朝家属区走去，她要去的那间屋子，有刚烧开的水和刚上井的兄弟，说得尽兴时，天擦黑了。

七

李矿阴着脸,第一个走进会议室,刚挨上椅子,"轰"的一声,像是专为生气而坐。这趟嘉水之行,祁书记先回,他被留下,集团领导给他挨批小灶吃,说龙田矿的机关干部不作为、懒作为,等馅饼砸脑壳子,嘴巴接。好不容易谈下合作,却没人肯挪窝,不顾大局,翻旧账,像泼妇闹街,抓着当初的承诺,数落不止。工会怎么做的?党员作用飞哪儿去啦?批得李矿浑身冒汗,鸡啄米一样。包袱背了一路,压得他腰难直。

两矿的结构、制度、工具、管理模式大不一样,龙田人说自己是后娘生的,嘉水人说抢饭的来了。为个工具也吵架,你这样扭,我就那样扳,井下对峙场面比比皆是。土方法,不擅管理,丢个爬犁当火箭筒,龙田人说得嘉水人脸色越来越难看,所以龙田人提的建议,不是被撂了话茬子就是直接大打出手。如此一来,先到的龙田人分批跑李矿下榻处,数落嘉水人的不是,李矿免不了找连矿谈。自从龙田人迁入,连矿的耳根好似置于闹市,常听嘉水兄弟们说龙田人自视工具、管理先进些,气焰足得能登天,吆五喝六,一副没有他们嘉水就干不下去的样子。连矿也恼火,要不是龙田矿上面的集团抽人过来谈,他才不会容纳外界人马过来分吃煤田,所以也就在李矿来谈时,出现了各自护短的场面。用集团的话来讲,都是窝里横,能不能放下原见识,先以煤为大?集团着重批了手下兵——李矿,说将来嘉水矿还得合到集团,先闹不和气,问他到底带的什么头。李矿躲回房间生闷气。为了缓解气氛,连矿主动找李矿谈,李矿火气很盛,仍旧不依不饶,说嘉水靠着煤旺把管理的短板遮了。连矿不谈管理,沉着脸笑说,队伍讲究合作,女婿和丈人还得磨合呢!李矿借话把龙田矿比作旧时媳妇,尽受气。连矿霍地起身,一拍屁股走了,之后李矿再约连矿,就约不上了。李矿让祁书记先回,直到李矿待得无趣,便装作已完成集团交代的沟通任务,提前回港城。

回来后,李矿不怨连矿了。嘉水人情绪不比龙田人少,连矿抽屉里恐怕也和他一样,收了不少条子。连矿能不急吗?嘉水矿供养本地人就业是好事一桩,却因集团开出的一些诱人的条件,导致了今天这个局面。最早约定,技术好的出技术,管理好的出管理,有煤的出煤,真干上后,群体的复杂问题夹塞住了,像突袭的龙卷风打得龙田人和嘉水人措手不及。嘉水民风粗犷,港城软些,明着是说话,暗里就是吵架。谁也不让谁,相互告状跑细了腿。人不是摆件,得安抚,再安抚,更得沉得住气。李矿怨自个儿沉不住气,应该先和兄弟沟通好,再去找连矿,有些本末倒置了。

龙田矿上,放条子的不是抽屉,是矿长信箱。有兄弟亲自放的,也有家属代放的,经常不到一天,这些条子就直从箱口往外冒,李矿盯着属于他的那只箱子,骂了一句。眼下这些机关的,首先和李矿拧上了,不给原职,没商量,就算平时交好的那些干部,关系也在微妙地发生变化,不遇大事儿,你好我好,摊上这端口,时刻憋着劲儿探对方口实,再瞄着信箱,踩着点儿,争着抢着比谁放得更多。有一次,气得李矿扬了条子,有手写的,有打印的,有突发奇想画画的,李矿有心砸掉箱子,可最终在祁书记的建议下,做了一个更大的。

贺主席也赞成。让大家写,让大家说,把苦水倒完了,腿也迈出劲儿了,憋着不是事儿。祁书记不憋屈,也不倒苦水,早和集团打了招呼,派哪儿去哪儿。李矿觉得集团的干部就是比矿上的干部觉悟高,却有机关的捎话说,姓祁的不降职,就是挪挪窝,换他们也去了。祁书记就此也放出话,说换岗也去。

祁书记行,不代表他带领的庞队和徐经理行。这两个人正等着这次开会听下文,不给想要的,谁也别想把他们搬离龙田矿。

李矿坐了近半小时,干部们陆续地握着软抄本对号入座。接二连三的亮晶晶的眼神,在李矿脸上停留片刻,而后绕远入座。小裙附在李矿耳旁正嘀咕贺主席临时有事儿,几位农民携家属跑去人工湖安家,协调好的安置房硬是不搬。李矿无心谈这个,一挥手,小裙坐到后边了。不远处徐经理谈上回抓阄儿,有惊无险,几个区队长也露出逃过一劫的神情,攥着拳头比画,真像男足踢出国门的神情。祁书记一早去集团开会,最后到场,匆忙得像刚接受了紧急任务。集团没有辜负祁书记,安排他最近走出去,他与李矿微微一点头,麦克刺耳一声叫,会议就要开始了。良久,无声,看样子还得等一会儿。小裙是第一次开这样重要的会,看着与会人,手掌直冒汗,作为做阄儿人,好似等挨揍一般,心口堵得要命。

几个往工会送礼没成的,叽叽喳喳地正在互诉不停,尤其五个脑袋拼一起,像一束平面人头花,看起来藏满剧毒。

"他拿着过百万元的年薪,不缺钱。"

"恐怕也得降。"

"那是他的事儿。"

"我不留下,谁也别想留下。"

"拨官,我不干,×。"

声音起伏着,有远有近,就看着人头攒动,分不清谁是谁的脸。

他们说的"他"是指李矿。

仕云走进会议室，也听到这些乱谈。李矿批准仕云开会的。仕云挨着小裙坐了。小裙瞪了仕云一眼，李矿瞪了小裙一眼：这个小家伙，让贺主席、祁书记宠得能掘地三尺，现在学会欺负外来户了。对于小裙撕掉小伐的阄儿，李矿从信箱里得知，想走的藏着窝着不让走，不是小裙在搞鬼还能有谁?!所以李矿又瞪了小裙一眼，小裙觉得李矿傻，这么重要的会竟大门敞开，让"特务"来，就不怕被添油加醋?宽额头，平下颔，戴一副近视镜，没用没用，脑袋白长了，近视镜也不够度数。小裙只好在心底置气，又使劲儿地推了仕云一下子，仕云便起身去了犄角旮旯儿。

小楚说过李矿话不多，能办事儿，近两年烦心事儿多着，脾气闹腾不少，让仕云放弃采访李矿的念头。会议开始了，李矿让各区队汇报工作。接下来听吧，套路话像沙尘暴，一个比一个猛，仿佛这场会议专门用来抒发个人情感的，给人感觉全是段子高手，有网络抄袭的，有套用至理名言的，也有照搬集团的经典名句，话在嘴皮儿翻跳，很有动感。

"没煤了，怎么办?"李矿打断了这场面，把集团的话原封不动地搬过来，"还在家里呼呼睡，等着请你们去做官?"一针见血地暗示和稀泥的不在少数，"苦是苦了点儿，这身老把式有用武之地，还能亏了谁?带头走出去吧!"

李矿让小裙简单说一下抓阄儿出现的问题。小裙顿时脸通红，声带似乎被谁掐着，失了平时的气势，越说声越小，最后简直拖出哭腔。没有贺主席一旁撑着，小裙弱得像鸡崽儿。

忽然，一阵喧哗，小裙以为说错了，立马住嘴，眼神怯得很。

"机关工作人员近千名，哪儿给你们安排岗位?丑话说在前，自古不缺当官人。"李矿毫不客气。现场骚动，众口纷纷抛话头，声音陡然剧增，整个会场闹市一般。

话筒亮了,庞队有话说:"大前景不好,干什么错什么,过去被高产遮挡着,几乎没错。"徐经理像是庞队的助理,飞速地记着,不时停下来做一番点头。徐经理面前的话筒一亮,他说:"现在不干没错,干得越多错得越多。"前几日因为材料问题,徐经理第一次被祁书记约谈,心里有了结。庞队的话筒虽说是灭的,可他还在说,声音又粗又躁:"谁是领头羊?谁先走出去?凡事儿跟着一块儿降,才光鲜。"声音一拨儿冲垮一拨儿,每当这时,会场就响起音乐。

　　话筒亮了,祁书记要说党建了。他把每周三的广播抽几句,重点讲,不过为了缓解视听。差不多安静了些,祁书记说起集团对他的安排:"我最近会走出去。该克服的克服,该解决的解决,各位兄弟多想想。"

　　"你是做官去。"哪里出来的声音?小裙仰着头,像个不专心上课的孩子,原来奋拉的脖颈一下子直了,四处寻找声源。仕云没有寻找声源,而是盯着祁书记的侧脸,想起了宋冰,他俩是夫妻一起走,还是只走一个?李矿放下笔,知道祁书记选择降薪保官,这也是集团的意思,同时也是李矿未来的路。

　　会场又安静了,李矿说:"为了多给你们时间,没活儿干也发着不算低的钱,下月起再降。"

　　徐经理面前的话筒亮了,他问:"老婆孩子吃什么?"

　　祁书记说:"早早走出去,天天有活儿干。"

　　"材料室哪能走开人?"徐经理说。

　　"你现在那活儿材料员就能干。"这话是李矿说的,有分量。

　　徐经理知道多说无益,瘪着嘴,看向祁书记。祁书记皱着眉头,徐经理知道祁书记让他们少说话,服从大局。

　　会场又安静了,话筒没再亮起来,而是有谁举手发言,其余的人就看着谁,听听能不能把自己想说的话带出来,这样自个儿便不用露底了,哪个要是说反了,听起来谁气着谁了,势必要唇枪舌剑。

"只要不降工资。"徐经理的嗓子像长满锈的铁哨子，声音像是被谁撕开。

"我两样都要。"庞队瓮声瓮气，看样子吵累了。

会场要是满足了与会人员，则不能满足会议主旨。李矿搬出恶人脸，从投产那天起他就属于要么不说，说就绝不客气的领导，道："立即！马上！现在！从今天开始，走出去。不去的回家！"

为了避免尴尬，有那么几个自觉自发地重复汇报截至今早掘进队掘进尺数及工作面出煤情况，确切地讲出了多少油页岩及巷修队修复了哪些故障。仿佛都要把身上的刷子毛抖给别人看，重要的是他们有活儿干，他们不能走出去，也不想辞职。

"就剩杆子了。"祁书记嘀咕着。会议就这么持续着，后来没了重点，更像是一场消极的联欢。

下午两点，走出会议室的小裙对自己开会时的表现拿捏不准，心情灰暗。宋冰缠住小裙，先是抱身子，后是抱胳膊，小裙烦躁地推开宋冰。

"你有事儿找祁书记啊，我算什么！"小裙嚷道。

"工会负责疗养。"宋冰拔高声调。

"冰姐，你懂点儿事儿吧！"小裙语气重得像要轰人出门。

"那也不能把员工的福利掐掉。"宋冰像是要讨个说法，拉着小裙不让走。仕云拎着电脑从她们身旁过，想听听怎么回事儿，又怕讨来小裙的骂声。小裙现在不会骂仕云，倒渴望更多人参与进来，找点儿话题，她好尽早脱身。

宋冰回身抓住仕云，问："疗养的事儿凭什么就给削了？你说这公平吗？"

正装作读会议记录的小裙，怕仕云乱写，一把拉过仕云，摸了一块小楚给的巧克力，硬塞进仕云手中，说："走，我给你泡茶喝。"仕云喜出望外，自然地挽起小裙胳膊往办公室走，临走时，对宋冰说："你可以自己去想去的地方，不必非等着疗养。"小裙为仕云竖起大拇指，宋冰双目含泪。

回到工会办公室，小裙用印有红色"龙田矿"字迹的杯子，泡了茶。这个杯子放在柜橱有些年头了。仕云真是受宠若惊，呷着茶，随时听着房外的动静，宋冰没跟来。小裙说宋冰真缠人，祁书记命真苦。祁书记在这次会上，给仕云留下了另一个印象，吃"农家乐"的仿佛是另一人。小裙真怕从上到下打起来，抱过阖儿盒子，失望地捡来捡去，仿佛这一切都是由她造成的。

下午四点多，满头汗珠子的贺主席回来了，眼圈儿泛着很深的红，像要滴血。贺主席要了一缸子水，喝得很急，然后接过小裙递来的软抄本，看罢，推到一边。冬天一到，湖面结冰，山上没有取暖设施，长鼻涕挂冰的日子难挨。看得出贺主席对一些不搬进安置房的村民又恨又急。仕云靠前想问点儿情况，贺主席没理仕云。小楚帮仕云一事儿使他万分恼火。贺主席再缜密，也未想到这俩女的真如所见扭到了一起。他能知道这个令人生气上火的消息还得感谢曾董。就在几天前，贺主席去人工湖找那几个村民谈心，"半月湾"的曾董也在人工湖附近徘徊，那批安置房就是曾董盖的。那时贺主席真想扑过去朝曾董吼起来，曾经的合作把煤矿耗成了零，现在后续的事情又如此棘手，曾董就没有一点儿责任吗？贺主席想这么质问。

应是曾董早发现了贺主席，所以在贺主席朝曾董走去时，曾董上了车。贺主席便扭头去找村民，村民都不在，门户紧闭。贺主席就等，等回来了就劝，村民个个用最难听的话刺向贺主席，言外之意是，谁让塌陷的庄稼地改成人工湖？谁要鸽子笼住？谁稀罕安排的就业？一句话，他们要种地，他们有老把式，他们就愿日出而作、日落而息……贺主席说不过他们，只能摇摆着身子继续劝，曾董却派杜主任递来一份机器打印的文字，像字数颇多的老辈子电报，更像一张通牒："拉纤保媒，哪有都成之理？赔了夫人又折兵不算什么，看好大后方吧。谁也不希望成为一个笔下的负面人物,无论说得对与错。"他们矿上的事儿,曾董摸得透清,几个关键人物过去都见过,似乎对他们很有感情。关于仕云要写矿上这事儿曾董是从而杜主任处知道的,杜主任是从庞队处知道的。贺主席把这堆字看了一遍又一遍,眼睛红了一圈儿又一圈儿,现在的贺主席看什么听什么都变味,原想为不搬迁的那几个农户再从曾董处讨点儿实惠,这样看来,已经时过境迁了。

仕云觉着坐得没意思,便起身告辞了。贺主席也想出去散散心,小裙说父亲今天没跑步,一个人在家等两头消息。一个是矿上会议,一个是贺主席落实村民的情况。好不容易等到下班,贺主席去食堂切了两斤肉,往家属区走,竟见仕云从刘香青家的楼道出来,抱着电脑,背着挎包。这是去成了还是没去成,贺主席琢磨不透。贺主席太怕成了,一个闹一个写,好人也被妖魔化。曾董指的大后方就是这里。后面几天,贺主席踩着点儿到家属区,果然仕云是有安排的,每天钻的门洞不一样。他想制止仕云,又怕家属区闹意见,抓阄儿这阵子,和众家属从相亲相爱转变成相互揣摩,他揣摩不出家属到底下一步要干什么。家属力量大,当年那些纺织厂来的女人力量更大,能给矿上带来喜气洋洋,也能哭闹着绊住兄弟们的脚。

贺主席和陆福碰杯,喝酒,提这事儿。陆福就骂起来了,就像骂文体中心一样,成天涂脂抹粉,唱啊跳啊,给解决点儿实际困难多好。贺主席说一码归一码,每个部门都有它的作用,又说有人来记记他们的生活也好,可是偏赶上这么个当口儿,成了他们脱给人看了。陆福说让祁书记管管,让仕云离开矿上。小裙直点头,一副对此事已尽力的样子。陆福知道小裙对这个女的有看法,但这回小裙不说了,因为小裙可不想把小楚牵扯出来,小楚挨骂,小裙心里也难过。但贺主席把小楚帮仕云在家属区联系兄弟的事儿说了。陆福往嘴里灌酒,而后张口循环骂人:今天这一切,全是曾董这一群打着

81

改造城市建设幌子的企业家造成的,矿上多出个叛徒,净给外界送情报了。贺主席觉得还是应找祁书记来削弱采访的情势。

第二天,贺主席去了祁书记屋,回来后,脸色更难看。小裙不敢问,开这次会把胆子变小了,担心一言一行错了,贺主席对她有意见。一旦对她有了意见,不进家门,她父亲连个说话人也没有,而她目前受宠的状况也将消失。贺主席点了支烟,让她坐过来,问她喜欢工会这活儿吗。她抱着阄儿盒子说喜欢,现在大学生毕业,能到机关坐办公室的少,听说几百人里头才有一个。

贺主席眉头舒展了一下,仿佛刚才还愁苦的事儿有了新的眉目。他一口气吸完烟,两颊不断地收缩着。削弱采访一事无果,加上人工湖事件僵持不下,导致他眼前一片乱麻。祁书记的言外之意让他先把身边事处理好。李矿在会上直接赶人,祁书记现在也即将翻脸,求人不如求己,先都打打预防针。

"你去嘉水吧,还留在工会。"贺主席说。

"爸爸怎么办?"小裙说。

"小伐早晚得去。"贺主席说罢,就出门了。他还是要去人工湖做说客,一回不行两回,一月不行俩月,一年不行两年……

贺主席走后,小裙伏在窗台上看小伐一会儿越走越近,一会儿越走越远,她知道小伐一直想去嘉水。门外有声响,小裙跑了出去,徐经理要找小裙说点儿事儿,然后大模大样地找到抓阄儿箱子,往外扔写有自个儿名字的阄儿,回脸从裤口袋摸出一张卡,递给小裙,说:"别写叔的名字。"

小裙厌恶地盯着卡片说:"这不是我一人说了算,李矿和贺主席会挨个名字查。"

"别蒙叔了,有工夫查这个?怎么没查出秦小伐?"徐经理投来一个莫名其妙的眼神。走后门确实不光彩,小裙和小伐都在走后门,矿上兄弟有的敢怒不敢言,但像徐经理这样的就敢当面问问。

小裙上前把卡退给徐经理，二人推搡中，小裙尖叫一声，吓得徐经理夺门而去。事后，小裙向贺主席汇报此事，徐经理落了个违反矿纪、私行贿赂，被批得矿区上下无人不知。好在祁书记作保，让徐经理继续管材料，否则，徐经理真能成为轮休日最长的那位。

初冬的上午格外亮、格外静，没一个人影。庞队踩着静时光，找贺主席。小裙说不在。庞队便拖了椅子，像备好了腹稿，从嘴里迸个不停，巷修岗位的重要性、领导职能的不可替代性，仿佛他有如来的手掌，一施法力，整个矿区生生不息，说着他起身用脚把门带上。近一年，工会换了两次门，来往人太多，推拉力量及次数超过门的承受极限导致的。他这回是斜着坐的，两腿打开成直角。小裙让庞队先回去，庞队不应，像徐经理一样，从箱子里找出写有自己名字的阄儿，揉成球，揣口袋里。

"这忙你可得帮叔。咱可是一个楼住着的，叔还给你姐俩买过糖吃。"庞队说。

小裙不语，低着头，扳着手指，数数。

"听见没？"庞队问。

"听不见。"小裙说。

庞队问小裙有没有别人来过。小裙说没有，庞队表示不相信。贺主席满头大汗地进来，从桌上端起缸子就喝，然后从抽屉里抓起扇子，忽上忽下，忽左忽右，看来这回又气得不轻，但眼睛的颜色很正常，也算是免疫了。小裙忍不住笑了，"夏天的东西，搬到冬天用。"边说边笑，重复着，像个不懂事的孩子。

"多好的房，不比湖上强？能尿出冰棍子不说，还病倒一大片，冻成那样，哪是一天两天就能好的。"贺主席进门时眼神没打弯儿，才看见庞队一本正经地坐着，停止了挥动，似乎火气要加倍，"有事要反映？"

"贺主席，你说让我们出去，这……这谁愿去！"庞队讲，"都到年底了,更不愿走了。"

"别来扯闲篇儿。"贺主席不看庞队。

"原来的老矿不也留了几个人吗?让我留下吧。"庞队一脸讨好。

贺主席继续挥舞着扇子,几页白纸飘落到地上,说:"把想说的,回去琢磨透了再说。你们这些当官的,还不如秦小伐!"

"他是躲他妈。"庞队也没客气,扔出这话时,一脸神气。

贺主席一挥手,"别把人看小,就冲你这话,也得去嘉水锻炼"。

庞队气哼哼地走了。贺主席让小裙下班后去食堂打几个菜,待会儿去家里喝酒。贺主席有几天没去了,入冬了,人工湖上的风越来越大,几个钉子户冻得直跑医院,有来要钱的,有去矿医院免费取药的,全是贺主席一人给报销,跟着来回跑。贺主席不去家里,小裙父亲在家就急得要命,小裙心疼父亲,但又不能拽着贺主席去家里,今儿贺主席主动提再好不过了,父亲起码能舒缓心情,少跑几圈儿,喝上几杯。

父亲与贺主席越来越铁,铁到每回都大打出手,之后再如胶似漆。这次同样如此。父亲代表没文化的群体,说:"我们都知道老把式不能丢,你偏让农民丢了老把式,你以为你们读书人是什么?玉皇大帝吗?"

"你!老陆,当初姓曾的建安置房,我们因地制宜把塌陷土地改成人工湖,你怎么说的?你说农村人终于过上了城市人的生活,有工作,有楼房住!"贺主席说。

"我没说!"父亲说。

"你说了!"贺主席说。

一直以来小裙父亲对当官的贺主席成见不小,嫌贺主席一天到晚文绉绉地讲话,一说个话还能形成文件。嫌归嫌,倒是这个矿上只能他能嫌贺主席,哪个要是说贺主席的不好,他也是第一个拔刀相助的。今天,小裙父亲为这个事先动了手,他不想听贺主席的反驳。小裙没有拦架，因为贺主席每回都白挨。小裙更知道，这么多年，父亲和贺主席早在不知不觉中拧成一股绳，哪怕大打出手，后果不堪设想，也得等着彼此再次喝酒开会。

父亲捶过贺主席几拳后，没按旧思路出牌，似乎退休、会打人的矿工有更多的时间去进步。其实，父亲和贺主席想的一样，认为村民应该搬新居，但就是看不惯这话是由有文化的贺主席说的。父亲又说先晾着他们，这种人瞎硬，待吃吃苦头儿，被湖上的冬风冻住，会主动的。贺主席喝得两排牙龈上火，就差滚热油了。

稍作停息，父亲想讲讲贺主席一直避而不谈的事儿，不过贺主席早晚得提，而今天，贺主席不想提，怕再挨拳头。前不久，因为不想让仕云采访的事儿，贺主席进祁书记屋时，场面并不是所描绘的那样。小裙当日回来就跟父亲说贺主席要她去嘉水，小伐也会去之类的话。父亲就想听听那些浑蛋是怎么讲的，在这件事儿上，父亲又开始骂人。

那天，贺主席没有主动去，而是祁书记敲门说一会儿开个小会。听罢，贺主席突然注视着认真写材料两耳不闻窗外事的小裙，这孩子进工会快一年了，属于破格招收，破的是什么格，谁也说不清。

开会前，贺主席在李矿办公室外面吸烟，有同事过来，他就背过身，表示不想搭话，停了好一阵子，才丢了烟蒂进去落座，他知道就等他了。这是加他三个人的小会议。祁书记和李矿正在说"半月湾"盖的那批安置房，技术用料先进，不明白个别农户为何不搬。他们见贺主席进来，推过一个烟灰缸，贺主席又从祁书记手里接过烟，说："安置就业，不如种地习惯。"

"土地是根，谁也不愿离开。"李矿补充道。

"就像我们的阄儿，太难抓了，有好多人去找小裙托关系。"贺主席说。

李矿呵呵一笑,比起他箱子里的条子,小裙那边才刚开始。

"总得有个过程,帮他们认识企业的出路。"祁书记说。

会议在不温不火中开始了。李矿和祁书记对视一眼,像是提前商量好什么事儿似的。贺主席心里有底儿,就三个人的会,肯定是给他开的。

"老祁那事儿办得早,也没什么可说的,贺主席你可有点儿不地道。"李矿说。老祁那事儿指的是宋冰某一年从磅房转到技术科跑堂,身份忽地一夜从头改到脚。

贺主席搓着手,有心护着小裙,舌头却不断地打结儿。矿上资源殆尽,机关人满为患,正不知何去何从,在小裙临来之前,李矿言外之意这样表露过。事到如今,写条子的多数人多半说矿上的种种不公,尤其抓着小裙这个典型不放。

"老陆岁数大了,给他女儿小裙解决个就业,算是照顾老前辈子女。"贺主席的心怦怦跳着。

李矿咳了一声,说:"老隋的儿子至今在家待业,轮不到小裙。再说了,秦辛为什么下井?"

"小裙是大学生。"贺主席喘着粗气,满脸通红。

"矿工子女大学生多了去,都安排了?"李矿问。

"小伐想去嘉水。"贺主席顾不得陆福的拜托,急中生智,说出一个人,好替小裙的事儿转移话题。

"你问过新萍?"祁书记锁着眉头。

"我看小裙也不用负责抓阄儿了,派她去嘉水,更有说服力。"李矿迅速地说着。

"这不行!"贺主席霍地站起来,"小裙能干什么?"

"磅房、矿灯房、浴池、食堂……"李矿一一数着,"矿灯房里有文化的女人少,小裙正好向人家学习劳动技能,再用知识带动人家的秩序。"

贺主席觉得被算计了,说:"宋冰在技术科啥活儿也不会,成天喊着要去疗养,怎么不派她去?"烟圈儿裹住祁书记的脸,腾云驾雾一般。

李矿要求开会,也有让贺主席和祁书记相互检举的意思,刚好这个皮球踢到祁书记怀中。

"宋冰这一阵子准备要孩子。"祁书记补充道。

"你的孩子金贵。"贺主席说。言外之意出来了,知情人不语了。贺主席接着说:"老秦人厚道,当初下井是不想看到那些德不配位的人。你们以为呢?小裙的条件哪里不够!"贺主席气得直哆嗦,"我打光棍这些年,就给孩子办点儿事儿,你们盯得真够紧的。没法给井下兄弟念经,倒念到我头上了。"

"你的带头作用哪儿去了!"李矿严厉地说。

"我去!"贺主席猛地一吸烟,他早听说嘉水矿工农关系更难缠,成天使钱,没完没了,真是想想就头皮发麻,去那里,他算新人,新人练手也得一段日子,何况两地情况不一样,到底如何做,没见着连矿,没见着那里的人和风貌,没见着任何动作,心里没底,可最终也得去。他之所以没像祁书记那样要求出去,是因为龙田这边工农关系还未清完,兄弟们尚未彻底走出去,李矿就不会答应让他走。今天逼到这份儿上,他临时决定先走,把工会这摊儿让小裙担着,若能做出成绩,也算功劳一件。

果然不出所料,李矿的话跟得很紧:"你先不能去,小伐可以去,小裙也去。年轻人带头作用更强。"

"老陆那家伙要到机关拼命了。"祁书记一脸惊恐。祁书记和陆福交往少,不过那糟脾气,祁书记是领教过。陆福能一个人把两个人揍扁,力气使不完。

"小伐申请了几次,我没同意。一是新萍需要照顾,二是老陆护得紧。这俩孩子,老陆哪个也不会放。"贺主席也搬出陆福。

"杠子!"李矿骂了一句。

就在这时,刘香青捧着一堆材料闯了进来。李矿的脸像突然靠近了炉火,唰地红了。祁书记招呼刘香青坐,刘香青甩着纤细的手臂,走到李矿身旁,指着贺主席又骂起了多年前的原话:"你欠老隋一条命,早晚下大牢。"而后,从口袋里摸出手机,打开音乐软件,"几度风雨几度春秋,风霜雪雨搏激流……"她的话和音乐混成杂乱无章的节奏,雨中雷鸣般,又潮又刺耳。每个月初,她都要把材料扬撒到工会,再拾起来,听说贺主席在李矿这儿,她赶脚来,当下,李矿办公室满满一地纸。

"强子的活儿,怎么弄?"刘香青回头看着李矿。

李矿额上渗着汗滴,说:"这不正谈着吗?"

"让小裙走,强子上吗?"刘香青说这话时嘴角一丝讥讽,而后蹲下身子捡材料。李矿从椅子上起身,蹲在刘香青身旁,接过材料来不及看,就被刘香青用手压得紧紧的。

刘香青和钟玲很要好,若是降了小裙,填补强子,刘香青觉得对不起地下的钟玲。刘香青抬眼瞅着李矿,这矿上的人也都知道他俩过去搞过对象,那年她与李矿牵线成功,次年却因小事儿与李矿吵起来。李矿也是倔脾气,觉得自个儿没错,硬是不低头服软。当知道刘香青与老隋登了记,李矿整个人才慌了神,痛不欲生,后来出现钟玲这事儿,李矿有些醒悟,觉得纺织厂走来的这两位顶级美女都不按套路出牌,很愿"移情别恋"。老隋走后,李矿一直很照顾刘香青,她不领情,得空儿就骂,对贺主席骂得更狠。

贺主席内心舒了口气,原来李矿借着条子借事办事,现在小裙让路,隋强上,天经地义,也是安抚刘香青的好举措。他的气性小了些。

"秦辛为什么申请下井?"祁书记刚发觉自己入了李矿的套儿,搬出这句话,意指隋强只有中专学历。

"让宋冰下来！强子蹲家里也乐意。"刘香青特看不上宋冰，成天抹得像从面粉缸里舀出来的一般，"不要以为你是纪委书记，我就怕你。我是死过的人，你倒好，活得生鲜，成天喇叭号得好听，先回家把老婆的纪律管了，让矿上给你养老婆算什么?!"

李矿喝住刘香青。刘香青冷笑一声，说："我怕过谁？老隋活着的时候，我是人妻，现在我是人母。你们这群混账东西，关着门开缺胳膊少腿儿的会，例行公事地给我送钱、送米、送油，谁给我送过日子?"她怒视三人，一只手推着李矿，另一只手劈向贺主席眼前，接着骂："坐在这里互相揭短，算什么？有本事让兄弟有饭吃!"刘香青"啪"的一声，拍了桌子，简直要跳起来。

刘香青抱起材料往外走时，贺主席追过去说："少和汪记者说没用的。"他知道刘香青的脾气，敢说敢做，是脑袋别在裤带上的女人，但无论别哪儿，她都是矿上最美丽的女人。

贺主席回来后，三个人继续对坐，分别点起一支烟。贺主席说："让小裙走，我去和老陆说。"

"先让小伐走吧。小裙暂且缓一缓。"李矿说。

"新萍那边呢?"祁书记问。

"小伐也不回去，在与不在一个样。"李矿说。

"我回去也找宋冰谈。"祁书记掐灭了烟。

三个人再次陷入沉默……

父亲听罢，看了一眼小裙，都过了多久，小伐也没走，小裙也没走，当然那个叫仕云的也没走。

"小伐不能走。"父亲对贺主席说，"可以让宋冰走，祁书记一个人孤单。"

小裙忽然想起那天会后，宋冰还要过疗养，便将仕云说的一番话学给父亲听："那天，汪记者让宋冰自个儿花钱去，想去哪儿去哪儿。"说到这儿她笑得前仰后合。小裙不知道仕云当晚完成了几万字的深扎日记，全是会议内容，写得挺爽，当时觉得消极难受的话，写出来，重读后，却生出一股力量。小裙还不知道那天仕云的手机乱响不止，手机号仿佛被谁兜售得人手一个。

"别把我会上的话写进去！！！"三个叹号加得很刺眼，电话那头的人肯定被吓得受了惊，才会加什么三角号、着重号、叹号。这算什么？这些符号，在仕云眼中不过几个笔画，一会儿同样的信息又来了，这回没加叹号，而是省略号。那晚，庞队睡不着，由于会上太能表现，像个出不够洋相的孩子，会后就怕了。既然已无法挽回，就要使危害降到最小，发过去的信息，没有回音，他彻底睡不着了，眼珠子滴溜转。原来特精神的仕云让庞队发信息发得直犯困，删了这条信息，又来下一条。

八

　　小楚走到楼梯口,沿着屋脊平行线看去,天花板上的垂灯,晶亮闪烁,把青天白日的阳光遮蔽了不少,由此,巨大的展厅充满着群灯照耀的美。销售顾问与售后顾问更美,今天是田中要来的日子,他们比以往更加注重着装仪表。前几日几名工人踩着梯子把吊灯挨个消毒、喷晶、打光,一套工程下来,花去几万元。最关键的洗手间,打了好几层蜡油,亮得格外刺眼。梳妆镜把人照得似新出浴,既立体,又能见青色的脉搏跃动。抽纸筒全换成琉璃水晶,琉璃造型极简气息极浓,驳斥了她本来要求的龙飞凤舞,在射灯的光照下,格外璀璨,的确是清爽的一景。坐便器擦洗得简直可以下面条,油亮中泛着软软的青色,连洁白的手帕纸相比之下都是污浊不可亲的。同事小心翼翼地去洗手间,怕滑倒,更怕踩脏。见此情景,小楚狠狠地骂了一句,连身体都尚未清洗得如此干净,这马桶之家,倒是先人一步了,真吓人。

　　从田中吵吵着要来的那天到今天,足有小半年,他是个十足的谎言家。给人打工,听人使唤,没法子,说是今儿,大家就等今儿了。

一早本是好天气,突然阴沉下来,嘀嘀!嘀嘀!几条消息,全是田中发来的,他轻巧地又说了俩字:延期。小楚却觉得他已经来了,这个直觉越来越强。她回复信息说:一切安排好,随时恭候大驾!应该是别处有他惦着的更好光景,或者他认为这边的光景跑不了。他在乎的不是已经过去两个月的车展,她现在清楚得要命。想到这里,她致电连宣儿,说又延期了。她和宣儿也一直未见,凡事都是通个电话,像是各有急不可待的大事要做。宣儿托她的事暂时没约到,曾董日常不定,她又不能成天追着问杜主任,传扬出去能砸了自个儿的形象。挂掉电话后,她去了人力资源部,宋经理问这字到底签还是不签,老头儿一副干出来的老脸,不论她在此事上多轻看宋经理的汇报,这老头儿抵抗冷眼的免疫力特强,心里只有他要办的事儿。

她没时间坐下谈,径直走到宋经理的桌子前,用中指的关节敲了两下。

"再不要像跟屁虫似的发邮件,我没工夫看。"她说。

"方董说……"宋经理试探着。

"那你和方董说,方董自会告诉我。"她的态度很硬,很倔强。

宋经理捂着一只玻璃茶缸,茶叶不规则地浮在水面上,这杯子一看就是吃剩的罐头瓶子。宋经理呷了一口水,吐着气,满口的茶叶香,他讲道理的本领,能让人痛苦地把耳朵揪下来。

"陆总,培养年轻力量是企业生存的根本。"宋经理说。

"说什么呢?要你这么说吃苦耐劳的精神算不得什么了?"她说。

"店盖出来,人没来,这不抓瞎吗?"宋经理说。

"那就慢点儿盖,"她也没客气,"让工期停。"

宋经理气得眼珠子往外鼓着,说:"你不能这样带团队啊!你不负责任啊!"

听老头儿的语气,他八成没和方董汇报什么。她瞟了一眼茶缸,枯梗乱叶,车行配给他的好茶不喝,省下来长苔毛,就像父亲,非得将食品放坏了,再大火蒸、煮,以示节俭。宋经理戴上花镜,掀一摞简历,这是他千挑万选出来的应届大学生,像是他的芬芳桃李。

"这茶喝得惯吗?"小楚打岔。

"茶得品。"宋经理说。

"好好品。"小楚快气炸了。这老头儿,就这破树叶子,还品呢,"我看是舌头品牙齿,牙齿品嘴唇,哼!"

"田中部长快到了吧?"宋经理想起田中,问道。

"嗒,延期了。"她说。

失望透顶。宋经理爱企业远近周知,否则也不能退休后被集团返聘回来,继续到基层店发挥余热。宋经理接着把简历推到小楚面前,复提此事,她转过身,找出一个纸杯,待绿灯时,盛了一杯开水,道:"我说过了不看。"

宋经理一气之下去洗手间,把茶水泼了。田中过几天就来,这一泼,还得了?搞个卫生,店里的银子简直可称为破门而出。一想要花钱,宋经理擎着杯,打量着地面上缓缓流动的茶水留下的模糊茶渍,飞快地跑回办公室,从抽屉里摸出一块麂皮绒,往洗手间冲去。

哼,让他成天提,找点儿事儿分了他的心,就不会聒噪了。她心里嘀咕着,嘴上故意问:"擦车?"

"擦地。"宋经理说着,走得飞快,她得小跑跟着。她见他弓腰撅屁股的,就拍拍他,说:"行了,这点儿没事儿。"

"那不行,凝上了,得花多少钱啊!"这个倔老头儿,在钱面前不再稳坐钓鱼台。小楚失声笑着,宋经理也跟着笑。真不愧是搞人事的,趁着她开心,又说起招聘的事儿,还提出集团公司的红头文件,关于人才储备的条条框框,对有潜质的应聘人,可以先签合同,发基本薪资,若有一方反悔,如何赔偿的问题。她倚门抱胸,说:"有钱没地儿花了,再说,违反《劳动法》啊。老宋,你干了多少年了,脑子锈得不轻啊。"

"多少年了，没闹出什么事儿。"宋经理说。

"你少用集团压我，这些东西早晚得改！懂得维权的人多了去。"她说。

"这话扯远了，你别调炮往里打，你也受过益的。"宋经理说。

一想也是，那个夏天，集团公司到港城招聘，觉得她各方面条件都挺好，预先储备了，她拿过一年多的基本薪资，有一年学费还是基本薪资供的。毕业后，她顺理成章地走进港城首家4S店。

"那年代，我懂什么？这些不成章的东西早晚得改！"她重复着先前的话，更神气了，觉得做一回假英雄，挺解气。宋经理垂着头，咕哝着。这老头儿乖，一点儿动静没有，更不会去参她一本，指不定还在为泼脏洗手间后悔呢。

"不能说改就改。"好不容易憋出这句，消瘦的身体开始摇晃，宋经理得糖尿病多年，每天都在消瘦。

轮到她乖了。"我说着好玩的，多好的规定。这是我们集团的特色。"她暗骂自己什么鸟人，老先生哪里不对了？她想起父亲经常骂她吃什么长大的，忘本的东西。她怕他站不住，扶他一起回了人力资源部的办公室。

姜帅顶着精致的发型，利落地挨门敲，终于敲到了人力资源部，兴冲冲地汇报了"半月湾"曾董请陆总一事。小楚像打了氧的鱼，迅速接过姜帅手中的请柬。这活动的规模挺大，当然没什么主旨，关键是大人物的活动，本市能拥有这份请柬的人一定都是有头有脸的。她也成了头脸队伍中的人物了，曾董真够朋友。虽说上回的团购在"半月湾"会所搞的，使她失去谈拢岗位的机会，或者说曾董可以买她的车，却根本不买她要岗位的账，现在看来曾董起码还在给她机会。姜帅斜睨着她的高兴劲儿，话就多了起来。她让姜帅回去，然后甩开步子出了办公室。姜帅讨个没趣，用蜷起来的中指和食指敲着桌子，问："陆总怎么了？"宋经理对姜帅一向无好感，像听不到一样翻着手里的一摞简历。

"忙吧! 大人物,集团的元老,就是说话不算。"姜帅歪头笑着,一脸坏相。宋经理依旧不理,持笔在纸上记起了东西,姜帅又讨个无趣,跑到客休区暖阁,给杜主任报信。

"姐,成了。"

"八竿子的事儿。看错人怎么办?"

"上头怎么说,就怎么办。"

"上头像个鬼似的,谁知道什么时候出现。"

"你就听消息办事儿就行了,后面有拉大网的。"

"他给你多少好处?"

"我哪有你值钱。"

"嗬,我算什么? 一块风干肉!"

"得了吧! 一边一个富人,还愁啥?"

"没被关进笼子的美丽,就不算美丽。"

"你守着曾董,还不算?"

"他妈的,他不是男人。"

"那是你没捅到穴眼上。"

"我肯定不是那个缺心眼儿的煤娃子。"

"我看煤娃子不缺心眼儿,陆总就猴精。"

"那是换过血的煤娃子。"

"陆总的眼神像是知道什么。"

"什么什么的,就算翻了,你也有东西撑着。"

"我他妈的挺卑鄙。"

"行了,上头到了吗?"

"没到啊。"

"怎么了?"

"谁知道啊。"

"我就说他是个鬼。"

"听说你傍上个挖煤的,喜欢那身劲儿!"姜帅笑得酸溜溜的。

"妈的,劲儿大得把我的鼻子都碰歪了。天一阴,我鼻子就疼,脸也疼。"

"妈的,日本好多野鸡店,八成线头落里面了,我也疼。"

仕云恰巧听到这些,以为是员工的恋爱电话,抿嘴一笑。仕云在客休区绕来绕去,万万没想到一个4S店竟装扮得如此华丽。越是小城市,越把店面搞得星味十足,处处透着神采奕奕,越是发达城市,这类店经常如普通门店。

客休区的走廊挂着好多幅字画,仕云不辨真假,只觉特别正式。走出里间儿的姜帅滴溜转着眼睛,刚要和仕云说点儿什么,脚步轻快的小楚出现了,搂着仕云的胳膊,邀仕云一起去"半月湾"看新楼盘,说旗下品牌众多,洋房、小高层、大高层、叠院、独院、下沉院……她想买一套下沉院给父亲,前后两个小院子可以种花养草喂鱼,二楼可以做卧室和书房,那一楼才是贺老光棍的去处。想到这里,父亲骂她烧钱的暴怒相浮到眼前。她知道,爱死矿区小三居的父亲是死也不会挪窝的。这一路,她又在纠结。

她把顾虑说了。仕云觉得人不容易,有钱的想孝顺,但由于个中原因父母反对;没钱的,拼命赚钱成天渴望一套房的日子熬透了日夜。仕云让小楚作罢,不要和父亲对着干。小楚说有朝一日实现了换房的愿望,给父亲买个蹦床,借外力蹦得更高,想怎么蹦都可以。

这些房子均价在三万元一平方米,算是港城最贵的房子,靠海,泛潮,不适合人居。真正的海景房,一定不能建在海边,要能透过窗户饱览大海。仕云说经常在福布斯排行榜里看到曾董的名字,北京等地也有他的楼盘。有点儿跑题,小楚把话题扯回来,觉得父亲不搬家,将来总住三间小屋,不是养老的地方。仕云似乎很有把握,认为看见陆福跑步的人都会相信陆福已经与衰老、孤独、力量达成和解。

当仕云也附和说靠海的房子不好时,小楚说:"那当然了,北京是什么地方啊,孟母三迁,就是要搬到北京那地方。"但她不想妄自菲薄,吐出舌头搞成猪八戒的模样,"养老还是我们这儿好,哪儿都不如这儿!"态度很坚定。

陆续建起的楼盘,远看着像多幅从天而降的格子布画,卡其色光影与金色交相辉映,使眼前不俗也不雅。几株法国植物,向着国道方向,分两路耸入云际。淡青色的甬路,矮小的株花各具颜色,多层一楼由全金色的篱笆小院围着,探出的适合四季的花卉正浓,芳草正艳,娇艳得数不清垂下多少羞涩。现代技术,与物业管理就是这么好,什么季节都能养活草类植物。汽车便不舍得压景而过,小楚找到一处新刷过线的停车位,打正方向,二人下了车。单位标配一款老皇冠,进口的,价值两百多万元,这车在京也不多,关键是太古老了,算是一个时代的汽车文化,不知经了多少人的手。

前面一片池塘,几条红尾鱼,一抽身,躲到荷叶下。有水的地方,生蚊子,潮脏,环境难治理。仕云说觉得特像京城某些著名画家在外省那处脏乱不堪的后院,他们打着艺术的旗号收获了开发商的青睐,轻则一套减价房,重则二亩地,多半都是有院落,可以添置山水。可是多半艺术家又没有钱,把若干空间空出来出租或是闲置,不知道的以为是安置区或公众区域,知道的便叹慕房子大想怎么折腾就怎么折腾。"你什么意思?是说我们港城开发的房子,只算作这类人的后花园?"小楚不乐意听。

仕云摇摇头说:"突然想起这些。关键是这世上,谁要占了点儿便宜,没占得的多半就会扎进心里,从此酸溜溜的。"

"这话我就听不懂。人家得,是人家赢得的;你不得,是你还没修炼到火候。"小楚跺着脚。

仕云说"半月湾"就是这种感觉。

小楚恍然大悟,可不是,"半月湾"把龙田的地界,当成他们业绩的后花园,从此煤矿人酸溜溜的。

小楚跺起脚,压住别人的饭碗,竟修炼成了艺术家。仕云屈着腿,敲着地面,似乎也有些垂头丧气,小半年下来,时而兴奋,时而颓靡,夜里眼珠子滑得像上了油,猜不出兄弟们忽热忽冷的感受,这种感受像极了害了一场未痊愈的大病,捂紧被子热,敞开着身子冷,这样的难受劲儿实际是与兄弟们一条心思跳着。出去,不出去,都难。仕云起先准备的一些听起来的好话、道理,真是放大版的笑话,所以仕云不会再摆道理了,道理是属于不需要用道理指导的那群人坐在云端上放空炮。

仕云习惯了听,听长了,能感觉到他们说话确实不利索,一蹦一跳,语言像是慌不择路的兔子。

仕云请教小楚,小楚说先记下来,往后再讨论。她们又说起"半月湾"的安置房和嘉水矿预备的房子问题。村民方面,"半月湾"解决了不少塌陷房的安置,人工湖那带的居民只剩三户,若是迁出就算大功告成。先去嘉水的可先入住十五平方米的夫妻房,让兄弟们早些去早些选,兄弟们仍旧腿难挪,又搬老话,说好一百年,连三十年也没干成,告状无门。兄弟们又继续商量好了都不往外走,薪水再次跌停,发不出钱,孩子哭老婆叫,兄弟们又诉苦,那地方实在偏远,经济不行,教育跟不上,怕耽搁了孩子,拖家带口不行,独身前行又惦着家,要说两三个月回家一次,谁能熬得住?在井下本就累,上来就是要睡有女人的床。俗语说,天地有阴阳,动物分公母,人分男女,谁也替不得身子受罪。兄弟们怕被笑,又说了,找女人睡,就是找女人睡,一个屋檐下有男女,利于身体健康,精气神足。

矿上这个政策,听起来好,但不实用。只给第一批走出去的已婚兄弟预备住房,算是奖励,其余的已婚人,得单着住宿舍,这就是狠话,这总得有个第一批第二批吧,都冲着那几个住处去,打起来怎么办?这矿上不会办事儿。看着吧,哪头都扯不出个头。兄弟们说更可气的是,有些资源被人骗了,工作无法开展,能开展工作的嘉水鹤西仍旧新人、旧人闹个不停,新管理、旧管理产生矛盾,成天就等着喝闷酒、置气好了。

有些好资源几个亿,谈判失败,直到今天仍相互埋怨,说国企没有钱,煤资源栽在私人手里管理消极,只顾产量。龙田矿目前依旧战斗力不减,特想拿下上好的矿。仕云不停和小楚说着最近的采访情况,像个复读机。

小楚顿时感觉一贫如洗,从包里抽出一瓶水,想浇浇如火的心。她喝上一口,丢老远,指着那个落点刚要说话,那一对"玉人儿"又歪歪扭扭,你追我赶地往这边来。庞队把杜主任当煤挖了,道貌岸然,真他妈的浑蛋。不会是真感情的,要是真感情倒也值当,看着却是十拿九稳地被耍,越看越像。小楚一脸会分析的样子。那日她也近处分析过庞队,毛孔大得能装下绿豆,裸在外面的皮肉像石头垃子,碰上去怎么也得硌个青肿。杜主任喜欢肿着?哼!不要脸,庞队这个傻子,更不要脸。此时,杜主任偎着庞队,脸朝着太阳,庞队垂着头,面向大地。两人吻得特来劲儿,真不知两人的吻会起何味道的化学反应。眼见着两人又往车里钻,小楚连忙拉着仕云上车,透过前风挡,仿佛眼神可以射透另一片后风挡玻璃,就差戴副3D眼镜了。车子动了,轮胎承受力好,算是原地小飘移。约莫有一阵子,汽车飞驰前方,小楚驱车跟至"半月湾"办公楼,杜主任下了车,庞队一副意犹未尽的样子,两人对拉双手,真是执手相望泪眼。杜主任真猛,把庞队的魂都勾走了。小楚隔着车窗玻璃发怔,庞队好叔叔的形象与现存的景象,形成一堵墙。她略有所思地做着安慰性思考,庞队首先是个男人,再是个矿工,而后才是她的庞叔。

"半月湾"院外的黄沙被热风吹得摔着跟头往前拱。待庞队的车开走后,小楚进了内院,约仕云一同上去,说不定有写的。仕云不满道:"说好了看房子,却看见这些"。小楚说:"什么不是生活?这就是矿上的产出。"仕云听了一缩脑袋。更缩脑袋的是小楚,她告诉仕云总觉得被监视了,就像她们常会监视庞队和杜主任一样,不过她们未留底片。仕云说了一句暖心话:"看就看吧,哪个身体不一样?不过脸上分高下。"小楚咯咯笑着,舒展了身体,特了解仕云故意逗趣儿的习惯,然后摸出请柬。她打算为矿上再建个敬老院的想法还没来得及说,她也可以退一步的,现在的她确实需要两手准备,假英雄主义的纯度还蛮高的。

杜主任一脸的热乎劲儿,就这么一会儿,着装大变样。杜主任先是安排了仕云,并提供一份简餐,出来后搂过小楚,亲昵得不得了。小楚也说了不少客气话,诸如夸赞杜主任的美,又顺手从包里摸出一枚胸针,说在日本买的,是靠田中的眼力,两株樱花倾斜怒放,独有娇嗔、放肆之感。

杜主任一时爱不释手,放在胸前比量。小楚则往北去,敲曾董的门,她知道请柬中剪彩的事儿,市里的龙头来的肯定不少,说不定有李矿。如此场面,落下哪个,也觉得场子不圆满,将会有断臂之感。曾董像猜到她的心思,递来名单,上面没有李矿,她怔了一会儿。

曾董穿着一身黄不拉叽的人造棉衣裤,板台上放着一把芭蕉扇子,长得土,设备土,她想起瓜农,又差点儿笑出声。曾董说再给她解决两百台车,她说好。她问剪彩队伍用得了那些人吗,曾董说不专为剪彩来的。她问为什么而来。曾董拱着手,表示抱歉,言外之意,就是不想讲。问也问不出什么,她就不问了。

手机来信息说,田中已到。真是气人,刚才还说延期呢,现在就到了。梦游发来的信息吗?曾董说应该让田中参与了。她吓了一跳,想问的话咽进了口中。曾董又说这回来的几乎是各大局的,市里的、省里的,介绍她认识。她随手删了信息,屏住呼吸,这些人能为她干什么?也不能成天追着卖车。曾董看出她的心思,从抽屉里取出一张函,说:"想做大,要有脉。他们不需要买车,但他们一句话就够你使三年五载的。"她好像有些明白了。曾董也是如此，未来还继续在本地做工程，势必与这些人有关系，不建立关系的活动曾董不会费周折。她问下期工程的事儿。曾董说暂定日本。曾董要走了，说不定是和田中搭伙。田中和曾董合作，看起来比和方董合作更合适，毕竟他们都是想做到世界级的人。眼前急需的是安排兄弟们的就业问题，她再次提及。

曾董还是说隔行如隔山，不要拖后腿的话。她被堵了回去，心里烦得很，说："您去日本，就不是隔行如隔山了？"

"不过是老熟人牵线合作，你都认识，"曾董说，"田中。"

确定是田中之后，她的身子还是微微一斜。事情的进展与她毫无关系，是曾董主动投靠，还是田中又玩点数？曾董身披黄金，为什么要绑在田中的指挥中？她想问，却没有勇气，舌头打结儿，内心仿佛有小虫子漫爬，痒得可怕。

"剪彩那天田中来吗？"曾董下一步的搭伙人已到港城，曾董肯定知道，为什么剪彩名单上没有？她想确定一下是不是单独邀请。

曾董的脸突然变得陌生起来，不像刚才一脸热乎劲儿。"他来能干什么？"曾董一脸不屑。

她瞬间觉得曾董在有情与无情间变得好快，也怕曾董往外传她的话，那么她竹篮打水成笑柄的日子指日可待。其实，就算在"半月湾"完全没戏，她也不怕，她还可以指望新店，港城 4S 店的脉在她手中，只要高于方董的势力不动她，方董暂时想动她也难。田中的心思可说不好，降了级和想玩大同时在港城落幕，一时，她真想不起能跟谁讨主意。

别整来整去她做了他们之间的润滑油，到头来最有水分的被晒成了扁口鱼。到底田中会帮她，还是曾董会帮她？她在脑海中打了一个问号。

"嘀嘀"的信息声，曾董抓起衣服要去会所，有几个领导先去了。

"这算什么？让我来就为了给张单子看？单子最可气，没有龙田矿当家人。"小楚暗骂。

曾董让她一起作陪，她谢绝了。凭空跑去，干脸干唇的，晒风干肉吗？不符合节气的事，似乎有些多余，人的位置，有时候就是被自个儿搞混的，她可不落套儿。曾董再劝她去，她说要陪朋友。曾董说："不就是个弄笔杆子的嘛，也算不上世界级，现在的世界级都是唾手可得，就那个世界级的车模都随叫随到了，都是挂着羊头卖狗肉，不陪那个笔杆子也罢。"曾董说完笑得直咳。

她所谓的撒手锏，一瞬间自我折断，只能莞尔一笑，与其自贱，不如高贵到底，何必化作他们口中的玩物。她说不去，难免一脸愠色，曾董继续邀她去，确有诚意，她便不好再推辞。她让仕云开她车先回去了。曾董笑着，咳着，很有气势，说："我能让她写不成。"她斜曾董一眼说："不要自以为把星星月亮全部看透。"曾董做鬼脸丑得让人忍俊不禁。和曾董待长了，会发现曾董特喜欢拿人开涮，一路上，手拍方向盘，歌舞乱来。

活动前的会所不甘落后，两尊踩着青色祥云的含珠狮子扭着腰身，一只睡态憨厚，一只明眸闪烁，喷雾状的水汽萦绕乌黑的前爪，祥云里似藏着机关，拱门做得实在结实，红得耀眼，似喜墙呈 U 字形，迎着大海，里外全是财气。花篮、吊篮、盆篮，嵌着人物的名字，全是大家手笔，曾董有金子，不怕撒到全国各行业，金子在艺术界更通行。海风吹过，系在脖子上的丝巾禁不起这般濡潮，灰呛呛地洇着。她越来越觉得剪彩就是个噱头。

服务生推开一间十分宽敞的包间。灯火通明，博物夺目，人物不多，有几位领导。他们喊曾董为大董。曾董轻快地像一缕春风，上前握手，介绍小楚是剪彩仪式最后环节的奖品提供方。她惊了一下，这是哪出儿，算是用赞助买了个嘉宾的位子吗？曾董真不愧是大商，使唤的丫头仆人个个上档次，连她这个有"上头"的 4S 店负责人，也禁不住沦为挂靠一级。

入座后，众人几杯酒下肚，说些景色天气之类的话。他们可不是中小型企业，不必一吃饭就得谈事情，吃饭就是吃饭，喝酒就是喝酒，联络起来自然极了。本来还生着气的她，越来越开心。原来曾董介绍人，介绍企业，由浅入深，到后半场，这几个人物，纷纷给她敬酒，就像全世界的日系车都归她管，她挥挥手，便有变形金刚似的汽车人落地。

看得出散席之前是最重要的环节，曾董从博古架的下方，拖出几件东西，是几方白底黑字的报纸包。一人一件，几人笑呵呵地不推不拒，顺其自然地放在桌旁。剪彩不重要，剪彩前会晤是必须举行的。曾董来港城这些年完成了几十批房产的建制，推动港城城市化进程，这片土种上了，另一片土正等着，手上的合作多得数不过来，废掉的部分，就好比煤田上的另一块地，是曾董不屑于成交，没有赚头，才被方董他们拿来建后市场了。临别时，小楚听得出，这不是曾董为了哪块地产项目的开始，而是项目结束后的再次答谢。人过留名，雁过留声。

小楚觉得曾董对她还是说实话的，对这些领导则说去国外看看，哪里合适做哪里，没合适的随遇而安，归田养老。在众人收拾钱的说笑中，这台戏结束了。

送走他们后，曾董褪去刚才的燃点，窝在包间一角，眼皮耷拉着，一下子没了精神，不像喝多了更像刚挨过揍哭累的孩子。残羹使屋里气味难闻，她开了窗，脸朝外透了一会儿气，取出香水，对着上空乱喷一气。曾董抱着那件庄稼汉的衣服像是睡了，肚皮鼓着，看起来像个怀孕五个月的妇女。她静坐，想起父亲锻炼的好身板，比肥腻的曾董好看多了，可父亲脾气不好，随时会跳起来骂她。她没见过曾董发脾气，也没见过曾董有外人说的那个气场。她说不清他，他这个人的想法像是凡事不在意，做法像是一切都有准备。父亲、贺主席、李矿、田中、方董、曾董，这几个男人完全不一样，完全不一样，是啊，除了身体结构一样，人是不一样的。她觉得脸上一阵热，奇特的想法，使她很难看清内心。

曾董醒了，揉了几把惺忪的睡眼，起身倒茶喝，说："缺水不行，老了，不像你们年轻人，睡眠好。"

"好才怪。"小楚也失眠。曾董笑得透不过气，仿佛她的脸抹上了一桌子的残羹冷炙。

"怎么，你还想成为我？"曾董一脸不屑。

"这与你有什么关系！"小楚想这是又要涮她，没门儿。

"不和我有关系，就好好睡觉。干完日本那单，我就找个地方睡觉。"曾董说。

"你真要和田中合作？"她问。

"看他开的条件。"曾董说。

杜主任捂着鼻子来了，在曾董耳边嘀咕了几句。曾董让她去前台取样东西，临走时，她不无羡慕地望着小楚。

"钱陪着人转，路是金子做的。"曾董咕哝一句。

想起车行刚建那阵子，大规模地给有潜力买车的客户撒网旅游，大规模的自助饭局，茶叶筒里塞的净是噼啪作响的卡片，持续了三年多，把集团方董快花哭了，幸好后期赚得满。小楚不禁打个哈欠。

"走，楼上有休息的地方。"

她随曾董往二楼去，两张华丽的大背床，一黑，一白。曾董按铃，来了两个按摩师。她大方地伸出脚丫子，平躺在床上。曾董推开一扇窗，窗帘拉合一半。一个小时后，按摩师走了。她沉住气，始终把想说的话压在舌底，只等着一个跳板，跳板没给出，却给出醍醐灌顶的一句话："出力不一定会赚钱，有房不一定住得舒服，男女独处不一定非要整出点儿动静。"接着曾董咳得不行，问："你想和我发生点儿事情？"

她咯咯地笑起来，曾董非常可爱，放下心后，她扯过一床被子，盖在身上,问:"我们算是兄弟吗?"

曾董也扯过一床被子,道:"你说算就算。"

"你要睡了?"她问。

"睡不着。"曾董说。

"我也是。"她说。

"平时吃药?"曾董问。

"偶尔吃。"她说。

"把药罐子丢了吧,吃和不吃一个样。"曾董说。

"嗯,我们矿上有两个矿嫂,不吃药,成天锻炼。"

曾董下床,烧水,说见过新萍,占地建楼时,这个女的来"半月湾"开过会,达成合作的庆功宴也去了,据说疯了。

"谁说的?!"她像受了侮辱,一个与病魔抗争的人,没做任何伤人伤己的事儿,凭什么被说疯了?曾董眯着眼睛,揭开半边窗帘,往矿区的方向看。

"为什么不邀请矿上的人?你应该感谢龙田矿的。"小楚想知道缘由。

"你觉得李矿会收吗?"曾董话音刚落,她明白过来。

"机械化快得像道闪电,几年的工夫,真的就几年,太可怕了。"曾董又躺回床上,闭起眼睛。

"那就给我一百个岗位。"她说。

"各司其职吧。"曾董说完接起电话推门往外走,一会儿返回来专门告辞,并安排司机送小楚,但她选择打车回矿区看新萍。

刚到家属区门口,她的头皮习惯性地揪了起来,小保安努着嘴,刘香青正提着录音机,哼着《便衣警察》迎面走来,让小楚给隋强找个活儿。她说好。刘香青开了口,她就得实在办。她从小就喜欢刘香青,刘香青喜欢她胜过小裙。她一指新萍住的那栋楼,说:"要是能和您这样出来锻炼,准保好得快。"

新萍是大学生,刘香青是纺线出身,两人过去没来往,矿难把她们归为同类。刘香青知道新萍看不上没文化脸儿俏的女人,可刘香青愿跟在有文化的女人身后。刘香青愿陪新萍,新萍却像聋了,不理人,刘香青不愿说下去。入冬的天气,一天冷似一天,瘦下来的树冠更显精神,只是天空被切割得纷乱极了。

刘香青邀小楚进家谈工作。屋子暗得不得了,卧室门半敞着,传出的游戏声时轻时重。刘香青故意闹出个动静,一身肥肉的隋强出来后,又匆匆回屋。刘香青起身靠近写材料的地方,摩挲着几页纸,一双凤眼,高耸的鼻子,嘴唇不停地打战。刘香青又转过身,靠着墙,举起双手摸着墙,身子也不停地打战。小楚知道刘香青无法指望矿上,隋强学历低,只能下井,而刘香青还未从井下的阴影爬出来。目前到底是不是真心想跨行,谁也不清楚。她说先试试别的行业也好,矿上有合适的再回来,谁也绑不了隋强的腿。小楚让隋强跑步减肥,准保一个月瘦下来,到时候神清气爽地去上班。隋强有些难为情,觉得没有大学文凭。小楚拍拍自己的胸脯说:“我说行就行。”

刘香青看了隋强一眼,对小楚说了矿上有矿上的把式,谁也不能丢,孩子到了别的行业恐怕不习惯,也怕会受气。小楚觉得刘香青想多了,受不受气与行业没关系,与能力有关系,但她不能讲,毕竟隋强是刚毕业的娃子,要什么没什么。小楚预感到刘香青作为工亡家属是反对跨行业的,这么大的伤痛都未使刘香青恨矿山,挺出人意料的。突然,刘香青指指材料,说:“你回去吧,我得赶紧写材料,贺主席要是走了,我到哪里去告他?”

小楚朝门走去,说:“他去嘉水要是干得不好,你也可以追到嘉水告他。”刘香青一时愣住了。小楚从刘香青家出来,便打算去新萍家。

徐经理的车玩命地从新萍楼前开过,这是要飞车过人还是火箭上天?小楚喝了一声,徐经理不听,反复绕着家属区狂开,小楚随手捡起一块石子儿,待车转回来时,砸向前机盖。徐经理从后视镜见是小楚,倒车回来。

"徐叔,你疯了?开这么快,还转圈儿。再这样,我要报警!"徐经理嘿嘿一笑,"你经营的牌子,怕丢人了吧?放心,开这牌子的,都是文明车主。"小楚瞪了徐经理一眼,见他从车上拿出几件干货,硬塞过来,"和你妹讲讲,叔拜托你了啊。"说完一溜烟儿开车跑了。"有病!"气得小楚折回保安处,让小保安写个失物招领。她看不上徐经理,说嘉水不好的关键人物就是他,她也不愿帮徐经理跨行业,这种人到哪类企业都是灾难。

新萍身上的薄秋衣洇着汗,干瘦的身体,能见下垂的胸脯,才几天已是白丝遮面,眼白泛红,眼皮微肿,是虚的还是哭的,分不清,除非舔上去看是咸还是不咸。小伐的房间布满灰尘,墙角拉着蛛网,被风吹皱的书籍脆得要命,地面除了新萍的脚印,绝无人迹。成年后的小伐不回家,澡一洗,食堂一坐,单身宿舍一躺,就像是举目无亲,只要提正当要求,矿上全满足。

新萍倚着门框子,等小楚沏完水,便提住门角的哑铃,开始活动,半蹲,起身,半蹲,起身,龇着牙,瞪着空洞通红的眼睛。曾董说得不错,新萍的疯是经过省级以上医院鉴定的。由于新萍没有过激行为,又有成年子女守护身旁,所以留在家里。

小楚和新萍说想让部分兄弟留在港城择业,也说了刘香青拜托她给隋强找一份跨行业的工作,因为她不知道新萍在想什么,这回她想用具体的事儿分散一下新萍的注意力。新萍加大举哑铃的动作,嘴里呼噜呼噜地,像是有痰咳不出来。小楚赶忙沏上一杯茶,两只杯子轮换倒着,能入口时,递了过去。新萍捧起杯子,渴了几天似的猛灌,呛得鼻孔倒水,抹抹嘴,抹抹鼻,没有话。哑铃摔向地面,地面砸得一塌糊涂,能见这几天锻炼的势头更猛,窟窿连着窟窿,像一堆排列整齐的马蜂窝。她提起曾董,以为新萍会顺着回忆的枝干说上几句。谁知新萍拾起哑铃,拉开房门,望向小楚的脚,小楚后退着,往外走。出了门洞,父亲正站在路灯下,瞅着小楚,等着她说点儿什么,就像她等着新萍说点儿什么。父亲与新萍是这个矿上不便说透的谜,矿上的人共同把这个谜藏了许多年,相互不挑起。父亲没等到只言片语,神情黯然地跑远了。

小楚回到公寓时已是晚上九点,前台亮着灯,今晚姜帅值班,立在窗前,一副佳景待赏的样子。小楚浅笑,话夹戏谑的味道,惹得姜帅大笑不止。小楚乘兴上楼,给宋经理打了电话,安排隋强的工作。宋老头儿一时糊涂,忙于查找简历,无此人。他回拨电话时,已是夜里十一点。"我要他做助理!"小楚对着话筒喊。宋老头儿清醒了:这是开始往里插人了,不用说,助理做不了多久,就知道此人要去哪个部门,小楚的伎俩他也清楚。

小楚翻着身,藏吧,藏到下雪才好。由于今天她没回复田中的消息,田中彻底没出现。姜帅敲门说要给她按摩,小楚说最近这阵子不用来了。门外没有脚步声,良久,她才听着姜帅移步走廊。她拨通仕云的电话,说:"明天有雪,今晚要是冷,我去接你过来住。"

仕云的房间有土暖气,再铺上小裙上周搬来的棉被,入冬的天气比三伏天舒服得多,她正倚着床头写今天的日记:矿上的人无比亲切……

第二日,便下雪了。晶莹的冰凌,绽放的松枝,呵一口气,冰凌化了,松枝成了剪影,外面的雪花似乎大了,窗外昏暗的空中,有几片雪摇曳着不肯落下。

九

直到现在走出去的兄弟也没轮到小伐,三人小会白开一场,可是时间不等人,现在的小伐开始闹工会了。一边是父亲,一边是小伐,小裙两边不讨好。小裙求小伐别闹了,小伐要是真去了嘉水,父亲就得去闹嘉水,这把年纪,再有个三长两短,说着,便哭起来。

这样一来,每回做阄儿,小裙仍旧少做一个,对此贺主席严厉地批评她。贺主席摔盒子的一刹那,小裙吓慌了神。

"做工会工作,心不能歪。"贺主席面壁,长吁短叹。

小裙拾起盒子,裁了两张同规格的纸,写了几笔,本以为做了两张小伐,增加概率,竟查出阄儿里多了"陆小裙",贺主席彻底明白了。

下班后,贺主席叫住正在雪中疯跑的陆福,掂着手里的猪头肉说:"走,回去喝点儿。"陆福从肩头取下毛巾,整脸擦了一圈儿,一轮眼白红呛呛的,拉得老皮青一块红一块,把吸满水的毛巾,往地上一打,飞起许多土粒子,说:"不要用酒哄我,要去一起去。"

摆上酒,想点把火的贺主席,把今天的经过说了一通。不愧是做过媒的,又想保媒拉纤。陆福让小裙叫小伐来,小裙从包里取出电话,问怎么说。贺主席说谈去嘉水的事儿。小裙不自然地吸着气,陆福把酒水扬出桌面。

小裙听出了滋味,腼腆得心慌,回屋了。贺主席给小伐打过去,小伐说马上来。

心像落了松针,扎得人难受,未登陆家门有几年了,为这事儿,去一趟,也不丢人。工会干部说话一贯算数,时不我待,小伐这样想。黑色棉服,深色牛仔裤,这是小伐下工后的常年搭配,体形好,穿什么都好看。陆福显得格外激动,又是泡茶,又是搬凳子,还给小伐开了盒新香皂。

小伐第一句就是"去嘉水,干什么都行,我不挑活儿"。他没接陆福递来的水,也没坐陆福搬来的凳子,只是用清水洗了手,而后坐了贺主席放在屁股后面的凳子。

"小裙,出来一起吃饭。"贺主席喊。小裙的声音比平时甜,着一身淡蓝色家居服。小伐怔了一下,小裙挨着他坐下,码齐筷子,吃得很小心。小伐说连矿人好,把兄弟们的摩擦打出的熊熊烈火熄灭,而后把相互协作越干越带劲的景况描述得像亲临一般。小伐说龙田僧多粥少,想留下比中彩票都难,矿区厂房早晚被征用,隔行如隔山,不如尽早出去。

"你妈怎么办?"陆福怯得很。

小伐的眼神锋利起来,仰脖喝尽酒。

"早些成个家,有个孩子,你妈的精气神就好了。"贺主席开门见山。

小伐扔了筷子,脚尖磨地,牛仔裤子沙沙作响,双手绞在一起,一股被愚弄的感觉袭满周身。小裙的筷子掉了。

"下趟班车,我就走。谁不让我走,我就去集团告谁!"小伐吼道。

陆福砸了酒瓶子,碎碴子跳跃着,贺主席和小裙用手挡着脸,小伐上前掀了盛着肉的盘子,一轮汁水扑向小裙的蓝色家居服。贺主席说小伐太没规矩,小伐伸着一根食指,指着贺主席。"没看见你这么做领导的!你们办的好事儿,不让我走,让我看他吗?"小伐一指陆福,"别以为老了,事儿就走了,都在这儿呢!"小伐说着指着自己的脑袋。身材高大的陆福急得想说什么,但终究像个泄气的皮囊,一副衰败不堪的样子。

"老奸巨猾的,把我们全卖进去了,又完成一个'派外'指标!"陆福一脸的褶子越挤越窄,不等贺主席阴下脸,陆福就拎起贺主席往外送,巨大的关门声,令屋内的人一个激灵。贺主席顺着楼梯跌打滚爬多次,终于静止在一片空旷的地方。

"我知道,你早想伸手狠揍我了。"倒在雪地里的贺主席喊。

"秦小伐不能出去!"陆福喊。

"他为什么不能?他是煤矿人的后代。"贺主席说。

"我也去。"陆福说。

"新萍呢?"贺主席问。

"新萍也去。"陆福说。

一记拳砸过来,贺主席仰躺在地上,没流血,胸口痛得要裂开。贺主席看着天,一动不动,这记狠拳他等了许多年,天不像要黑的样子,一片晴朗,打得眼神瞬间出现错觉。飞快过去一辆车,这车又倒了回来,徐经理下车递来两支烟,无人接。贺主席尽力仰起头,问徐经理怎么把车开这么快。

轮休后,徐经理比过去忙,此时肆无忌惮地说着车上有货,进价,出价,给矿上赚笔大的。早些年,矿上兴隆时,徐经理就在外成立公司,借着人脉,不断进出货,现在可谓是全玩脱了。这事儿没人知道,不过今天被陆福借余下的气力打了出来。

"公家的关系,你凭啥倒手?"贺主席摸着胸口问。有一回小伐写给李矿的条子中,除了说自己要去嘉水,还提到徐经理在没有材料进出项时加班加点的情况,李矿便叮嘱贺主席注意徐经理。

"有发票。"徐经理很神气。

"发票全是谎话。"贺主席说。

"你看你看!"徐经理从车上取出一张崭新的发票,怒火未消的陆福一把抓住揣进口袋。徐经理想骂人,陆福随即攥起了拳头,猛烈地向徐经理攻击,徐经理以为陆福知道些什么,扛不住疼,就全招了。陆福停手回头看贺主席时,徐经理捂着脸灰溜溜地跑了。陆福扶着树,一直站到夜色漆黑,憋闷积聚着,形成浓块,幻化成石头,压弯了身子,幸好,那盏路灯透来亮光,仰望那扇窗是他唯一的能量输入。贺主席怕陆福今晚情绪波动大,闹出不该有的动静,便始终跟着。陆福摸出发票,要贺主席给祁书记。后来,两人围着窗台转了几圈儿,不时地往楼上看。借着灯光,陆福发现贺主席的鼻子肿得像猪鼻子。

屋里也没消停,小伐和小裙先是争吵刚才的举动,后来就是小伐晾着小裙,小裙寸寸逼近,搂住小伐的脖子哭哭啼啼。他推她,胸前的秀发、鲜花般的嘴唇,恍惚间让他记起多年前不小心看到小楚在房间里换衣服,不由得全身上下细胞炸出激情,渴望愈来愈烈,每一寸皮肤都仿佛在喊着"来吧,来吧"。

"请你们姓陆的自重。请你代我向小楚说声对不起。"小伐扭过身子推门而去。

未完成的激情,使小裙摊成一块破抹布,她拖着沉重的身体,倒在床上,听着猛烈的离去声。晚风狂扫,窗户咯吱响,像是有女巫前来诅咒。长痛死人,短痛扎人,她呼唤着母亲,咬碎了枕头。

父亲回来时,沉重的喘息声割破寂静。小裙睁着肿胀的眼睛,清着喉咙,兑蜂蜜水。厨房的黄色灯光,像哭过后泛着茧色的脸,她把头垂得很低,生怕此时有什么声响,令她与父亲对视。父亲去洗手间待了一会儿,她挤着声带,故作犯困。

愿意走多远走多远！第二天,小裙把写有"小伐"的五张阄儿,置进箱内,拼命地摇晃着,像是要为谁颠覆大脑。贺主席想起钟玲心思细得像根针,生了孩子后,更是如此。小裙举止反常,烧火棍子暂时一头热,怕她走她妈的路,就这样贺主席吊着胆子过了一周。这天下班,贺主席让小裙留下,沏好了茶,把两把要坐的椅子摆得很远,他怕小裙别扭,更觉得对不起小裙。贺主席想借着这个机会,让小裙和小伐一起走,这样谁都省心,三人小会也算有个着落。贺主席和祁书记因小会一事,一直没有来往,幸好祁书记嘉水龙田两头跑,不然太尴尬了。这回祁书记回来,贺主席经送徐经理发票一事后,他们关系才缓下来。

那天,祁书记握着贺主席的手,仿佛打了几年的仇家要和好似的。祁书记说也回去痛批了宋冰,正在描眉画眼的宋冰像是遇到飓风,整张身子飘摇着,一句一个祁书记怎么承诺她的,婚前婚后真的变天,一时情绪上来,捂着嘴哭,趴到床上哭,跳起来哭,哭得嗓子说不出话,眼皮肿了,身体无力。祁书记只得搂过来改为哄着说,她就捂着耳朵,绷直双腿,像要气绝过去。祁书记答应宋冰一起出去旅游,也告诉宋冰,只要小裙走出去,宋冰也一定不能落后。当然祁书记不能把全部过程学给贺主席听,但贺主席也听得明白。

面对小裙,贺主席先说了祁书记家宋冰的情况,才把话题扯向小裙,小裙听说矿上安排了宋冰和她的事儿,把椅子拉近,脸上露出喜色,像一下子卸去千斤重担。贺主席发现下面的话,不用说小裙也懂。她和她母亲还是不一样的。

贺主席让她听安排,别和宋冰攀比。小裙的心思早飞了,她立马裁纸,把自己的名字写上,投进了箱子,但一会儿又挑出她和小伐的,说:"主动要求去的,不用抓阄儿,要抓的是那些不去的。"她把宋冰的阄儿做进去了。这天宋冰就被"抓"了出来。

这晚,宋冰止了闹腾后,哆嗦着嘴唇凑过去,一脸受气样,摇晃着祁书记，说："去嘉水也行，不要疗养，要技术科的工作。"说完这些，她仰起巴掌小脸。祁书记转了身子，透过窗户见陆福习惯性地站在那盏路灯下。宋冰抹着眼泪，朝窗外看。"想结就结，管那些流言蜚语！"说着，宋冰滋生蜜劲儿，抱紧祁书记的小腿，就要爬上去。祁书记说："他们是相互借力，不是你想的那样。我们才是。"说着两人准备睡觉，有人敲门，两人分开身子，听声是贺主席。

贺主席来此的目的，祁书记躲不掉。宋冰往书房送了两杯茶，挨着祁书记坐了。书房不大，坐他们仨倒是绰绰有余。祁书记耸着宽阔的肩膀，表了态。贺主席像拿到许可令一样，屁股没坐热便奔向李矿家。宋冰把两杯茶水喝掉，拖着祁书记回房睡觉。祁书记睡不着，因为他带的徐经理要受处分了，宋冰说祁书记未领导好他的兄弟，处分是应该的，连她表现这么好，还不给疗养呢。祁书记起身去找李矿，宋冰说去了也白去。

李矿整宿没睡，似乎为今晚做决定准备了一头清醒，由于头发掉得快，脑壳光亮的面积增大，"光照"使人更无睡意。李矿并没邀请祁书记进家坐，准备第二天把徐经理一事上报集团，一撸到底。

两天后，通报出来了。这下可了不得，徐经理像是心中指南算错方向，急匆匆地往机关楼、生产楼、家属楼求救，凡李矿在的地方，准有他报到。李矿不理他，他就送条子，直接被李矿当面收拾进垃圾桶。徐经理一气之下，害了大病，半月不出门。待再出门时，在矿上已无身份的徐经理对小裙说："做阉儿吧，我去嘉水。"小裙扶着冰凉的楼栏，用目光送他，他已经失去了成为阉儿的资格。

趁贺主席不在，徐经理又跑去求小裙，带了好几个盒子，打开看，全是他写的忏悔信，像临时堵枪眼的草垛子。这些纸没人看，没人理，他成了家属区饭后的谈资，家属们总对新发生的事儿格外关注。没人替他说话，只有庞队找他喝过一回酒，有身份和没身份的人一醉方休。庞队让他去陆小楚那儿找个活儿。徐经理借着酒劲儿骂庞队："你以为我是找活儿呢,我是找脸。"庞队好像没听懂意思,便说要亲自做说客替徐经理找小楚。小楚说怪不得车开得要飞,原来是要冲出队伍。小楚没理会庞队的软磨硬泡,她这里可不收破烂儿,她差点儿说出父亲那三间房收破烂儿,转念一想,这话太毒,活像自己受了刺激。

确实,小楚也摊上大事儿了,此时的她正被弹劾不作为、懒作为、瞎作为。抿着嘴、不接招是她的定力。方董说想一招毁掉车行,就直说。宋老头儿告状是好事儿,省得没有机会摊牌,不过她心里还是掠过一丝恐慌,没想到会发生在见田中之前。方董直接说做梦,小楚继续无语,一明一暗,多说无益。僵着,待她见到田中,定有挽局的机会。车展都过了,田中专为此事立即露面好像也不可能,方董听不听田中的现在也不好说。这回没见着方董笑,八成也是心中不痛快,过去方董知道田中有可能来,提前一年都在预想中兴高采烈,要来的前几天更是自个儿在办公室里张灯结彩,自我磨合力好极了,这回八成打脸了。擅于察言观色的小楚,分析这张脸有年头了,他们肯定见面了,现在这脸似雨后继续阴乎乎的天气,笼得一团氤氲。

方董把杯中水喝干,叉着手走到文档柜前,取出一摞影印资料,挨张地看着,突然说起连宣儿,看得出对宣儿格外有兴趣。方董说,宣儿的父亲是私人矿长,手握大把钞票。方董拿宣儿和小楚比了比,说小楚的后台不行,又说宣儿有大作为、大志向。

男人对有名气的女人或是即将有名气的女人的迷恋,像一个公式一样,世界通行。看着小楚没有反应,方董就换了话题,问小楚有没有见过影印资料上的这个女人。

烫着大卷儿的杜主任,一身要走红毯的气质,却被各行业巨头挤得变了形,略显狼狈,看那眼神确实说邪不邪说媚不媚,这是在看谁?小楚第一次把相片的人物仔细看了一遍,李矿举着一杯酒,贺主席随后,看起来年轻得很,田中,有田中,杜主任肯定看的是田中,小楚肯定。一股微妙感浮于脑际,顿觉蛛丝挂满屋梁,像是预先布下的网,又一次绊住脚底,她怔在那儿。

方董打量着小楚,仿佛她身上布满了能破解田中的密码。田中此番未参与车展却和方董各地游玩,使方董受宠若惊,也心慌意乱。一个下级备受关注,非好即坏,搞惯市场的人,暗地里,不会向下答谢的。方董猜得完全正确,这回托田中的事儿皆被婉拒,尤其是原装车的指标清零一事。

"你怎么看?"方董问。

"原装车可有可无,港城市场清一色中国制造,"小楚盖住相片,歪着脑袋,"有分红、返利就好。一些过剩的东西,为了压库存?"

"真是目光短浅。"方董说。

小楚哼了一声。烧火棍子一头热的,眼力也强不到哪儿去。

方董用食指和拇指弹着相片,又问:"怎么看?"

小楚继续歪着头,装作端详相片,没说出所以然。方董拿了过来,卷进轴筒,放进橱柜。小楚仍歪着头,看着窗外,一道白一道青的云彩。

"不批我了?"小楚抿着嘴巴似笑非笑。

今天批得太彻底,方董有些过意不去,毕竟找一个合适人替代小楚,一时间不可能实现。作为集团的大领导,多半时候也得半哄半威。

"我说的是杜主任。这女人不简单,能给曾董做助理。"方董发现小楚手上有一粒一克拉的红宝石,周边镶满两圈儿碎钻,"这是地道的鸽血红。"

小楚微微一笑,说:"戴着玩呗。"

方董眼瞅着小楚摘下戒指,轻巧地说:"喜欢的话,可以送给你。"然后,她又重新戴上,用食指和拇指轻弹了桌面。

"杜主任一直认识姜帅。"小楚说。多出的姜帅,也一直令方董疑惑。

"田中想玩大牌。"方董说。

小楚撑着桌面的另一端,目光斩钉截铁,打了个哈欠,说:"我只管卖车。"

傍晚小楚见姜帅开着方董的车出去了,那时她已经很困了,也没工夫去想其他,便倒头睡了过去。她梦见了那张相片上所有的人,他们吵得很,杜主任像个服务员,一举一动怯得很。没有姜帅,有新萍,还有秦辛。睡得一塌糊涂,小楚起来往餐厅去。

田中正襟危坐,餐桌上一堆吃剩的东西,像是来了好久。小楚心中打了个问号,昨天姜帅驱车八成去接田中了。田中温和一笑,小楚也笑了。她坐下后以为田中会讲不爽的遭遇,并没有。田中语气轻松,说着一些家长里短,问小楚家人的情况,问最近的业绩情况,也说起这小半年去了中国好多地方,方董得闲就陪他,不得闲就不陪他。方董能做得了田中的主?田中要方董去,方董一溜烟儿,起码最近一年会是这样,毕竟刚被裁了权的田中尚有余温。田中说到去了几个矿山时,小楚提起了神。愿意凡事起关联,是任何有利益冲突的人的习惯思维。田中哈哈大笑说与小楚这个煤小姐无关,是看另一个煤小姐身后到底是真是假,要纳入市场的肯定也与这另一个煤小姐有关。小楚没有理由不想到宣儿,只是不想主动提起。田中晃了几下手机上的图片,螺旋状的盘山道耸入云端,光秃秃的地衣泛着灰色,车辆很少,空气看着很好。田中站在一处伸向天涯的石块上,独领着大自然的风骚。这张相片,看起来有些像田中经历了磨砺考验感恩大自然的味道。小楚嘿嘿一笑,这一笑有些尴尬,如果没看错,这地方应该是通往嘉水矿的那条盘山路。李矿有相片,给了贺主席,贺主席给了小裙,小楚在小裙手机上见过。小楚见田中收起了手机,她便低头吃东西,问:"几宗买卖想到哪一步了？到底有几个后手？"田中是个走一步看百步的人，成不成另说，这"看"一直都在进行着。田中没有回答小楚，而是说出小楚想要办的事。小楚不清楚是方董告诉他的，还是……曾董没有必要和田中谈这些，宋老头儿就更不可能了。

小楚理了理头发点了点头。田中笑了笑。过去田中不是个爱笑的人，一贯沉着脸，瘦弱的身形，配着合体的职业装，令他走到哪里都像充满智慧的老头儿。

天刚亮，又飘起雪，田中提出去龙田矿走走，她欣然前往。汽车拐上高速，一排合欢树争相伸向国道，没有花的合欢树看起来更加挺拔。田中取出一盒碟片，封面画着几株植物，一辆脚踏车斜倚着，取代了她的《每一步》。待送进音槽时，她听到自己的声音，还有姜帅的声音，是按摩时偷录的。她不语，心底打鼓，田中把姜帅送进车行的目的忽然间被如此放大，令人摸不着头脑，她握方向盘的指尖冒起汗来。

突然，田中关了声音问起新萍。多数男人对技术型女人的钦佩使小楚见怪不怪。当小楚说新萍身体状况不好不锻炼就废了时，田中手握成拳头状，抵住鼻子，呼出一口气，是热气。进家属区后，小楚开了车门，探出一只脚，田中则直接坐在道牙上，职业装被风吹得捆住消瘦的身体，说新萍是个人才。

田中说起新萍和陆福这两个人，一个是理论联系实际型，一个是实践中总结理论型。"当年占地时，就他们反对。陆福扛着工具，要毁了酒会，一双眼睛红得吓人，没人理会陆福。参加酒会的新萍，不断地跟每个行业负责人讲后果，我们没有人听，谁都知道新萍顾着自家饭碗，可我们不但顾着自家的饭碗，还顾着城市的发展。"田中说得歇不下嘴。他们相互认识肯定也缘于那相片，此刻小楚的心思全然不在此。田中这个性格的多面手，凡事做尽，对于她的事儿如何处理却只字不提。

她打断了田中，说："部长，你能从方董那里借力帮我吗？"

"日本也有煤矿，还有海底采煤，中国也有。他们会的是采煤的技术，靠耐力的技术，你让他们羽毛片子一样各行业飞，就像当初新萍反对的事一样，不会成功的。"田中给出的话着实令小楚一惊。

"我知道部长的意思了。行业被顶，就该受着。你们这些把自己行业举得高高的人！"小楚接着说，"在我们行业就落井下石。"

田中说小楚不是煤矿业的。小楚反问田中跑煤矿看什么，不是想跨行业整事情吗？田中继续呼出很热的气，他觉得他今后能想到的，小楚说不定也会想到，便提出开车回公寓。

这一路小楚开得火气爆棚，她等的人一句话杀死了她。她得力争了，不能坐以待毙。回去后，她推说不舒服，直接回房间。

小楚翻来覆去睡不着。田中发信息说要几个岗位可以做到的。她问田中在哪儿。田中说餐厅。小楚使劲儿爬起来，穿戴整齐，走进餐厅，落座后，田中拿给她两张报纸，一份是"半月湾"内部报，一份是"龙田矿"内部报。"龙田矿"的内部报小楚父亲存了一大摞，抽空就读，她也翻看过，无非三种事，上传下达、矿工工作事迹、文体中心活动，现在这张写的就是"翻山越岭"去干活儿的好处。"半月湾"的报纸则写着要入住的楼盘多有文化氛围，还有一些有头有脸的人如何共同开发城市商居两用文化。她让田中说话算话，田中说这是小事儿，关键会出力不讨好。她反问田中要讨谁的好。田中一挥手，她就不再说了。

既然田中答应下来，小楚就可以正大光明地让隋强先进来。宋经理肯定要在工作中加塞事由，想到这里，她又去找方董。方董听完她的话后，说了一句知道了。她刚要走，方董说，让他们来产值也必须得翻番儿。

这里的汽车保有量尚未完全爆发潜在实力，何况消费是刺激和攀比的产物,这几年都是坐等钱来,想到这里,本该高兴的事儿,也会令小楚心底一冷,十年后呢,就像煤矿机械化、管理化、生产化,导致突飞猛进。若第三产业的费用,一年少似一年,就会出现第四产业、第五产业,第三产业的消失是实实在在的消失,不像煤矿业,大地是资源。小楚瞬间想得脑壳子疼,先关注目前为大,那些不着边际的或者说没有眼见为实的后现代化思考,此时就是多余的,就像矿上寻到嘉水,嘉水今后几十年会是什么样,也不能在迁往时就纳入考虑,否则寸步难行。她脑中思索着,说:"没问题。"

说完这话,小楚一身汗,皮肤上似绽开几束河流。无数的雨打在她的头发上,一双乌黑的大眼睛像两汪缩小的湖泊,湛蓝、水莹莹的。她很激动。

一早,小楚去了车行。宋经理正在收拾东西,这么快!宋经理薄似叶片的身子,摇摆得厉害,通红的眼眶像烤过火。她上前扶着宋经理的胳膊,宋经理转过脸,笑出一脸皱纹,说:"方董调我回去,香港新开的渔具公司要聘人。"

"哦。"小楚说。

"我舍不得你们。"宋经理说。

"有机会我们再共事。"小楚把"共事"两字说得很重。

"再去香港折腾一阵子,就真的老了。"宋经理把"老了"说得很轻,"我是老思想,给你添了不少麻烦。"

小楚红着眼圈儿,躲开通亮的光线,想说几句话,又觉得多余,不禁叫了一声宋经理,宋经理让她有话就说。她摇摇头,几秒后,又叫了一声。宋经理掂了掂行李袋,挺轻,拉锁边露出玻璃杯和包布镜盒。她走过去,宋经理对她说:"各行各山头,做好本职。"小楚听着不是滋味,但没恼火,不知为什么,她的心空荡荡地疼。

今天约了宣儿,是田中的主意,所以小楚不能送行,拍拍宋经理,就回办公室了。方董一早就离开了港城,前往香港。香港靠海,渔具生意特火,方董想去捞金也正常。小楚觉得她哪儿都不想去,脑子和生意搭扣子,就会很累,最累的时候是揣事儿最多的时候,睡不着,心慌,得吃药得加强锻炼,就像父亲在时光中漫无边际地跑。

宣儿明星范儿十足,招得车行顾客驻足、惊叹、羡慕、嫉妒,有的想巴结认识。她的镶钻名牌包包惹得众人目光流连。宣儿先到,田中随后到。姜帅送茶,宣儿抠着指甲,弹掉干透的指甲油,油光闪亮的材料飘落一地,溅在黑色皮裤上的,似雾霾天乍现的星子。

小楚招呼宣儿喝茶,两位女性举杯示好。姜帅进屋续杯,宣儿瞅姜帅,低声说"奶狗"。田中脸一沉,宣儿脸一红,面若桃花,更令人心动。田中问材料,宣儿从包里找出一沓。就这几天,市里那几位拿了曾董赏的人,在杜主任的引荐下,已被宣儿近了身,另外,曾董的材料,杜主任也帮着弄了不少。

田中一边翻着,一边伸手接过小楚递来的笔。他没先看那几位当领导的,而是挑出再熟悉不过的曾董,人脉广到世界各地,难怪生熟难辨,但作为一个高级别的富豪,走哪儿总有人买账。市场的线不长不短,回马再战在此一举。田中让宣儿约曾董,一个把三十六计用得如此低级的人,似乎会得到和那张碟片相同的效果。

宣儿空出包里所有东西,令小楚震惊的是,没有一件化妆品,宣儿确实是真脸,睡着醒着都是这张脸。宣儿从一堆东西中取出一张报纸和几张相片,说:"报纸包钱。这是一堆便笺,写着约请事由,见面地点等杂七杂八的信息。"田中的头弯成一百二十度,一一接到手,想试图分析曾董的为人、关注的事情及关注方式。小楚干哼一声,觉得此刻的田中特像动物园里那头自以为是的矮马。田中直起脖子,灰不溜秋的眼珠子四下观望,扫过她和宣儿,让她叫姜帅。姜帅来时,手拿平板电脑,说:"杜主任刚送到。"几条视频跃然屏幕,田中没看,直接收了平板电脑。

田中朝宣儿招招手,两人下楼,去院子开车,飞速离开。小楚和宣儿不熟,宣儿和田中熟到什么程度,小楚又没底。想问的话无从开口,让她直觉这是相互算计的商业链。走一步看一步吧,小楚想要流泪,模糊中,见姜帅伏在栏杆处看宋经理正情到浓处,尚未完成一一告别。小楚问姜帅用不用搞个欢送仪式,姜帅回过头,边抹眼睛边摇头,说刚才同事有提议的,但宋经理说花那钱干什么,坚决反对。小楚回了办公室,姜帅伏在门外,她让姜帅进来,他是抖着进来的。

"有人偷拍我们。"小楚拿捏不准是不是姜帅做的,只能把他当作共同受害人。

姜帅停止抖动,低下头,他不知道该讲什么,田中几年前安排他们做的事现在看来已经成了无用功,他们已不是过去的主角,而是配角,甚至连配角都称不上,而是跑龙套的。姜帅没想到田中这么早就把那些带子给了小楚,那些带子得配合田中的计划,但从这回田中要求杜主任做的事,更能看出他们所做的连无用功都称不上。"他们"是指杜主任和姜帅。

"你知道田中要那些东西干什么吗?"小楚问。姜帅回答说不清楚。姜帅确实不清楚,就算过去清楚,现在也不清楚了。

小楚下了楼驱车往家属区赶。风很猛,裹风前行像在挨揍。

楼道安静得要命,由外向内滚入各色的垃圾,破塑料袋鼓起很高,忽地贴向后鞋跟,甩脚后,袋子不离不弃,小楚伸手扯碎的半截被风卷了出去,再扯一块,又卷了出去,剩下的夹进鞋凹处。她出了楼道,用一根脆得要命的树权子抠着鞋凹处,然后把断掉的几十截树权子,排成一个不规则的圆,这时传来酸味十足的声音。

"究竟怎么回事儿?宝贝儿,宝贝儿!"不用说,庞队的爱情续集正在上演,"去就去,去哪儿都行,他们谁愿意扛谁扛,为了你,我不扛了。"庞队冻得直哆嗦,含腮保持迷人的声音。一会儿工夫,庞队似乎很急,话赶话,像放炮,"哎哎,不是约好了吗?宝贝儿,宝贝儿……"

宝贝儿八成把电话挂掉了。庞队一口气吸到烟蒂,往地上狠狠一丢,用脚跺了几下。

风越刮越大,上空浓云密布,像要下暴雪,渐凉的暮色袭来,小楚不知哪儿来的毅力,一直坚持到傍晚。直到脖子往下冰凉时,她确实坚持不住了,腿脚失重,瘫在楼梯口。

"陆小楚。"徐经理掏出一支烟,躲在背风处,吸溜着嘴点上,眼圈儿发黑,嘴唇干裂,喊她。

"叔。"小楚叫了一声。

"别喊我叔。你家和贺主席那些事儿,矿上从不彻查,反倒查起不该查的。"看起来,徐经理这阵子过得有些糟糕,没本事的人专爱捡陈芝麻烂谷子的事儿来发泄。

小楚捂着鼻子,挡着烟味,道:"叔,你想怎么做,随你。我家也不是纸糊的。"说着她从地上撑起身,拉开手提包,找出一串精美的钥匙扣,连着一声巨响的喷嚏,交给徐经理。徐经理掐灭烟,打量着这个小玩意,黑色布艺的,看上去挺上档次。

"我他妈的还不冤吗?凭什么专挑我的不是!"徐经理说着接过钥匙扣。

小楚紧紧衣服,东摇西摆地上楼。小裙没上班,把冻得直抖的小楚推进被筒,通上电褥子,电褥子的热气扑向身子,寒战几回,睁开眼睛。小裙已在厨房切姜丝,拧红糖盖子的声音轻得很,待红色的浆液沸腾起来,才关火,进屋。

"怎么没上班,矿上人说你了?"姜水有些烫,小楚递还小裙。

小裙又递向她,把头一扭,热气蒸得眼通红,说:"姐,快喝吧,怎么冻成这样?"

"哦,一股气顶得。"小楚说。

"姐你别操心了。我们都得走了。"小裙说。

小楚拉上被子,眯起双眼,一层一层的光线在她鼻骨上盘旋。

"你还想继续待在煤矿?"

"嗯,我要去嘉水。"

"嘉水?"

"嗯。"

"去干什么?"

"干什么都去。"

小楚闭上眼睛,呼吸均匀,像是要睡过去。

"姐,明年集团要收嘉水矿。"

"指不定什么时候呢。"

"肯定能,李矿他们说的。"

"哦。"小楚用指甲剥掉窗上小面积的冰凌,模糊的孔洞照见父亲宽厚的胸脯,狂甩的臂膀,"爸成天跑什么?你们都疯了吗?"

"这比药好使。"

"好使,好使。"

"姐,你能照顾爸吗?"

"小伐走了?"

"嗯,小伐说给你赔不是。"

小楚"哦"了一声,捏着鼻子喝下姜汤。

"爸骂人了吗?"

"没,过去跑半天,现在跑全天。"

"我上面的领导点头了。我也算功德一件。"说完小楚哭了。

"姐,隔行隔山,你这是挑拨离间。"

小楚不作声,不知为何,眼泪收得挺快。

"隋强能干得住吗?"小裙问,"爸说,隋强喜欢做什么,就做什么,做什么,爸都开心。"

小楚又一次哭了,她觉得爸开心是肯定她的行为。

喷嚏不断，小楚闭上眼睛。梦中，父亲回来了，拉开灯绳，寻着兑好的蜜水，咕咚喝下几口，看见多出一双鞋，问小裙："你姐回来了？"小裙说："是。"父亲问："能保隋强干得住？"小裙说："姐说能。"随即，父亲哼起老隋下井常挂嘴边的"几度风雨几度春秋，风霜雪雨搏激流……"

"爸心眼儿实，心眼儿好，就是脾气不好。"像是风吹过来的小裙话。

十

小伐捎回的嘉水消息，令隋强按捺不住。从孩提时，二人要好，即便遇事也从未红过脸，后来二人一样没了父亲，避着人来往得就更紧密了。小伐比隋强年长，处处也关心着隋强。他们说起不好的事儿，都会一副摩拳擦掌的样子。长大后，因为新萍与陆福的事，隋强劝过小伐，小伐说隋强没骨气。吵了一通后，二人还是要好。

隋强给车行打工，却一心惦着矿山，常在电话里拜托小伐。小伐的主意不少，可哪个也没在眼前有成效。

小伐走进嘉水大门，把嘉水矿说成天堂，油亮的煤面子享用不尽，尘烟飞舞的场域，低沉而清晰的指示音，串串灯柱下前仆后继的脚步声，十八弯、九连环的地下环境，无疑是无法计清的探险。尤其上井后，几十条赤裸身体，奔放快活，在哗哗的水流中恣意万千，没有井下劳动的奋力，绝对体会不到内心的畅快。这回隋强像丢了魂一样，开始寝食不安。

隋强看了刘香青一眼，顿时舌根冰凉。刘香青要斗起人来，简直与常人不在一个平面，铅笔字能写满满几页，订书机像个没有休息日的包身工,不停地吭哧吭哧地点头劳动。这时,刘香青让隋强去锅里端熏鲅鱼,刚浇的汁,热乎着呢。自隋强不再要求下井而是听从刘香青的安排去车行上班后,刘香青变着花样把晚饭弄得可口。熏鱼是港城的特色菜,烧制起来颇费些火候。剖净的鱼,先用葱、姜、蒜、五香粉、八角、桂皮等作料,浸上一天一夜,第二天入热锅油烹,鱼过油,光炸成金黄是不行的,一定得炸透,干透,在此之前,要先烧汁,汁要放糖和酒等,炸好的鱼要浸在汁里,一个小时左右,便可以出锅了。过去,老隋吃着食堂的熏鱼好,婚后,说老婆做的更好。多少年没做了,刘香青叹了口气,拿过订书机,上午写的十页铅笔字立马成了一个团队。

见鱼上了桌,隋强想说的话被鱼卡住了,嗓子眼儿犯堵,吐不出来。刘香青拖一把凳子,看着一嘴口水的隋强举起筷子,大口吃着,便把凳子拖了回去,拿起铅笔继续写。隋强说铅笔字会掉的,要用墨水字不掉。刘香青脸色铁青地瞅着他,他埋下头,不敢看。

夜里,隋强给小楚发信息,信息的内容多半是小伐传达的消息。隋强想让小楚知道他想干什么,也好借着小楚这张口传给刘香青。这样看来,隋强也是个聪明人,先答应了刘香青。这主意也是小伐出的。可是小楚并没有像别的消息一样回得及时,甚至是不回。信息像折翅的鸟儿跌落在大地上,时间走着,隋强的心像舌根一样凉。

接下来的日子,隋强就开始把小伐说的话正式学给刘香青听。刘香青每听一句都会说小伐不懂事,没出息,不要新萍了。隋强帮着小伐一一反驳,直到母子俩的声音要尖出房顶才作罢。

这晚,他们没吵。隋强又说嘉水好,刘香青捅断了笔芯,认为贺主席又来挖墙脚了。老陆、老隋、秦辛、钟玲,还有几个得尘肺病的,哪个不是贺主席挖来的?瞧吧,挖得死的死,病的病,疯的疯,她把新萍也算上了。

有人敲门,是李矿。每当李矿进家,隋强要回屋时,李矿都制止了,想一起坐着聊聊。隋强就是不想矿上的干部像贺主席一样被刘香青骂。但刘香青还是又一次借贺主席骂了李矿,硬来做说客。李矿一字一字地讲道理,刘香青就骂李矿窝囊,反正矿上骂男人最难听的话,通通当面给了李矿。李矿从不还嘴,好像就因为恋爱那点儿事儿,导致了欠刘香青一辈子。李矿是真心喜欢过刘香青。老隋刚走时,李矿来过,被刘香青赶了出来。刘香青放出狠话:"兔子不吃窝边草。"钟玲知道后,就怪刘香青,李矿为人正直,代表矿上看望,怎么能把人说得那么不堪?别看都是光棍,光棍的一生扑在事业上的多了去。钟玲心里清楚,嫁给陆福后,贺主席这个光棍从未接近过她。所以钟玲就是这样看矿山人的。

但是,李矿来挨骂,是例行公事,就像李矿平日子开的早例会一样。

刘香青说:"你弄个姓贺的成天跑我心上挖来挖去,是不是看我没疯,没寻了短见,你们不甘心?"隋强推了刘香青一下子。刘香青推开隋强,提起一摞纸,说:"你们多么会编词儿,安全问题,就是他工会没关怀好我家老隋,才出了这个问题……"

这么多年来,这些话听得李矿都能倒背如流了。刘香青每回住口的时间他也估摸得很准,就像在纺织厂纺线的节奏,何时上手,何时上脚,何时收线。时间长了,李矿也估摸得差不多。

刘香青刚一停,李矿就提出想听隋强的想法。

刘香青挡住隋强的话,让李矿给安排个出路,正反不下井,否则就跨行业到底。

"强子文化低,不像小裙。小伐有文化,也下井了。"李矿说。

"文化低?我当年文化也低,你是大学生,怎么还和我扯?你应该扯新萍啊!喏,就在第三栋楼上,你去吧,现在就去!你和新萍都不用下井,在井上晒太阳!!!"刘香青尖着嗓子喊。

隋强喊了一声"妈——"然后满脸无奈地说:"你别这样逼李

伯伯。"

"好,那个姓贺的,告诉强子嘉水好,得多少心机,难怪人工湖的村民不走,恶人终须恶人磨。"刘香青转了话题。

隋强说不是贺主席而是小伐告诉他的。刘香青霍地一下起身,"小伐不长良心,你也不长吗?"隋强又说嘉水矿好,爸爸如果还活着,也会去的。

刘香青坐回椅子,瞪了一会儿天,回卧室拉开窗帘子,路灯下,陆福一动不动,又在给新萍站岗。刘香青的身体一个激灵,回过头,李矿已推门走了。刘香青招呼儿子上前看老陆。这些年,隋强是第一次看到路灯下的人,凉了一夜的舌根回暖,心也热了,仿佛有一股凝聚的热量,由脚跟往上蹿,特想现在找小伐聊聊。

刘香青回身坐到床上,床铺平整得很。

"你想让你的老婆成为谁?"刘香青问。

"我没老婆。"隋强说。

"没老婆就给我马上上床闭上眼,不许胡思乱想,睡去!"刘香青下令,隋强听令,谁都说不过刘香青。刘香青的厉害在这座矿山上无人能敌。

清晨,隋强早早立在小楚的停车位,准备好好央求她。小楚这一夜心思也是像泥沙似的,挡都挡不住。

"他去他的,你妈不会让你去的。"

"姐,我妈听你的。"

隋强不依不饶地跟着小楚往前走,瘦下来的身体,配西装很合身。在小楚的推荐下,隋强已破例转正。隋强一直跟到办公室看着小楚打开电脑,然后看小楚一手托着腮,一边笑说他虚胖易瘦,专注减肥的厂家要倒的。隋强讨好一样求小楚说点儿别的。

小楚问他煤矿有什么好。

隋强却说车行人刁钻要滑,心口不一,用尽客套,奉承。女同事的假睫毛像黑钢刺,嘴唇艳得像按的红喇叭;男同事也搽脸,像是在给脸刮腻子,还修眉,身上全是香味。隋强说他心不踏实,夜里睡不着,觉得这些人像是被谁亲手捏出来的,说话处处得提着小心,像活在深宫大院,哪句话说错了,一些眼神就能杀死他,真人活成假人,太虚无。

小楚听得肝疼,不知不觉眼泪又快掉下来了。她举着自动铅笔,来回转着。"职场需要适应,年纪轻轻的,就这个那个地看不惯,活像个泄了气的皮球,更像脱了水的病人蔫头耷脑。"小楚这样说隋强。小楚让隋强先回去,临走时,隋强略带神秘地说:"下班后,咱同事一个个穿得晃瞎眼,我以为他们要演戏呢。"

要演戏的不是车行同事,而是连宣儿。宣儿住凯嘉妮酒店的总统套房,能见海,也能见井田,更方便见田中。小楚去那里时,宣儿正摇晃着一杯红酒盯着远处的主井架子。

而后,宣儿轻盈地往沙发一倒,慵懒可亲,像入口即化的大米纸,神秘香甜。宣儿的具体想法小楚摸了个门儿清,并对此无限质疑。现在不是开"国玩"而是在开"世界玩"。就看身旁那堆从旧书网购买的影星杂志,明知不足以为论据,却依旧害宣儿不能自拔。

宣儿在小楚面前认真地翻杂志,巨星、世界小姐,论相貌逊于宣儿,骄傲感油然而生。小楚说这些没用的。宣儿不和小楚争,微微一笑,把杂志重新码成一摞。

自从明星吸引人眼球后,削尖脑袋学艺术的如汪洋一片。"我们那地方土,什么消息也听不到。"宣儿在办公室提过"好莱坞"的最低门槛,这话也算是一语双关了,小楚急得要命,这纯扯淡的事儿竟急吼吼地想登台。宣儿不时晃着猫步,谈着家资背景,令小楚无法张口,大牌车模的名气比命重。小楚不怕宣儿走错一次,大不了再回头,她是舍不得用煤矿人的血汗钱去填这样的无底洞。

太阳白天见,月亮晚上现,谁也不司谁的职,可夕阳西下,月亮升起,总有个擦肩的时刻。小楚、宣儿、杜主任正在田中的安排下,往擦肩的路上走着。

她是第一个还是最后一个知道的,小楚不能问,反正她知道田中本次来最大的目的不是汽车,而是不限于汽车的更多事业。

小楚接过宣儿递来的酒杯,说:"我们都算吃着煤长大的,也算是一奶同胞。有些话你得听。田中高估了曾董的能力,经济上的数字含水多,一传十,十传百,便成了齐天大圣,曾董连齐天大圣的一个手指都不如,田中押错宝,你也押错宝了。"

像气泡一样的话,令宣儿充耳不闻,一再描绘着前景,自信得骇人。平日里,宣儿对外张扬,对内安静,没有絮叨的习惯。或许这也是宣儿跟富商混迹几年而富人甩她只用一天换来的好习惯。可宣儿数落起连矿,仿佛高出连矿一头。

宣儿知道龙田人往嘉水迁,表示去了好,带点儿新活力、新管理,成天腆个大肚子、没脑子,等于白活一世。小楚替连矿打抱不平,说宣儿不谋其事,不言其害,多少为自己用点儿脑子吧。宣儿扑哧一笑,妩媚得没边。"要我是个男的,我也喜欢你。"小楚低眉顺眼地说。宣儿不顾忌地说:"啥也是假的,一年下来得百万元用于售后服务,就像你们的汽车一样得保养。"

"哦。"小楚有些吃惊。

宣儿拿出紫色水晶瓶指了指说:"一周打一次,就能保鲜。"指着脸蛋又补充,"好看吧?货真价实的利刃,嗖嗖划过,切、抽得锋快。"小楚黯然神伤。宣儿满不在乎,呵呵一笑,说:"往年的那些杂志画报,假的能少些,现在假的更多,京城的大学毕业生,最轻也是去微整,不论男女,再加化妆品一盖,哪个不迷人?我只能拼命地修饰,靠脸站住。"两人对视着,小楚觉得无趣。宣儿迅速像猫咪一样偎着小楚,说:"痛个脸怕什么?你做实业,不也得吃苦?不过是遭罪的方式不一样罢了。"

131

宣儿拿出红糖盒,几缕缎带荡在盒边,说:"'远洋渔具'开业送的,方董寄来的,吃都吃不完。"小楚也有一箱子,不禁苦笑。

"就听这名字,'渔具'。"小楚往后一仰,枕着沙发,竟像躺在沙滩上。

"你不好过?"宣儿觉得小楚很疲倦。

"活着的人,哪个好过?"小楚说。

"我爸若不舔当官的屁股,我就好过。"宣儿说。

"你不也舔田中吗?我也脱不了这道轨。做生意的人,哪能关上大门不接轨?"小楚说。

"田中能力不小。"宣儿说。

"不见得。"小楚说。

"我还得去找曾董。那个人对我就是不来电,这都多久了,一点儿进展都没有。"宣儿说完便给杜主任打电话这。之后,宣儿站在镜子前对小楚说:"商机,就是不能错过时机。"

宣儿有一辆顶配的保时捷,她靠这台车,穿过世界好多地方,那时她的出场费高得出奇,后来,新生代一批接一批,裂变似的,富人玩的不是颜值,是新鲜感,她的新鲜感在旧富人手里用得差不多,会被抛掉,就得寻找新的富人,她对于新富人就是新鲜的。一般的富人,她是瞧不上的,得是那种特富的人。

宣儿瞧上田中,田中瞧上宣儿,用宣儿的话来讲,在无路可走时,田中成了新的跨国指路人。那时宣儿去日本做脸,经过暖阁,田中正在暖阁里与店长喝茶。店长做友好引荐,介绍她世界名模连宣儿。田中很平静,不像别的男人见宣儿时大惊小怪或大加赞赏,只是似笑非笑地表示着友好,当宣儿得知田中是某世界品牌汽车高管时,送出拥抱,两个"世界人"就此迈出第一步。

别看田中个子小,跳舞、唱歌、聊天与女人拉近距离很在行,一首《蝶》把空气唱湿了。宣儿新愁旧愁一拥而上,唱起《香水有毒》。

两人问盏对酌,喝到天亮,谁也没有走的意思。

在第一缕阳光赶进暖阁时,田中像萎去的叶子,舞步生硬,歌喉嘶哑,舌头打结,夜可以蒙住他的一切,天一亮,心理上的危机自动复现了。他时常觉得自己是一张由玻璃弹珠拉的网,铺在海上,摇晃不止,整张身子不是歪斜前倾,便是错位后仰,而他像个重症晕车患者,上吐下泻,今年这种情况更严重了,他预感这将不再是心理上的,一些预想会提前到来。

那个清晨,田中克制着呕吐欲,听着宣儿说。

宣儿起先没说风光的背后无限凄凉。她先说家里有富矿,身价几何,说到后来,喉咙像被异物卡住,拼命挤出混沌音,一杯一杯的酒往嘴里倒,把自己灌倒后,把新人换旧人的悲怆感倾泻而出。宣儿痛苦着,田中恢复精神,坐到窗沿边打量这位真正的煤小姐,眼前又忽地闪现小楚和几年前早已投入他麾下的杜主任。三个完全与煤有关系的女人,也是短期内能在曾董那里获得好感的美人。曾董对煤有感情,田中是知道的,田中一直想通过这道情感杠杆把曾董和他的关系撬到最高。后面到底要怎么做,他不清楚,他要看能借上总部多少力,先把宣儿收入囊中是关键。

做市场开拓,田中靠想象自动自发,且招招首发首中。他有了招数,便激动不已,舌头恢复弹性,喉咙涌入活水,歌声重起,脑海大亮,顿觉柳暗花明又一村。那梦不会长久,这个票友他当定了。如此一来,长期的噩梦,有了安慰:"阳光与阳光终有碰撞的时候。"

喝着酒,宣儿说到拍戏,说大片买女三号的钱她有,投了几回剧组,可都竹篮打水。告发倒是有地方告发,可这圈子乱,她不想得罪人,形单影只的她,禁不住毁,想保着现在的身价。

田中便让宣儿主动接近小楚,降下身价去站4S店的车展。另一方面,让宣儿想法子和曾董接上头,他和曾董会为她投资,让她演个女三号。东方不亮,西方亮,从日本回来后,宣儿立马做功课,四处打听曾董的事,若曾董是个已经吃反胃了的人,她去了也白搭,但查过之后发现曾董身旁一直只有一个杜主任,再没有别的女人,如此一来,宣儿还是自信的,起码在相貌上,她自觉不输任何影星。小楚的材料少些,是掘进工的女儿。一个系统的两枝花,一家人不说两家话,所以宣儿对小楚就有好感。

宣儿见过小楚后,觉得这女人挺好,不酸、不抢,更不假惺惺。别看宣儿成天挎着名牌包包走出的气场像要登天,却瞧不上同样打扮的女人。像她这样的女人多半是花别人的,若是花自个儿的,哪有这些心思浪摆。曾董有钱,不浪摆,穿得像民工,这是花自己的。但也有浪摆的时候,那报纸条子,一封一封的,全是真金白银,却不挂脸上、身上。穿得傻,人也钝,曾董确实像只呆雁,见宣儿第一面时,没有任何欣喜的目光,平静得像看地摊上千篇一律的黄瓜。幸亏她提前知道这个富豪的脾性,否则非得以为是个呆呆的糟老头儿。

宣儿被曾董冷了好久,她岂能咽下这口气?连宣儿可是新人。每回对着杜主任一脸苦相,宣儿仿佛遭受“半月湾”双冷,连续多次出击,全化作自娱,越发感觉新旧皆不值钱。可去当女三号的瘾劲儿是最有效的内驱力,宣儿屡战屡败,屡败屡战。

宣儿对着保时捷敞开式的后视镜不自然地一笑,道不出的滋味似乎更浓。杜主任电话里说马上下来,却至今不见人影,八成今天的见面又泡汤了。一阵敲窗声,杜主任的巴掌小脸贴着玻璃,漂亮的红嘴呱呱说着什么。宣儿拉开车窗,她猜得没错,曾董临时出门了。宣儿脸沉得像块冷地瓜。杜主任掩嘴说曾董去看游艇了。宣儿露出桃子般的笑,不动声色地瞭着远处,像穿梭到海上,见到豪华的游艇上站着不多的有身份的人在有礼貌地谈天说笑。宣儿的目光游移着,仿佛她也是交谈中的一位。杜主任觉得没趣,又不肯走开。宣儿渐渐地收回目光,无数次地发动汽车又熄火,冒出的声音格外尖锐。这么好的车,糟蹋着用,宣儿是第一人。杜主任啧啧赞叹说:"这才叫有钱的女人。"

一脚油门,宣儿回到酒店。小楚仍在宣儿房间徘徊,仿佛一下子爱上这里。宣儿没看小楚,踢了几下洗手间的门,整个身子卧倒,然后仰过头,对着天花板大喘气,气流忽短忽长,像哮喘患者。幸好,宣儿的小腹一马平川,否则,肚腹要鼓出球了。小楚往床上一坐,拿出龙田矿的花名册,最终说出此行来意。宣儿似醉酒,一半清醒一半醉,弄什么名堂,这些油印字,与宣儿那般遥远。要宣儿回嘉水?宣儿霍地坐起来,一脸惊恐,眼前的小楚像是个前来捉宣儿的小鬼。在宣儿看来,小楚搞错了,或者小楚为龙田人急疯了,连宣儿的未来也被打算在内。矿上有领导,小楚那三脚猫的功夫,扎错地方了。

宣儿不搭理小楚,故意拿起电话与田中聊个没完,亲昵得让人受不了。小楚耷拉着头,一根手指钩住另一根手指,绷得通红。宣儿心不落忍,放了外音,做手势让小楚一起听。田中笑呵呵的,滚烫的语言能烧得人只剩骨头,小楚从未见过这样的田中。小楚收起花名册,背起包,往外走。宣儿放下电话跟了出来,趾高气扬的小楚不断眨眼睛,落泪的前奏愈演愈烈。宣儿挡在前面,说:"我和你不一样。我吃什么饭?我快老了,再不跳,就没机会了。"

"田中的想象只是泡影。"小楚一再强调,田中该做的是回日本找关系。

"我不回嘉水。"宣儿说。

"龙田矿工亡矿嫂的儿子秦小伐,拼了命也要去嘉水。"小楚自己也不知道为什么在这里提起小伐。宣儿想起儿时伙伴大梁子的父亲在井底被煤砸死了,没爹没妈更可怜,继而想起连矿也算不上一个纯粹的"舔腚人",大梁子被父亲视为己出,形影不离,宣儿吐了口气,把花名册要过来,还没瞅上几眼,就像摸了烫手的烙铁,恨不能马上甩掉。

为了不使花名册落地,小楚抱紧宣儿的身体,两具纤薄的身体只能紧紧地压着,一个是被工作压瘦的,一个是减肥提炼的。宣儿盯着小楚美丽眼角的干结痂以及唇上裂开小刀般的硬皮被混着的红色膏体折腾,简直将红白喜事复制到人脸上了。小楚拿稳花名册后,先松开了手。离开酒店后,小楚驱车停靠在高速路上,合欢树漫枝的粉红两个月前就不见了,枝条瘦得仿佛刚削好的铅笔,要对蓝天书写。小楚同情宣儿一味地做着黄粱美梦,田中的官职丢了,投资塞人演戏只会沦为把戏,看姜帅就知道了。小楚冥冥之中感到一股力量——杜主任被田中赋予的作用。杜主任对宣儿百般好,好得能要人命,但凡杜主任腻谁,谁就会立马变成一堆泥,早晚放在手心打磨成想要的形状,庞队就是个例子,八成身上的一切,早留给那个女人了。一阵冷风,吹得小楚上额发麻,浑身痛,她像是被挂起来一样,时光每走一秒,她就摆动一次。杜主任从未打磨过她——一个掘进工的女儿,杜主任不屑罢了。

刘香青来电,这几日隋强在家吵得厉害,刘香青让小楚去劝劝。小楚收起三角警告牌,一路飞驰,拐进家属区。小楚盼这一天,又怕这一天,一个吵,一个做和事佬,刘香青一旦说扭了嘴,狠话真能要人命。在门外停了一会儿,小楚拍门。那首曲子碾压着人的耳膜,屋内一股鱼腥味,刘香青一边为洗净的鱼撒盐,一边用极细的铁丝上拴鱼唇,比目鱼、大黄花、鲅鱼,风干后,蒸熟,点上芝麻油,再烙上一盘玉米饼子,吃起来鲜香馋人。刘香青每年都往陆福那儿送,小楚母亲走了,刘香青依旧把这份情延续着,小楚不禁心头一热。鱼儿口型怪模怪样,就像要倾诉的小楚。

刘香青伸了一下系着围裙的细腰,这身段比矿上的年轻人都好,不进文体中心可惜了,可刘香青既不会跳也不会唱,是纺织出身。文体中心杵在那儿可惜了,有区队干部说还不如矿工亲自上阵,编节目、演节目,这样一来,刘香青作为家属就可以算进去了,当然这些话是仕云采访到的。小楚觉得有道理,刘香青也做过提高安全意识的宣讲,而不像工会协管员例行公事那样,活人活事儿的一定会受爱戴,想到这里,小楚觉得刘香青在宣讲的那天,已经认识到老隋忽视安全了,为什么还要写个不停……

"在想什么? 一动不动。"鱼串挂向窗外后,刘香青冲小楚慧黠地一瞥。谁也别想先她张口,刘香青早把新话旧话打磨一遍,准备像子弹样,一颗一颗地发射。她跳下凳子,洗了个手,用涂过手霜的手搭着小楚,说个没完。

不知过了多久,一轮鲜月水莹莹地攀上天空,帘内一团热气,暖融融得令人想打瞌睡。这次准以失败告终,谁也不是刘香青的对手。小楚只得辜负隋强。就算刘香青为这个事骂了她,她也不会伤心。

小楚最亲刘香青。小楚几岁时,刘香青常去家里抱她,喊她们去自己家里吃饭,小楚去,小裙不去,小裙和刘香青不亲近,觉得刘香青和矿上别的女人不一样,小裙害怕。后来,隋叔走了,刘香青也很少去小楚她们家里,而是独自地叫喊、踢腿、扭腰晃头、拍打山坡上的泥土和碎石、头往硬石头上撞。那段日子真可怕,小楚和小裙的母亲和刘香青好,偶尔也去劝,却往往挂着泪回来。那时小楚悄悄逃学也远远地看着,待确认刘香青不会寻死时,才走开。

现在,小楚知道光靠嘴说没用。刘香青希望小楚家里家外都劝劝隋强。当把这句点透时,小楚更不想说任何话了,由于直接跑来,她觉得自己多余。可刘香青不觉得,指着要清洗的其中一个鱼盆表示这个盆子里的是给小楚父亲的,到时候让隋强送去,又让小楚回家讲讲既干净又卫生的制作过程,比矿上食堂的还好。刘香青知道贺主席拎着菜肴到小楚父亲那里,也常见小裙拎。自钟玲走后,陆福更不一个人喝闷酒,便知所有的菜肴都是为两位那个好劲儿准备的。刘香青生气,可小楚父亲是老隋的好兄弟,又是自己好姐妹的老公,就气不起来。刘香青生气贺主席从钟玲一事就开始了,觉得贺主席是个没有担当、收拾不了残局的人,顶着一张书生脸,有命吃上国家干部粮。这番絮叨,让小楚憋到东倒西歪。

小楚正要告辞,有人敲门,是李矿。刘香青开门就往外撵,说:"上回默不作声走了,这回来有意思吗?以为我随时要欢迎你是怎么的?"李矿上回走后,就没来,去了一趟嘉水,在集团快要收购嘉水的进程中,原属两个矿上的兄弟们暗自向对方靠拢,虽然也有争吵,偶尔也会有工具遭到破坏,甚至还有大打出手到医务室简单包扎的情况,但终归向好。他简单地说着好前景,刘香青还是撵他。

小楚的目光令李矿站不住脚,他灰着脸退出刘香青的家门。待小楚出门时,楼道里烟雾弥漫,她断定李矿也是刚走不久。

从刘香青家出来,小楚朝着那盏路灯走去,父亲果然准点看向那扇窗户。小楚扭头看向自家的窗户,又想起母亲走得早,泪水顿时哗哗的,即便母亲像新萍和刘香青活得那般痛,她依旧希望母亲活着。她像父亲一样,站了一会儿,远远地看见李矿也在遥望一扇窗户。

下半夜,她和父亲一前一后地回家。她主动说了隋强想去嘉水,父亲没吭声径直回房,隔门传来沉闷的叹息声。她摸着黑,爬到小裙的被窝里,蜷了一晚。

第二天一早,小楚去车行之前,改变了主意,想找李矿谈谈。一直以来,她怵头接触李矿,昨天亲眼看见李矿也有灰头土脸的时候,她就想借着刘香青的厉害再厉害一回,起码,到头来,她出的力不会被李矿那张嘴说得她一无是处,比如挑拨离间、背叛组织什么的。

小楚找李矿谈话,不是以陆福女儿的身份,而是以车行管理人的身份。李矿一脸无辜,目光里似乎比昨天更矮,她不忍趁火打劫,眼睛往一边挑着,谢绝李矿送来的茶水。

他称她陆总,她称他李矿。家属的身份象征,此刻像是已做过告别。她一番得意,矿上的最高领导人如此这般,父亲怎么就没听到呢?父亲成天拿她和李矿比,现在她和李矿差点儿就称兄道弟了。称呼好听,事情难办,最终两人不欢而散。李矿那副样子,像谁要摘了他的心脏换酒喝。

"你脑子想些什么,啊?你这是拆台!"李矿气得直转圈儿,像是要做出更大的动作,其实什么也没干成,更像一只陀螺。小楚本以为自己的大动作,怎么说李矿也会有所耳闻,现在看来,李矿根本无从知晓,若是知道点儿什么,也是从隋强一事知道的。

"这是行业的硬性未来,有的矿工由此走出国门!怪不得剩下的几批坚如磐石,就是你这样的人在捣乱!"李矿一股脑儿地怨起她,连着掐断好几根点着的烟,絮叨得像个老太婆。她故意轻拽着耳朵,接收信号,可就是一声不吭,把眼珠子瞪得圆鼓鼓地气李矿。李矿果然气着了,打电话叫贺主席来,小裙也跟来了。

听着李矿压住的嗓子仍旧呼哧呼哧,两人惊恐万分。小楚打量着三人,说:"煤矿三侠吗?成天组织掷骰子团纸球的,把人往外撵,能耐大着呢。"说罢,头仰得像只要打鸣的公鸡。李矿怒目向贺主席,贺主席想拉小楚出去,小楚甩开胳膊,贺主席踉跄一下,差点儿摔倒。怕小楚受屈,小裙挡在前面,说:"我姐是好心,说错了话,李矿您别和她计较,她成天可为我们着想了。"

当李矿说小楚是"局外人"时,沉默好久的小楚搬出每年团拜会的贺词,一家亲,一家人,腔调像极了李矿。立马,小楚和李矿你一句我一句,成了辩论会。李矿赶她,她不走,她说以矿工家属的身份来请教,谁也不能撵她。贺主席觉得这样争吵无趣,但碍于能耐有限,只得求小楚少说几句,李矿见状,更是胸含怒火,说:"你看看人家老祁怎么做干部的。"贺主席知道理亏,一时语塞,想祁书记走那天,满腔热忱,势不可挡,像是要赴一场早已和嘉水鹤西的约定,而他自己为了一个矿长口中的"局外人"竟作起揖。眼见着李矿招架不住,贺主席命令小楚马上出去。

小楚话赶话,嘴皮子快,让姓贺的从今往后不要再往家里跑,一个光棍怎么那么没羞没臊,矿上的脸让二位丢尽了。这话说得,李矿差点儿代替陆福揍了小楚。小裙尖着嗓子,直跺脚,说:"爸希望贺主席去,爸憋得难受。"

"狗拿耗子多管闲事儿!"李矿气哼哼地骂了一句,不知这话是说给谁的,小楚听出了滋味,想一步上前,小裙拉住她。李矿把三人全轰了出去。走出机关楼,冷风一吹,小楚悔青了肠子,跑矿上逞什么强?矿风温淳,几十年亲如一家,这下好了,和李矿撕破了脸。今年的团拜会,李矿恐怕不会单独敬父亲酒了。

"姐。"小裙追上来。

"你个傻子。"小楚说。

"又怎么了?"小裙问。

"我刚才说那些,你也不拉着我点儿。"小楚说。

贺主席也围了过来,说:"你别添乱,隔行如隔山,怎么调炮往里打?"

小楚索性坐在石头墩上,头顶越过的一排麻雀饿得缩头黑眼的,瞅着可怜。小楚揉着鼻子,点了支烟,得有三五年没抽烟了,那时候抽是因为工作压力大,现在抽是因为为人的压力大,贺主席站着无趣,早走远了。小裙挨着小楚坐下,仿佛心思更重,很用心地闻着烟圈儿。

"姐,你说'半月湾'的曾董,好说话吗?"小裙忽然问起这个人。

"为什么问他啊?"小楚问。

"我看李矿那边有张相片,他们好像认识,如果真是这样,不如让他给我们几个岗位,谁不愿走就去他那里。你就别倒腾你的工作了,好不容易干到现在,别被矿上的事儿拖累了。"小裙说。

小楚从没想到小裙会关心她的未来。自从踏上工作岗位,关心她未来的,只有她自己,无论田中还是方董,他们关注的都是企业的未来。为了硬塞几个岗位,小楚想过最差的结果是被田中厌恶,被方董一裁到底。她拉住小裙的手,紧紧地。

被烟一熏,小楚顿时悔意尽消,她扔掉烟蒂,走向停车场,任小裙如何劝,她决不回家。今天贺主席准会带着这点儿材料,跑到父亲面前举杯抒情,工会这张嘴够尖,捅哪儿哪儿破。一句"调炮往里打"足以让父亲挥舞着叛徒的大旗把小楚骂进口水中。

她回公寓时,姜帅迎上来,一手接包,一手按电梯,欢快得像只灯下的小飞蛾。姜帅说"半月湾"正在收尾,杜主任要去嘉水了。这个人与嘉水无半毛钱关系,她去干什么,小楚没问,也懒得理会。

她要把答应宣儿的事儿办到。她想亲自向曾董介绍宣儿。她拨通曾董电话,曾董问她什么事儿。她问可以在会所见一面吗?曾董答应了。

见面后,曾董首先对小楚上回剪彩提供的礼品客气了几句。她知道这样的开场白,一般不会令谈话太愉快,到时候再把宣儿插进来,她倒有点儿拉皮条之嫌。曾董问她上回剪彩后,为什么没进贵宾接待室。她顺着曾董的话回忆起那天的场景:这类活动不像想象的那么严肃,说大了是为城市建设,说小了就是走个场子,继续打点余下的"关系",做到人过留名,在场的重要角色早已陆续收到"关系",若等着今天,岂不成了相互漏短吗?这天主要是等媒体,撑个场面,是人过留名的最后一个环节,得通过媒体报告"半月湾"有今天的丰功伟绩是团结合作的各个行业在市领导的牵头下成功的。当然,不是所有行业的代表都来,更不是所有的领导都来,是属于曾董的"那帮人"光临。若媒体不来,"那帮人"就不能撤。正式开场时,"那帮人"现身不足一分钟,就会藏起身来,场内则彩带鞭炮络绎不绝,各处的茶歇、贵重赠品供不多的宾客和工作人员享用,这些宾客仅指"那帮人"的家属。

活动像往常一样顺利。散场后,部分工作人员合影,杜主任一直没出现,曾董也不在现场,小楚似乎对不请李矿有了更深的理解——李矿不会接受"关系"——报纸条子,而后相互建立私交。若他看着"那帮人"同取利益,不气得炸肺才怪。龙田矿和"半月湾"没干出感情,干出了仇恨,现在似乎路归路,桥归桥。她已看清当年的故事,老话就没有必要重提。可她觉得曾董不像矿上说的那么恶贯满盈,更不像钱多得花不完。过了许久,她才靠近贵宾接待室,门一推就开了,刚才还在称兄道弟的"那帮人"走光了,人脉场上的节奏再一次压向曾董,虽说心涩难忍,但又仿佛有微光照着。整张长条形大餐桌,只剩下他和她相向而坐。曾董上次问她剪彩后为什么不到贵宾接待室。她没有回答。那时曾董放下酒杯,双手举过头,做了个投降的动作,表示喝醉了。她则伏在桌上,聆听自己的心跳声,红色的光照着奢华的房间,每一处都像是藏着一个带血的灵魂,她有些害怕。她想扑过去,躺在他结实的骨头上,可她没那么做。之后,曾董摇摇晃晃走了,她也走了。

今天他们见面,又像刚认识一样客套、相互提防,也或许不是提防,不是客套,是她太敏感了。终于轮到曾董问她有什么事儿了。她说起宣儿。曾董表示知道这个女人。接下来她就不知道该说什么了。曾董说她回去把工作做好比什么都重要。这是要结束谈话的意思。她不得不起身告辞。曾董又说:"以后没什么事儿不要见面,有事儿电话谈,一百个岗位给你留着。"她走得飞快,像逃一样。

留岗位的话,现在听来无比讽刺。进到其他行业是要经过培训的,这些流程谁来做?难不成她一个人分身有术,更何况兄弟们各种不适应,出现问题肯定先找她倾诉,想到这里,她才真正明白"隔行如隔山"的话,不是行业的问题,而是行业与行业背后人的关系,谁来处理?

仕云早回去了。若是在,她找仕云聊聊也好。这时她打仕云的电话好像不怎么友好,恐怕仕云正被这个稿子搞得拿捏不准。

小楚刚回车行,田中就来电,说晚上在公寓咖啡厅碰个面。小楚说好。车行没什么事,业绩一直很好,这几年本就市场大好一片。她又把电话回过去,说现在就过去。

田中一个劲儿地往咖啡壶里装方糖,三色焰火舔着壶底,经过加热的壶面色彩纷呈。糖多才够味。田中推着夹鼻眼镜,半闭眼睛哼起《蝶》,他自个儿打着节拍,似民间艺术家怀才不遇。他就好唱这个,整个空气被他搞得湿润、迷离。他今天唱得比过去更嘶哑,乐感更足,仿佛这个冬天没有雪,只为了把蝶等来。

"田部长,我没有去日本的打算。"小楚说,她隐约能感到田中想用她、杜主任、宣儿一起开拓新市场,还有曾董。这些人搅到一起,是盘什么棋也许只有田中知道,或者说田中也根本不清楚要干什么,而是走到哪儿算到哪儿,这笔账他肯定算过千万次,不会亏,也不冒险。他的职位已经被降,若是顶着职位是冒险,现在就是有一当一了。

"噢,"田中的声带像被利器瞬间裁断,"你不想要新市场?"

她仿佛正见无技术的人从事高空跳伞。她努力地摇摇头。

"双拼再流行,不如杂拼。"田中说罢,捡起《蝶》的一段高潮继续唱。

"隔行如隔山。"小楚心乱如麻,她不是打心底说这话的。作为矿上的"局外人",她把这话送给田中。她从来没有太大的抱负,做一事忠一事,精力有限。

田中努嘴向窗外,姜帅一直在院子里洗车,现在似乎成了方董的人。"连姜帅都有跨行的迹象了,你会看不出?"她清楚方董在香港的买卖用宋经理,用姜帅,是用给她看的,要她知道领导的权力。她不想知道,或者说她没有多余的精力知道,她也一直不看好方董新开拓的渔具行业,整个香港那么多经营主,不差方董伸条腿,太自不量力了。方董走后,小楚和他就没有任何联系,他们隔着肚皮,谁也听不见谁的心跳。可是,田中知道原委,谁的心跳他也想听。摘下夹鼻眼镜的田中猛地握住小楚的小臂,三下两下,握得紧紧的。小楚压着火气,故作镇定地四处打量着,这几年的功绩泡汤又能怎样? 滚他爹个蛋吧!

田中摇晃着她的小臂,继续低声唱着《蝶》,眼珠子在眼眶里滚动着,像在给故作镇定的小楚施法。显然,小楚左耳进右耳出,看着田中吞吐气的口型,觉得他像个吃错药哭不出声的孩子。

姜帅提着墩布往电梯口走。田中喊他,他回过头。田中说姜帅这张脸白整了, 提墩布还用得着细皮嫩肉?姜帅远看着田中的口型,一脸平静。

田中松开攥小楚的那只手,从吧台内找出材料,陆续地折起纸飞机,并让小楚把其中几架交给杜主任。小楚知其用意,抱着纸飞机走了。

小楚找不到杜主任,杜主任现在正想方设法地躲着她,因为"半月湾"要撤了,曾董与杜主任结束了合作,杜主任按照计划想跑在约定前面,成不成功在此一举。杜主任后悔听从田中的,换来一事无成,那些处心积虑用来邀功的材料被视为废物,这是其一。其二是杜主任怕小楚为了一己之私,将那些材料交给曾董,而杜主任想从曾董身上获得的东西将彻底泡汤。这么多年杜主任从未见曾董和其他女人好,不和自己好也就罢了,起码给些钱吧。其三,再不使些野路子,杜主任怕自己后半生都得搭进去。

小楚觉得通过宣儿找杜主任稳妥些,拨过去几回,无人接听。小裙来电说,李矿让贺主席去嘉水,她也要立马走了。小楚说去吧,不等小裙再说,小楚挂了电话,绷直双腿,吐出一连串的气,腮帮子鼓得像含着乒乓球。

除了隋强被刘香青压着,原来那些挣扎着的兄弟也快走干净了,真应了曾董的那句"白费劲儿"。白费就白费,兄弟们有好归处就行,小楚喃喃道。

刁兄明天也要走,这个消息是仕云说的。刁兄一脸兴奋,喉咙里似滚着水声,仿佛洞房前的跃跃欲试。小楚要仕云的采访看,仕云说现在不能给。两人的合作几乎透明,却通过电话线半道子反悔。小楚挂了电话,立马收到一堆文字:"铁器声、钝锉声、泥水声、歌唱声、擦拭声、撒尿声,像一具刚启动的老机器。""刁兄舍不得龙田矿,曾回头望着我,黑长黑长的目光犹如密道,我想他在去往嘉水的大巴车上也会如此看向远方。"

十一

　　曾董与田中的合作到了什么地步,无人知道。知道的是曾董在和小楚见面后的某一天走了。曾董离开后,田中独自留在港城,结果与想象背道而驰。被田中火急召唤回来的方董用自动铅笔在本子上画了大概的图,把曾董的现居地勾勒出来,面带愠色,要知道把方董从香港喊回来问这事儿,简直可笑。方董说田中现在是个异想天开的人物,靠想象力活着。

　　方董问田中:"抓着不起作用的人,揪扯什么?"

　　"这条线断了可惜。"田中手拍着床铺,夹鼻眼镜不断下滑。

　　"别做梦了,他又不是王母,一簪一条河。"方董不信曾董能把某些富商团结起来,助田中开拓新行业。俗语说无利不起早,这话放到哪儿都通行,现在看面子办事儿的人多,面子背后得有利益,没利益还想办简直是无稽之谈。"他做他的房产,我们做我们的汽车,八竿子打不着的事儿,非得东拼西凑地捏一起。"现在方董敢直言顶撞田中了,不像过去田中说什么,方董都把脑袋点得生疼。

　　"那是你不懂市场的'术'。"田中冷哼一声,搬出一些大道理说得头头是道。这话得分谁说,有身份的人说什么是什么,没身份的人,说什么什么不是。田中现在依旧把自己当成有身份的人。

田中摇铃,宣儿推门进来,说杜主任不来了,准备去嘉水,宣儿看出田中的脸色微微起了变化,不像宣儿因为杜主任不在而一脸得意,像是吃了蜜。也就在这几日,宣儿才知道田中许诺了杜主任许多事儿,杜主任觉得无望想退出,理由是宣儿看起来更优秀,更具竞争力,她杜主任除了一张整过的脸,什么也没有。同时,宣儿也答应杜主任谈的另一个请求,宣儿为了自己的前途,想先走一步看一步。田中微微一笑,对宣儿说:"答应你的,给你办就是了。"独角戏、空头戏,轮番上演。"头发长,脑子空。"方董的话像机关枪发射,宣儿很自然地看方董,不回嘴,挨着田中坐了。

"你忙就先走吧。"田中手在空中一挥,像是送行。

方董低着脑袋,阴着脸,随口一句:"早该走了。"像要把地板震碎一样,脚着地总要踏出声音。

方董离开之前,想约见小楚,小楚在电话里说回家了。方董一个人在公寓外逗留好久。方董觉得小楚不够意思,也像田中似的火急火燎叫他回来,他还以为曾董和田中一直私下要做的事儿想邀他参与。此时,方董不能直接批小楚,而是又打电话另提香港之行邀小楚参与,说把精力放在港城,不如放香港,港城这边不会因田中的任何举动使车市利润大翻番。小楚一口回绝,香港杂乱,闷热,跑去干吗?港城有家有气候,生意红火得没边,她的胃口没那么大,最主要是她觉得渔具生意做不起来。她曾在"远洋渔具"预备启动会议外说过闲话,这个会议方董没让她参加,但她的闲话却被方董所在集团的一些高管听说了,他们强烈反对小楚,有的说小楚吃不着葡萄说酸,有的说小楚成心不想企业有大的发展,像故步自封的糟粕文化,有的说小楚不适合做管理,有的说小楚是妖精,得到田中赏识,谁知道是怎么回事儿……这些话不可能传不到小楚耳朵里,小楚清楚凡是有企业、机关、公司的地方，经营管理是一方面，经营闲话也颇占地盘，一个年度光用在传播分析闲话的时间，就够长一岁的。他们一票人通过的"远洋渔具"就好好干着吧，又没用着小楚的本钱。有些人无论读多少书，赚多少钱，脑子也穷，心也穷，就像这些素质颇高的高管，喜好沾点儿"港味"，但在事业规划方面颇有"井蛙"之姿。

小楚撂下电话，方董仍旧电话一个接一个地呼叫。她点了外放，等着方董咆哮。没有咆哮，方董声音轻得令她为刚才的装聋作哑有些不好意思。再细一听，这串话依旧老套，一是香港之行，再者问田中和她到底有多少事儿是他不知道的。一个上司像扶不上墙的稀泥，用同一套语言系统给她做标配。此时她抠着指甲，暗骂道："滚你爹个蛋去吧！"然后她装作信号不好，挂了电话。

她没回车行，掉头回了公寓，电梯口处见宣儿光腿穿着过膝靴，往三楼去。宣儿照旧去田中的房间，这一阵子都没住酒店。沐浴后，田中手持放大镜伏在宣儿身体上检查着什么。

"他见了什么女人，对你连点儿意思都没有？"田中太疑惑了。

宣儿略带嘲弄地竖起一根中指，心里却像硌着块石头，直犯恶心，她迅速穿上睡衣，侧卧在沙发上。

帘子被风吹成一面鼓，"半月湾"的霓虹灯像极了舞台，灯光偏离，唯有影子真实。"怕装不成小清新，怕老了垂到脚面上。怕身子由此油腻禁不起审视。"宣儿说。

"老了。"田中拍拍额头，像是在呼唤大脑给个信号，"嘉水矿是你的天下，你愿意这么拱手相让给杜主任？"

宣儿觉得杜主任不会对矿山造成干扰，宣儿还是了解连矿的。思前想后，为了让田中把全力使在她身上，宣儿愿做牵线保媒人。前不久，她与父亲连矿通话，告诉父亲她依旧爱着舞台、灯光、鲜花、掌声和散发着香气的未来。她会红得发紫，紫得变黑，黑成一块炭，发出更多的热量和光。怎么又和炭扯到一起了？她纠正说就红得发紫。连矿以一句"挺好"收场。

"爸,还有件事儿。"

"什么?"

"有个女的喜欢你。"

"什么?"

"是我的一个朋友,我把你的电话号码给过她,她若找你说话,你就说说。"

"什么东西!乱七八糟的!连莲你出去都学了些什么?!"宣儿的本名是连莲。连矿明天有下井任务,这是向国企龙田矿学的,干部要带头下井,他说:"明天我有下井任务,得早些睡了。"

"爸,你别下井,太危险了。"

"你少添些这样的事儿,我就很安全。"

当时宣儿撒了一顿娇,没效果。可她相信,父亲知道这件事了。

现在听田中这么一说,宣儿莫名地伤感起来,整个身子像干在荒漠中。田中无疑突放信号:宣儿自己的未来指不定黄不拉叽,她却给别人指了一条可靠的路。

回到酒店,宣儿失魂落魄,无精打采地去了洗手间,拧开水龙头,把头伸进水龙头下,被水冲得快窒息了,才疯狂地咳嗽。

宣儿想找小楚说说,小楚不想见宣儿,觉得宣儿没出息,谎称在新萍家。连矿对宣儿无计可施,就像她的父亲对她无计可施吗?拗不住宣儿不断的电话,小楚还是接了。她们的每一回谈话,宣儿都觉得像在瓦解早建构好的精神场域。宣儿问新萍怎么样了,小楚说还是老样子。宣儿和田中在一起时,也提起过矿嫂,提是因为这类人最适合拍特色电影,尖锐、安静、暴躁,她们见东西就摔,嘴巴一张一合哭到没声,眼神空得令人发毛。新萍疯了,成天自我折磨。田中纠正说,那是自我重建。接着,宣儿对小楚说新萍可能在自我重建,得靠时间,可能就好了。听到这话,小楚吁出一口气,宣儿觉得囹圄吐出一

149

口气不成问题后,就挂了电话关灯睡觉了。

刚提到新萍了,小楚就急着去看看。新萍照旧没搭理她。这一夜和过去的好多夜没什么不同,就像小楚父亲准时站在那盏路灯下,一动不动。过了十二点,新萍倚着窗台看路灯下的小楚父亲,冬天够冷,喷嚏骇人。他垂头系过多次打绑的裤带,也无用,索性双手提着,在风中的他看起来也不怎么厉害,更不高大,瘦成一根线的身子,更像房檐下风干已久的腊肉。新萍举起一根筷子,很专注地隔窗画他的身形,抖动的手指让新萍总也画不好,一起一落,筷子常掉地,捡起来,接着画。小楚看着新萍画的笔法、神态、流露的神情,一丁点儿也看不出她受过刺激,像一个善良的画匠,感谢风中的人物。小楚踩了踩裂开的地砖,又有些糊涂。

小楚父亲是凌晨三点才离开的,新萍挥手,他看不到,新萍没离开窗台,新萍不敢挨床,床上栽满了黄连。新萍擎着腮,瞅着路灯,攥着筷子,没什么画,就画路灯,先画一个圆,再画一条线,外加个三角底座。小楚让新萍上床试着休息一会儿,新萍则用筷子指遍满屋,像准备画所有物件。这么熬都没把新萍熬垮。青色的床单半垂着,小楚扶了一下床柱子,冰凉之感浸了全身,她没敢看新萍的双眼。新萍或许累了,一会儿坐下,一会儿躺下,像个上了发条的机器人,坐起来时,干瘦扭曲的手关节得努力撑着床面。

一早,小楚离开新萍家,驱车经过矿区,决定去找李矿,上回被撺,这回得找回面子。许多办公室锁着、空着,人几乎都走了。洗手间的墩布干得能立起来,每一扇窗户蒙着花斑藓似的灰尘,为了节省矿上的开支,每层楼的保洁员面临更长时间的轮岗。

推开李矿的办公室门,庞队正递出离婚证跟李矿说要去嘉水。按理说,离婚的可以不去,因此李矿一面感动着,一面愤恨着。这是趁火打劫,打谁的劫,李矿搞不清楚。庞队一脸惭愧,离开时,抱着李矿似乎欲哭无泪,窘得不轻。庞队不等安排,提出明天自个儿开车去，一副等不及的样子。李矿无心多谈，挥了挥手。庞队走后，小楚表明来意，李矿说眼下正着手封井及厂房的处理，没工夫扯闲篇了。小楚来了拧劲儿，不挪步，不说话。李矿看了看窗外，又叹起气。刘香青抱着一摞材料，沿路通告，路上只剩了光秃秃的树和那个坚持到底的小保安。这时刘香青正向机关楼行进，机关楼就剩李矿，扑着李矿来没错。刘香青一张一张地读，读累了喝点儿水，有些重点字词必得大吼："姓贺的怎么保障的安全？工会安全了谁的心？让姓贺的出来，给我个话，这个夹屁狼！"经刘香青这一闹，哪颗刚利落的心也会堵，如又一拨的雪上加霜。小楚跟着添油加醋，诉说贺主席成天往两个大姑娘家里跑，光棍这日子，真比脸上盖了尿片还臊人。

李矿一句话也没说，这倒称了小楚的心，驳回面子现在看来事儿小，刘香青已替她做了，坐下来就想听听李矿对厂房有什么打算，像是取代了祁书记和贺主席在矿上的位置，小楚想和李矿一起忧虑地掰扯掰扯未来发展，如果需要点支烟，她也不是不会吸，想着，她先递出一支烟，准备开口。李矿的耳朵一直竖着，知道刘香青还未闹完，果然，刘香青把材料一摊，指着说："我要往嘉水寄上一份。让他们看看贺主席的嘴脸，都离他远些。"李矿皱着眉头，嘴巴微张着，刘香青声音软下来，说："想掰断我写字的笔？"李矿看了小楚一眼，小楚没有一丝走的意思，像看戏一样等着。刘香青不是演员，却会演，李矿也不是演员，不会演就对了，会演的骑到不会演的头上，不会演的就得少说话。刘香青抱着材料，扭了一下腰肢说走就走。李矿跟着出门，像有心事未完成。

"你也听说了，嘉水矿、鹤西矿干得很起劲儿，你就消停吧。"像是哀求，李矿把手往小楚肩头一放，手指屈着，似经历春秋的老耙。

一股沉重的负罪感遍袭全身，小伐走了，贺主席走了，小裙走了，宋冰走了，撅着屁股在南墙根打电话的庞队也要走了，几个小楚熟悉的人，全部撤到嘉水。小楚也是不断地往后撤，从田中的跟屁虫,到方董的跟屁虫,曾董甩开了她,她也不知何时跟上了李矿,回到生她养她的地方。她还是想跟着田中,跟着曾董,为矿山的出路,走走看看,尽绵薄之力。可田中毁她,曾董不待见她,只有李矿伸出一只让她撒出去的手,在矿上,不管什么手,有手就行,她太想握住这只大手,太想理顺矿区从上到下的支脉,"隔行如隔山",说得不假。李矿送她下楼时,意味深长地看了她一眼。

她知道仕云回来了,这次回来的仕云有些生分,像小楚得罪了她似的。一路小跑的小楚在仕云门前立住,不像夏天时大门紧闭,四敞八开地活像要兜售那堆黑压压的 A4 纸,敲门声很响,寂静的走廊回声阵阵,仕云从电脑前探头,指着一撂,说:"成了累赘。"

随意扒拉后,小楚看见几个熟悉的名字,这些人一直活在父亲嘴边,浇灌她的耳朵。

"怎么没采访庞队?他刚离婚了。"小楚说。

"和庞队商量载我去嘉水,他都回绝了,还谈什么。"仕云说。采访顺利后,仕云有了脾气,过去一脸求人相不复存在,就像是那些直起腰杆子的人。

"你会干什么?"小楚干笑几声,吐着半截舌头,"火箭烧屁股的人不能跟。"

仕云推开电脑,说:"也不差他一个。"那神气劲儿令小楚倒吸一口气。仕云接着说:"庞队身上最有料,恐怕一直充当着冲向嘉水的备胎。还有啊,你忘了当初求爹告娘的时候了?边角料也是料。"仕云脸色微一红,点头,写成疯子了,竟本末倒置,仿佛是矿上请自己来的。连着几个小时,两人翻看采访记录,一张一张压过来,压得小楚神思恍惚,一阵刺痛,眼白添了新疱,擤过的鼻头不再小巧,仿佛疯长的一颗山楂,眼皮下方胀得满而透明,额头经过粗粝床单的摩擦,仿佛被谁的指甲划过。她嘴唇掀着,似乎又在笑。

"兄弟们和你说的?"小楚问。

"嗯。"仕云点头。

"让他们去别的行业,实在折腾。"小楚说。

"嗯,你想通了?"仕云问。

"不知道,想不通。"小楚说。

二人刚要再细看材料,宣儿来电呜呜地哭着诉说悲景,一声不如一声,说她的路像被蹦出的闪电直击而断,她的未来活在盲人的眼睛里。小楚挂了电话后,让仕云和她一起去宣儿那儿,试着再劝宣儿。到了才知道,曾董突然来电骂了田中,说田中天方夜谭,没有诚意,一直假称要回日本,却根本没有离开这里的心,成天盯着曾董的办事细节及在日本要活动些什么,把曾董当作算盘打着。

这是些听不懂的事儿,小楚也听够了。宣儿和仕云拥抱着,她们确实交流过。宣儿听说仕云要写煤井,停止了呜咽,用纸巾擦着眼泪,详细地问她打算写些什么。仕云打开手机,从邮箱里找出一段整理好的文字。宣儿的感激之情如同洪水泛滥,一个劲儿地道谢。小楚不免怅然若失。

宣儿从酒柜取出一瓶酒,摆上鱼片、肉松、杏脯、花生米。三人盯着这些东西,吃不下喝不下。

"妈的,像条等屎的狗。"宣儿暴粗口了,话一出,更静了。

"田中真是个伪狂人。"仕云独自喃喃。

小楚看了她们,说:"'他是市场的灰色精灵',日方公司的授奖词是这么说的,人不逢时罢了。"

"我看不像。"仕云说。

小楚说仕云不懂市场。仕云挠挠头,不甘心似的问:"懂市场又能怎样?"宣儿使了一个眼色,仕云自觉失言,开始倒酒。

小楚一脸茫然,哪件事儿会有未来?

"田中的主意太馊。曾董骂田中。曾董也看不上我。"宣儿哼出来的话。

重复提曾董,就是和小楚过不去。曾董走,没和小楚通气,就算小楚常和他在梦里告别,也无济于事。

灯光一闪,走廊漫过金水晶色,姜帅来辞行,要动身去香港。小楚拍拍姜帅的肩膀,上下打量一番,似乎要重新认识他,而后鼓励姜帅一定好好干。客套地告别后,小楚憋住冲上来的情绪,直到把眼皮鼓得痒痒的,才揉了一手泪。

姜帅出去后,小楚拿起酒杯一饮而尽,干实业是多好的事儿!"走,跑两圈儿,不累趴下,不回来。"小楚回屋换上运动装,掩脸往外走,宣儿皮裤裹臀在前面开路。空气清冽,几个有着不同心思的女人在慢跑,她们心中都有一个陆福,要是谁有痛事儿了,都会把跑步当作发泄方式。汗流浃背,浑身湿透,这种湿气似有颜色,有律动,胀得整个身体漫无边际地跳动,绕过黑夜的人工湖,几栋半坡房闪着弱光,偶尔传来泼水声。

"让搬不搬,不怕冷啊?"仕云知道这三户硬是喊着要回去种地,和刘香青一样成天举着材料大旗,也不知告给谁了。

三人停下来,热汗消得慢,感到微冷时身上的跳动渐渐逝去。

"贺主席走了,谁也撑不起这摊子。"仕云又说。

宣儿想起连矿,说:"我爸遇这事儿,那可不行,别看他是煤老板,除了会送礼,就剩下懦弱了。"

小楚抄起一块石子儿,砸得人工湖面溅起细小水柱,"狗屁!"

贺主席这次急匆匆往嘉水赶,就为与农民协调。仕云把听说的讲了一遍。宣儿替连矿焦急,摸出手机,打过去。连矿未接。

"可能和她在一起。"宣儿心底泛酸地说,她认为连矿此时在谈恋爱。

"什么狗屁不通的?"小楚想起庞队,眼眶发麻。

"杜!主!任!爱上我爸了。"宣儿站在原地说。

小楚起跑很快,加快速度肢解了这句话,"'爱,爱,爱',不可能

154

的。"扭过头,"不过是图钱。把杜主任这个灾难赶你爸那边,田中表面上不说,心底巴不得感激你,三点一线顶走两点。"

"我爸又帅又有钱,杜主任是真爱他。"宣儿急辩说。

小楚呸了一声,说:"你太妄自菲薄了,杜主任哪里也不如你,你害人害己。"

宣儿瘪了两下嘴,拉过小楚,说:"也可能和贺主席一起办大事儿呢,都是煤惹的。"

"我想去煤场看看。"宣儿又说。

"有煤吗?"小楚看向仕云。

"煤场有。"仕云像是比她们更长期接近煤井。

"走,去烧把火,给黑夜戴朵花。"小楚说。

"那边的关系只能通过给钱,谁去处理也没用。"宣儿觉得前方一片凄迷。

三人叫了车,往煤场去。

一团烈火熊熊燃起,像趁势刚好的爱情,怕焰苗太高,宣儿打灭几个煤块,好在夜风不大,火势刚好不升不降。三人伸出手,聚在一起烤火。宣儿微闭着双眼,想起嘉水的一些人,想起那个被她说得一无是处的连矿办的唯一的好事儿——照顾了大梁子。他们常去盘山道边上走,那里有两条路,一条通往一个天然的湖,湖后面有山,黑漆漆的,小时候她听父亲说那是煤神。湖水冬冷,夏也冷,清洌好看,宣儿常套着救生圈去戏水,大梁子在一旁会默默地与煤神对话。另一条路有一座不起眼的房子,不是窑洞,可时间长了也有附近村民在那里供奉,放点儿酒和水果,地上一层土,宣儿很少去,大梁子去,也常往里面放东西,宣儿知道大梁子在祭奠井下走的人。

在火光的烘烤下,小楚也想起小伐,那个代表着龙田矿新生力量的男孩子被时刻在脑海里当作偷窥狂。从此小伐也躲着小楚走。两个人像一对矿上互相生恨的人,她从来不知道,越来越大的小伐因为这事儿,越来越不喜欢去她家了。再加上后来的事,小伐更恨这个家庭。她却因为后来的事儿,越发恨父亲,认为母亲离世是父亲造成的,但她不恨新萍,怨也好,恨也好,担心也好,系在一起,乱成一球。小裙喜欢小伐,小楚不反对。小伐人挺好,和小裙也般配。小楚的嘴唇跳动着,气流不通畅,为了掩饰一些表情,她跑到远处捡了一块生煤,添上一把火。仕云提起小伐,央求宣儿找大梁子和小伐说说采访的事儿。宣儿怕提嘉水,像是马上要回去了。宣儿把事儿推给小楚,小楚拍了拍屁股,站起来,表示不想和小伐有来往。

火快烧完的时候,她们的话多起来,像有了能量。小楚说:"田中的四两拨千斤不过是酒后之言,拿着空头支票下酒的事儿,也就田中能想得出。"她一改刚才想起小伐的态度,带着嘲弄说。

"我不甘心,"宣儿叉腰仰望天空,"还是港城的星星多,看!"

红光扑面,雪松稀松地割开光源。借着光,借着黑,轮流表白,这串光源,像一面红色的告白板,情绪要收,不收就成祸害。

仕云往手机里迅速地记着什么。小楚让仕云尽情地编,说怪不得一些书写得四不像。仕云不说话,记得更认真了,这次能从京城再返龙田矿,还是贺主席的功劳,因为她走后,那间办公室就清理了,毕竟四个月的采访期也到了,贺主席说自己一个快到嘉水的人,给一个需要龙矿的人留点儿好念想吧。仕云也想去嘉水,贺主席没同意。

仕云提议熄了火回去。三人叫了车,回到公寓。

轮流冲了热水澡,三人裹着浴巾席地而坐,继续扫荡刚才剩下的食物和酒。宣儿海量,举杯说要大干一场。三人的事儿南辕北辙,怎么称得上"大干"?宣儿说都要用着煤的事儿,就是一件事儿。小楚觉得她用不着煤,宣儿认为小楚是围着煤转的,也算是用着煤。

这场面似曾相识,像极了小楚父亲和贺主席聚到一起喊号子,怪头怪脑地商量事儿。这也跨地域遗传呢!小楚略带斜睨举起杯,一饮而尽,看着宣儿腮肌线暴胀,一袋鱼片被她嚼得起劲。

"吃多了上火,嘴巴腥臭。别和我说话。"小楚一手捂着鼻子,一边把宣儿推进洗手间,翻出最好用的牙膏。

"又不睡男人,现在我连大蒜也敢吃。"说着,宣儿又跑回来,呷一口酒,点一支烟。"小楚,说这话你可小气了,谁的嘴巴不臭?别看我是车模,我的嘴巴更臭。"这话与车模身份南辕北辙,最先打造的一身高贵仿佛跌进了烂泥塘。宣儿觉得有些讪讪,抓着仕云聊开了:"汪记,听说当年你给我写东西赚了不少钱,我那么值钱吗?"宣儿吃得急喝得猛,已有些微醉,她说:"那天,你和陆总去'半月湾'我看到了,一眼就认出了你。我以为你不要笔杆子,要像某些耍笔杆子的直接蹚进我们这圈。"宣儿点上烟,继续说:"不要蹚,突然的红,都没有后劲儿,就像我,背后骂我的人多了,换你受得了吗?我早不怕了,你想这得多瞧得起我啊。喏,我们还有微信。"说着到处找手机。

当初写宣儿,也是朋友给仕云的一点儿私活儿,谈不上写出了什么,记忆深刻的是不过几百字却收入几万元。仕云抿了一口酒,翻出手机相片,全是矿山局部图,她不想和宣儿讨论过去,尤其是一些不清明的过去,会伤和气,找些共同的东西,容易走心。果然,宣儿静静地看着,比小楚热心多了,也不再嚷嚷刚才讲的事儿。

看了一会儿,仕云再提去嘉水。

宣儿立马给大梁子去短信,让大梁子回电,大梁子这回竟回复道:"忙。"想想几个月没联系,生疏成一个"忙"字了。

"富户也忙,穷户也忙,你个大梁子,能听电话,就说明爬上了井,装什么?!"宣儿借着酒劲,指着电话絮絮叨叨。

正在这时田中来电,让宣儿今晚不用到他那儿了。

杜主任还没去嘉水。连矿没接电话,定是在与贺主席处理工农关系,想到这里,宣儿轻松了一些。这江湖姐弟,一个投奔方董,一个奔向连矿,临走时,杜主任看起来确实比姜帅会办事。杜主任的走,也令小楚心伤,连一个和煤矿八竿子打不着的人,也争着抢着占地盘,从这时起,小楚才真正为嘉水那块煤地而焦急起来。小裙过得好吗?小裙心思重,多次联系小楚问父亲的情况。父亲没有谈得来的贺主席,没了小裙,只剩下窗前挂的"七上"和"八下"的鸟笼,和内心的七上八下了。小楚觉得只要父亲还在跑,只要新萍还在家属区,父亲就不会倒。恰恰是小裙这股心系龙田的年轻力量,让小楚担心。小楚小瞧了小裙,有一件事是小楚万万没有想到的——

曾董上艇时,小裙也在。

那个晚上,远处一层深雪,压一层冰面,在微弱的星光下,灰蒙蒙的,黑颤颤的,灯影绰绰,铁器落地声,掀炉盖劈柴声,几个钉子户到现在没搬到安置房。这些声音潮起潮落。两盏出租车大灯,平行射来,这光线,在团成黑墨的夜里,像是要横冲直撞。

大灯照着纷繁的大雪片子,似金尾蝶穿梭半空,与一辆高端车错方位停靠。片刻,走下一个包得像肉团似的人,摸出电话,一个接着一个打,拼命地跺脚、拍手、揉脸,呼出串串浓雾,如此不断反复,仿佛专门为了做这几样运动而来,之后完成任务似的上了出租车,往回开。曾董调头跟上,待行驶至矿区家属楼时,曾董急于见到这个肉团,开始长鸣喇叭,尖厉声像一阵号啕,那人走下来,神色迷茫,像遭受过打击,眼前飞舞的雪花,足够给她洗亮眼睛。

"走到矿区乱鸣什么?!谁给你的权利?脑子有病吗?"小裙像冻着脑子了,乱喊一气。

曾董吓了一跳,小裙找出二十块钱给司机。

"这一趟,起码得五十块,多冷的天!"司机拒收。

小裙嘘着气,万分不舍地拿出一张五十元现金。

小裙扭头便走,曾董向前追去。小保安在灯光下正望着他们。

"你等等!你去那里干什么?"曾董喊。

这一会儿,小裙冻得说不出话。

寒风吹倒了帽子,马尾辫横扫空中,两只大眼睛被白色的雪帘隔着,红艳艳的厚唇傲然地立着。

曾董摸出一张名片,递给小裙。

回去后的小裙像拨打求救电话连续拨号,没人接,陆续的苦恼混着门外虫子碰牙齿的声音,罩住了她。她抚着纸片,纸有了温度,她觉得那晚她的话全吞进肚子里了,她是代贺主席去看钉子户的,本来说好小伐走后,她陪父亲一阵子再走,肯定要走在贺主席前面,没想到嘉水突遇急情,集团一纸命令,贺主席就从龙田矿消失了。她白天没有勇气前去交流,只能晚上去看看,过去,她起码能把贺主席嘱咐的事儿做好,现在却没有一件称心的。有了这张名片,她也想跟曾董谈谈,谈什么不知道,去了就知道了。犹豫再三,小裙又拨了过去,这回来了声音,像在风里回荡着。

出租车拉着小裙到了"半月湾"办公楼。她扶着冰凉的扶手,踩着潮气浓重的楼梯,几层楼空空的,她怕有危险,便不敢往上迈了,折回楼外,重新看了公司名,一点儿没错,她划开手机屏,找到地图,导航也是这个地方。她重新整了整帽子,今天她的着装搞得很隆重,小楚那件半貂半绒的藏绿色大衣、卡其色大围巾、一双半高跟的黑皮靴,全员出动了。

行至三楼,小裙看见靠近阳台处一个肩膀很厚,手掌肥胖的男人背手朝窗外看。听到声音,曾董回过身,问她那几个钉子户的事儿,她叹了口气,说起贺主席的嘱托,无能为力地搓着袖子,把貂绒拧成个球。

办公室很空,曾董又说自己很忙,最近组织朋友们有个游艇活动,正泊在"渔人码头"。谁知小裙说她从没坐过游艇。曾董"哦"了一声,就让她一起去。

这天很快就到了,场景宏大,当然,不是为小裙而备。"那帮人"个个低调,说话声很小,仿佛得戴上助听器才能听清,有的人说一句话,得反刍好半天,像是有监听,整个气氛有些谨小慎微,尤其排座次时,谁坐哪儿,怎么坐,好像安排了好几回。小裙觉得并不是自己的眼花了,确实好几回,他们很听话,继续反刍、耳语。她觉得这样的游玩是活受罪,她跑到甲板上看烤肉,寒冷的季节,闻一口肉香,似进了天堂。

直到中午一点多,也没人找小裙。她扶着栏杆,往海水里看,水纹一个串着一个,像鲜鱼身上漂亮的鳞片,就是天气太冷,不一会儿她就瑟瑟发抖了。此番,她知道了曾董的势力,和龙田不一样,龙田人多朴实。姐姐想和曾董要的东西,不知道要没要成,姐姐从小心气就高,若是见了这样的富人,会不会扭头就走?小裙刚才领教过曾董的气焰。曾董对小裙说:"见过吧,别是在煤矿待傻了吧?"小裙哪听过这样的话,父亲从不说她,贺主席带着她,小楚的三言两语不带有针对性。当时小裙一肚子的委屈,像游艇溅起的海花。有人喊她进房间,她坐在曾董身旁那个主位上。

陆续开始上菜,这菜全是在艇上烧制的,曾董请了专门的被称为高手的厨子。

"参花燕窝羹",这碗小得像父亲喝酒的盅子,调羹一点,入口滑嫩,鲜美。小裙觉得是味蕾从未有过的享受。谁知曾董当着众人的面说:"再来一碗,她没吃过。"小裙脸色绯红,把新上的盅子一推。无人理会她的举动,众人喝酒。席间,他们又在你吐给我,我吐给你的,而后各自反刍。

摇铃上第二道菜,"白鲸戏海胆"。小裙吃不下,来的几个女人个个尖叫着,像是这道菜有什么寓意,娇嗔气,扭捏态,一味地四处噘红唇。曾董低骂一句,小裙以为骂她,抿着嘴唇,离开餐桌。她恨自己被鬼施了法,曾董放个屁,她也能寻着滋味来,那桌上没有她的位置,那鬼菜也不是她吃的,她到甲板要了几串肉,迎着风一会儿就凉透了,吃到嘴里冰凉。她骂自己活该,从那张纸片开始,就像被施了法,现在海风吹散了咒语,想下船又下不得。

越到深海,越是一片乌青界面,手机信号完全找不到,小裙希望停船,船终于停了,天已经完全黑了下来。远山近礁,互相撕扯着面庞,像醉酒的父亲。此刻,幻听时而出现,父亲的路灯、李矿的眉头、刘香青的笔、新萍的哑铃、贺主席匆匆的大步。小裙猛地摇头,一个浪头倒向甲板,化作清醒的白沫子,款款流淌。浪头循环往复,"那帮人"正从窗外剽窃壮观。"艇的曲线在惊天骇浪中完美展现,不愧是地上小宇宙,人间小天体。"来时,曾董这么说。小裙跑到船上,父亲怎么办? 还吃腐乳就酒吗? 她急得要哭。

凌晨,礼仪小姐引小裙回房休息。精神上的疲倦使她陷入绝望,曾董明知她是矿区的,让她来,是再次羞辱他们吗? 想到这里,她恨不能投海以洗刷清白。夜宵是菌菇及十余种海鲜熬的汤,确实很滋补,气累了,哭累了,她喊着要去嘉水,喊着喊着睡过去了。

一连几天,她单独在房间里。从艇上回去后,家中气氛看似好了些。父亲不再发脾气,也不再从饮食上折腾人,跑到凌晨回来,依旧大汗淋漓。

小裙走之前先和宋冰通了电话,现在宋冰不再和她要疗养,算是一个战壕里的。宋冰说矿灯房挺轻松,节奏比龙田慢,让小裙别三天两头来电话,要来尽早来,待收归国有再来,显得多不积极! 小裙不知哪儿来的勇气,径直来到父亲面前,说明天就坐着班车去嘉水。听罢,父亲深吸一口气,叉开五根手指,插向浓密的白发,三间房顿时更显冷清。父亲把母亲的相片取出来,摆在床头,让小裙和母亲辞行。小裙盯着相片,一动不动。父亲又从枕头下拿出二十万元的存单,小裙不拿,父亲急了,这脾气一上来,再气出个好歹,她只能接了过来,父亲把母亲的相片也交给小裙,这晚再没说话。

小裙见过曾董一事儿对小楚只字不提。小裙怕小楚骂她跟人上艇,没骨气。

十二

　　鸟笼子在阳台上来回碰撞,鸟翅颜色渐淡,黑眼珠不停翻腾,直到身子扑向笼底,紧箍笼底的细嫩白爪力气全无,使整个身体更加平展,做好沉睡的准备。

　　陆福嫌两只鸟成天上蹿下跳,跳得他心更乱,把一只鸟笼子摔瘪了,小鸟死了,死的是"八下"。小楚回家见状,抄上一把菜铲,下了楼。杨树下的泥土像是吸足了腊月的风,生硬得很,好不容易才掘出一个坑,鸟的毛皮粘连笼子,小楚不忍再拖,便找来剪刀,裁了多余的竹料,让它还待在"家"里。埋后,她就插上了从包里翻出未写任何字的亚克力牌。

　　这晚,小楚没走,等来凌晨回家的父亲。她备好早饭,矿区食堂关了,饭菜便从公寓捎来。父亲默默地吃饭,她又说了隋强的事儿,父亲的目光开始有了波澜,但父亲不问,她知道父亲想阻挡的事儿都没成功。自贺主席和小裙走后,父亲就再也没有骂过小楚,好像被摘除引擎的汽车。父亲喝着酒,吃着肉,口水声特别响。小楚说想把另一只鸟带回公寓,父亲答应了。对于刚走的那只"八下",父亲难受得咳声隆隆，她劝了劝，父亲咳得竟然有些痉挛。

她本打算第二天回车行，又认为应该在家里多待一天，真是待对了。父亲跑步，她溜达。冷风传来父亲和徐经理的争吵声，徐经理用极其恶毒的语言刺激父亲。那番刺激是从辱骂小楚母亲开始的。徐经理凭借他曾是祁书记的左膀右臂，对矿上几代人的事情知道个门清，更是表达得言之有据的样子，若说出的话被风刮得不清楚，便重复多遍。父亲不想与他争执，一直处于跑的状态，可徐经理追着说，好像这段时间受了什么刺激。在一个风口处，父亲终于被刺激到了，先是让徐经理立马住口，后是挥拳表示再说就不客气了，可徐经理将这视为乘胜追击的好机会，说话更加口无遮拦。

父亲把徐经理揍了，甚至连头发也没放过。徐经理没有身份这段时间，所有的须发都在长长，乱糟糟的，也许父亲就是见徐经理不怎么正常，才不予理会的。“可是欺人太甚”，在她跑来劝架的时候，父亲这样说的。由于父亲要推开她，疏于防范，被徐经理掐住了脖子，父亲一个挣扎，反向掐住徐经理。父亲人高马大，身体素质好。突然，一个人也扑向徐经理，在徐经理的脸上乱抓乱挠。顿时，徐经理满脸血丝，活像个被剥了皮的田鸡头，但嘴还是不闲着：“姓陆的，你爬人家门？老小子，就你是这矿上最不干净的！又娶了不干净的媳妇！”眼见着徐经理快被两人打出致命结果，李矿也匆匆赶来，想先拖起刘香青。没人听。不得已李矿打了110，小楚打了仕云的电话。

“人家儿子被你逼到嘉水，现在得扑炕头了，老屌不上炕，没听过吗？”徐经理语调越来越轻。这话讨得一拳砸在鼻骨上，沁着血珠，嘴巴连番挨掴。

警察来了，先拖起父亲，父亲又袭警，被四名警察收拾得腿弯子一曲，栽倒在地，胳膊反剪后送上警车。徐经理、刘香青也被警察带走了。小楚、李矿、仕云也跟着去了公安局。父亲在公安局安然地蹲着，小楚心疼得牙齿直打抖，袭警可不是小罪名。仕云让李矿以矿长身份去说说情，李矿支吾了几句，由于外迁，矿上近年闹事儿的多，他时不时与警察打交道，脸丢光了，话也轻了，人也无所谓了，言外之意，希望仕云她们另请高明。更何况徐经理到现在嘴还不闲着，说那些无中生有的事儿，牵扯出来哪个也不好听。刘香青突然哭了，扑着一个警察说自己命运不济，丈夫老隋在井底死的，幸得陆福夫妻往年照顾他们娘儿俩，她才活过来，如果陆福有个什么事儿，她也不活了，这个世上好人得好报啊。

　　警察开始做笔录，当问到刘香青为什么打人时，刘香青指着徐经理说近期这个没身份的人到处使坏，就想让每家都不得好，陪着一起没身份。警察还是看向了李矿，此时李矿整张脸皮松弛得像熬了多年的忠诚老狗，低三下四地给陆福、刘香青、徐经理求情，一再请求缴保证金，回去按照矿规处理他们。见李矿如此低三下四，父亲又想比画。事情看起来并不顺利。小楚突然想起曾董的"那帮人"中有个人可以疏通此事，便试着拨了过去，但那人说得依法办事，她便把刘香青说的原话和龙田矿的情况讲了，那人觉得可以网开一面，便让她等一会儿。半个小时后，他们一行人出了公安局。小楚和仕云一左一右，像两大护法似的保护陆福，李矿搀着徐经理去就近的诊所，刘香青步行回去。

　　"老陆和新萍有作风问题。"徐经理捂着鼻子，艰难发声，身子左躲右闪，好像另有一副手臂，要接着揍他。

　　"别乱给人扣帽子。"李矿说。

　　饱满的雪粒子扑着前风挡玻璃，行驶忽缓忽疾，似坐在云雾里，模糊得很。停车后，有一侧道牙子碎得稀里哗啦，小楚顺手捡起一个石子儿，不偏不倚地扔向保安室，小保安探个头四处看，又缩回去了。小保安现在话少得很。她又重回车上，继续说父亲，气得她鼻涕眼泪扑扑直落，"这么大年纪，熊脾气，警察若真收拾你怎么办？"父亲的胸脯剧烈起伏，上火，好像再听一句怨就要炸了。

路边站着一个熟悉的身影，是新萍，面无表情。父亲非要下车，小楚挡住了。父亲脸上也有血，新萍看见了不好。谁也不知道新萍出来干什么。"能迈出门，就好了。"看样子父亲很开心。

　　回家后，父亲拒绝小楚、仕云的帮助，回到卧室自己上药止血，过去在井下有点儿小磕小碰的，手一抹就没事儿了，现在这么麻烦，父亲骂着。小楚下厨支起火锅子，白菜叶、羊肉片、肉罐头摆了一桌，人走过去，便显拥挤了。仕云终于明白为什么小楚要买房子，这个房子确实小。陆福人高马大，一进屋像是会堵住所有的光线。小楚说："是不是憋得很？在这里的都能完成修炼，这下子和我父亲算是认识了，以后多和他聊聊吧。"吃饭时，父亲吃得飞快，可想而知口腔要烫得溃疡了。小楚含泪蘸酱，口里全是清鼻涕与羊肉的味道，终于忍不住发出碎玻璃般的哭声。

　　火锅子干了，起伏着一层油脂，黄的、灰的、白的，油乎乎的，小楚抱起餐具去厨房，父亲打开厨房灯，待她回头时，父亲正望着她。

　　父亲的眸子亮晶晶的，深藏着哀怨。

　　"过一阵，我一定能去嘉水。"仕云对小楚父亲说。

　　"那就帮我带点儿东西给小裙。"父亲说的是"七上"和一张卡。仕云先回去了。

　　小楚闻了闻手上的羊膻味，爬上床，打开"聚宝盆"，把里面的宝贝全掏出来，这些被父母认为是贵重物品的东西，今天看来，真的贵重，有母亲用过的及不舍得用的，有父亲用过的及不舍得用的，小楚想换把锁，锁好这些东西。这时，她听到关门声，知道父亲又出去跑步了。

　　她睡不着，趴向窗台，路灯下，两个身影一前一后。她打开窗户，欲张的嘴巴被冷风狠狠地抽了一下子，像是来自母亲的严肃。头冷，眼皮子冷，鼻孔冷，她看向"八下"的墓，仿佛听到幼鸟啼鸣。"妈妈！妈妈！"夜深雾薄，一片辽寂。

回去工作没几天,小楚便收到宣儿要回嘉水的消息,而且是说走就走,和仕云一起,都冲着她玩这一套。小楚刚要陷入沉思,厂家来了邮件了,港城 4S 店产值位列全集团前三名,返利颇丰,一年下来的大红包指日可待。另一封邮件叫嚣着德系车名列前茅压倒日系车,看来下放田中是有预见性的。这样一来,近期日系车的小影响确实存在,她得提前从明年五月车展找补了。来年的事儿压下来,竟有了窒息感。她端起一杯凉透的咖啡,走近窗台,张开五指,清脆一声,冷风顺着指缝进出,像在做着设障游戏。人生岂不就是一场设障,听个响儿后,之间不断角逐罢了。

十三

　　山路断层,四只轮子中的两只在崖外挂着空转,轮胎上沾满黄草、黄泥,胎纹里塞满石子儿。宣儿开了足足二十多个小时的车,被阴暗的路灯照着,驶进嘉水矿区。一直压抑在喉咙的东西,一股脑地翻泻,仕云扶住车门子,呕吐不止。

　　祁书记和庞队举着香烟,正等在食堂外,为两人接风。仕云抚着胃,什么也吃不下,只想吐。连宣儿是嘉水矿的主人,看起来要随意许多,但宣儿很低调,回来时随意扎了个低马尾,对祁书记和庞队礼貌得很,在她看来这都是矿山上的文化人。早到的祁书记接过小伐、贺主席、小裙,当然也有他老婆宋冰。席间,祁书记挺开心的,一杯一杯地喝,并让仕云在这里多住些日子,说宋冰在矿灯房,可以找宋冰聊。仕云表示感谢。庞队的神情有些落寞,起先还有笑容,越到后来越没有,整张脸像被脚丫子踩过。

　　嘉水矿在山腰,光溜溜一片,宽广的可视范围令眼球无边地翱翔。黑得广,黑得深,像大面积的块煤,预示着光明。连宣儿在回来与不回来间矛盾得很,禁不住仕云的央求,索性就算探亲了,但回来之后,总觉得有难言之痛莫名地放大,竟悲怆不已。这晚,宣儿陪仕云住招待所,明天去找要采访的人。

仕云扫了床铺,放下被子,行李置于窗下,灰色桌底有暖壶,用纸杯接了热水喝,胃还是不舒服。宋冰来看仕云,仕云腾地方,祁书记站在门外说连矿允许明天采访,找谁都行。可是当下,仕云最想见的是小伐,可小伐不接仕云的电话,毕竟仕云不能拿着祁书记的话当令牌,更不能在令牌失效时,说这令牌是祁书记颁的。要讨说法,还是得走一步当一步,想吞大的就会什么也吃不着。

宋冰很晚才走,仕云褪掉衣服,钻进被窝,干瞪着眼睛看着星星点点的天花板。宋冰一下子跟仕云这么亲,怕是那次换杯的事儿也有耳闻,成了宋冰的心病。宣儿说今晚开着灯睡。仕云无所谓。灯扑地灭掉了,以为是跳闸。宣儿说黑着好,一会儿关灯,一会儿开灯,仕云睡不着,问打字会不会影响,宣儿说无所谓。仕云往电脑上写陆福,写到一半,哽住了,这几天,她跟着陆福,陆福很健谈,她觉得陆福像个工艺品,被时光雕琢出硬朗的肌肉、发达的心脏和火红的眼睛,好似凡是巨大的东西都是可怜的,不知道为什么会有这种想法。仕云记起陆福吃饭时的样子,好像那张嘴是掘进设备,眼前的饭是要开采的养料,她原以为陆福笑起来"嘿嘿",吃起来"吧吧",睡起来"呼呼",浑身力气,黑脸膛子,天不怕地不怕,可走近后,才知道,事情靠想象永远缺少线条和颜色,就像捉摸不透的影子。陆福怕,怕好多事儿,怕钟玲还怨着他,怕老了去不得井口,怕睡不着胡思乱想,怕兄弟们没饭吃,怕新萍背对着他,怕一双女儿被人诟病,怕贺主席被人讨伐……仕云的心往下沉,涩涩地往下沉,山体的声响传进耳洞,她用卫生纸做了两个纸球,一耳塞一个,再抬手时,便记不起要写什么了,只得爬上床,将就着睡得迷迷糊糊。一早醒来,宣儿不见了。

当仕云满心激动地等在井口,小伐却不理她,哪怕在餐厅,在矿区擦肩而过,也对她视而不见。仕云拢着头发,这地方比港城冷,哈气挂霜,风一吹能砸红脸皮。一排兄弟从她身边跑过,朝食堂方向去。仕云便朝男工宿舍看去,紧闭的格子窗在晨曦下,透着铂金光圈儿,有一根手指,点来点去数着什么,窗户倒好数,横排多少,竖排多少,只是这栋楼是转着圈儿盖的,数完这边还有那边,可手指的主人不挪地儿,一动不动,唯手指在动。那扇挂着牛仔裤的窗,正是小伐的房间。仕云认出是小裙,喊小裙,小裙羞得无地自容,想找地儿躲一下,谁料腿冻僵了,动不得。仕云说自己也来找小伐,又摸出小楚让转交小裙的卡,提到招待所里的"七上"。小裙跺麻了脚,哈着气,故作听不见,往矿灯房去。那是小裙在嘉水唯一的好去处,好像那个位子就是她的,她不来也给她留的,她来就正好坐上去,其实,直到现在嘉水矿都没给小裙正式安排岗位。

小裙确实要找小伐,关键是她来之后连贺主席的面也没见过,她想通过小伐打听贺主席的去处。此时小裙撑着脸,对着小黄桌子发呆,嘉水不像她想的那样,连最亲近的贺主席也学会了不接她的电话,这事儿令她更急。她想从女工处打探消息,又张不开口,她知道她们不好过,成宿倚床抹泪,还硬说是看手机感动的,其实是想家,想孩子。第二天,她们又都像没事儿人似的,轮流敲碎厕所的厚冰,帮扶打水,结伴吃早餐。小裙不想打乱她们的秩序,就硬着头皮去找祁书记,祁书记每回都说贺主席正忙,也是三言两语把她打发走了。换作过去,她算走后门,现在她不是了,一个大学生在矿灯房做收发登记的事儿,不算拖企业后腿或是助长不良风气吧?她经常折返回来再问,祁书记依旧头不抬眼不睁地让她回去。小裙觉得身份降了,不受祁书记待见,也觉得祁书记高人一等了,过去她在工会,两个办公室隔壁住着,也没觉得祁书记官大,现在她作为一个矿灯房工作人员,看祁书记可真是官大得没边,没有贺主席在,她真是一文不值。

看久了小裙四处打听贺主席的事儿，庞队过意不去了，到矿灯房找小裙，并据实以告，说是贺主席处理附近的工农关系时，聚众斗殴，被抓了进去，等判。在这之前，连矿四处托人，磨破了嘴，跑断了腿，送亏了钱袋，也没什么效果。正值上面下文件，近两年是治理腐败及打黑的杠杆年，没人敢伸手做点儿题外事儿，说着庞队点了支烟，一脸无辜。庞队并不想听小裙说话，也不在乎小裙抓着窗框子，横眉瞪眼。庞队耸了耸肩头，一脸无可奈何。小裙的眼泪噌噌上冒，脚底板生出汗渍，腿肚子抽得直痛，她一直未给父亲回话就是因为没有贺主席的消息，父亲若是知道了，可怎么办？现在她身上所有的地方都在痛。

　　庞队说完走了。挨到下班，小裙问起仕云，仕云说刚听说了此事。小裙觉得仕云把这矿上的事儿剥筋抽骨全啃干净了，却对自己一声不吭。肯定是祁书记说的，真是乱套了，分不清谁是自己人。看着仕云在矿上一副生根没够的样子，小裙真想重新翻脸，吼一顿，把这个女人逼走算了，又觉得不妥。小裙仔细地问了仕云，说是农户那边有个孙队也进去了。

　　夜里，小裙像往常一样，头朝下躺着，女工一直认为小裙为矿灯房工作不满。有说对，也有说不对。从大局讲，不对，凭什么龙田人来就得降，从私心讲，凭什么有的大学生下井，比如小伐，有的大学生到工会，当然男女有别，可矿上大学毕业的后辈，没一个安排在工会。小裙进工会，不是走后门是什么？她们问小裙是不是哭了。

　　小裙冲她们一笑，也说自个儿常被手机上的事儿感动得难受。不得不说，手机成了矿友们离乡在外的好嚼头，比上井洗澡、喝酒好使。小裙没心思把玩手机，却觉得该用手机给父亲打一个电话，但让父亲收集些谎话回去，更让她不安。小裙想找小楚商量，又觉得没劲儿，心底下像十根棍子捅着一样难受，能听见心脏贴着床边怦怦乱跳，她闭紧眼睛，心跳开始像重锤下的音节，仿佛跳进了脑袋里，睡眠失效,她开始想贺主席。她得出一个好主意,向连矿要人。

第二天,小裙去连矿办公室,大梁子也在。大梁子一脸和气,吐着厚厚的舌头,挠着脑瓜子,一半脸红得像被光照一半的苹果,另一半什么颜色,小裙看不到。连矿很帅,起码比李矿帅,半分儒,半分硬朗,看起来不像能请客送礼跑关系的人,更不像一个私人煤矿主。煤矿主应是粗膀圆肩,走起路咚咚响,对矿工说起话,既严厉又暴躁,能喝酒,能吹牛。连矿说话声音很轻,像一片叶子缓缓下落。不知道的,以为大梁子是矿长呢,瓮而沉的声音,像滚滚的雷声。

按小裙的身份,是不能越级找连矿的。在连矿发愣的间隙,她介绍自己是龙田工会原干事陆小裙,现在是嘉水矿灯房的。连矿没支开大梁子,问她来干什么。小裙说想见贺主席,连矿让她回去做好本职工作。小裙说:"你把人弄来的,又把人弄丢了,你不管了吗?"连矿严厉地批评了她,并说不想与她讨论此事。小裙脸上挂不住,憋得像个苹果,呼吸急促,满眼湿漉漉的。大梁子劝她回去,她扭着身子,梗着脖,一口一个"你把人弄丢了,你给找回来"。

连矿耷拉下眼皮,不理会她,也没赶她。大梁子推着小裙往门外走,引她下了楼,说:"连矿正为这事儿愁着呢,你别吵他了,吵得更没主意了。"小裙推开大梁子,说:"你是谁?你们嘉水矿就是敢做不敢当!"大梁子歪着脖子说:"你们敢当,还要什么人?打了人就犯法。"小裙想问谁打了人、怎么打的,可话到嘴边咽下去了,她是一心来寻求合作的,可不想搅局。小裙低头往前走,大梁子一个劲儿地让她放心。小裙充耳不闻。

小裙一天没精气神。兄弟们逗她说想男人了,她啊啊啊地答应着。和她逗乐子的都是龙田人,抓阄儿时,他们还怨着她,现在见了她,个个喜上眉梢,好像当初那点儿事儿已经不算事儿了。

小裙高兴不起来,可微笑迎送是工会干事的职业操守,更是矿灯房工作人员的礼节。兄弟们累得气喘,女人的笑脸能化掉他们不少疲惫呢。

下班后,小裙敲仕云的门,楼管说值班室有采访。被采访的矿工即将退休,说起话来喜气洋洋,他肯定了挖煤工作,辛苦点儿,赚钱多,管理得好肯定没风险。说着,大手一挥,仿佛调度过千军万马,他早先在巷修,后来开掘进机,现在照顾他年龄大待在二线。"到嘉水有什么不好的?煤多钱多,男人赚不到钱在家也硌硬人。换个行业,那是瞎扯。挖煤的就是挖煤的,国家培养出我们容易吗!"小裙说:"快退休的人,心情肯定不一样。"仕云把这段儿录上后和小裙一起往食堂去。

小裙脸色苍白地走进食堂,心跳加速,头晕目眩,一切疾病可能有的症状,全部被小裙喊了出来。仕云把小裙送回宿舍坐了一会儿,待小裙说好些了,仕云便回住处倒腾那点儿材料。

仕云走后,小裙坐立不安,觉得憋得慌,仿佛无数个事儿在心里敲锣打鼓。小裙终于抓起电话拨给小楚,龇牙咧嘴,号啕大哭后,呜呜噜噜地说着。小楚先是胆战心惊,后来面无表情地说:"刘香青终于如愿了。"然后小楚挂了电话。没人愿和小裙说话,尤其说营救贺主席的事儿。

小裙窝着火半醒半睡,心跳更快,头晕更重。她索性披了件衣服,往男工宿舍去,在楼下一个劲儿地拨打小伐的电话,终于小伐下来了。小伐下来便讲起事件的始末,那天凌晨和邻村的孙队干了一架,起因是孙队目中无人揍了保安,要求矿上每月拿十万元赔偿空气污染。此番,孙队还带着几个感冒的孩子和没来例假的妇女,硬说是空气污染把妇女儿童的身体糟蹋了。贺主席一贯苦口婆心地讲政策,讲法律,讲道德。孙队不听这套,遥控各村卡车队,横七竖八挡着矿门口。贺主席想让连矿那边正吃请的人下来劝劝,给连矿打电话,电话无人接听,接二连三打,直到关了机。事情闹得太僵,怕当晚的运煤车出不去。

果不出所料,夜半运煤车被孙队等人截住,条件有二,要么捡净煤渣,要么给十万块钱的过路费。贺主席怕天一亮,兄弟们头一天的辛苦付诸东流不说,二次污染更焦心。贺主席一再给连矿打电话请示,连矿发来信息,让就地掐灭。贺主席找了几个精干的兄弟,拐着铁锹冲天扫帚想唬一下孙队带领的人,谁知孙队一声"上",农户们举着铁器木器真扑上来。现场混乱,摸着肉身就打,砰砰几声,击中腰部,旧伤摞新伤,贺主席当时就跪了,听得耳旁满是铁器声。天蒙蒙亮时,警车把他们带走了……

小裙哇哇呕吐,地上一片污秽,整个人失重倒下。小伐扶不起小裙,小裙的头摇得像拨浪鼓,两条胳膊甩得像搅拌机,这一系列行动,像是要没头没脸揍小伐一顿。听到大梁子的敲窗声,小伐便给仕云发了信息,待仕云来,小伐就走了。仕云带小裙回公寓,倒水泡脚,一夜无话。半夜小裙发起了高烧。

三天后,小楚赶到嘉水,身旁站着瘦了四圈儿的隋强。刘香青竟破天荒地同意他随行。路上,隋强说母亲心软了,偷着抹泪。小楚一脸茫然地用眼角掠过窗外近景,刘香青该高兴,贺主席终于进去了。小楚势必要走这一趟,一来父亲问她那几个人的情况,她不知道就不能乱说,二来,据仕云描述,她觉得小裙的气性太大,活脱脱母亲在世——母亲去世前就是这样。

仕云拿过小楚的行李,隋强则跟着小伐走了,看样子,哥儿俩有商议的。

仕云说过得挺舒心,再有个把月就回京。说到贺主席,仕云和小楚抢着话头,如出一辙的想法令小裙大跌眼镜。仕云说犯法就得服刑,风气会慢慢好起来;小楚说贺主席躺在港城温柔乡,也算遇见新考验了,往后,连矿与送请之事也会一刀两断。小裙特瞧不起眼前这两个人,一个是用笔说话,一个是用嘴说话,不过花枪两头耍着,要是真有体面功夫拿出点儿真能耐啊,矿上的大事儿一直是矿务局及上属集团在操办。"你们算什么啊？真把自个儿当回事儿了？今天兄弟们走进嘉水你们没功，将来收复嘉水你们更没功！"小裙一会儿指着小楚，一会儿指着仕云，觉得这两个装腔作势的人，扮小丑挺有能耐的。

小楚回了一句重的："你要有能耐，怎么还焦虑了？是故意做出为矿山熬垮身体的姿态吧？"

小裙开始抹泪，说："是，我没本事。你拿出真本事救贺主席呀！你们所有人成天说大道理，实行大计策，成天的马后炮。姓汪的来就纯粹地记记记，你就搬起石头砸自己的脚！过去你嫌父亲和贺主席开会说不出正调，你倒是说出点儿正调啊！"小楚自觉失言，刚要软和下来，小裙捂着耳朵说："别说了！我受够了！"

小裙的情绪非常不稳定。仕云马上换了一个话题，说到小裙不是焦虑，是水土不服，时不时干呕。小楚拉小裙出门时，小裙扑到小楚身上哭得肝肠寸断，问："姐，我会不会死在父亲前面啊？"小楚抱紧小裙，说："有姐呢，有父亲，有矿上，你怕什么？爸挺好的，你放心吧。"小裙捂着嘴，哭得扭曲了脸，说要告诉小楚一件事儿，小裙自己都没想到脱口而出的不是贺主席的事儿，而是随曾董去过艇上，觉得自己给煤矿人丢了脸。小楚的话使小裙的心渐渐放下来。

"走，姐陪你查查身体，大夫说没事儿，我们就没事儿。姐还是了解曾董的，他肯定佩服你，煤矿的后代不贪慕虚荣，一心扑在煤矿上。"小楚说。

"姐，我去了那么豪华的艇，吃的菜都可贵，一分钱也没花，这不是贪慕虚荣吗？"小裙的眉头拧在一起。小楚从未想到妹妹心里会压这些事儿，那说明心里的事儿还不止这些，怕是像母亲，母亲就是被事情压走了的。

"没事儿，等姐按照'半月湾'的地址寄钱去，船票一万块，吃那点儿东西一万块，总共给曾董两万块，咱们当买票旅游了。若是他说费用不够,那就是乱抬物价。"听小楚说完,小裙笑了,然后又一边笑一边哭,问:"贺主席怎么办?"

小楚说:"这是矿上的事儿,你不要一个人担。连矿比你急,也比你能耐大得多,你就别添乱了。"说罢,小楚又想起一件事,接着说:"要知道感情是相互的,要等等看,别硬往心里栽些苦瓜子。"

小裙点点头,抱紧小楚,突然问道:"姐,你给我的卡,还有'七上',还在仕云那里。"

小楚说:"回来问仕云要。"

小楚陪小裙去医院,做了几个大项目的检查。报告出来,没什么事儿。医生说多休息,多运动,生命在于运动,说小裙还是有点儿焦虑。小楚说:"没什么大不了的,有人是隐性的,有人是显性的,还有人是天生的,关键要多运动。你看爸,成天跑……"

小裙心里踏实不少。姐俩又在一起编了些谎言,决定用这些骗过父亲。临行时,小楚再劝小裙:"贺主席犯事儿还能不判刑吗?一年两年就出来了,谁也不要难过。贺主席前去调停,肯定顶着这个风险。"小裙觉得是这个理儿,一个劲儿地点头。

隋强可不愿点头,因为点了头就要答应行程。小楚的车已经开到矿门,隋强仍徘徊于嘉水矿的大门,一副要给嘉水矿做保安的样子。还别说,隋强模样像刘香青,论长相,比秦小伐不知又要好多少。"长得好也得回去,嘉水矿不会因为隋强长得好就向刘香青要人。"小楚开了一个不咸不淡的玩笑,在场送行的人都笑了,唯庞队一副倒霉透顶的样子,成为那场伟大恋爱的牺牲品。

小楚没牺牲什么,她一手建成的二手车展厅此时灯光耀目,气场逼人,这些被翻新的二手车一点儿不比新车逊色,漆面像丝绸划过皮肤,纹路明显的轮毂,后翘的车屁股,都令空气显得很振奋。新店里清一色大学生,上手快,普通话标准,朝气蓬勃,行业生态未被破坏,起承转合比较顺利。早年的想法,碎了,新的想法越围越浓,又像化不开的雾。龙田矿的厂房怎么办？方董的渔具公司快收尾了吧？小楚幸灾乐祸的心怦怦直跳，田中像光杆司令一样走了两个月，一丝动静也没有。动起来的人，按惯性不会倒下。她可不希望田中输，若是田中在汽车业能扳回一局，对她的益处仍旧像旺盛资金链一样，想看她掉链子都不可能。这山不亮那山亮，照亮的还得是煤矿业。小楚想起那张相片上的熟人熟脸，暗忖自以为比煤矿人高出一筹，其实一步也未离开。

十四

省煤批复,由集团带头行事,各方供给到位,这个夏天正式收购嘉水。

连矿沿着矿区往外走,一脚深一脚浅,跛脚一般,心思乱得似埋在土里的干枝支棱着,松软着。原来一手能遮几寸天的他,在两矿合作期间,不断地退化,现在已接近凡人,时常不舒服。嘉水矿原是他的天下,马上要改国企,他仿佛要送养孩子的父亲,等待着监护权的转移。他闷头勾脸丢了几根烟蒂,本来较小的脸,显得更小了。宣儿从回来就一直没消停过,成天催促着连矿和杜主任的事儿,不知道这孩子是缺妈还是怎么回事儿,就杜主任那张修复多次像镶着美钻的尖头皮鞋的脸,怎么看都让他心烦,何况三天两头发一些从网站扒下来的信息,说得前言不搭后语,极尽讨好之意。连矿本来就是个送钱的主儿,谁什么脸、想捞点儿什么,他心里明镜般的,就像他的脸,被那些头头脑脑也盯个清楚。杜主任的心思,他一瞄便知。

连矿没给杜主任好脸色,不顾女儿宣儿的拜托,他只字未回。工作还不够乱吗?等谈妥归国企一事,一起薅吧。他自言自语,正待叹气,杜主任迎面喊他,看样子要立马飞过来。他拔腿走了。

连矿一口气跑到办公室,心口扑扑乱跳,要是让家属看见,八张嘴都说不清干系。一来气,他抓起电话骂宣儿。

他电话里要求女儿不要门户不出,要到矿灯房帮忙。宣儿说要去日本,买了碟片,正操练演员十八般武艺。连矿投降似的说:"好好,你去吧。"而后,似乎有事儿要与宣儿商量,扶着头,垂下手。宣儿听到拉动抽屉的声音,从话筒问:"怎么又得舔腚去?"每当宣儿说连矿,连矿都不语,接下来便会听着宣儿对他抽筋剥骨似的掀老底。宣儿很小的时候,见连矿给一个穿制服模样的人塞酒、塞糖。宣儿问连矿怕那个人吗,每回连矿都不搭理她,而是讨好地冲着穿制服的人说:"欢迎下次再来指导啊。"面对一个知道自己丑行的人,大多数人希望双方都沉默,像什么都没发生过一样。连矿这次选择沉默,他想告诉宣儿,他托人赎贺主席,就算去舔腚,也没人买他的账,何况现在是顶着风头儿上,万一出纰漏了,比原先的罪行要重许多,所以这是个不能说的秘密。宣儿猜出他沉默的意思,说连矿没本事,先前说的那些话,对贺主席来讲全成了空头支票。那事儿是连矿要求贺主席处理的,现在连矿在办公室,贺主席在监狱。贺主席留了案底不说,回来后,也是落地的凤凰不如鸡。

这时,连矿从抽屉里取出贺主席的手机,想去探望贺主席,顺便把手机给他。手机之所以在连矿这里,是贺主席不要,不想更多的人为他入监一事伤心。

贺主席报到那天,两个人碰一起就格外谈得来。矿上张灯结彩,鼓巴掌喝酒,没活儿的兄弟全到场欢迎这位处理工农关系和治理塌陷的好手。过去嘉水矿只知道撒钱,而贺主席不同,一个人能做出许多功绩,听说不用撒钱,不用请客,就能把事情办好。嘉水的兄弟们羡慕得眼泪汪汪,龙田的兄弟则自鸣得意,酒几桶几桶地上,满屋子酒气,有的人唱歌,有的人打节拍,一时兴起,贺主席唱了《矿工万岁》。

但是,贺主席来了不到一周把各村情况摸了个大概,嘴上燎疱,头发脱落,一筹莫展。他兴起个政策,村民不领情,他带头做个好事儿,村民扛着锹,只管要钱修路盖房。不张嘴倒罢,一张嘴,这些说着方言的老农,乱喷一气,像是前一天打好的腹稿。

最后一次,贺主席这一去就没回来。贺主席一直等连矿的人脉,却等到连矿托人劝他认罪。贺主席知道认罪的后果,首犯量刑更重,便对劝他的人说上面有指使的。劝他的人说工具是贺主席拿的,事儿是贺主席办的。贺主席彻底瘫了,头顶飞来大朵乌云。

贺主席和村里带头闹事儿的孙队同日获罪,押往不同地方收监。如今的贺主席瘦得像一个纸片人,跟着队伍跑操,喊号子,做一些劳动,比如说钉扣子,制作假睫毛,抠衣服、鞋面的样子……贺主席一辈子要脸,现在羞愤得肝火烈,时常咳嗽,低头走路。点名时,因为他总低着头,被指导员训过多次。而后,他嘴巴嗑着牙齿,头剧烈地晃着,依旧不看前方。为了改正这些习惯,他在狱里没少受苦,心碎得像豆腐渣。

睡不着,吃不下,贺主席似乎体会到刘香青为什么总写材料告他,就因为他什么也不会,到了嘉水现出原形。由于长期失眠,摩擦着枕巾的那片后脑勺光秃秃的,此刻,仍旧在磨,生疼。他深刻地体会到刘香青无法睡去的痛苦,还有新萍的,甚至是陆福的。可他就想告诉刘香青,这些年,他也不好过,也想那些走掉的兄弟。那些兄弟,全是他一手引进龙田矿的。在狱里,睡不着时,他就想刘香青会因他入狱而解气,这样他背负的来自刘香青的痛苦就会少一半,他也就能把自入狱后扛住的泪水落下来了,否则,他此番入狱是流不出眼泪的。

刘香青得知贺主席被抓后,放下炒勺,迅速站在落地镜前,抹粉,涂红唇,找出最艳丽的裙装套在身上,拎着小袋咸鱼,作为一个信使,去找新萍。她和新萍素无交往,可不知为什么,此刻最想见新萍。频繁安抚她们的同一个人,正在异地蹲着,刘香青本以为自己会很高兴,谁知这一路,她反而沮丧至极,本想把一贯的作风持续得有始有终,没承想事与愿违,感觉天再次塌了。

新萍没开门,刘香青便去找陆福。陆福着一身厚衣,头发不算齐整,对稀客刘香青招呼不止。刘香青的衣服妆容宛如那个年代的少女,陆福像是看见当年一起骑车的钟玲。可当刘香青和盘说出贺主席的事儿,一直被蒙在鼓里的陆福听得一头栽倒在地上。

在急救车上,新萍面目平静,刘香青表情落寞得像一枚秋天的叶子,刚进陆福家的喜庆劲儿没了,那袋小咸鱼也不知扔哪儿了。刘香青看了一眼咬紧牙关的陆福,再回头见新萍依旧平静地看着她。刘香青便拢了拢头发,疾驰的救护声像在切割着耳膜。

陆福醒后,医生让留院观察。小楚心里浮出一丝不祥的预感,瞥见一双肿得桃核般的眼睛,这个刚才还波澜不惊的女人,现在已是双眼通红一片。那绵厚的历史,似乎张开了含蓄的双唇。刘香青是过来人,握住新萍的手,捭了捭。新萍反握住刘香青的手,力气巨大,热乎乎的。四目相对,走廊的灯也亮了。新萍和刘香青面对面坐着,相互数着脸上的皱褶,掩饰不住悲从中来。

多说无益,老话咽胃里,新话压舌根下,在这个开花结果的春天,禁不起转眼监狱,转眼医院,一时缓不过劲儿的刘香青问到底做错了什么。醒来的陆福说不该对"八下"下狠手,报应来了。

这是什么话? 刘香青接过新萍递来的毛巾,往陆福手上一放。护士叫小楚,刘香青跟在后面。医生说陆福得了癌症,是晚期。小楚脸色灰了下来,纹丝不动,像是一尊泥做的像。刘香青看得开,当即说煤矿人怕过什么?! 陆福苦日子熬了这么多年,这点儿病,小事儿一桩。然后刘香青使劲儿捶小楚,让小楚动起来,让她把眼泪惫回去。回到病榻前,陆福问什么时候买票。小楚说现在监狱不让探视,新萍察觉出不对,往后退了几步。

灯光落寞,像褪了色的假金子,新萍扶着栏柱,仿佛看到陆福会像那几个得了尘肺病的兄弟,直到呼吸衰竭,一时眼前布满许多愤怒的眼睛,在狠瞅着她。她发疯般挥舞着手臂,弯曲着的手指,一个接一个地抠着,说:"碾死!碾死!"护士台里的体重秤在灯光下发出耀眼的光,她冲了进去,迅疾举了起来,吓得走廊的病人尖叫起来。小楚和刘香青连忙出来解围。新萍双手扯散了整齐的发髻,顺墙坐在地上,双腿摆成大字形,说:"你们送我去医院吧,我又看到了好多好多双眼睛,一个一个像气泡一样碾不完。"这类幻觉在秦辛刚走时,新萍犯过,此刻卷土重来。刘香青抱住新萍,说:"那全是假的,有多少我给你炸飞多少!你一弱,邪气就上身。"

小楚拉过新萍的手大喊:"姨!姨!你回来吧!"新萍回过头,安静极了,满脸泪痕,一头斑驳的白发水泻般前涌。

"姨,你就做想做的事儿,不要怕。我们煤矿这么多人呢,就像刘姨说的,有多少我给你炸飞多少。不怕小眼睛,它们也挺可爱的。"小楚说,"那是天上的星星,一闪一闪亮晶晶。"

新萍抓住小楚的手,泪珠扑簌簌像落下的中雨,似要把十几年的泪流尽。刘香青搂着新萍说:"我也不怕,谁我也不怕。有大伙儿呢,我就不怕。"一直咬着牙的刘香青,眼圈儿憋得通红。

新萍被罚往后不能出入这家医院。见不到新萍,陆福不吃不喝,硬要转院。

转院后,新萍没再看见小眼睛,内心也不那么狂躁了,精神慢慢地舒缓,一有飘忽时,新萍就想起刘香青和小楚的话,有好多人撑着新萍往前走。此时,新萍坐在陆福对面,削水果,读报纸。小楚坐在侧面。刘香青好像不舒服,试了体温,说:"头晕,想回去休息。"新萍让刘香青稍等,她要和小楚说个事儿。刘香青就先坐着。出去后,新萍说刘香青要去看贺主席。小楚不信。

果然,刘香青愿打第一炮,她把李矿叫到家里,手持面杖,像刑讯逼供一样问贺主席服刑的地方,因为刚进家的李矿是闭口不谈服刑地的,说刘香青怕事情闹得还不够大,就直接把他也告了吧,最应该负起矿难责任的是矿长。这时刘香青才举起面杖,说:"你不去安抚入狱的贺主席,就是不作为!"这口气大的,李矿知道刘香青写了这么多年材料,满口词多着呢,但听得出她不是要去闹事儿。刘香青把桌上的几摞材料收拾进箱子,又把那几箱子纸推到床底。李矿嘱咐她怎么说,也可能是李矿太絮叨,刘香青听够了,推李矿出去,说要准备行李了。

在门外的李矿说:"我也要去嘉水,到时候你也去吧。隋强身上流着煤矿人的血,你也就别挡着了。"

从嘉水回来后,隋强成天惦着嘉水,一听谁要去嘉水,耳朵能钻出脚丫子,身在曹营心在汉。她呢,老隋生前她答应过,不会离婚,一生一世和爷俩在一起。老隋早走了,婚姻也就不存在了,如果儿子去嘉水,她得跟着儿子走,也算圆了老隋的心愿。可是嘉水……刘香青从另一面也不敢想,在龙田,以李矿和贺主席为代表的,时刻保护着她和新萍,尤其保护她,毕竟新萍不闹矿上闹自己,她是既闹自己又闹矿上,没有人追究她,她也就变本加厉,或者说是任性,她也知道。嘉水那个矿长姓连,听说和李矿好个吵,又把贺主席栽到监狱里。一想到这里,刘香青就顾不得隋强的事儿,得先为龙田矿出出气,她可以朝贺主席、李矿厉害,对嘉水矿的连矿就不行。如果嘉水矿归集团,不让李矿做矿长就行,刘香青一边打定主意一边收拾行李,这回去还得找那个姓连的讨说法,不要以为龙田矿没有煤了,龙田矿也没有人了,还有她刘香青!

漂亮的白绒披风在风中起舞,田中曾把这件披风扬在樱花里,粉白辉映,春色难遮,直剥得杜主任像一个经过打磨的玉米棒子。田中安排杜主任接触曾董,这个钱袋子没睡她,却让她睡了几个官员,可官员的女人一茬接一茬,当初愿意接触她的,也是另有打算,想捞曾董的钱袋子罢了,她清楚得很。那些男的啥样子,她已记不清了。

连矿不一样,独身、可靠,摇一摇就有钱,不等着政府发那两个子儿。杜主任把给宣儿让路这笔账算了好久,怎么都合适。连矿近身,她就有路。这晚,连矿终于接受她的邀请,进屋喝着茶听她说话,听她唱歌,听她讲港城的故事……不知何时脱节,洗手间响起涓涓水声,谁知连矿又聋又瞎,像踩雷般,走得比风快。花洒摔向墙壁,镜子里的她美如河床上的一粒珍珠,骂道:"他妈的这世上还有男人吗?!"杜主任糊弄地冲了一会儿,围着浴巾靠在沙发上吸烟,满屋子的桂花香水味肆意地泛滥着。

这回,她想到"赔"字,额上呼呼冒汗。见庞队又来电,更是火冒三丈,接起电话骂了庞队。庞队真会找地方,往角落一蹲就是一个多小时,裤子没蹲裂算他功夫好。庞队握着电话,呼唤着"宝贝儿",喊得牙疼,喊得腔疼,喊得舌头疼,眼瞅着连矿被杜主任拉进楼道,他猜连矿不是那号人,果不其然,不到十分钟,就听到连矿骂宣儿的话在路上飞扬着:"这都是什么鸟人,把我当什么了?!"连矿让宣儿少扯事儿,别弄些不三不四的女人到矿上……庞队一边高兴着,一边恼火着,杜主任是他的月亮,谁说都不行。估摸着连矿走远了,他想去敲门,挪不动腿,反而乏意倍增。

凉风吹来,庞队耳畔响起祁书记的话:"从龙田到嘉水,你算有大出息的矿工,在龙田是榜样,在嘉水是人才。你废了。"祁书记已废掉一个兄弟,总不能看着庞队再走下坡路。眼前,杜主任一脸不屑,像是一个有丰庶粮草的主人要赐一匹瘦马几捆干草。庞队第一次感到没有面子,他羞愧地从杜主任家里出来了。从入嘉水那天,他就看清杜主任接近他只是想为名正言顺去嘉水做准备。

庞队迎着路灯,见祁书记一脸铁青,不愧是抓党建的,能闻到不一样的味。庞队跟在祁书记后面，穿过一大片林子，转了好几圈儿才走出家属区。祁书记狠狠地扔了烟蒂，说："想不想干了？不想干，滚！"祁书记的眼在黑夜里像两把火炬，蹿出来的火，定是骇人的。庞队慌得嘴皮子跟不上，关键是表决心就显得糊弄人了。庞队自薅头发说："去看'半月湾'的房子，正巧杜主任巡检工作，又白又俏，迷死个人。当时没有别的想法，也不敢想，可这个杜主任主动攀谈，打听龙田，打听嘉水。我为了这个女人离的婚，真爱上了。"接着，庞队怨矿上没有资源，闲着的心思容易想歪，吃腥了口，想戒都难。

"老徐想着挪用材料，你就想着女人！"祁书记骂他没出息。

庞队看样子是豁出去脸了，争着说："你不也指使别人给汪记者换杯吗？"

祁书记连着吸了几支烟，夜色使他的脸色更难看清。

"祁书记，我……我知道，不一样，不一样。"庞队说。

"错了，"祁书记终于吐出话，"我错了。"

"贺主席的事儿，没人能管？"庞队换了话题。

"快出来了，不就一年吗？"祁书记像在安抚自个儿。

庞队指着远处一片一片的山地，多处深如黑洞的裂缝，似谁给大地安的无数个鼻孔，仿佛在呼天抢地地呼吸着。"贺主席出来干不成了。"庞队一针见血，仿佛集团的打算一直由他掌握。

"谁说的？"祁书记问。

"快退休了，又有案底。"庞队自学的法律，自认为比起没学的更懂一二。

春风冻人，祁书记说："嘉水的天格外冷。这人奉献多了，老天看不过眼，让他进去歇歇。"

"连矿惹的事儿，凭什么龙田人顶着?！"庞队把对杜主任的火气，撒到这件事儿上。

"这矿是我们的，再不许说是谁的事儿。"祁书记说。

他们沿着山路周围走了很远，路经一个破窑，一对人影大肆谈着盘山道下的"风光池"的好片子，声音挺熟。庞队要过去看，祁书记拉住他，庞队非要过去，祁书记就绊住他，直到两个人影出来。祁书记拉着庞队朝另一个方向走去。"风光池"是一个租售碟片的地方，兄弟们常去租，常去还。兄弟们没有车，一般靠走的，走累了，就在这破窑里休息。这破窑应是宣儿说的那个平房，放祭品的。"现在里面还有祭品，来的也都是些兄弟，"庞队说，"他们算犯错吗？"祁书记说："你先把自己收拾利索了。"祁书记看着四周，平和地说了一句："得建房建地，能接过来的家属，尽力全接过来，接不过来的，再另说。能帮着找对象的，也要像贺主席当初搞的那样。还有你，能回去认个错，就复婚，别糟蹋自己了。"祁书记又朝"风光池"方向看了看，说："这是好事儿，都长大了。不过'风光池'不会风光太久。"庞队说："别断人后路。"祁书记说："我愿意做铺路人。"

这晚，祁书记没回家，而是更彻底地跟庞队谈到杜主任的事儿，让庞队放下。嘉水矿缺技术，尤其缺像庞队这样有文化有经验的技术人才，怕庞队跟着杜主任卷行李走人，因为没人搭理的杜主任早晚得走。夜幕落向山脚，渐露红光，祁书记讲得口干舌燥，舌头根冒火，整张肺叶像晒过的烟叶，仿佛脆得一碰就成粉末，呼吸声也小得可怜。庞队努力地点了点头，他们往回走时，步履软得像踩在棉花上。

由于脚下土地连着煤井，远处高山连着煤井，煤井的轰隆声咬噬着耳朵，在黑夜听得清清楚楚。此刻黑夜像一块巨大的煤壁，滚动而来的地层之音绕着人和黑夜，还像在井底一样。"多真实，"庞队说，"嘉水就是肥，肥得到处留声。"此时，井底，巨型机的前爪像鳌，推倒巷壁，绞得地层喷汁儿喷沫儿。

庞队次日上班没问大梁子昨晚的事儿，他们现在在一个区队办公室。庞队到嘉水未升未降，仍旧安排负责巷修。连矿让大梁子跟着庞队学习做绩效考核，大梁子很用心，不懂就问。有人推门，两人抬眼一看是小伐。小伐问大梁子问了没有。小伐想去看贺主席的事儿，但又得遵守嘉水矿的规矩，因为贺主席一事之后，有些人吵吵着要探监，连矿当时就下了命令，嘉水人谁都不许去，龙田人也尽量不要去。大梁子又转达这句话。小伐问为什么。大梁子直接搬出原话，矿长级别以下的，都不能去。庞队本来还想帮小伐说两句，当下沉默了，他绞杀不住矿长级的。

小伐像一头犟牛，要问个所以然，二话不说，摸出电话，打给连矿。听声音连矿好像在高速上，风呼呼的，声音嘶哑，间或扑扑声。小伐冲着话筒，一直喂喂，对方叽里呱啦地说着，看来他从电话线传出的声音，连矿听得清，他却听不清连矿的声音。小伐觉得受气，便把电话挂掉。庞队怕小伐有别的心思，影响下井，就答应小伐找祁书记去说说。小伐只得先回去。

小伐走后，庞队言外之意说大梁子护着嘉水，说一个监狱有什么不能探的，谁在那儿闹事儿，警察一定反绞了谁。大梁子瓮声瓮气地喘着，觉得庞队见识短，直到今天还在分家说话。庞队见大梁子不说话，硬是要大梁子说说为什么不能去，来到嘉水的龙田人都知道连矿待大梁子如同己出。大梁子说他不希望小伐一辈子在井下，他觉得小伐用错了地方，希望有一天连矿能重用小伐，说要是贺主席在就好了，贺主席懂技术，又是原龙田人，能把小伐推荐出来，而现在剩下的龙田人光顾着产煤产值。贺主席既然把手机留给连矿，也是不愿见人的，什么位置的人做什么位置的事儿，就像庞队懂得巷修，来到这儿还不是一样做中层？庞队有些惭愧。当庞队还盯在已成定局的事儿上时，大梁子已经用发展的眼光看矿山了。庞队让大梁子回去好好劝小伐，让小伐把心思放在矿山发展上。

回到宿舍的小伐特后悔给连矿打电话。按岗位，小伐是正儿八经的一线，上面有组长、班长、队长、区长、机关干部……连矿的话，他们都得听。

这天傍晚,回来后的大梁子先主动翻看着小伐的图纸,矿上的、村里的,红箭头、蓝箭头、绿箭头,像彩色的星星一角,全盘储备的动机明晰清亮,仿佛未来的矿长做出的举动,大梁子跟着连矿时,连矿做过,床下也曾有过这么一堆图纸,后来这些东西没有大用处,倒是送钱请吃效果甚佳。大梁子盘腿而坐,饶有兴味地摆正图纸。

　　这时,小伐兴奋地跟连矿通电话。连矿让小伐不用操心贺主席的事儿,把本职工作做好,连矿已经代表全体矿工在看望贺主席的路上了。小伐心里半暖半凉,一时无语,只能点头称是。

　　放下电话后,小伐和大梁子并排坐着,知道大梁子又在"秀"这些图纸,大梁子没读过几年书,靠着煤井经验,也能与小伐切磋不少,每回听小伐的话听得入迷。大学毕业后,小伐从对矿山的零储备,到后期复原龙田矿景象,全在稿纸上留下痕迹,只是没有用武之地罢了。要知道资源型企业若是真复制性地走下去,那嘉水已然到了整形期,若领导真重视小伐,他能立即搬着现成的经验说两句,而现在,嘉水这些事儿就够矿上核心人物折腾的了,这些图纸像一摞看起来不切实际的画,也算是图文并茂。现在以大梁子为代表的嘉水人常说龙田人聪明,头顶有雷达,脑瓜子有料,眼珠子一转一个主意,应用到工作上,收效肯定不少。以小伐为代表的龙田人解释那都是过往的经验,没什么。后来,嘉水人说龙田人谦虚,龙田人说嘉水人实在,过去有些仗打得像过家家。

　　这晚小伐做了一个梦。一只生满疤痕的大鸟,爪子张着,活像鸭掌,额头一排红冠子,在断崖间飞旋着发出尖厉的叫声。他靠近半山腰,挥舞着双手,这大鸟叫得更厉害,他对着大鸟空喊,山间传来锣鼓的声音。他看到消瘦的贺主席,挂着一根木叉子,指点村路,突然间不见了,又是陆福摩擦着双手,两肩各置一个酒杯,仿佛在练杂耍,却一脸讨好。啪啦一声,母亲来了,拿着一副大号的哑铃,抛到塌陷处。

醒来，小伐又睡去，昏昏沉沉接着一梦，月色掩住岫红，大鸟依旧盘旋，仿佛瞬间衰老，眼眶里布满血丝，发出人一般的喘息，像只行将就木的猛禽，不舍得咽下最后一口气。夜终于黑透了，白色的羽毛纷纷坠落，像无数只小船，在半空中浮着。小伐想哭，想喊，想飞到半空中，接住毛发掉光的老禽。

也就在次日，隋强发短信告诉小伐，陆福查出了癌症晚期，井架子也拉倒了。最后一批龙田人赶赴嘉水。

十五

老隋走的那天，与这个日子差不多，刘香青像皮球一样在地上滚动，而后四肢不动，口吐白沫。类似的状态再度出现是在知道贺主席入狱后第三天，她四肢无力，喉咙泛着腥甜，就想在地上滚一滚，把刺痛的心震上一震。

西沙离港城很远，路上她背着一摞纸，高高地耸立在双肩上，走哪儿掉哪儿，她匆匆地捡着，红着脸向碰着的乘客赔礼。坐在位置后，她忽然悲从中来，一手紧抓着纸摞，一手握住束成一包的坏磁带，瘪着嘴，不停地抽泣，嘴唇又麻又痒，像吞服了令她过敏的药物。疾驰的山和房子从绿皮火车窗外飘过，像梦的背影。

高墙外，人烟全无，荒凉得似能蹦出古怪精灵。远处一扇又高又壮的灰蒙蒙的大铁门堵得她胸口作痛，像是一口气上不来就要死掉。靠近后看见有两个站岗的，像个小假人，门太高，显得人就小了。她艰难地深呼吸，每吸一口，额头都微颤着，她倒是不怕，一个矿嫂怕过什么？！上到矿里当官的，下到失去亲人的，她刘香青敢说敢做，得罪就得罪了，丢人就丢人了。

她摇摇晃晃地说着,站岗的让她明天再来,说今天过了探视时间。她一时不知去哪里,站岗的说前面有个旅店,到那里等吧。她走了一里路,确实有个小院落,几棵歪脖树胡乱地伸向天空,用水泥画的车位上停了一辆汽车。车后方是宽窗台,可见一个玻璃茶几及三人座的沙发,空空的,看起来客源稀薄。一位腿脚不灵便的妇人手里拿着一只面盆,站在门外惊奇地看向她。刘香青说明来意,妇人了然,把她让进屋。屋里更暗,有股子葱花炝锅的味。

　　有人喊话,问面好了没。妇人应着,往里走。刘香青刚把行李放在茶几上妇人又出来了,自称是卢嫂。刘香青喊了,卢嫂说见不着就明天早早去,就见着了,像一个深谙此道的人。卢嫂咕叨着进去的人都不愿说话,成哑巴的不少,要有心的话就留点儿钱,里面有超市,逛着心里能好受些。骂了贺主席许多年,扬言要把他送到监狱的人却早早准备了钱,刘香青骂自己可笑。

　　也没办理入住,只是要了身份证看了一下,填了张表。卢嫂说钱可以不要,表不填不行,接着把填好的表压进抽屉,以备季度性检查。刘香青摸出一百块钱,卢嫂说什么也不要,扭头去厨房,端来一碗面,刘香青狼吞虎咽,满脸通红。

　　卢嫂帮刘香青抬行李进房,叨咕着背些纸干什么,纸最沉了。卢嫂走后,刘香青插上门闩,心底直盘算小楚的话。"不见就回来。"这话说得轻巧,他们这辈人的复杂感情,再有作为的孩子也理解不透。新萍说得对,不见的话,就留封信给他,起码把心让他看看,别让他再憋屈坏了。老陆说刘香青是贺主席的药。

　　刘香青写了一宿的信,竟没用上,她很顺利地见到了贺主席。

　　隔着玻璃墙,二人扯出一段目光,一眼看去,这哪是贺主席,浑身上下灰扑扑的,隔着玻璃也能闻见颓丧之气,何况他一脸等死相,令人心痛。依刘香青的眼界,这是精神垮掉之前的内心斗狠。刘香青拍拍裤子,拍拍袖子,掠了几下鬓角发丝,开始拼命地敲玻璃,狱警过来制止她。刘香青说敲两下也敲不坏，遭到瞪眼后，她赔笑地点点头。贺主席嘴巴翕动着，像在梦里吃东西，眼皮子半塌相，眼周乌青，是没睡够外加失眠多虑的表现。刘香青一眼瞅了出来，急中生智扔出一句"你是功臣，兄弟们说的"。

贺主席没想到第一个来探监的竟会是刘香青。他捂住双眼，头机械地活动着，问："功臣坐监？！"

刘香青哆嗦着嘴唇转述李矿的原话："龙田人分批找连矿说理去，连矿那个不是人的只是不希望在这个节骨眼儿上连累大局。"

"生是龙田人，死是龙田鬼。脸早就丢了个干净。"这话听起来像经过强化训练，节奏把握得像戏台上的唱词，也有置之死地而后生的快感。说罢，贺主席哽住了，手一直未从眼睛上挪下来。刘香青发不出声，一时哽住了，她看着他的手，他听着她的声。时间过得匆忙，有人关了通话器，推开一扇大铁门，贺主席捂着眼走的。刘香青把钱交给狱警，请对方转交指导员，送去的其他东西也要通过相关指导员转交。

刘香青走出高墙大门，那摞纸和磁带堆在一旁，没能带得进去。不怨看守人，是刘香青不想带了，以及来时想说的那些话都觉得多余。卢嫂也嘱咐过，不要谈过去，就谈未来。刘香青蹲在那些东西前，抱着头，一时没了方向，抓出随身带的饼，倚着高墙啃起来。一阵强风刮过，跌扈的沙子直往嘴里钻，打得牙齿发出噼啪声。她吞下和着沙子的面渣子，硌得一颗心东倒西歪。

回到旅店，卢嫂看刘香青脸色不好，劝她打起精神，给里面的人打气。刘香青想继续看贺主席，她怕他想不开，想不开就是一瞬间，所以她去几乎是不带表情的，因为她去了，就代表了一切，都这把年纪了，怕情绪刹不住车，激动过后有个三长两短，所以她在去之前不断告诫自己要刹得住情绪，刚才会见那一刻，她不知躲过了多少个一瞬间，但从贺主席的身上她能嗅出那些像魔鬼重返人间的东西正匍匐在监狱的上空。她借用了旅店的厨房,想给贺主席做几个包子。卢嫂问犯了什么事儿,她说打人了。卢嫂一指对面的人,说:"那人也是来看打人的。"正巧那人提着暖瓶往厨房走,卢嫂说:"他没见着,对方不见他。"刘香青看这人像只呆雁,走路双腿不打弯,打完水直线出厨房。卢嫂自豪地介绍:"他是嘉水矿的矿长。"刘香青把手上的面团,往案板上一摔,扔下围裙,一个箭步蹿出去,三步两步走向沙发,一脚踢爆暖瓶。那人胆子大,很冷静地抬起头,样子极其可怜,尖下颌,眼睛很大,一脸羸弱。

一时间刘香青看连矿像一朵深秋的黄花,更显凄楚。那也不行,在她刘香青面前装可怜没用,她扬起和面的手戳着连矿的脑门子说:"你还算人吗?你还是人造的吗?你披着当官的皮,干着骗子的勾当,找人垫背,背黑锅!我们龙田人不欠你们嘉水的,早不处理关系晚不处理关系,就等着贺主席一去,直接扔狱里!你还敢跑这儿撒野,我告诉你,再让我看见你一回,我打你一回!"撤回手后,刘香青开始满屋子找硬家伙,喊道:"留你们这样的东西有什么用!我要替龙田人出气!你也可以打我,我们龙田女人也不是面和的!"由于急着劝架,卢嫂走得更不稳,像一只受惊的兔子,东看西看,想在刘香青之前把能打人的家伙先抢到手,但还是晚于刘香青。卢嫂哪能扳过刘香青往前冲的身子,刘香青坚持锻炼,单挑谁也架不住她,或许只有新萍可以。连矿的脑门挨了一擀面杖,顿时多了乌青透亮的一个球,眼前金星飞舞,刘香青又上去扯他的头发,抓他的脸,连矿一声不吭像个木偶。刘香青抓累了,哭了。

连矿看了一眼破暖瓶,干着嘴,揉着包回房了。刘香青自知没打出什么效果,回厨房继续蒸包子。晚上,刘香青贴着连矿的房门听声,喝水、洗澡、走路,听得清清楚楚,关键听到连矿问怎么才可以减刑,语气不乐观,长吁短叹一阵后,就是打呼噜的声音。

不行!贺主席睡不踏实,连矿也别想睡踏实了!刘香青回房后,思虑再三,决定去敲连矿的门。她敲得很重,像是下午的力气重新附体。卢嫂匆匆跑来,近乎哀求地看她,求她别闹事儿,招来警察填再多的表也无济于事。刘香青觉得不好意思,说:"这边呼噜声太重。"卢嫂说条件不好,请刘香青多担待。刘香青连忙摆手,依旧站在连矿门外不走。卢嫂见识过刘香青的脾气,不敢再劝,便走了。连矿被剧烈的敲门声吵了起来,吃惊地看着刘香青,额顶的包像一枚瓦数过高的灯泡,真怕刘香青再来一拳,炸出汤汤水水。刘香青好像对揍人失去兴趣,往椅子上一坐,光着膀子的连矿套上衣服问什么事儿。刘香青要求连矿给贺主席补偿。

连矿困得要命,受伤的人,尤其是头部受伤的人,嗜睡再正常不过了。刘香青怕连矿睡去,把椅子拖近一步,眼对眼地盯着。连矿让她往后坐坐,她让连矿坐到床最里面,说她是不会后挪的,龙田人不让步。连矿没坐床里面,而是在床边坐下。干坐了一会儿,他不谈补偿,今年嘉水矿就归集团了,他上面有领导,即便要做些什么,也不能敲锣打鼓、点头画押地进行。

连矿知道刘香青一时半刻不会离开,便起身烧水,沏茶。刘香青打量着他,瘦骨伶仃,看样子怪好欺负的,不由得心生可怜。她接过茶,不由得说到老隋,说到自己,说到怕贺主席想不开。

连矿连忙解释不是不想补偿,他可以自己出钱,但是代表不了集团或矿上,所以现在答应了也没用。连矿直接又抱怨"吃请拿礼"的那些人,如今不办事儿,还说私人煤矿作风差,无视法律,连矿说自个儿吃惯了"打点好办事"这口儿,却落个肉包子打狗,没有一条回头的。

刘香青觉得事情无望,喝了三大杯水后,红着眼睛出去了。连矿觉得这个女人红着眼也好看。

连矿睡不着,一晚上直叹气。天亮,他去厨房打水,见刘香青从笼屉里收拾包子,正往外走。他打招呼,她没理会。这个女人,活脱脱一个扈三娘,说话办事雷厉风行。

再一觉醒来时,听动静,刘香青已经回来了。连矿想从刘香青的脸上找出答案,那真是太难了。后面的几天,他问她话,她不是埋头吃饭,便是去厨房找蒜。卢嫂叹了口气,示意连矿别说了,怕哪句不对,再挨棍子。连矿以为说到行程,刘香青能接话,他又错了,她压根儿不想理睬他,只顾着把喝汤面的声音搞得很大,像起哄,放下碗后,她瞧了他一眼,好像在说:"不办事的矿长,留着有何用?"

连着几次去西沙,未见到人,收拾行李的时候,连矿把脸别向窗外,歪脖树的枝丫支棱着,像伸向空中的手,他决定把心思收回来,落下的工农关系,不能得过且过,孙队进去后,闹事儿的少了,借着这个光景,他得找村子的人说说,吃着喝着好说话,还要把兄弟们聚聚,别弄得矿上人心惶惶,聚兄弟才是大事儿。

连矿回去后,正赶上清明节前搞防排,井下不开工,人便凑得齐,这场聚聊挺顺利,比连矿预期的要好,感情这东西随着时间,浓得快,尤其对于头上举着矿灯的兄弟,像火箭飞机上天,就是一把火的事儿。这把火,得益于嘉水的好煤、龙田的好技术。说起井下技术改良,大梁子举荐小伐说他专会提新折旧,省略掉陈腐的慢观念,众人看着小伐,小伐一半兴奋一半紧张,搓着手说大梁子太夸张了,而后竟支支吾吾地不知道怎么接话。连矿收回目光。有爱恶作剧的喝酒喝出了几个荤段子,惹得耳尖的女工,朝他们唾骂不止。大梁子说起来有些控不住场,逗得男女笑歪了脖子,见连矿皱起眉头,兄弟们自觉失态,转而热闹地聊起井下的工作,上几钩子煤、拧几把螺丝、有水的地方泡开多少水靴和胶鞋。

连矿把目光睃向小裙,刘香青说过要想对得起贺主席,就别让小裙受气,给她一个好岗位。连矿打算提前组建工会,把小裙安排进去,归集团后,小裙待工会理所当然,可小裙对此未表态,说父亲生了重病,下周她得请假。连矿答应了,工会的事儿可以再拖。

看得出连矿有些失望,识眼色的小裙拖了一把椅子坐过来。宣儿跑来说警察来了。

连矿大喜,小旅店的那通电话起码招来了人,说明过去那点儿"吃请"尚留有余味。连矿大步流星地往办公楼去。果然是宋局,未等连矿开口,宋局就抢去了话头,说:"老连,那话别提了。"宋局是劝过贺主席的那个人。

"你答应过,他先认下来,再想办法给他弄出来。"连矿一时着急,落手有些重,茶杯碰得桌面叮叮响。

"犯法了,就让他好好改造,提前出来甭想,你以为监狱是哪里?!"宋局眼白鼓得高高的。那一声,吓得连矿心尖颤了一下。

连矿目光锁住抽屉,知道打开也没用。连矿近似哀求地说贺主席是个好人,怕他顶不住。

"这风气!"宋局手一挥,从口袋里翻出一个本子,说:"以后,严肃'送请'之类的活动。"并飞快地划拉"送请"二字,收回口袋,像是加深记忆。宋局弹了几下桌子,茶杯一推,往门外走。连矿心里七上八下,脚下一滑,差点儿摔倒。宋局回过头,说:"再不要四处找关系了,惹上事儿,谁都麻烦。"

连矿咬着嘴唇跟到楼下。宋局又回过头,说:"这人过去若有成文的好事迹,写点儿送里面,有好处。"连矿站在偌大的厂院里继续求着,看样子就差作揖下跪了。宋局坐上车,招呼过连矿的耳朵,说:"知道吗,那个有名的曾董把几个人牵进去了,你也想让我进去吗?"宋局眼珠子上下翻滚,顺手抽过一张纸巾,揩下一层汗。

港城有一个上艇官员被查,从他家的暗门里搜出百十块金条,有几十封是报纸样的。那官员态度老实,问啥说啥,提到曾董和几个人。这一串儿挺大,免不了挨级查。宋局仿佛置身于内,成天胆战心惊,一味地告诉自己,从现在起,就从现在起,吃糠咽菜,两点一线,上班坐班,下班回家。

送走宋局,连矿回到兄弟们中间,满屋子的酒气充斥着鼻腔和舌根,唾液汹涌。食堂师傅抬着铝合金的大锅,里面装着切得薄薄的猪头肉。

"我让师傅做的。"宣儿挡住连矿的话头,嘻嘻笑着。

连矿哼着气说:"等归了国企,你就不用呼风唤雨了。"

"这点儿肉算什么?当官的连一顿肉也不舍得放,不如不干。"宣儿说。宣儿已有多年不吃肉,现在对肉竟有了感情,口舌也有些蠢蠢欲动,不能吃就是不能吃,还准备出去搏一搏的她就不能沾肉腥,于是,她就想让矿上的兄弟姐妹们代替她吃。

连矿笑了,转而又阴着脸。小裙从连矿脸上看出事儿没谈好,心里像猫挠一样,搅得胃口全无。趁着无人注意,小裙悄悄放下盘子准备跑回宿舍,她听到宣儿喊她,她知道宣儿忙于搞两矿团结不会跟出来,但她不知道小伐跟到女工宿舍了。听到声音的小裙,霍地起身,和小伐对面站着,小伐约她明晚出去玩。小裙问有谁,小伐说龙嘉矿的。小裙扑哧一声笑了。小裙不知道,此刻在矿上最关心她的就是小伐。小伐请大梁子出节目约上小裙在嘉水最好的朋友宣儿,一起玩玩。大梁子说好,立即定在明晚。

即便是春天,湖上的水依旧结出糯米纸一样的冰,这冰是傍晚结的。湖呈梯形,水纹平静得像一亩新砌的菜地。附近不时有崖上的硬土块着地,又巧妙地躲过湖,邻着的空地上便有了小山丘,小山丘和湖一前一后,月光偏心,使湖看起来亮了不少,那层糯米纸被大梁子的锹敲破后,小伐觉得挺可惜,大梁子二话不说褪下衣裤,往水里去,轻车熟路地游了起来。小伐打了一阵哆嗦,说什么也不下水。

小伐看着天色叹道小裙没来,怪可惜的。后来宣儿来了,游到大半夜的大梁子挥动双臂,兴奋劲儿在哆嗦声中消失了,连忙用自己的衣服擦干身体,接过宣儿带来的棉衣。宣儿拎着几瓶酒,一脸的不情愿,说她去约小裙,小裙猫在厕所正哭呢,说要回家,好多事儿等着她呢。小伐挨着宣儿坐下，两人叹出一口气。除了大梁子游了个痛快，谁都不舒服。宣儿本想叫着仕云，可仕云又想玩又想写东西，犹豫后还是选择写今天的采访。可是小裙不来，宣儿着实不开心，因为这次活动是专为小裙准备的。

宣儿不想扫兴，把酒往大梁子身旁一搁，一根指头勾过大梁子的口袋，说："喝吧，剩了带回去。"自己便想起刚到港城那阵子，喝啤酒吃海鲜，特别美，尤其田中为她规划的发展藏在一串串口水中，到现在口水流完了，就剩下纯粹的酒味，酒配什么喝都是一样的，关键是喝酒时谈什么事儿，再者有没有海鲜都一个样。宣儿见小伐举起一瓶酒，往石头上一磕，盖子下来了，然后咚咚地直往嗓子眼儿里灌，别扭的声音像从下水道的管子里冲出来。

大梁子用牙齿咬下瓶盖，碰着宣儿待举不举的酒瓶子，问："你这一来一回，像变戏法，这回咋这么快？"大梁子喝得比小伐要猛，酒从鼻子和口里呛了出来，像细流喷泉。宣儿喝得更猛，最终把瓶子底的那口酒，浇在脸上，冰冰凉。大梁子说："谁像你，好好个家不待，偏要出去露脸，脸是那么好露的吗？谁听了你有钱也得宰你。"

"你家有资源，何苦做梦？"小伐最近才看惯宣儿，红着眼睛凑过来说了一句。宣儿打了个喷嚏，眼里汪着水，她说冻得直掉泪。大梁子说："成天穿这么少，给谁看？"宣儿鼻孔呼哧呼哧的，谁让她爱美，非穿得性感动人呢！小裙来了。小伐二话没说，脱下棉衣披在宣儿身上。小裙看到了，夜幕下的泪花，像极了瓦檐上闪烁的冰凌。宣儿笑得喘不过气，说："瞧你们龙田人小气的，我冻成这样，求了好久，才借我穿，还一脸不高兴，这是置气扣我身上了，砸得我膀子疼。一个男人这么小性子！"说着，就要把衣服还给小伐。小裙把手按在宣儿的棉衣上，扭过头，冲着小伐说："你给宣儿穿会儿，女人更怕冷。"小裙的到来使大家停止了喝酒。大梁子开始往嘴里不断地塞着面包和香肠，并指挥着大家一起吃，摸黑的天，看着吃东西的人，活像面目狰狞的怪物。

大梁子咽下最后一口吃的,把喝空了的瓶子,分别往山丘一叩,玻璃碴子随风溅远。小伐默默地起身,站得笔直,像一面剪影,身后黑森森的山崖似从天而降的幕布,使小伐看起来充满力量。这是小裙第一次听见小伐唱歌,其他人应该也是。小伐的歌声划过夜空,宣儿没听过《矿工万岁》。大梁子听贺主席唱过。

持续的歌声像一团火——一团旺盛的火,仿佛要烤化一切。宣儿脱下小伐的棉衣,推到小裙怀里,骨头果然不打战了。这支曲子藏着热能、光能、电能。小伐回过头,胸脯不断起伏,远山近树回荡着他的声音。大梁子说这山是煤神,能听到所有的声音。小伐和小裙不约而同地起身,朝煤神拜了拜。

"你们嘉水有钱,能买来我们的劳动。"小伐喘着气说。

"再有钱也是为社会打工,也不是我爸一个人花,今年就要收了。"宣儿指指大梁子刚游泳的湖,说以后会填上做生活区的。

"不填不行吗?这里多美。"小裙想起港城因地制宜的人工湖。

"搞建设的人什么样,这地方就活成什么样。"小伐想起母亲说过的话,吸了一下鼻子。

"你们什么意思?是说连矿不懂,就你们懂?"连矿一手带大了大梁子,大梁子视连矿如父、宣儿如妹。

"就你想偏了,要好好跟着学,"宣儿瞪着大梁子,"这下面也有煤。"

往外走的日子似乎又在向小伐招手了,似乎一个永远在路上的人,时刻规划路上的风景。这样就是原龙田人与现嘉水人,一起往外走,变成某某矿人。小伐这样想着,突然被大梁子的吼声吓了一跳。大梁子絮叨,爱生闷气,生着生着,就会嗷一嗓子。

小伐想到自己没什么业绩,凭什么指点江山,他又磕开一瓶酒,闷头喝着。见大梁子还在不依不饶地为连矿打抱不平,宣儿和小裙听不下去,几乎异口同声地说小伐是新萍的儿子。大梁子从未听小伐讲过新萍,由于当下听了点儿皮毛,后来就蹬腿踢脚抻胳膊地往连矿办公室跑,让连矿把龙田矿的各位技术骨干迁过来。龙田矿井上井下的技术员,几乎全跟了来,大梁子是知道的,只是觉得不凑齐就会伤元气,必须把那个叫新萍的也找来。大梁子的积极劲儿令人生厌,连矿连着制止多次,才令大梁子消停。

小伐问宣儿还走吗,宣儿垂下头。小裙大有说教一番的架势,对宣儿说:"你不要跟着田中混了,我姐说他下马后,到处买马,被马蹄子踹了。"过去小楚多次去日本,被父亲骂脱了丝,为了得到小裙这个外援,在家像说故事一样提到田中是常有的事儿。小裙听话拣着听,说话拣着说,啥能把人点醒,能把人打倒,就成小裙的理了,毕竟小裙是工会出身。"田中早没钱了,也没能力了,不过是想从你身上捞钱,谁不知道我们煤矿有钱!"

宣儿听了这话,想起田中对有钱人格外高看一眼,做事儿需要钱,靠市场发过财的田中更知道钱的奥妙,凡事有了钱,就更容易开花结果。田中曾说过宣儿的事儿也会开大花、结大果,可田中的承诺像个臭屁一样,在空气中消失了。这回,田中不知在哪儿招呼她,说要亲自带她去好莱坞,现在想想就是去和一个不知什么来头的美国人讲几句英语,互相拥抱。美国人看她,她再冲着美国人妩媚一笑,这笑绝对应该模仿好莱坞走红毯的女星……后来会什么样子,宣儿不清楚,对她诱惑最大的就是后面的发展。

就在这次聚会的第二天,宣儿提着行李又一次不告而别。她很快与田中在日本的某个机场见面,这次行动快得像放电影。当晚,田中带着她与一名自称是好莱坞某副导演的美国人吃饭,她自以为用美丽打动了人,后来才知道,田中打出她爸爸这张牌,一个角色需要巨额投资,似乎煤矿主在哪个国家都是钱的象征。宣儿又喝醉了,记不清楚去了谁的房间,醒来时见大好的太阳,照着阳台上紫色的底裤与薄衫,然后她抱着被子又哭又笑。田中只不过走了一个形式,能否兑现,要见宣儿的真本事。她没有本事,可以说要什么没什么,更可以说要什么有什么,只是用田中的话来讲,她找钱,田中找关系,这话说得,像一堆热气正在消散的牛粪。也就是在离开嘉水的第三天,宣儿正式告诉田中,她不想玩了,她想回家。

从见田中第一面,宣儿就仰仗田中。今天的话一出,田中像一个穷途末路的打手,既狼狈又勇敢,忽闪着短而塌的睫毛,以倒驴不倒架的态度告诉宣儿一个确切的消息:港城一名官员被查,曾董早被牵连进去,不知道会不会牵连到宣儿,那样宣儿哪里也回不去了。宣儿说早就听说了,并表明自己顶多算个擦边人物,或者说道德有瑕疵的人物,家还是能回的,再说曾董那边放出去的钱,多半是官员伸手要的,那叫索贿。这是她从大梁子那儿学到的,大梁子是从庞队那儿学到的。田中惊讶于宣儿的变化。宣儿骂田中是制造骗局的人。

宣儿照着镜子里自己的脸,她信过这张脸,也因为这张脸发过横财,出过大名,躺在名利场里,像躺在出生地般踏实,现在倒好,这张脸潜藏着生活的巨大玩笑,确实要玩儿完了。田中知道曾董被判得不重,行贿的钱财多是官员主动伸手要的,在田中大骂曾董狡猾的同时,似乎看到熄灭的火焰,依旧燃着微小的苗子。

临行那天,宣儿在机场竟看见杜主任挎着精致的小包,三步并作两步,打着趔趄奔过来。杜主任从嘉水愤然离去,重归田中麾下,竹篮打水,一汪湖水藏于眼中。宣儿不擅吵架,无力地挥挥手,杜主任的脸抽搐几下,最近情绪过于激动,整过的部分像要散架,无钱修复。宣儿的脑子空空的,用漠视的表情打量杜主任,相信杜主任要继续田中的那盘棋。

宣儿回到嘉水时,小裙已回港城。

十六

　　站在父亲跟前的小裙,抿着嘴,咬着牙,努力不哭出来,确定自己够坚强的时候,附在父亲耳边悄声说了几句。父亲激动地捂住胸口,身子渐渐地往下沉,手掌像松开的棉花。新萍说刚上了呼吸机,不能太激动。看着父亲胡子拉碴的脸、凌乱的粗眉、浑黄的眼白处成片的血丝,小裙哗啦一下子,涌出好多的泪。新萍掖了掖被角,和小裙瘫坐在椅子上。

　　下半夜,小楚来换新萍。新萍说小伐来电话了,小楚的心舒畅了一下,目送新萍走后,小楚让小裙闭眼睛休息,小裙说闭上眼睛,怕睁不开。凌晨,父亲有了动静,那是从呼吸机爬出来的声音,仿似笨鸟的一声啼,后来就结结巴巴地不成句。小裙拉住父亲的手,整张脸凑了过去。"七上"在远处叫着,父亲识鸟音,点了点头。

　　"贺主席什么时候出来?让他回来喝酒,喝一顿少一顿。"就这样,父亲说睡就睡。小楚说:"你瞧,很安详的。"小裙顺着床边缓缓跪下,说老天不公,折腾了父亲一辈子。小楚拉起小裙往外走,说:"爸的心焦得很,别看睡着了,耳朵好使得很。医生说爸能挺过今年冬天,可爸不信,说能挺十年,爸心里惦着事儿,放心不下啊。"小裙脸上挂着硕大的泪珠子,这些日子她瘦了二十斤,和小楚瘦成了一个模样。小裙扭过脸,脸上泪珠密集,说:"一会儿爸醒了,我要说小伐和我的事儿能成,让他放心。"

小楚微微一愣,脸上浮出一丝苦笑,像霜后的茄子裂开一条缝。父亲关心的事儿再多,也不会有小楚一件。父亲是煤矿人,而小楚是汽车人。

父亲觉得汽车是买卖,是钻营的产业,而煤是实实在在的汗和火。小楚不觉得汽车钻营,生意就像人一样,谁没有点儿性格,榆木疙瘩一块,那是憨瓜。煤矿人憨,汽车人不憨,不憨不代表什么,钻营有时候更没路,尤其新建的店面,进入4S店的营销模式后,只欢快了几个月,就停了,像只呆雁,差猎人的一枪。谁都别想打这一枪,小楚在自个儿制造弹药,上膛推枪。这是两回事儿!由于业绩提不上来,账上没见着钱,方董多次在电话里说重话,像飞出的炸弹,一枚接着一枚地扔。他不想听小楚的分析,就像田中,把自己分析掉了。方董走过的地方多,听到的学到的,够小楚积累十年,他借着小楚的败势,正大光明地展现光辉的历史,概括一下就是,他过的桥比她走的路多。他怕小楚反驳,又加上一句,他不会做,可他会评。就像观众不会说相声,可会评哪段说得好,愿意听哪段。果然,小楚接不上话,田中那边半死不活的,港城这边没出彩,吐些易碎的泡沫子,没人待见。这一阵子,她的鼻腔、口腔内,满是血痂,被火燎到般痛,忍不住用手指剁弄,便会一块一块地脱落,砸得地面微响。想到这里,她下意识地抻着嘴唇,想活动一下这些痂,以便它们主动脱落,可这些火气像找到了安乐窝,哪个也不想动弹。

新萍到医院接班,小裙执意要留下,小楚不得不走,不是为工作,而是昨天警察就传唤她了。警察没传陆小裙,曾董说小裙不是他的情人,没花他一分钱,她为煤矿的事儿来求他。宣儿也没用曾董一分钱,关键是宣儿和官员仅限于用色搞到一些曾董的日常生活细节,或者应该这样说,田中的失败方案营救了宣儿。杜主任也无人注意,就是个描眉画眼的想傍有钱人的工作人员罢了。曾董成了第二个引蛇出洞的饵子,全国各地一盘棋,整顿官员队伍,争相讨过曾董贿赂的官员,大大小小竟达一百余人,这一串好比渔翁大面积下钩撒饵,鱼群涌上,你咬着我,我咬着你,全提了上来。

小楚去说了卖车的过程,买卖不犯错,目睹了官商行贿受贿就有合伙的嫌疑?被放回去的小楚,一身冷汗。幸好她平时良民一个,否则,怎么也会沾点儿事儿,被管教两年。

趴在公寓的床上,小楚恍然明白,曾董心里有底才想奔着国外去的,曾董不再邀请她参与认识"那帮人"也是有原因的,如果她也落个被查,年纪轻轻就会竹篮打水。但想着那些胆战心惊缩着脑袋的官员,听到电话声能从床上滚下来,她坐起身来,她没犯什么错误,不过店里从上到下偷税漏税做过的假账,她签了不少字。要说,也就这点不禁查,可换作哪个买卖人也不禁查。现在国家抓贪官,从官开始抓,再抓别人。从现在开始,肃清一切吧。小楚念念有词,她终于明白了,为什么警笛一响,做过坏事儿的人心跳格外快。看来,父亲说得对,钻营还是不亮堂的,憨瓜走得才更远。

小楚想得脑仁疼,便把仕云从脑海里提了出来,非得马上说个话,排解情绪。仕云未接电话,据小裙说又回京了。回京整理材料何必那么认真,连老朋友都不搭理了,没办法,小楚只得自己给自己压惊,她往床上一仰,这些年费的力气,被警察三言两语化作一声惊雷,在春末响了一声。

睡也睡不着,她爬起来开车去往国道。她照旧把指示牌往车后一踮,瞻仰起两株植物。枝干蜷曲着,撕裂着光闪闪的天,一只喜鹊喳喳地叫着,它点着头,仿佛在记录一棵树的成长经历。另一棵树上,也飞来喜鹊,它并没冲着植物点头,而是冲着龙田矿区点头。它的尾巴贴着树杈,似乎缠绕上了,专注的身形,像一位身经百战的专家,喳喳地叫着。

龙田人不在港城采煤,是好事儿,港城的空气比过去好了,白天风轻云淡,夜晚,无数颗星星浮上海面,似某位作家说的数不过来,数得眼痛,这多好!她突然迈着大步子,往前走,在行进的步伐中,想起父亲明镜似的心,把什么都看得清楚,却时刻装着无视病魔的样子。这份担当和勇敢,她怎么就一点儿没继承下来呢?真不配做矿区长大的孩子。她放慢脚步,像柔和的春风,节奏忽软忽轻。

小楚立住了,踏了踏脚下的大地,似乎还有兄弟们的影子,只是拉得更长,承袭另一座城市的煤脉。祖国的煤源真是丰富,走到哪里,都有黑色的煤窝子。她的目光掠过闲置的矿区办公楼和空无一人的生产区,大片区域交付了时间,作为母体的港城该有多寂寥?还有更寂寥的呢,煤面子多时,孝顺的兄弟把老人接来享福,如今他们接不动了,人老了也不愿再挪地儿了。过去的夏季,数不清的蒲扇摇来摇去,老人家看起来幸福得很。这个夏天,他们出来会谈些什么?去年,老人们谈过迁徙,有的说好,有的反对。父母舍不得子女天经地义,行业需要坚守也天经地义,自古忠孝不能两全。想到这里,小楚又觉得那个想法迫在眉睫了,心一下子透了亮光,先前的那点儿阴霾散得飞快。

她本打算过几天再去看父亲,谁知父亲摘了氧气面罩不断地吼来吼去,她不得不回到医院。父亲被强行戴上氧气面罩后,她朝医生吼:"让他说啊!"小裙求她别吵了,让大家省点儿心,而后扑向父亲胀得很高的肚子。父亲委屈的眼神,看不出在想什么,干成两片破败叶子的嘴唇紫白紫白的。小楚面墙而站不再言语。

这时,新萍把一张字迹歪歪扭扭的纸递给小楚。小楚看罢,攥在手里左右拧着,整个身子越来越僵,新萍再说什么,她听不见。现在她眼前,就是两个人——贺主席和父亲。

前不久刘香青看望贺主席回来,学给小楚听,小楚没过脑子。刘香青又说嘉水那边会把真人事迹提交,狱方就可能会对贺主席格外器重。小楚好不容易回忆起这句,心底舒出一口气,记起的,就不用说了,但没记起的,此刻她就让刘香青讲讲。她主动向刘香青求证字条上的事儿,刘香青点了点头,但坚决不让小楚她们去,这软肋撞到心窝子,换谁也直不起身子。

听话,就不是她了。先把行李打点好的小楚,听着小裙一边哭一边说现在两个父亲,一个快不行了,另一个在狱里,让子女净来受罪。他们到底搞什么啊?小楚厉声说不要提"搞"这个字,以前的事儿,一律不要重提,一律向前看。说这些话时,小楚仿佛看到母亲的眼神瞥向她。一个追踪了许久,脑海里长满问号的事儿,眼见着要露出决堤的口子,却被小裙硬生生地自我封住了。小裙觉得小楚看不上做矿工的父亲,急不可耐地要去投靠当官的爹了。小楚反问:"监狱很光荣你怎么不去蹲着?"说得小裙哑口无言。姐俩又回到医院替回新萍。

灯光调暗,房间充满气管里的厮杀声。陆福的手指勾着,在别着尿袋一侧的床单上来回画着,像是几个模糊的字。刘香青来替换姐俩时说再过几日,老陆恐怕连握笔的力气都没有了。小楚拉着小裙迅速往外走。

小楚压气式调动气流,一口一个爸爸,生怕到时气上不来,把这两个字掉进胃里,这一次吐不出来,注定今后这个称呼就死到胃里了。小裙事先做了声明不称呼,活出一副刘胡兰的架势,任小楚用冰冷的话切割着她的脸,激她,她也不在乎。小楚这点儿沟通技巧,在小裙这里早失效了。小楚继续调气,小裙说别调了,只有死人才这么大喘气。小楚调得更猛了,那个为贺主席准备的称呼也渐渐地有了温度。小裙瞥向窗外,繁茂的树木嗖嗖而过,脑袋空得像一个硕大的土坑,灰蒙蒙的。小楚像是喘累了,一副被榨干的样子。汽车刚驶向国道,车里的气氛就很不和谐了。

当汽车猛一提速,竟招来田中的电话,叽哇响着,一遍一遍,这频密的节奏,八成是疯了。小楚也疯了,限速一百二,飙到一百五。小裙瞪着惊恐的眼睛,喊:"你给我慢点儿,我还得活着回来照顾我爸呢!"电话铃声停了,车速像听到号令,渐渐减速并往路边靠。

"还去不去监狱看你爸了?"小裙明知故问,攒了一肚子的火,上蹿下跳。

烦死了,田中。小楚停了车,伏在方向盘上,像是谁在吊打她。小裙冷着面孔,扫量着窗外的树权,来是被逼着来的,现在如果要回去,她肯定没意见的。

小楚抬起头,拿起手机,回了几个字,继续开车。

小裙声音细得可怕,说:"没有田中,有你的今天吗?"这话像父亲附体,说完又跟一句:"哦,没有你爸,更没有你。"

怕天黑赶不到目的地,小楚再气,也没再在道边停车,而是一路与小裙斗嘴,整个车厢火药味十足,车速噌噌乱涨,像是烧的不是油,而是姐俩纯度极高的火气。

天黑看不清路标,听着地图导航语音,她们找到了刘香青说的监狱附近的小旅馆。

卢嫂正捣鼓抽屉里的垃圾,抬头看见姐俩,然后取出两张表,姐俩一边一个围着桌角把字写得很狠,笔尖差点儿戳断。卢嫂左右各看了一眼,拿出两把铁钥匙,小裙一扭身子,往破沙发上一窝。小楚接过一把,提着二人的行李往楼上走,不一会儿,她下来,见小裙和卢嫂在抽屉前,卢嫂把抽屉扣了过来说上回客人留下的字条,找不见了。那字条是刘香青写给连矿的。卢嫂失望地扔下抽屉,去厨房下面条。

小楚拉着小裙上楼,现在她得求着小裙,哄着小裙,若见了贺主席,还是这副棺材脸,这趟就成了雪上加霜。小楚按刘香青的提示,提前准备了不少生活用品。卢嫂喊她们吃面,她说睡了。

确实,姐俩早早翻身上了简陋的大床,在床上,姐俩脸对脸时,闭着眼,背对背时,眼睛瞪得老大。小楚在黑暗中阅读田中重复发了十多遍的短信:"人来到世上,只为豁出去。"她索性坐起来,拨了一下开关,整个屋子全亮了。小裙也坐起来,刚拱来拱去的头发乱得像被鸡啄了,眯着眼一脸狠相,随即把灯闭了,说:"我只有一个爸爸,到时别摆你的臭架子。"小楚套上大衣,下了楼,想在那张不算干净的破沙发上蜷一晚上。

下到最后一级台阶,小楚摇摆起来,浓重的酒气刺痛眼睛。卢嫂一人在喝酒,弯下的身子,又薄又宽,像一只被啃完的虾爬子。

小楚想躲着走,一声略微迟缓的"哎",令躲避不及的她一下子站得笔直,像要接受卢嫂的检阅。

"会喝就喝点儿。"卢嫂将一只杯子举过头顶,酒水倾斜着,差点儿洒出来。桌上有半斤多花生米和一盘小咸菜,卢嫂说自个儿屁用没有,丢了刘香青给连矿的字条。来住店的人很少托她办事儿,自个儿也办不成什么事儿,这事儿成了大事儿。小楚刚坐下,卢嫂便拖着瘦长的身子,一步一停地往厨房去,说小楚没吃饭,下碗馄饨。

馄饨个头儿做得像港城的鲅鱼馅儿水饺,小楚胡乱舀着。卢嫂一口咸菜,一口花生米,一口酒,吃得很快,像在和谁赌气。

两人一直沉默,只听得牙齿和舌头在吵架。冷不丁的,卢嫂说:"刘香青和连矿能成。"空气像是碎成一条缝,小楚不明就里,又觉得没必要问,一个荒郊的孤老婆子早活成了信口开河的神仙。

卢嫂问小楚来看谁。小楚说不出来,反过来问卢嫂为什么在这里开店。卢嫂说弟弟在里面要过一辈子,得离弟弟近点儿,弟弟在里面活得就带劲儿。卢嫂喝了一大口酒,喷着酒气絮叨起来,仿佛从脚心处攒着的话一直往上涌,又在舌根子下整装待发。卢嫂说她弟弟杀了人。小楚惊得碗筷脱落,馄饨汤淌了出来,卢嫂抄过墩布,往茶几一抹,全甩到地上,扬了些干土,扫进簸箕,往厨房去说再端一碗来。小楚说饱了。卢嫂回头拿酒碰桌沿,说弟弟也是干煤的,在井下与人发生口角,你压我,我压你地打起来,把人打死了。小楚往卢嫂身边靠了靠,油然觉得踏实。

"卢嫂你真行。"小楚倒了半杯酒,刚要入唇,看到卢嫂在哭,苍老的面孔上弯曲着晶莹的小河。

小楚一时不知说什么,心想:不会为刘香青的条子吧?

卢嫂的弟弟喜欢煤,特想下井,下到井底就像一阵小风,力气也大,单掌能握得煤石掉大渣子。卢嫂每回去看弟弟,弟弟都会问出狱后矿上还要他吗。"五十岁都快做爷爷了。"卢嫂闭着眼,软乎乎地说着,像是梦话,接着呼呼睡着了。小楚便回房了。

小楚想立马见到贺主席,这个惯常被她骂为不怀好心的男人,竟为看望一双女儿,顶着多少长舌头,风里来雨里去,而她是最毒的那条舌头,碍着面子才没骂出抽骨剥筋的话茬子。她从贺主席这里,似乎扬弃了一种观点,另立了一种观点:陆小楚最守旧,最自以为是,最是得了便宜还卖乖。

小楚愿意承认长大以后,她成天说男人是劣生态的源泉,天下的男人,要么守旧,要么自以为是,要么成天算计得便宜,要么得了便宜还卖乖,整个社会被他们搞得乌烟瘴气。其实,释放这股气体的也有以她为代表的某一类女性群体。

小楚拖过拉杆箱,咬紧嘴唇,特想像驴子一样怪叫两声,她怕自个儿脑海错位,先被一系列的事儿刺激成了名副其实的精神病人,就在原地跳了几下,把小裙闹醒了。一串咕噜声,小裙拔了暖瓶塞子开始泡面,问小楚怎么还不睡。睡了一觉的小裙,一下子温柔了许多,而小楚的脑子里乱成一锅粥,一些画面在眼前沉沉浮浮,尤其养老院的事儿,更是迫在眉睫。贺主席出狱后一无所有,再不做点儿与煤矿沾边的事儿,人就真毁了。

清晨听见鸡叫,小楚觉得精气神回来了,她趴到窗台前,树下的两只鸡,看样子是一公一母。它们点着头,像在检阅一夜来地上有多少落叶和落花。卢嫂在树下铺着一张席子梳头,盘好髻子,卷了落满碎发的席子,往一只桶走去,筛净席子,在有阳光处扭了扭腰,身子依旧瘦着扁着,可和昨晚判若两人。小楚的舌头黏着,抬起来都难,她不愿说话,这一早都是小裙在说,小裙无非那几句,不改口,不改口。

卢嫂早早下了鸡蛋面,姐俩各吃了一碗。卢嫂笑眯眯地说找到刘香青的条子了。小楚问写了些什么。卢嫂说要钱,那天,他俩就为这事儿在这儿谈了好久。卢嫂自觉失言,忙收了口。小楚觉得卢嫂可怜,姐俩从昨晚到现在指东说西,就是不提来意,现在便解围说她们也是龙田矿的,和刘香青住一起,过来看望贺主席,还说刘香青的想法不可行,那得上面说了算,哪个听说坐监回来给钱的?小楚说着哽了一下,身子似乎轻了起来。卢嫂说刘香青不怕上面不给,怕连矿不给。她觉得这和打劫没什么两样。

吃罢饭,卢嫂合上抽屉跟了出来,让她们沿着这条路走,说走一个小时就到了。这周围虽说无人烟,可到处的野花野草,开得不比别处少一朵。荒凉之地的花草,格外有气质,像在颜色里植入了筋骨,一朵朵,一束束,开得很倔强。

贺主席身穿咸菜色的号服,上有砖红色的"6148",神色迷离地从铁门走出来。在小楚看来,如果说过去的贺主席是匹健硕的马,那么现在只能算含泪的瘦羊。小楚使劲瞪了瞪眼睛,眸子不明,一层潮雾,又瞪了几瞪,把翻滚的湿气压住了。

小楚来看贺主席,这真是太阳从西边升起。贺主席猜测是陆福说了什么,也猜想到陆福的身体状况,顿时手足无措,特想有面镜子,从头到脚整理一番,特想喝几口水,润润喉咙。没等贺主席想完,小楚先于贺主席坐下了,看着一张涨出灰色的脸、抿紧的嘴唇、微张的鼻翼,又看了看一旁站着的小裙,小裙的脸也是灰色的,一副营养不良的样子。小楚刚要张嘴，小裙迎着目光一扭头跑了。

小楚对着通话器，喊了一声"爸爸"就跑了出去，差点儿撞倒躲在外面的小裙。贺主席似乎被雷击到，目送跑远的美丽弧线，激动地告诉狱警："这是我的孩子！我亲生的！"狱警没有搭理他。

小楚在门外哭了好久，工作人员劝她回家休息，她擦净泪痕，薄薄的眼皮挂着一串红，又回来给贺主席拜了个晚年。她觉得这个年不晚，过去的那些年，已经追不上了，这算是最近的年，味道并未走远。过去的这个年，贺主席没写春联挨家挨户送，没举行家属团拜，没挂红灯笼，可是有小楚拜年，什么都算有了。可当贺主席得知龙田的井架子早已拉倒，作为当年"准备队"的打井人之一，竟没为井架子送行，顿时痛不欲生，大吵大叫，狱警把贺主席带进铁门。

小楚怕贺主席受罚，一晚上睡不着。有人敲门，是卢嫂。卢嫂说那个连矿又来了，让她们下去看看，又说终于把刘香青留的条子转给了连矿。小裙躺在被窝里，不出声。小楚也没接话，用眼神问卢嫂还有别的事吗？卢嫂觉得姐俩睡意正浓，就退了出去。

小楚问小裙，贺主席会不会受惩罚。小裙轻轻地摇了摇头，尚未从今天上午的惊吓中跳出来。小楚喊贺主席时，把小裙吓得丢三魂出七窍，这个真敢叫，那个真敢答应，竟如此不把父亲看在眼里，等于伤了小裙的七寸，喃喃几句："他真好命，一入狱，既化解了不共戴天之仇，又当了爹，这些算是哪辈子修来的福分?！"

小楚不想搭理小裙，便下楼，坐到连矿身旁。小裙来了，坐进他们中间，把二人挤得朝外扑了一下。坐定后，三人一起发呆。卢嫂下了三碗馄饨，三人边吃边听卢嫂脚板打出的吵人节拍，心更乱。

"贺主席因违反会见秩序，不让见了。"连矿吐出一口气，像是这次会见成功一样，他回来的路上，一直这样宽慰自己，说不定，这回贺主席早眼巴着他来呢。跟随着卢嫂的拍子，他连说带咂舌头，小裙只顾低着头，在上司面前，语言短半截。小楚越过小裙的脸，与连矿四目相对,连矿像被浇了一脸鸟屎,脸色昏黄灰白,只有嘴唇见点血色。卢嫂没深浅地把刘香青的字条给连矿,并说刘香青让他出钱,给那个叫贺主席的养老。

连矿揉皱了纸,说:"养老没问题,把命抵了也行。"余音未落,整个身子抖起来,一看就是气话。连矿不是一推三六九的人,这种动干戈的事儿造成的祸患若一起算到贺主席和连矿头上,矿山十拿九稳脱不了干系,带着污点被指点,往后这身茧皮难脱,收归国有也不会一帆风顺。现在落个一人扛、一人躲,矿山一切还是原来的样子。都以为连矿躲了,其实背后没少遭兄弟们骂,骂他的嘉水人也不少,大梁子就是头一个。大梁子说连矿把屎盆子往龙田矿扣,这算是地主之谊吗?这是让客人拿大顶,给客人放绊脚石,哪个敢来?来一个抓一个,龙田矿来的最大头儿都抓了,怪不得那些小货们说没有地位。连矿低沉着声音说:"谁是客,谁是主?你这番话,更欺负人。"两人吵到第三回时,小裙就到了嘉水。连矿的火气一直顶着没处散,憋久了,肚子疼、肠子疼,时常尿着也疼。那刘香青正与他想到一起了。

连矿突然站起身,回房提了行李就告辞了。小裙没出声,一脸忧愁过度的样子。小楚看了一眼似有话柄子的卢嫂继续打着脚拍子,小楚谁也不怨。

姐俩惦记着父亲,也向卢嫂道别。小楚从座椅口袋摸出一支口红,说:"上点儿颜色,有精神。"她递给卢嫂,在卢嫂目光中,看到一条河,听到一曲歌。

几天不见,父亲瘦得仿佛又抽了一遍水,嘴巴瘪成一条紫黑色的线,精气神倒好,眼睛锃亮。父亲招手,小裙连忙把经过说了一遍,省去了不少东西。

扛过精神及身体疾苦的陆福听出话外音,摇头发出一声长叹。新萍说:"你爸说你不懂事儿。"小裙哭了,泪珠安静得像画布上的水泡,也仿佛置身于画中,一动不动,僵在那儿。父亲的身子抖起来,几秒钟不到,抖得眼珠子直晃。小楚迅速找来医生,稍作会诊,说是间歇性癫痫。新萍又说小裙:"你不懂事儿。"小裙更冤了,手脚并用扑到沙发上,用牙齿死死地咬住皮面,渗出晶莹剔透的口水。

吃了药的父亲睡了。新萍求小楚想办法让贺主席和陆福见一面。睡去的父亲竖着一根中指,像在鄙视女儿的无能。

小楚身心俱疲,一时间无路可寻,她挨不过新萍的眼神,一身的傲气被毙掉了。她不是神仙,她也有困苦,她压根儿就没想过让他们相见,更没想过劝劝至今还趴在沙发上的妹妹,所以新萍的眼神中充满着怨和气,觉得小楚去了一趟西沙,回来主意更大了。

小楚从新萍的目光中逃脱,纯粹出于尊敬,小楚不和新萍斗法。新萍看得再清,不过是对父亲门儿清,对别人,新萍不过按照自己的想法行事。小楚不是,她一定是根据现实现状出牌,她了解此时会喷她满脸满脑子的妹妹,道不同就少说几句。她突然想逃,觉得四面八方的夹板气朝她吐着舌头,有弹力地甩她,捅她,缠绕她。

小楚以身体太累为由,说今晚不陪床了,回去后,竟六神无主地向方董申请,表示愿意去香港参与渔具公司的创建。方董拍板,说走就走!当不辞而别,飞机起飞时,小楚忽然发现,在情感的驱使下,自己也不过如此。

小楚刚到香港,田中就打来电话,态度明确,以原上司的口吻,希望小楚留在港城,并说去香港不会有什么大发展,把精力耗过去,不会有一丁点儿功劳的。小楚摇摆不定,方董与她谈工作时,她所答非所问。方董厌恶地盯着她,越看越烦,"远洋渔具"长时间没有起色,他已是焦头烂额,心中有干劲儿的女下属又一脸呆,让他的心情更是雪上加霜。小楚眼珠子一转,说:"我是要来,可不是来听训的。"方董态度缓和了些,问:"陆福最近怎么样?"小楚没接这话茬子,说:"我给田部长发信息呢。"看着她神气如昨的样子,方董点了支烟,然后用手梳头,一下两下三下,他爱好养生的习惯一直未改,看起来比同龄人确实年轻不少。也许就因为有钱有型,惹得那些小模特趋之若鹜,拿他打底也好,拿他当跳板也好,反正没一个留在他身边。

方董绕过板台,取出一支自动铅笔说:"田中成天领着'假脸'又在放什么空口炮?""假脸"是指杜主任。小楚没言语。田中要是翻了身,方董肯定像夹尾巴狗一样,见了杜主任说不定还得低头讲话。越是身边人,越喜欢落井下石。小楚接住方董满脸的嘲讽,说:"大家都一样。你往这边投资,太没眼界了。田部长说的。"谁笑话谁,也是缺胳膊断腿。方董拉开百叶窗时,通知她明晚有酒会。

当晚,小楚穿着一件酒红色的西装参加酒会,她随便应付了酒会前的会议,说家乡靠海,渔业特别发达,渔具用于教学、娱乐、旅游、生存,作为"非遗"都是竞争行业做过的项目,"远洋渔具"要继承这些好的项目资源,并进行衍生开拓。具体计划,她会在下半年联合各位经理一同探讨,收集当地居民、政府的看法是重中之重。为此她要求专门设立新特色市场部,这个部门不做计划,做开拓,计划由市场部做,一武一文,一动一静,各司其职,以便工作的开拓。

酒会中,她往休息室去。有人喊她。宋经理老了,像一匹干瘦的骆驼,肩胛硬得像块石头。她飞跑过去,抱住宋经理。宋经理对"远洋渔具"也不看好,商场不是任性而为,宋经理说小楚也跟着不负责任地调派人员。在香港,这样的企业有成千上万家,实在是多此一举。瞧瞧连宋经理这个老糊涂的人都看得出,小楚庆幸两人是同一战壕的,连连称是,就怕在宋经理面前失了职业能力。宋经理是人事好手,虽说不参与市场,可闭着眼摸路,比她睁着眼都走得多,宋经理心里明镜似的,在港城就是,不过老头儿可怜,生为男儿身,在更高一级男上司面前才没拼过她,她一直惭愧。

小楚说方董不会理会的,这腿跨错了,早晚得折一下。宋经理直说公司倒后,就回家养老。正说着姜帅进了休息室,一身备战的状态。脱胎换骨的姜帅,马不停蹄地奔走于各部门,写纪要、做方案、走访大客户,可看起来完全像小孩子过家家,不过游戏而已。

他们签了字,打发走姜帅,小楚递给宋经理一杯红酒,说:"你不能走,公司倒了,你再回港城。"她的心是煤心,一举一动全是煤,刚开始,他看不惯,老了老了,觉得这孩子不忘本,也算不错,这回,他让她别兜着,有事儿早些说,集团资金往哪儿投,谁也说不准,往前试着推吧。

小楚说想建敬老院。宋经理微微一咳,他从事人事多年,从未见过如此猛烈往"自家"算计的人,便说首先要把建敬老院的钱赚出来。小楚觉得说得有道理,天上的馅饼为什么偏要砸给煤矿人?姜帅又过来说舞会已到高潮。宋经理没去,小楚去了,她和方董跳,和姜帅跳,和各位部门经理跳。

从酒会回来后,小楚一直盯着天花板盘算着找个理由回港城,她妈的,这不脑子有病吗!喊着要来,来了不到一周,就要回去,看样子最会过家家的是她。电话里,小裙一直问小楚去了哪里,小楚不敢说。现在的小裙不比当初,会把话柄子当刀使,哪儿疼捅哪儿,这好像是妹妹深藏不露的长项。小楚最终以气候潮湿、容易生疹为由,提出不必为港城安排新人,继续回去亲力亲为。

方董驱车送她,一脸僵相。小楚打印了登机牌,上到二楼,扶着栏杆向下看,方董正仰着脸朝上看。她从这张脸上,看到香港的新事业绝对是一场败仗。

回到港城,小楚第一站扎进 4S 店,若干射灯灭着,展台看起来无精打采,洗手间里污水乱流,墩布自顾自地映在镜面中,壁灯弱成几盏鬼火——一台恐怖剧正演着。又传来客户与服务人员的争执声,解释到最后,客户按了投诉铃。好久没人应诉,客户气愤地在留言簿上写了些话,怕走后被工作人员撕掉,又拍了照片。这是一位老客户,小楚认识。她走上前,鞠了一躬,老客户瞬间温和了。

小楚要了两杯橙汁,找了观影的好位置,指了指正在播放的《复仇者联盟》,此刻剧中主要角色都死了,她猜想续集里他们肯定得活着。有的客户竟为剧情落泪。她和几个客户轻松地聊起电影,过去电影看前面,就知道后面,现在不是,意想不到的事儿太多了。老客户消了气,走了。小楚没有批评任何人,她知道,客户要的是一个态度,不是别的。

她去二楼市场部,90后领导正襟危坐,青筋高鼓,问什么是偏心、什么是器重大学生,让隋强写检查。隋强揩着通红的眼,翻纸找笔。隋强被塞在角落里。这批90后中层领导,是当初人才库培养下的衍生品,他们更喜欢部门本科学历以上的年轻人。批评得对,小楚没看任何人,转了一圈儿往外走。

刚带上门,90后领导小步跑过来说汽车卖得不好,底盘轻,像风筝在天上飞。小楚严肃地说用竞争对手的理由叫作投降。一个市场人,成天举着双手,能做好才怪!小楚气哼哼看着这个90后领导,想起五月车展的车模尚未落实,问他怎么想的。小领导支吾了一会儿,说:"高端车模做高端车,我们的车⋯⋯"小楚知道这几年高端车4S店遍地开花,车行有了更强的竞争对手,说:"车模我来考虑吧。"90后领导回去了。这些孩子不错,小楚愿意承认,只是心头压着火。关于车模,她不会考虑宣儿,宣儿不再为脸做售后,也不再混迹于演艺行业。听说,嘉水矿筹建了工会,宣儿成天为兄弟们忙里忙外,没工夫再注重形象,该吃吃,该喝喝,说话分贝渐高,怎么舒服怎么来。

小楚倒是想送杜主任一个人情,前几天潜伏回来的杜主任,暂时只和小楚联系。杜主任不落魄,也不自卑,方方面面打听宣儿的一切。当知道宣儿彻底退出,杜主任声音亮了八分贝,热情劲儿一波儿一波儿的,搅得耳道战场似的。杜主任见过世面,见过钱,一般的费用不够她打牙祭的,这样想着,小楚就拨了电话去。杜主任果然雀跃,不免再次确认宣儿的行踪,还问到姜帅在港是否坐实,有没有一夜暴富,这全不点题,最后才谈到正题,要一百万元。这口气!

挂掉电话,小楚气得直骂,这个不具备任何影响力的女人! 这个放在媒体上都无法被宣传出效果的女人! 何况这笔钱花出去后,根本赚不回来人脉及商业链。

小楚不想用杜主任了,之后没再联系她。杜主任却几次三番打来电话,一再说小刀切着不疼可以降点儿。小楚不接话茬子,轮到杜主任骂她姓"煤"的没一个好东西,这话也含着连矿和庞队。杜主任在日本开销非常大,她不想花自己的,分别找过连矿和庞队给她汇款。连矿干脆没回话,庞队质问杜主任为什么不辞而别,问当初的诺言飞到哪里去了。庞队有什么钱? 有钱的是连矿,可惜是个呆子,怪不得能有个连曾董都不待见的女儿。杜主任骂了好一阵才解了气,庞队气得摔了电话。

看出场费商量不成,杜主任便要求住进公寓,住不花钱的地方,也算赚钱。小楚没有回绝,房间空着也是空着,再说小楚觉得自己也有关照的义务。

小楚在公寓接待了杜主任。杜主任依旧消瘦而美丽,像只优雅的白鹤,声音水润,眼神流转,不停地冲小楚露出迷人的微笑,这也代表着无言地问能不能值上五十万元。小楚没搭话。杜主任点着一支烟,套近乎似的,说起家事,不住地叹着老矿工陆福不久于世,两人也算擦过肩的人……杜主任抻了一下脖颈,好像说得不耐烦了。小楚知道杜主任不过是拖延时间想谈费用,就像当初宣儿见曾董的事儿,也被杜主任晃得不轻。不过出身"半月湾"和田中培养下的杜主任只学了些皮毛,就像一些学围棋的人,没听懂技法,只会两指托棋享受落盘时硬装出来的气定神闲。小楚这样想着,知道这一上午的时间又得白费。杜主任又接着说什么生老病死、听天由命、活着的就好好活着,然后又迫不及待地说五十万元行不行、什么时候到账、起码得先付二十五万元。小楚又一次示意杜主任少要点儿。杜主任撇着嘴,一脸不屑,觉得小楚不识捧,没了田中,没了曾董,单和一个

216

汽车经理人论起家底儿，指不定谁更厉害。

小楚从口袋里摸出一张五万元的支票，说："这算是还人情了。"杜主任尖叫着。

"这五万也不少，不愿做，我们另找人。模特多的是，给两千块就做，只不过低了声势，不过，你也没有名气。我也不会为这次车展出资捧你。"小楚说，她有预感，杜主任这边会成。果然，杜主任发完一顿飙，收起了支票。

天灰得要命，小楚半睡半醒地乘着电梯下楼，坐在路灯下。人得罪得精光，人脉上几乎是光杆司令，同事下属除了巴结就是谄媚，在意的是能换取有能量的岗位。她见过一位任经理，当经理时人缘特好，但竞岗下去后，好像还不如当初未做中层前。小楚叹了一口气，回房躺下了。

小楚身子发冷，盖两床被子睡一宿，鼻尖还犯着凉。换作她被竞岗下来，恐怕还不如任经理，职场哪儿来的真情实感！她闭着眼，摇晃脑袋打发时间，晕得想要呕吐，窗外的天灰成了块儿，好苦闷，忽然间觉得浑身无力，又忽地感觉可以运筹帷幄，这一会儿工夫，脑子乱扑腾，像挤进一群鸡。她想像父亲一样疯跑，跑姿再蠢也比躺着瞎想强，她坐起来，空气像压下来般。出了门，她拨开天，冲撞着灰色，跑得两腿直绊，汗水顺着裤管流满脚趾缝，鞋底子黏糊糊的。她弓下腰，脸色涨红，把小脸憋成了一枚山楂，心里那股酸楚劲儿迫使她想到仕云这个局外人，哭诉一番也好。

哪知仕云先她一步，像是算准她的电话会来，对着话筒呜呜不停。小楚想说的竟憋了回去。仕云说写不出来，废掉了两百多万字，依旧理不出头绪，兄弟们的嘱咐应该都在线上，就像一个充满能量的场，若是按照作品的规矩，又觉得作品将失去前所未有的力量，说到最后，仕云又说还是自己的技术不好，处理不了龙田矿和嘉水矿及几个行业的人物现状，一闭眼，所有的人物都活生生地跳进她的脑袋里。

小楚听不懂，也不愿听，让仕云听她讲。仕云不听，继续说着。"那还是你说，我听。"小楚说。仕云说觉得对不起接受采访的兄弟，耳语的一些事，被去粗取精后，成了佝偻的模样。

天不那么灰了，渐渐淡成黄土色，像一席大地的温床。仕云说刁兄已经挺实诚了，在嘉水的采访中，有比刁兄还敢说的。

天淡了，淡成鸡蛋清色，有几颗闪闪发亮的星渐渐隐去，小楚揉揉眼睛，一汪水附着手臂，问："你那里有星星吗？"仕云说："没有，有霾。今年冬天我邀请你到京来看霾吧。"

她们挂电话时，已是天亮了。

听仕云诉苦，也能缓解小楚的压力。一早，小楚觉得好多了，身体仿佛泡在温软的泡沫中。小楚想起父亲，这阵子等于断了与医院的联系。仕云昨儿说要来看父亲，不知是哪天。小楚洗了澡，匆匆赶过去。小裙斜眼看着她，说："日理万机的大领导来了。"说完，眼珠子挂白，嘴角瘪滑成鱼干。父亲精神多了，新萍举着花镜，正在擦拭镜片，集团报纸整版写着顺利收购嘉水的事儿。"国家级报纸也登了这个消息。"父亲戴上花镜认真地说着，并接过报纸，攥得很紧。父亲这是好了吗？小楚掐胳膊，掐脸蛋，怕是梦中。"做煤的怕过什么？啥魔怔都不怕！它要来，我扛；它要走，我不送。"父亲压着声音，喘着气，眼神十分的倔强，看来顺利收购一事给父亲打了强心剂。

小裙拧了毛巾，给父亲洗脸，擦手，小声地叮咛，每一句叮咛父亲配一个点头。这不是配合，他俩本就有默契。以前，也是两个人共用一只耳朵，共用一张嘴，现在更要共用，父亲不能出门采集信息，小裙便采回来，晒给父亲。

十七

隋强哭丧着脸,手指飞绕回到当初沉迷电脑的状态,鸡不打鸣,他不睡,工作丢得一干二净,像是谁支了着儿,要求他这样做。有板有眼的惯性,招来刘香青的痛骂,抄起鸡绒乱飞的毛掸子,敲上一顿,不给他做饭。隋强去超市买吃的,时间长了,有人问,他就说他妈不做饭了。刘香青想没收隋强的钱,遭到拒绝。有一回刘香青问他留那些钱要干什么。隋强毫不客气地说去嘉水花。

刘香青不是没想过,从西沙回来后,想法曾像夏季的雨水密集多情,尤其夜里把她浇得湿乎乎,被子潮了,脚趾缝噙水,天一亮,化成叶子上的露珠,随着阳光蒸发了。可刘香青说不出口。

刘香青的心乱了,就像当初趴在纺织厂工会的外窗,偷瞄着年轻的李矿。几个纺织女工说,刘香青,刘香青的对象来了!谁怕谁?刘香青直接推门进去,说今晚要和矿长跳舞。本来腼腆的李矿,一时被语言与相貌不搭的刘香青镇住了,这个美得像仙女般的人物,比男人敢说,他也相信这个女人一定是纺织厂最漂亮的,毕竟眼下不比任何他见过的画报人物和现实人物差。刘香青和李矿跳舞的那晚,两人醉酒般脸上一坨红，曲终人散，两人还抱着跳。有兄弟打趣说，抱回去继续跳。刘香青指着多嘴的兄弟骂了一句，兄弟说等她做了矿长夫人再骂。刘香青神气地朝李矿一噘嘴巴，噘走了李矿的魂。后来，李矿常来找她。

类似的感觉她和老隋从没有过，老隋有过没有，她不知道。这么多年了，她未越过界，对得住老隋的要求。

刘香青抹了一把泪，独坐在茶桌旁，像痴人一样盯着那盏有故事的路灯，写故事的人写到医院去了，输着氧气，插着鼻饲，眼白泛红，痰声嘶嘶滚动。这下好，陆福不孤单了，有新萍陪着；新萍不疯了，有机会坐在陆福身旁，憋出来的病好了一大半。刘香青清楚得很。

想得太累，脑细胞纷纷缩水，削个水果吃也好。刘香青去冰箱翻吃的，为了给隋强断粮，才记起什么也没备过，她空着手回房时，听隋强在聊天，一个劲儿地问行吗、行吗。传来键盘的唰唰声，不是敲，而是像琴键子被划拉着，准不是沉迷游戏，在她面前，成天装腔作势。她想冲进去，骂隋强一顿，想来想去算了。这孩子像老隋，榆木疙瘩一块儿，梗着自个儿，在乎别人，孩子在乎她，才没像小伐一样尥蹶子走人。

支着儿的人是小伐。隋强从小跟着小伐混，冬天时，两人鼻涕流得一样长，后来，两人都没了爸爸，经常小手拉小手，躲在门洞子里。小伐不知从哪儿抄来一些劝人的话，读给还不识字的隋强听，隋强听不懂，小伐就讲，讲得漫天大道理，被隋强一声号哭打断，以致讲书的也成了泪人。小伐学习好，读了大学，主动要求到矿上工作，赶上不景气，没得到重用。那会儿，隋强就给小伐支着儿，早些走出去，最好能把他一起带走。小伐说："你妈没有你不行。"隋强竟脱口说他妈疯不了，气得小伐搂隋强，越说越搂。隋强说："你要是孝顺，怎么不回去？在我面前逞什么二踢脚！"小伐说："你妈才疯呢！"两人抡胳膊、扯头发、拽衣襟、掀腰杆地打起来。打了一阵子，小伐抱上头,隋强立马停了,然后两人抱在一起。

一日,隋强穿戴整齐,找小伐喝酒。小伐问隋强刘香青拿些铅笔字告贺主席什么。隋强说不知道,接着由铅笔字说起李矿、贺主席,而后说到父亲老隋。像得了面瘫的脸,隋强没有一丝表情,天上滚来一个闷雷,他的眼珠仍不转动,只会一个题点切着另一个题点,不断转换,语句颠倒。小伐觉得不对劲儿,问隋强,穿戴这么整齐就为了喝酒?隋强说,想找个好地方补功课,一定要考上大学,走出矿山,才对得起母亲和那堆铅笔字。小伐没说什么,同隋强喝了几杯,并劝他读书时别喝酒。隋强说在矿上住的,哪个不喝上几盆?小伐哑口无言。喝得微醉时,隋强竟说穿这身是为了去见父亲老隋。小伐一个激灵,大喊隋强的名字。隋强整个身子软了。不知哪儿来的野狗狂叫一通,围着两人转圈儿。这狗老得不行了,黄尖着脸,鼻子像被画了粉笔道,嘴巴下的毛七倒八歪,眼眶似乎有一道膜,长得怪可怜,刚才疯叫的是它吗?小伐没有心思打量,矿区有不少的野狗野猫,它们了解矿区人的脾气,即便晃到天黑,也不会挨棍子。隋强、小伐和狗,站成三角形,仿佛固定了整个空气。

隋强知道小伐能理解这话。自从各自的父亲相继走后,他们成了矿区里最安静的,也是最惹眼的。走到哪里,在他们听来的臭屁烂话跟到哪里——

"嗯,今天看起来好多了。""不怎么样吧?""嗯,怎么过啊?""孩子高兴得快。""大人哪儿去了?""衣服真脏啊!""嗯,今儿干净了。""哎,当妈的恐怕熬不住想嫁人了"……

这些话一直没断过,眼神是从不落后语言的,每一股似剪刀,一下一分为二,再下二分为四,把身子绞得稀碎,不能流一滴血,却痛得睁不开眼。听着不得劲儿、受不住。"这日子过到今天,也算是大胜利。"隋强说。小伐拖起隋强,往家属区走,狗没跟着。

小伐紧贴隋强,要他打起精神,学着陆福多跑,学着新萍多练,学着刘香青多唱，没什么可怕的。隋强说自己不是读书的料，想下井，母亲又不让，一点儿开心的事也没有，活得没意思。

小伐告诉隋强活着有意思，说："有哥在，你肯定能留在矿上。"得到小伐的许诺后，隋强心中透过一丝亮。

那天，隋强确实是肿着眼睛回去的，刘香青以为有人欺负他，火冒三丈却未问出因由。隋强怕母亲担心咬着牙不说，但当晚隋强又哭醒了。

隋强和小伐要好，刘香青知道，但不知道隋强倒下过，挺过来的日子全凭小伐的鼓励。

此时刘香青混乱的脑子，没有头绪，似乎听到隋强又在哭，推个门缝子，果然，儿子对着电话哭。她的心咯噔一下，眼泪哗哗地流，由于过往那些气不过的日子，她很少关心儿子，只是一味地要求、设限。不知从什么时候，她有了变化，想让隋强到矿上干个轻省事儿，在矿灯房修矿灯也行，应该就是从西沙回来后第一次接到连矿的电话起。

第一回，刘香青接到连矿的电话，连矿主动提起隋强，说要安排工作。刘香青的耳根子软下来，整颗心像烟花下的长龙，游得美极了，而连矿错觉加大，把刘香青的喜悦，当作他们之间的心照不宣。

再以后，刘香青发现连矿每回把心掏得特干净，从远到近，从小事儿到大事儿，讲给她的嘉水这几十年风雨历程恐怕比汇报给集团的要多。刘香青听得最起劲儿的，要数地方某些官员"吃请收贿"，刘香青觉得说得过去。当官的给他们行便利，吃点儿饭拿点儿钱没什么。可夜里，睡下，她又想起龙田矿当年死咬牙不外送，"半月湾"倒送得敞亮，一身冷汗忽地结成冰晶。这钱不是好东西，送来送去准出大问题。

后来，刘香青听出连矿的心声，再接电话时，便加倍小心，她怕一个熟透的女人不能把持自己。刘香青被自己的想法吓了一跳，甩了几下发烫的手。初夏的晚风,掠过窗帘,像一只温暖的大手。

现在,隋强一心想往嘉水去,刘香青开始盼望连矿安排工作的事有更清晰的眉目,可这通电话左等不来,右等不来,恨不能托人侧面提醒连矿要给刘香青打电话了,不为别的,就为儿子高兴。过去谁让隋强去嘉水,都会挨刘香青一顿骂,连矿不一样,别看现在嘉水矿收归国有了,连矿的身份依旧在,说起话肯定比龙田矿不避嫌,绝不会像贺主席安排小裙那样被人指点得快从凤凰变成鸡了。

电话里怎么说?对,对,让隋强去技术科。宋冰初中文化能去,隋强高中文化去不了,岂不成了笑话。刘香青主意敲定,未等来电话,她先去找新萍要当年随专家勘测龙田矿时的技术资料,嘉水矿若有意培养隋强,不能错过机会。

要回材料后,刘香青把材料都翻了一遍,她看不懂,心里直嘀咕与新萍的差距。怪不得两个人疯起来不是一个样。当刘香青把材料往茶几上一放,隋强就看到了,脸上不自觉地露出笑,像突然打通了任督二脉。

这晚,连矿又来电话。刘香青激动得想哭,她抱着一床被子,靠坐在床头。本以为通话短促,谁知刘香青热乎起来,踯躅了多天的连矿信心倍增,脑子里全是这个不施脂粉、薄身段儿的女人。他们谈到凌晨,刘香青才觉脖颈疼,耳朵嗡嗡的。

一早,刘香青和隋强说去嘉水一趟吧,然后指着那摞资料,吁口气,问他能看懂吗?隋强摇摇头说可以学。刘香青舒服地再吁一口气说要去买票了。正要出门,新萍来电说陆福情况不好。

陆福喘得厉害,眼皮被泪水泡得发肿,新萍说写"贺"字好几天了。贺主席的情况也不好,狱方说贺主席有轻微的精神分裂,最好不要受刺激,贺主席觉得自个儿没问题,能吃能睡,仍旧积极改造。

一行人停在病床前,陆福招呼孩子过去,拼命地在床单上写"贺"字。小楚从手机里翻出合影,贺主席清秀得很,父亲肩膀宽阔,一脸胡楂，一脸憨气，眼睛炯炯有神。父亲知道这张合影是女儿小楚从家里翻出来的。陆福晃着凹陷的瘦脸，微张开手指，像疼爱孩子一样，看样子，想摸摸贺主席的脸。小楚把手机推到前面，父亲点点头，像与年轻的贺主席碰了额头。

陆福熬过最后三个小时，闭上了眼睛。刚到港城医院的祁书记，没赶上送陆福最后一程。陆福闭眼时，身子歪向一侧，提早像块巨石一样坚硬，压得担架车发出难听的摩擦声。

穿上"老衣"的陆福半小时仿佛瘦了五圈儿。小楚和小裙在停尸间站了好久，直到医生冲她们发了脾气。小楚觉得医生不讲人情，挥起拳头，就扑了过去，随后，她的手肿了。在小裙联系出殡的路上，小楚一言不发，待推开车门时，小楚跌向路边，满嘴的口水。一群人围过来，指指点点，得知是因父亲去世，有跟着掉泪的，有夸子女孝顺的。不远处，田中摸出一条帕子，擦着额上的汗，灰色的衬衣、丝状皮带裤让他整个人看起来很绅士。

小楚像是受了大刑，爬向车门，耳边响起鸟儿的嘶鸣，她抓住车门，看天一片灰蒙蒙。小裙挽着她的手，用尽力气推她上车。

这晚，小楚和小裙回家睡的。倚着床柜，盖上薄被，她们不约而同地往窗外的路灯看，过去怕见路灯下的身影，现在渴望那个高大的身影依稀还在，揉过眼睛，一片虚无。夜，突然起风，刮着惨白的气。她们从不像现在这样拒绝黎明，明日火炉会把父亲炼成灰。不——小楚奋不顾身，冲向门外，又发疯一样，跑到医院，拉开那扇冰冷的门，要把父亲推走，遭到医生强烈的怒斥，招来七八名强悍的保安，将小楚推倒反绞。新萍骂了小楚："你爸在天上看着你！"刘香青抱住小楚发颤的头，理顺她的发丝。刘香青提着陆福用过的水杯、盆子，新萍一手挽一个包袱，三人不约而同地再次回到病房。陆福住过的病床已换上干净的床单。父亲已经不在了。小楚抱着脑袋大哭起来。

戴着氧气面罩的父亲、大发雷霆的父亲、犯大错误的父亲、一身力量的父亲、跑步的父亲、把咸菜嚼得乱响的父亲、嫌弃母亲的父亲……父亲悄悄走了，不像活着的时候，那样闹出声响。小裙赶到的时候，大家正往外走。

第二天一早，天空滚着重雷，由远及近，为灵车护航。小楚捧着黑白相片，走在前面，喊："爸爸，你回来吧！"小裙喊："爸爸一路走好！"李矿、祁书记、新萍、刘香青、宋冰、隋强都去了，矿区家属也去了不少。

小伐竟也在人群中，走在队伍的最后面。雨水浇着每个人，而他显得格外湿，瘦下去的脸颊惨不忍睹。遗体入炉时，小伐竟跪了，身前身后一摊水渍。隋强也跟在小伐身后，一起磕头。小伐一转头，抱住了隋强。

隋强发信息给小伐时，小伐已在路上。小伐收到新萍的信息时，就去请了假，急赶港城，在医院对面的酒店住下来。夜里，辗转难眠，他想起父亲的早逝、母亲瘦成面板的身子和那一双可恶的大手，大手是陆福的，给母亲拭过眼泪，把母亲抱得紧紧地。小伐知道陆福走了，再也不会出现了，心底冒出几缕酸涩。小伐原是不想去参加殡葬仪式的，只想远远地看一看。赶到酒店的隋强问小伐远看能看出什么。

小伐霍地一下跳起来，把桌上的小物件扫到地上，扯断了窗帘骂了一句不要脸。

"你爸要带走你妈的命，陆伯伯留下你妈的命。"隋强说。小伐拾起小物件，把窗帘铺在脸上。

按习俗，红白喜事，都要吃饭。席间，新萍第一个离席，宋冰跟了去。小楚离席，刘香青跟了去。小裙离席，小伐跟了去。

李矿以为祁书记也要走，祁书记说不走，想坐会儿。李矿说起厂房空置及几个农民又三番五次来矿上要土地种。

"贺主席回来，还能干吗？"李矿摸出手机，指着贺主席的号码，这号码安静了一年。

　　祁书记没接话茬,问:"你什么时候去嘉水?"李矿摸出烟,说:"尽快。"他们相互瞅了一会儿,欲言又止。作为国有企业的两位基层领导,他们沉默意味着思考。煤矿适应新条件,是硬性杠杆,对若干反复讨论要不要留下的老标准,不能一刀切,给时间,往长远看效率,就像家属说这些事儿得慢慢地协调解决,不能年轻的走了,留下年老的担惊受怕。想到这里,李矿的心嘣啪一声,舌头磨着牙肉,他和祁书记在这个当口,若语言多于行动,重复地讲,等于没讲,撸起袖子干就行了。祁书记借了个火,吸了一口烟,和李矿握手后,举着烟往外走。李矿回到机关楼,静得出奇,他算是最后一个走的。

　　临走的前一天,李矿去找刘香青,提出这次回去着重为隋强安排工作。连矿没等来刘香青,等来了提前到的李矿。李矿是新任嘉水矿长,早晚要来的。在兄弟们闹哄之际,李矿递了一支烟给连矿,自那次不欢而散已有一年多时间了。连矿说自己当初脾气大,李矿愁自个儿没耐性。这次,他们想到一块儿了,工会是矿友之家,全面做起工会是当务之急,喝盏茶,吸支烟,谈兄弟。现在的人,苦点儿累点儿不怕,就怕尊严感低。有煤不代表日子就好过,没煤日子难过是一定的,要把人事的作用放大,引进合适的人才。连矿及时提出让宣儿进工会,李矿问了学历和工作履历,觉得合适,不算什么走后门,可心底想推荐宋冰的话没说出口。那日祁书记走后,给李矿发了一条很郑重的信息,言辞恳切,要求关照宋冰。

　　夜里,李矿掂量好久,不知怎么向祁书记交代。宋冰前往嘉水时,李矿曾对着忧心忡忡的祁书记大放宽勉之词:"要是我去接手,给宋冰调调。"电话打通了,祁书记心情不错,一个劲儿地说笑话,仿佛要给美好一个更美好的开场白,要释放到最兴奋点。李矿这盆凉水泼的,祁书记的声音突然疲惫至极,像困了几天几夜,说:"直说办不成就得了。"这冷水一泼,泼得李矿主动放下电话,瞅着窗外眨个没完的星星,觉得说大话的日子真是过去了。几千号大眼睛正一眨不眨地看着呢。

同样给李矿泼冷水的是刘香青,听说连矿以个人名义为刘香青和隋强一行接风,李矿不禁问号连篇。李矿觉得小题大做,哪儿来的一股歪风! 龙田矿兄弟一拨拨往这边赶,谁也没有这个待遇。

第二天,连矿过来找李矿安排隋强去技术科,说是矿嫂子女,要照顾一下。李矿说正想解决此事,心底却带着一丝不悦,继而冲连矿一笑,拨了电话,让技术科的相关人员带隋强去熟悉环境。

刘香青变了,变得如此热爱生活,翻出以往抛老远的衣物,不停地往身上比画。她算是客,矿上要照顾,住招待所也罢,偏进了家属区。隋强觉得蹊跷,下班后去井口等小伐一同吃饭。

小伐对隋强的疑惑没搭腔,埋头吃饭,神色平静。隋强挠着头发,像是憋了一股火。小伐继续吃饭。"你听见没有?!"隋强把火气喷出来。"上一代的事儿别管了。"小伐嗫嚅着,像要接受批评。隋强觉得刘香青靠着某种说不清的东西,这已经不是上一代的事儿了,而是跨了地域,龙田矿和嘉水矿还没争出胜负,他妈这是要缴枪了。他又把这个想法告诉小楚。

小楚为经营正一筹莫展,通过几个月忽高忽低的业绩,突然发现过去的经验完全无法对抗二手车店里的新事物,由于近几年差旅少了,见识随之也少了,何况心思用在了矿上,精力撤得真是差不离。赚不到钱,就谈不成建敬老院,一事无成之感在心中环绕着,小楚更是消沉焦虑。

小楚没说什么,放下电话。嘉水矿都归了国有,还分什么你我,听了不团结的话,小楚来气。隋强不断用信息轰炸小楚的手机,小楚设了静音。要说最近最影响小楚心情的,要数小裙的态度。自父亲去世后,小裙像变了一个人,尤其对贺主席的态度,一路直下,恶劣得像是八辈子仇人,早早划清了楚河汉界。像是父亲的离开,是贺主席一手造成的,就连父亲走前想与贺主席推杯换盏、促膝长谈的愿望没达成,也成了贺主席罪大恶极的证据。小裙不愧是陆福的养女,脾气真是像,又蹦又跳,手舞足蹈地吆喝起来,数落小楚的不是,像陆福附体。小裙就对鸟儿好,要回笼子后,成天提着到墓前,诉说种种看起来的不幸。夏天的热风,吹出一身黏汗,腋下散着热烘烘的气味,笼子里的鸟儿像被打晕,一动不动。小楚常是一声不吭,活像一片空气,飘来飘去。小楚为此去找过新萍,新萍没说什么,从陆福走后,就接替了陆福在家属区的跑步地盘,气得小楚想出家。

就这些,她还等着说给刘香青听听,被隋强一吵,她就没了心劲儿。可挂上电话后,隋强的信息不断。她把隋强的信息翻看一遍,无非是说刘香青让龙田矿丢人了。这一觉睡得心肝疼。小楚梦见秦叔、隋叔,最后一个出场的是母亲,背景是陆续死去的尘肺病兄弟。她与每个人对话仿佛隔着一层水帘,水泡在空中荡开,剥落的煤渣子让她迷了眼睛。她往后退了一步,看到秦辛像过去一样不苟言笑,推着自行车,骗腿上去,一阵风转眼走了。她像知道是梦,扯着嗓子喊,母亲捂住她的口,隋叔也背过脸,渐渐走远。这算什么?小楚在梦里又喊,尘肺病兄弟聚在一起,打扑克、吃油条,一个个脸洗得干净,浓烟模糊了面庞,突然黑煤层压下来,透不过气,她拼命地喊他们,闪开!闪开!抬起的手臂一阵麻痛,她在一阵尖叫中醒来。

她瞪着眼睛,在床上坐了好久,汗一层一层地往外出,天一亮,她去了墓地。两棵比人高的松树,似乎也在哀怨着,绿过头的松针密匝匝地遮住蓝天。墓地是小楚买的,有着碎花的圆形大理石光亮得能映出人影,在影子尽头,脸被拉得奇长。小裙说走就走,鸟儿也跟着走了。

远处,新萍往山上来。小楚想抄别的路往回返,不见有不见的好处。转了身,新萍喊了一声,小楚回过头。然后,两人盘坐在墓前,知了声、鸟鸣声、蚊虫声,像立体环绕音。小楚挠着身上的硬疱,新萍说陆福没活够,要喝的酒、要见的人、要去的嘉水,没有一件成的。

小楚说父亲早累了,躺在平阔的地底下,有河流,有鲜花,有游戏。想起父亲的暴躁、跑姿,小楚垂下眼睛,打量着新萍布满老茧的手,又眼见着新萍从包里摸出一个饭盒,把粥一勺一勺地舀向树根,动作机械,嘴角却微微提着。

小楚往山下走时,新萍喊她再回来待会儿。小楚坐回原地。新萍说陆福不高兴见人哭,喜欢看挥舞的胳膊,嗨,嗨,嗨地用力气。新萍的声音很洪亮,炸裂式的,不像一个女人在喊,仿佛几个男人在搬运一车石头,她的身子仿佛加了油,寺庙小成了芝麻,小得肉眼看不到。

回去后,五十几条新信息全是隋强发来的。短信上说,宋冰又闹开了,先去找宣儿,后去矿灯房找小裙,庞队也成了出气筒,把连矿、李矿折腾得闭门不见。原因就一点,照顾隋强去技术科,她没有意见,可她是技术科的老员工,若进人,按规定也应该有她,多进一个人能把技术科挤爆了吗? 碍于祁书记的面子,矿上没处理宋冰的跋扈,可隋强受不住,像是被宋冰处理了一样,时时如坐针毡。龙田矿可不能丢这人,宋冰丢人,他丢人,就等于祁书记丢人,李矿丢人,这转着圈儿丢人,不成一个大笑柄了吗! 隋强可知道,凡事在矿上一旦传开,能成为好几代人的话题,讲不够,还会添油加醋。

宋冰闹腾没效果,把祁书记从鹤西撵了过来。祁书记听说后气得脸都青了。这些共事的不告诉他宋冰闹也就罢了,李矿也不跟他通个气。祁书记让宋冰别和矿嫂攀比。宋冰就骂祁书记是骗子,骂整个矿上都是骗子。祁书记只能躲着宋冰去了招待所住。

夜里宋冰又跑到招待所去闹。招待所的值班师傅来敲了几回祁书记的门,祁书记终于爆发了,捏住宋冰的下颌把她推倒在床上,还想抢起胳膊再捶她几下屁股,谁知宋冰一动不动,往天花板直瞅,像被施了魔法,一下子安静得很。祁书记放下手,坐在床前,喊宋冰。谁知宋冰喃喃地说:"刚才的事儿记不清了。"然后她眼神恍惚,披散的头发像密集的海藻,好似脑子坏了。

"初步诊断为重度脑震荡,如果确实不放心,可以到市里的大医院看看。"从龙田矿迁来的几个医务人员这样说。这事儿像长了翅膀,矿区上下连烧锅炉的也在绘声绘色讲着细节,越传越凶,大家把祁书记看成头上插着刀的怪物,不断回头指指点点。也有人说,祁书记打得好,宋冰这妖不降不行,从龙田到嘉水净搞事儿了。不知哪个爱看热闹的,把仕云那件事儿也搬了出来,说祁书记早看上别人了,下一步就是休妻。祁书记闭门不出,眼眶痛,牙龈全肿了。这打老婆的事儿,就像古往今来那些骚戏,哪个听了不火上浇油,非得闹个精工出细活儿,把原著毁得一塌糊涂,说祁书记为了仕云打了宋冰这一出,这就逼得李矿不得不出面。李矿去看宋冰时,带了慰问金和水果,答应宋冰立马召开中层会批评祁书记。后来再次到医院的李矿告诉宋冰,会也开了,气就消了吧。宋冰满眼泪,祁书记后悔得要命,过去两人疯闹,多重的出手都没"荡"起来。别说批评,就是更严厉的处分,祁书记也愿意。婚前,祁书记确实承诺过小他十多岁的宋冰。为了这份承诺,祁书记讨了秦辛多少骂,纪委纪委,先把自个儿纪一纪,秦辛说这辱都是自己取的。最早,祁书记觉得秦辛自视科班出身、技术超群,有意在他面前摆出廉洁的样子,后来秦辛多次反映类似的不公,求告无果,去了井底,祁书记才有了羞愧之心。

李矿看着宋冰,说:"老祁对你啊,一千个好,一万个好,兄弟们全瞅在眼里。"宋冰说她只是想到技术科,可答应的事儿办不成。这话像是在说李矿。宋冰从枕头下摸出诊断书,一串泪珠,哗啦啦。李矿接过诊断书,像拿着宋冰有资格从事技术工作的证明,翻来覆去地看。宋冰的泪更多了。

对这件事儿最按不住脾气的要数刘香青,说:"这么好的老婆也打,等明儿把祁书记撤了。"宋冰哭得更凶了,祁书记是宋冰的天,天塌了，宋冰就活不成了。刘香青说："那就晒祁书记扁口鱼，半年不理。"刘香青理着宋冰的头发，轻声劝着。宋冰不和隋强攀比，人家死了父亲，又是晚一辈的，她就是跟矿上要。日光偏着射进来，照在脸上、手上，一米一米地放大，床单更软和了。宋冰突然说要辞职，不想给老祁找堵。刘香青问她去哪儿，宋冰说去找小楚。

　　小伐和隋强急得要命，宋冰是祁书记的老婆，不能投奔车行，否则便更成了笑柄。他们趁着天黑，跑去找李矿。李矿一脸愁苦，此时隋强说他想下井。李矿说他们添乱，把他们轰了出去。隋强不依不饶，又走进去说要把技术科的名额让给宋冰。隋强一直想撇清模糊不清的关系。这回李矿没轰他们，走到窗台前，回过身，说："你不做，宋冰也不能做。"小伐拉了一下还想说话的隋强。李矿说："你们两个干好自己的，别操些闲心。"

　　小伐主动找小裙劝宋冰。凡是小伐的事儿，小裙都像打了氧的鱼，不过这事儿不同，小裙不是没去劝过。这宋冰不知道真是跌坏了脑子，还是故意跟小裙置气，又提起疗养一事儿，说别人兑了现，自己却像只猴子，被耍来耍去，如今混成了脑震荡。

　　小裙学给小伐听，小伐又告诉隋强，隋强真是个"好卧底"，就这样一丝不漏地反映给小楚。宋冰的事儿是大事儿，隋强会区分利害关系了，知道矿山的声誉大过个人的。再次浏览几十条信息后，小楚给隋强去了电话，讲刘香青苦了这些年，做子女的要懂事儿。

　　撂下电话，小楚又拨给李矿。李矿觉得此通电话的要旨来了：车行不要宋冰，宋冰还没有本事去人才市场求职。

　　挂了与李矿的电话，小楚收到宋冰说要到车行的信息。小楚回了一条信息："你干不了车行的工作。"小楚能想到宋冰圆润的大眼睛定会愣怔，走也不是，不走也不是，语气不再坚硬，继续从内部折腾人。

　　小楚背靠着椅子，正要睡着，方董又来电，急吼吼地，像被驴踢了眼睛，一顿盲说。原来，近期，香港同业闻到味，来滋事，部分订单被有操控权的员工转手卖出，内忧外患，方董深受管理上的打击，临时决定留在原有的江山，不想跨折了腿。方董在生意上从未如此狼狈。商人的对逐，是血海鏖战。若同行不给路走，再好的"点子"也不会成个"角儿"。

小楚买了去香港的机票，作为集团内僚之一，她应该去善后。渔具公司的收尾工作，已有集团的代理律师介入。真是柳暗花明，在眼花缭乱的献计献策中，小楚提出要使集团继续从容打拼，就需盘出上海根据地迁往港城。小楚私心想着这样龙田矿闲置的房产就有了着落。她的提议，一时间无人响应。会议乱糟糟的，参会人员像一群生了病的狗，此起彼伏地抢着出口气，姜帅作为有苦劳的人，也参与了这次会议，他在港城丢人现眼，本以为到香港可以改头换面，他确实腰身粗了、脸皮糙了，像一条忠诚的狗日夜守着"远洋渔具"，现在更像一条累狗，时刻扒着前掌，想再试试。方董对他爱答不理。他急得直咳嗽，怕自己没有学历，没有业绩，回到港城继续低人一等。

讨论到最后，宋经理说："陆总的话有理。"姜帅扭过头，差点儿骂出声，这"宋玳瑁"当初被小楚压得无处施展，凭着资历到这里占位子，现在又喋喋不休，开始论证一毛不值的观点。"宋玳瑁"懂人，可不懂买卖，更不懂姜帅想什么。小楚又说："上海寸土寸金，房子出租生钱。港城气候清新，有蚬子和鱼虾吃，补钙和蛋白质。"

众人陆续响应，像是不这样做，这场会议将开不出任何内容。

散会后，小楚信心倍增，回房就倒在床上哈哈笑个不停，四肢胡乱挥舞着，神清气爽。手机来了一条信息，是姜帅发的。小楚拉开门。姜帅在门口，说想借用洗手间，小楚说好。捧着盆水的姜帅主动提出给小楚按摩。小楚说好，和衣躺在床上。她明显地感到厚重的茧皮替代了常做手膜的那双手。手的节奏感像从前一样，只是姜帅低垂的脸，不再美丽，肉皮松弛。小楚不免心痛，说："别按了。往后，我安排你。"

姜帅可能早不想按了,飞快推开小楚的脚,说:"陆总,'远洋渔具'可以干好的,怪他们心不齐,都想早些数钱。"

小楚得感谢他们认钱。这边黄了,那边就绿了。

这晚,李矿给了小楚一个确切的消息——贺主席年底出来。在日历上找到这个日子后,小楚标上了一个红色的三角。

十八

办完手续,他们在高墙外等人。高墙大门,仿佛几个世纪未上油,嘶哑着喉头,抻着铁脊,贺主席目光落在合页上,关上时,脊骨笔直,声音嘹亮像抹了油。自贺主席入狱,连矿第一次见到瘦成干鱼的他,横交错杂的皱褶仿佛日复一日拉的蛛网,头发打理了,一股子出狱新气象。贺主席走路时,腿脚像刚习步的幼童直打绊,外界的路对他来讲生疏了。小楚扶住他,他弯着手指,剧烈地摇晃,火气很大,刚要发怒,见田中站在不远处向他挥手,突然闭了口。贺主席在原地没动,像一尊雕像。小楚觉得奇怪,看了一眼田中,想过去问个好,脚步却沉得很,看了一眼刘香青,刘香青正推着连矿上前。

贺主席又往前走了几步,绊得厉害,浑身的力气攒上来,效果不大。连矿刚上前,被贺主席狠狠地瞅了一眼,脚底又打绊。贺主席问小裙呢。小楚说小裙在嘉水走不开。贺主席指着田中,拼命地回忆着,脑子疼。小楚说有张有他们的相片。贺主席点着头,像在磕头。刘香青一把搂住贺主席,贺主席也搂住刘香青。四周摇曳的野花,发出簌簌的声音,贺主席看了一眼花,搂得更紧了。贺主席发话不回嘉水矿,连矿通知李矿和祁书记别等了。

他们去了卢嫂那儿,卢嫂比过去红润了,用散播着一缕阳光的眸子看他们,比任何人都激动。卢嫂围着贺主席上下打量,仿佛见到了煤矿行业的大咖,说:"这些人挨着来看你,你真有福,未入狱前,肯定是好人。"刘香青拼命地挤眼睛使眼色,卢嫂竟未理会,笑呵呵地下面条去了。贺主席的目光横扫连矿,连矿只得送君半程,留下他们一行人往港城去。

贺主席吃得不多,呼噜着说留着肚子,回去找陆福喝两杯。小楚把后备箱的自带油,往油箱注,注到一半,靠着车旁蹲下了。刘香青出来找小楚,把她提起来,力气很大。

汽车开进港城,贺主席从小楚那里拿钱,下车买了两瓶白酒,切了一块红白飘花的猪头肉,夹在腋下,问去医院还是家里。刘香青接过吃的,奔着贺主席的衣领子,扯去多余的线头,帮他理了理头发,另一只手拍着他的脊背。这招儿刘香青觉得好用,当年老隋走后,李矿这么拍过她。

这一拍,贺主席偎向刘香青,她把肩膀和胳膊借给他用,像一面墙,纹丝不动。小楚去超市买了冥纸,贺主席用粗黄的大手码着粗黄的纸,问:"这就走了? 这就走了?! "月亮什么时候爬上松树梢,没人知道。歇掉的蝉,换成刚上工的蝈蝈、蟋蟀,寻着火源,叫得更热闹了。两只空酒瓶子,在月光下,黑亮黑亮的,像两只具备条件的古物。冥纸的灰烬尚未完全散去,脚面子上星星点点。贺主席唱着《矿工万岁》。刘香青蹲在墓碑前,低头祷告什么。月亮爬高了,能照见三个人,像三枚人物书签,各具形色。气压如此低,吸一口气到不了底,滋出的汗液附着在皮肤上,瞬间有了温度,烧得人仿佛要灵魂出窍,逃到同一个天国。贺主席握碎了酒瓶,竟没流一滴血,一片玻璃碴儿溅到脚下,拾起来,便写字。黑夜里,看不清,小楚打开了手机电筒。"我回来了"四个字,细而深地排列着。月亮终于挂上天空,湿乎乎的,像谁的泪眼,始终没有落下。

后半夜,贺主席痛心疾首,一声不吭,刘香青一直拍着他,凝视着他。贺主席觉得刘香青眼中有煤火,把整个夜晚和他要死的心,烧得火热。刘香青讲陆福临终前,不瞑目,想见贺主席。贺主席知道陆福想什么、要什么,像那些故去的兄弟,粗暴而温情,坚韧且柔软,永有火的精神。小楚像又殡了一遍父亲,哭得死去活来。贺主席说:"地下,天上,去了都享福,别哭。"

刘香青和小楚本想陪着贺主席散散心,谁知订的许多景区票,贺主席压根儿不理。第二天,贺主席去看封住的井口,刘香青说起那天井架子被八辆巨型车拉倒,原住村民和家属区的都落泪了,跑上前摸、抠、捶打它钢硬粗糙的身体,似乎因哺育了太多的子女,需长眠休息。有的人不走近,远远地用手机录下这一幕。听罢,贺主席的眼睛糊住了,好久叹出口气,回头问:"住在人工湖的村民,还闹吗?"

"那几户一边对失去的土地不离不弃,一边羡慕搬新居的村民,嘴硬腿硬至今还是不搬,随时火药上膛要炸出一响。"刘香青这么说。

几天后,不知谁走漏了消息,说贺主席从嘉水回来了。这几户村民穿着体面的 T 恤,想和他见面聊聊。见当官的都得体面,别输了气场,这是他们现在的场面话。在矿区遇到徐经理,他们就扯来扯去地想问点儿事儿。徐经理把贺主席的遭遇说了,这几个人挠着头,眼里挤满不信任。什么?贺主席被外乡人打了?谁?他们凭什么打贺主席?新萍甩着粗胳膊远远走来,徐经理眼疾手快,先拉过新萍,又让新萍帮帮他,求多次没用,那就见一次求一次。

新萍是大家心中正儿八经有身份的人。新萍瞥了徐经理鼻骨上的疤,像重新感受到陆福有力的一拳,这揍没有白挨的。新萍说了句"等看时机吧"。徐经理急忙说:"干什么都行,不当官也行。"说罢,他挤眉弄眼地挑向紧挨身旁的农民。

新萍领几个农民去了技术科,她要讲讲为什么农民得搬离土地、龙田人得搬离家园。她围着一些固体标本、液体标本讲个不停。他们拧着疙瘩眉,似懂非懂。一部老式的电话机,引起他们的围堵,这东西能进博物馆,老物件了。睹物思人,新萍和秦辛的恋爱,是由这部电话完成的。那时她常趁科室无人,往秦辛科室拨电话。她试着拨了一下,绕圈儿费事儿,速度发眼儿,按哪一串号,也拨不回去了。几位农民饶有兴趣,也跟着拨。"这地儿比工会先进,这是讲科学的地方。"一位农民说。新萍烧水泡茶请他们喝。

"那几年,'半月湾'占煤矿的地,作为行业间补偿,答应安抚附近村民,一时间成为美谈。你们这几户,不依不饶,要做死活不搬的钉子户,现在开始羡慕住楼房、给安排工作的。你们没见那八栋安置房,比商品房采光更好。"新萍说。一位农民说港城就不该挖煤,多好的气候多好的地被捣鼓坏了。

新萍抬起头,指着一张海底采煤的巨型相片,顺着海潮起伏,浪尖处站着几位戴着矿帽的人,其中有她,有陆福。这相片是专门在北京经过技术处理的,中间那几个人是煤矿界的大领导。"国家重视,没有探索,就没有发展,"新萍垂着声,"海底采煤撤得更早,那是中国第一次迈出海底采煤的第一步。"

新萍拿起几个固体标本,指着煤一、煤二、煤三、煤四,地层结构疏松不齐,藏的各类成分良莠参差,挖出可燃烧的东西不容易。新萍取给他们看。他们瞪着眼睛,成天喊着"胶东出煤,港城出煤",愣不知出煤是个什么道理。他们亲近黄土地,煤矿兄弟亲近地层。一个农民说:"赔着命干,到头来还不出了,走的时候那个不愿意啊。"

"谁愿意搬?"

"嗯,他们搬得更远。"

新萍听着他们的谈论,拉开最下面的抽屉,不经意发现一份复写纸下的产物,年久模糊不清,可新萍看得懂,这是她写的。关于这事儿,她请教过许多老师和兄弟。陆福说得最多,把对煤的想法说遍了,可就是不切新萍的题,新萍不忍心打断他的激情,任他发挥,多次交谈后,新萍把陆福等人说的和老师指导的一整理,出了一份用废旧材料提高产能的方案,严谨地讲属于模糊认识阶段。方案在港城失去生机,放在嘉水、鹤西,说不定能活过来。若能重新做些新功课……想到此,新萍摇了摇头。

新萍又说了很久,就想送他们回去了,谁知他们仍要求见贺主席,新萍长叹一口气,白费这么久的时间陪他们了。

贺主席刚出狱时,状态还行,日子一长,一天不如一天,仿佛要急剧衰老下去,或者说离痴呆更近一步,两眼空洞,手脚无力,喝口水得喘半天,今早更像被人抽筋剥骨。贺主席从家属区小保安手上抢来处分文件,飞跑进家,躲在卧室里不出来。这文件是赶着贺主席出狱那天下的,东藏西掩竟没能兜住。小楚煮挂面,蒸蛋羹,烧好洗澡水喊他不应。麻利的刘香青,把不大的客厅,扫得空气清新,要扫他那间,他也不开门。刘香青喊:"你打开窗户,多好的阳光,亮堂堂的。"贺主席不亮堂,头顶全是乌云。小楚把饭端上桌,怕贺主席瞎想。新萍没敲开贺主席的门,说了一句:"你这么窝着,人就废了。"贺主席突突突地冲出来,指着她们三个人说:"你们才废了!"又说,"我早就是个废人了,许多年前就废了,我是个太监!没有婚姻,现在又没了工作,不是废人是什么!"

想到这里,新萍说:"贺主席身体不好,又刚受了处分,缓缓再见吧。"农民呷着茶看手表,整十二点,他们早想走了,只是觉得撂不下面子,来这一趟,可是做过充分准备,今年可不能再在湖上冻一冬,想找个台阶下了。他们借着新萍的话说:"那行,以后我们再来,听安排。""听安排"无疑是翘首企盼。

直到晚上,贺主席才从卧室出门,把粥喝得似雷声阵阵。卧室飞出一股酸腐气,刘香青连忙开窗。新萍和小楚一边一个地坐着。贺主席早晨说错了话,似乎有些胆怯,吃完粥,抹了嘴,要推门出去。新萍把上午几个农民的事儿学给贺主席听,贺主席听后炸雷一般喊:"一个被处分的人,能办什么?! 能办什么?! "

贺主席的脾气也像陆福附体,嗓门夹带着火药。刘香青觉得贺主席从此要过上陆福的日子了,可她暂时估计错了,贺主席正动用以前的关系,四处打听怎么才能回去上班,还有半年才退的他特想干点儿事儿。

"老关系人"有说实话的,让贺主席自品的,也有不回信息的。过去逢年过节聚一聚的老伙伴,现在都当他是一粒毒药,警惕绕过才是明智。贺主席也想到李矿和祁书记,但不想给他们添乱,问问集团的熟人能好些。于是,贺主席常举着花镜,翻电话本,稍有点儿来往的,求一番,无果,再求一番,人家把电话挂了。这已是最后一拨人了,希望破灭后的恐惧,使他差点儿吞了药去找钟玲。小楚让贺主席去车行,说和年轻人在一起多好。贺主席说:"真的受不了了! "

然而,最令贺主席受不过的是走在路上常被三五成群的人指指点点。难听的话,像一把匕首剜着耳朵,震得他脑仁发胀。

"他怕死,别看平时语重心长,轮到自己就吓尿了。也别说,换谁都怕,那可是蹲号子呢! "

"听说他在嘉水丢人现眼了,说是给人拿大顶去了,谁知大顶掉了,成了笑柄。"

"为矿上受点儿苦,看把他委屈的,听说要死要活的。"

"贺主席是英雄好不好? 你们这些没良心的……"

贺主席一个趔趄,被盯梢儿的刘香青扶了一把。老隋才走那阵子,贺主席也盯刘香青的梢儿。刘香青听不过去,骂道:"跳着高嚼舌头,不怕哪天闪了气门! "他们知道刘香青是个厉害的角色,不自然地东躲西闪。刘香青又骂道:"男人不在家,往石头上多拉拉,省着闲得发慌,你们不像我死了男人,在哪儿拉也没用。"她一马当先骂了自个儿，那几个人就匆匆地散了。

再以后，贺主席就成宿地睡不着，攥着拳头，捶额头，精气神更不如以前。刘香青不怕人说，搬到他家的另一间房陪着他。新萍也来了，她怕贺主席力气大，刘香青受伤。贺主席让她们走，两人不搭话。贺主席就骂她们，什么难听骂什么。两人像商量好似的，骂不回嘴。新萍经过小楚的同意从"聚宝盆"收拾了两件东西回来。一件是贺主席送钟玲的小猫苏秀，上面一猫眯眼斜睨讨乖，一猫低头用小爪扒着线球，玻璃镜面被陆福摔裂了，不过，还囫囵着。还有一支贺主席亲自发给陆福的钢笔，印着"龙田先进"。

贺主席一手抱起小猫苏绣，想起那个夜晚，他为什么不领钟玲走?!害死钟玲的是他，该着入狱，该着，该着。另一只手摸到钢笔，他举着看。这支钢笔有温度，他亲手颁给陆福时，陆福还笑着说挖煤的手，写什么字也黑不溜秋的。有兄弟讲荤话，说挖煤的哪儿都黑。当时正处新婚的陆福笑得岔了气，挠着头，一脸歉意地看着贺主席。贺主席咳了一下，钢笔漆渣子掉进眼里，说："你都走了，还不让我想想啊?"

贺主席放下手里的东西，眼前一片模糊。

夜里贺主席听到刘香青和连矿通电话。

"你求情我没听见，凭什么让贺主席一人担着?他快疯了你知道吗?他一无所有，就有个工作。你说什么说?你怎么和我说的?我写材料怎么了?我想写就写，不想写笔一扔，纸一丢，要你管!"刘香青像个复读机。收归国有后，连矿做的第一件事儿，就是为贺主席求情，被上面狠批了一顿不说，一句话让他哑口无言："坐监回来，还得给补偿，哪个星球的事儿?"刘香青才不听这些，说："老隋亏了，贺主席不能再亏了!"

三天后，连矿自己提了五十万元进龙田矿，摆在刘香青面前说想见贺主席。

刘香青让连矿先别急，她去看看这事儿怎么做更好。贺主席拒

240

绝见连矿,让刘香青转告那个家伙趁早离开龙田矿。刘香青有些为难,又不能紧逼,更不能说连矿带来了贺主席养老的钱。贺主席往外走,刘香青追出去。贺主席说今天约了人,得出去走走。

和贺主席有约的是田中。田中最近很失败,急需找一个同是沦落人的人聊聊。

田中语气温柔,有些苍老,穿着大背心,拿着两瓶水。贺主席指着海说:"会水吗?"田中说:"会。"贺主席说:"我也会。淹死的都是会水的。"田中说:"不会。要说淹死人的水,我不会。"

田中说那天贺主席的状态非常好,今天也非常好。贺主席哑然一笑,用脚踢着细沙。田中把脚探向前,踢起一层细沙,清了清喉咙,又唱起《蝶》。苍老的海、叮咚的潮声,这曲子让他唱得有了夏天的味道。尽兴时,田中踏歌击掌,闻着海腥气,不自觉地闭上眼,渐渐地和贺主席并排蹲着。贺主席特别渴望田中一直唱下去。

人造棉衣裤被风吹得鼓成一个球,刘香青兜风而来,蹲在一旁,看着两人。田中停下来看刘香青,刘香青知道这个人,当年出尽风头的除了曾董,就是田中了。田中说贺主席有个好女儿,小楚直到现在还为矿上的事奔走,一个人能这样不忘本,也是少见。接着他幽叹着说小楚太急了,急归急,指不定就能占到一处。刘香青回应说田中见不得小楚好,见不得煤矿好,酸成猴子了。田中确实瘦了,瘦得胸骨顶着一排肉,但精神很好。田中没理会刘香青的话,自顾说起曾董,谈到方董,仿佛要谈出点儿什么,最终他总结:"煤矿搬了,他们还会在这里继续赚钱。"

掠过傍晚的夕阳,一地的金色。田中来回踱着步子,脚心发麻,使劲儿地跺,扬起一片沙子。有人竟牵着马在海滩上走,田中跑过去,把手机给对方,要求和马面朝大海合影。对方要收钱,田中很痛快地答应了。保存下相片,田中拿给贺主席看,贺主席没看相片,只瞅着他。刘香青说,真有闲心。田中摇了头,笑得嘴巴瞬间变大。贺主席绕着两人来回走着，就是不想回家。

"半月湾"的光影，像一地的粉水晶，映在沙滩上。贺主席微微地扭着头，以前他是个有身份的人，现在他只有个身份证。回来后，他曾联系过曾董，无法接通。他把身份证扔到一边，指着头像说，你呀，有个身份证也不算人，恨得他找来处分他的那份文件，撕得一条一条。他也联了方董，方董接了电话，先是惊讶，后是热情，一番客套之后是比三九天还要冷漠的气氛，一直耗着贺主席。贺主席想让他们这几个聪明的局外人帮他想想主意再回矿上。他和这些人虽算不上是什么朋友，但毕竟也没伤过和气。

天真的黑了。田中抓过贺主席的手，说："要有精气神，你精神很好。"田中走了。贺主席想他们就是靠着这样的精神，把汽车店开到世界各地的吗？刘香青也说贺主席的精神好。贺主席想自己坐一会儿，让刘香青先回去，他说："放心吧。"

快半夜，贺主席摸黑进了楼道，差点儿与在家门口守着的两个女人撞个满怀。进门开灯，三双眼齐刷刷地盯着他——沙发上还坐着连矿。刘香青握着电话说："你再不回来，我们就报警了。"贺主席哼了一声，把门框子摔得直哆嗦。贺主席让连矿抱着五十万块滚蛋，别再让他越洗越脏，接着就把连矿轰了出去。小楚实在看不过去，说："爸，这牢饭，你不吃，连矿就得吃。"

"吃，吃，吃。"贺主席口吃一样说着。

"你当时把连矿牵连进去多好，这样就两不欠了。"小楚说。

贺主席掀开衣襟，展示着群殴时腰上留下的四枚钢钉。小楚拍拍他，说："怕啥，一样吃饭干活儿。"贺主席推开她的手，说："都骂我，都骂我，从干工会那天就挨骂。"小楚从包里摸出一张纸，说："爸，骂你的话我怎么一句没听着？你看看这些。"规范的小楷字，密密麻麻一堆，贺主席眼不花，看得清。一指头按上去，能盖住一片，他挪着手指，一个字一个字地挪。

"谁说的？"贺主席很着急地问。

"耳朵听来的。"小楚歪过头,把耳朵冲向贺主席的眼睛。

"怎么没说给我听？"贺主席更急了。

"你的耳朵不去听。"小楚回过头。

刘香青挨过来看,笑了,说:"说得对! 算他们这回人心都是人肉长的。"

贺主席看了几遍,像收拾宝贝一样,不知道搁在哪儿好。

再以后出门,贺主席拿着小楚记录的家属区的人说他的好话,走街串巷,昂首阔步。这比小楚给他报的康复训练班强,更比写着红字的药盒子强。

贺主席常看到连矿在刘香青家的门洞外溜达,像条倒插门的狗。他想这样骂连矿,可说不出口,心里多念几遍,好受许多。他不理连矿,新萍竟然带着连矿跑步,不但跑步,嘴皮子还不闲着。龙田女人都怎么了？ 一个一个地吃里爬外。他捆了自己一掌,缺德,背地里说矿嫂,真是黑了心肝! 贺主席添了心思,连矿一天不走,他就要盯着不许他们密谋——让他原谅连矿,绝不可能!

这几日,连矿不跑了,依旧在刘香青家门口转悠,贺主席不管这个。刘香青在他家煮饭打扫卫生,安全着呢。

由于嘉水矿工农关系又闹得厉害,连矿被连夜叫了回去。尽管李矿要求连矿不要私自往龙田跑。可当了那么多年的一把手,这腿跑惯了,说走就走,一让回去,倒像受夹板气一样。赶回嘉水,连矿才意识到李矿做得对。附近村几十个汉子老婆开着农用车,按时按点地拥进矿区,撑起准备好的竿子、铁锅、砖块、衣架、尿布、木盆摆出阵势,几个上了年纪的女人,有说有笑,不时地在办公楼穿梭,接水淘米,拿这儿当成自家前后院使。

连矿认识这些人,他曾在"送请"干部的协调下,与这些人坐过。有村子里管卫生的、管治安的、管妇女的。孙队没来,他出狱后没了动静,也没人提起他。孙队来或不来,没什么大的影响。连矿一副老好人的样子,邀他们去办公室喝茶,说有事儿好商量,他们则邀连矿去村子逛逛。连矿去过,几乎每家门前陷出一条临街的小沟,地不敢踩,简直是按时间顺序一点儿一点儿往下掉,不往下掉的部分土结成乱块,凹成蝴蝶状,似乎成了土标本。村民双手一摊,做了个请的姿势。现在他们不来硬的,用小裙的话讲,他们在进步。

小裙急得拿出龙田矿那套,跑前跑后,和几个妇女商量着请她们先回去。妇女笑着不说话,该做什么做什么。男的让小裙让让,说占了他们临时搭建的家。小裙见宣儿大汗淋漓地跑来,直招手。宣儿胖了,跑起来浑身的肉四面八方地颤,说不出的性感。有些农户看着宣儿,打量着这个皮肤极好的女人。谁看宣儿,宣儿就冲谁笑,宣儿会说会聊,一会儿便和大家打成一片。有说房檐漏土,有说地上冒水,有说茅坑成天满得要溅出来没法子往外舀,说到最后,一指用布帘遮起的窄溜儿,说睡觉都得先寻地方。小裙跟不上嘴,拿着本子飞快地记着,一些人笑着打掉她的本子,眼睛眯得很小,嘴角歪着。小裙赔着笑,拾起本子拍去土,接着记。本子再被打掉时,小裙火冒三丈,开始吵吵,勾出农户的脾气。有几个喊:"给她录下来,发到网上!"眼见着几部手机从上到下对着小裙,小裙尿了,左右看看,扭过身子,给了个背影。农户见小裙收了嗓门,他们也收了手机。这样闹下去,成什么?连矿让小裙和宣儿先回去了。

小裙坐在办公室里气得直哭。这些人像上下班似的,走一部分,留一部分,有些老人干脆到生产楼打地铺。这地儿的老人,腿脚特利索,登山爬坡健步如飞,但一提起"塌陷"两字,几乎每个老人都喘不上气,直不起腰,病歪歪的。尤其到了晚上,还有专门由家人抬着来睡觉的。小裙肿着眼说这就是欺负人,让警察把他全抓走!这个主意,自己说说也就罢了,可小裙果真报警了。农民怒瞪的眼睛惹得连矿心惊肉跳,劝走警察,连矿让小裙赔礼道歉,小裙不道歉,说要辞职回港城。

李矿叫来小裙,小裙不看他,一副高高在上的样子,不像过去开个会,手心脚心冒冷汗。李矿说起贺主席如何处理工农关系的过往。小裙说:"我和他没有关系。"李矿说:"你要走就走吧。"小裙一愣,微微喘着气,眼眶里积满泪水。宋冰要走他们怕成什么样子,自己到底是掘进工的女儿,没人拿自己当回事儿,喘息声越来越大。李矿看了小裙一眼继续说:"不要激化矛盾。"小裙咧着嘴,哭着往办公室去。宣儿拉过小裙,用纸巾给她抹泪,说:"快别哭了,三十好几的人了,让人听着。"小裙趴到宣儿肩头,说:"我想爸爸了。"宣儿背过脸端来一杯水,小裙抿了一口,说:"我想爸爸。"小裙放下水杯,去了井口,她告诉刚上井的小伐有话说。小伐说好。

陆福走后,小伐去找过小裙几回,语调恢复了最初的柔软。

磅房的几个女人在嗑瓜子,叽叽喳喳地。她们把目光聚集到小伐脸上。小裙拉着小伐就往别处走。小伐力量很大,挽过小裙的手,说:"人活着,还怕被看吗?!"小裙回头瞅着,嘉水磅房的女人没有宋冰那样的,几乎个个都是村附近的农民。连矿早些年,为了安顿一些农户,听从"吃请"的建议,做了这么一件事儿。这些人肯干,也能嘀咕,运煤车司机都躲她们远,怕被她们扯着耳朵说个没完,关键没有新话题,老话题都听厌了。小伐是她们的谈资,今儿这般场景,免不了成了新内容。她们和运煤车司机有的说,好像她们的嘴生来就为了传播。她们在生产区的最后方,也听说村里有人来闹的。她们心里不是滋味,一方面觉得可气,一方面认为可怜。小伐和小裙没经过这里时,她们争着描绘警察来时的场景,其实她们谁也没看见。小裙和小伐再经过窗前时,她们拿着瓜子儿扬了扬。小裙摆摆手,和小伐走出她们的视野,末了听到了一句:"发钱、盖房、修路,找个活儿干,矿上真不会办事儿。"

李矿和连矿睡不着,聚在一起比谁的眉头拧得更紧。补偿、赔偿凑多少也不够数儿,何况山势高耸,人烟稀僻,物资材料尚且处于空想状态,做什么也难。这儿就是挖煤的。

连矿说因地制宜,搞活点儿别的东西。李矿说当年港城搞过,用了近十年的时间。连矿说出去拉商赞助吧。李矿说得上报集团。连矿说新地方新办法。李矿说那也得上面定。连矿除了认识几个拿钱不办事儿的当官的,没有别的人脉。上面定也好,连矿就不用操心了,他手里那点儿钱,只算芝麻,说不了大话。

连矿提起贺主席,李矿说贺主席哪儿会弄钱。

"寻求合作也行。"连矿用学的新词。

"上面比我们快,早考虑了。挖空的事儿,全是事儿。"李矿说。

"嘉水矿是煤老祖,能挖几百年。"连矿很有信心的样子。

"龙田矿不是也走了吗?"李矿说。

"港城与嘉水是两码事儿,当成一码就大错特错了。我们城市不贪婪,占着天时、地利、人和。"连矿急乎乎地说。

李矿站起身,满窗外的人头攒动,像个闹市。现在的生产区成了收购站,凡家什,这里应有尽有,一天一车,人数也在递增。这些新搬来的村民听早上回去的老人说住着真好,走廊冬暖夏凉,还没蚊子。老人用手比画着,嗯,这么宽,能并着睡三人。一些热爱生活的立马用线绳比出长宽,一天下来几十张木床生产出来,排得整齐,留有一人通过的小路,他们最乐意通过这条小路去接自来水,同时他们像租客一样,赔着小心。李矿知道到了后半夜,可就另一番天地了,他们没有冲水的习惯,纸也乱扔,一到清早生产楼奇臭无比。

连矿说这样挺好。李矿摇了摇头,说成何体统! 连矿说,拿不出钱,解决不了事儿,这样住着,起码给了他们想办法的时间。李矿说,得想办法。连矿说,比照着港城,他看行不通,两地两码事儿。

小伐他们觉得是一码事儿,照着前人的路走准没错,又听刘香青说港城临湖而住的几户农民交了申请书,愿意去安置房。嘉水的农民要求低,如果有了安置房,定是搬得嗖嗖快。小裙说这里好像哪儿都不适合盖房子,费用又去哪里找。

小裙让小楚弄钱,小楚说钱往这儿搁是空不见底,谁的钱也会沦为毛毛雨。小楚继续吃刘香青给的咸鱼,越嚼越香,她对面坐着举着玉米饼子的贺主席。贺主席要求嘉水的事儿必须拼尽一切想办法。贺主席多次无意间听到刘香青与连矿在电话里谈到那些横流的垃圾、影响矿区形象的做法以及每天有增无减的人数。贺主席没具体问过刘香青,问了也白问,没人能解决,如果还像去年那么鲁莽,那就先"一家蹲"算了。贺主席肯定明了这是拖着村民不闹事儿的好状况,也倒逼着矿上及集团以上的领导,尽快定政策、拿计划,下面的人才好大刀阔斧地干。

可是小楚说这就是闹事儿,贺主席说在更大的危害面前小闹事儿就是不闹事儿,不就是环境差些、卫生差些,村民都是自家不能住了才来的。贺主席说对了一半,有的村民家确实不能住了。有的还能住,有的跑去更远的山上住。矿上生活条件好,用他们的话来讲,这要是冬天去厕所还不用冻屁股了。

这晚刘香青又在房间里打电话,贺主席有心想问问,可一想是连矿发来的消息,就失去了信心。这样一来二去,贺主席成了常思考此事又从未发过声的人。

贺主席又生担心,问小楚:"汪记者还没去嘉水吧?"小楚说:"去过。她最近准备去鹤西。"贺主席叹了一口气,说:"堵不住外界的口和笔啊。"小楚觉得以贺主席为代表的一部分煤矿人脸皮太薄,也许正是因为脸皮薄,当年母亲才没有被贺主席顺利地娶走。

十九

　　仕云去鹤西前,先去看望了贺主席。他们又去了墓地,那时路上高的树矮的树开始掉叶子,扑簌簌一下下地砸向草绿色的风衣,这个季节,看什么都寂寞。陆福让她写的故事,她人为地丢了一些。

　　在陆福墓前,贺主席问起祁书记受处分一事。为宋冰的事儿,集团找祁书记谈话,对他做出严肃批评,又提到生活作风问题。祁书记像被人当众扒掉一层裤子,四周的人更会炒作,仿佛这一件事儿没完没了。因此,仕云也被集团个别领导关心询问过,问传言是否真实。仕云说没有这回事儿,那天杯子里有菜叶,在没有征求她同意的情况下……仕云表示自己的脾气也是有点儿大,祁书记很关注采访问题,在嘉水给了她不少帮助。

　　贺主席听仕云说完,心放下了。这下轮到仕云问贺主席在狱中的情况。

　　贺主席像个聋子。仕云不甘心,让贺主席说点儿。贺主席的事儿是目前的大事件,给文字添分量在此一举。仕云恳求多时,贺主席又手指着"半月湾",像是问陆福,他们该不该出点儿力。仕云觉得没意

248

思，也就不求了。贺主席问仕云，让陆福听听他们的谈话不好吗？难道他走了就失去了"开会"的权利？仕云听出这话的弦外之音——贺主席想回嘉水。

起风了，仕云的衣服飞起一角。回去的路上两人谁也没再说话。他们没坐车，贺主席现在的康复活动有两个，一是用走的或是跑的，二是用陆福的那支钢笔练字。贺主席要求仕云一起跑起来，仕云实在跑不动，他们就先去了原来的龙田矿办公区。

祁书记什么时候来的，没人知道。他站在高音喇叭下，搓完地上那块干泥，弹掉烟灰，往机关楼去。工会的门虚掩着，哗啦啦一声接一声，徐经理来回颠倒着抓阄儿箱子。祁书记走到徐经理面前时，徐经理默默地站起来，往后退了几步，一直退到宣传墙下，徐经理的相片早被人摘下来了，他站在那里，仿佛刻意补上一个人。徐经理经常来这里看阄儿箱子，若是早抓阄儿出去，也不至于身败名裂。这个丑闻从一个省跨到另一个省，从一个矿传到另一个矿，徐经理常想两矿兄弟对此的谈论，一定是污水成河。祁书记听着徐经理的说法，在一张稍干净的椅子上坐下。

从徐经理到贺主席，这些人哪个没挂着彩儿，这话是徐经理自己说的。祁书记清楚这些挂着彩儿的人也有他，这世上就没有不透风的墙。就宋冰这个闹腾劲儿，怕是全国煤矿区的都有所耳闻，还有别的就不说了，他自己都觉得恶心，身居要位要以德配位，这是他从集团受训回来融进血液里的东西。他觉得他变了，就像他们传说贺主席自入狱后一直在涅槃。这次祁书记回来，想看看贺主席。

贺主席走进来时，四个人面面相觑，安静了许久。贺主席主动上前，握住祁书记的手，两人抱在一起。关于个人情况谁也没有提，祁书记先说起嘉水现在力量受阻，事情极其难办，不像在港城的地理位置，也不像港城的发展前景四通八达。当谈到可不可以约新萍一起吃个饭时，贺主席拒绝了。

徐经理问祁书记:"我想出力行吗?"一个做材料的,出现了"偷",今后再在材料上出问题,谁也兜不住。祁书记想起庞队,每周为徐经理返岗一事,必得打一通电话。祁书记早听腻了,因为在矿上失了身份的徐经理除了游手好闲,就是打架斗殴,从未听说要出去找份工作。这样一个总想高高在上的人,即便去出力也会提要求,所以现在不是时候。

面对现场的两个拒绝,大家又一次陷入沉默。

这时刘香青来电话了,说包了鲅鱼馅的水饺,让都去吃。徐经理知道这个"都"不包含他,知趣地走了。

刚出锅的鲅鱼馅饺子,一个几乎能有巴掌大,近乎透明的面皮映着绿油油的鱼馅子,配米醋兑芥末,鲜美极了。

新萍也来了。但祁书记什么事儿也没提,一直感慨矿上风风火火大干时,这些人从未坐到一起,现在真就团圆了,这是一个好兆头。刘香青让大家以后都到嘉水去,去她家,她做饭给大家吃。

四五个人一起,这房子就显得有些小了。小楚又提起当年想换房,父亲不愿意的事儿。刘香青说房子无大无小,够住就行了。仕云觉得这话好,她从小到大还从未挤在这么小的房子里吃过饭,也从未享受过这般的踏实感。

晚上,仕云还想问贺主席事情,贺主席仍旧装聋。小楚建议仕云先去鹤西矿井下,用鹤西的爆料来换贺主席压在心底的话。仕云说好。

第二天,仕云和祁书记坐的同一班车到鹤西矿。仕云顾不得休息,拿着办好的手续,领了工服工帽,休息一天就直接下井了。

罐笼车坠到一千米的深井。隆隆声滚向头顶、身体,耳边全是碎玻璃碴子落地声。仕云额上几条筋,开始暴跳。脚丫缝子蓄满水,她穿着宽边大沿鞋,走起来像鸭子,朝着有光的地方快速行进。兄弟们前后排着,脚挨着脚,最后一支队伍是抬工具的,钨黑的锚杆、糊满泥沙的推车和尖头的、钝形的、粉末状的材料。

一时间,仕云挺兴奋的,走得很快,脚脖子扭了几回,也不吭声,她想早早地到达工作面,看看都在干什么。

去工作面,要坐"猴车",简易的一根铁棍子挂在上空的缆绳上,垂直着一块坐板。兄弟们轻巧登上,轻巧下来,但她不会抬屁股,"猴车"载着她,离工作面越来越远,离地面忽高忽低,高时,足有三米,低时,就如三级普通台阶。祁书记跟车往上坡跑,今天祁书记也有下井任务,就主动担当起井下的陪同人员及讲解员,随行还有几个兄弟。当车行驶到矮坡,祁书记和几个兄弟向前送手,往上提她,大喊:"松手!"仕云张开双臂后仰,如一张锅盖扣在他们脸上,整个屁股坐了个结实。

仕云起身,顺着陡坡往下跟跄,她的身体似被紧紧攮着般紧绷,幸好附近没有小矿车碾路,否则真是刹不住腿。抵达工作面时,仕云笑了。兄弟们光着膀子,井底太热,最高四十几摄氏度。不到一会儿,她憋得难受,刚要拉防尘面具,便被祁书记和兄弟们按了回去。胸腔像有乌瘴瘴的一窝虫子乱爬,烦躁得很。她使劲儿一扭身子,表示抗议。祁书记说:"别来就好了。"仕云想喘一口气,半路又憋了回去,气压低吗,不是,是脑压低、胸压低。

啥事儿没做,仍处在憋闷中,她走在液压支架上时脚下没数,幸好一行人扶着。每一柱面临着煤壁,另一面有溜槽一张一合,像古时的刑具,凡落进去的,必死无疑。一名包裹严实的兄弟离采煤机很近,掀着一个摇柄,呼啦、呼啦、嗙、嗙。仕云拉过他的手,想看看"大妖怪"能把煤层割成什么样,入目满眼的掉牙漏口,像张怪物的脸,有舌头,有牙,仰向顶棚。仕云头皮一阵发紧,多像苦恼时梦中的地方,跌进的深渊就是这样子。越过这条艰难的路,他们又遇到一位兄弟。祁书记介绍这位兄弟是个班长,能说会道,是极好看的一个男人。龙田矿有极少的人去了鹤西,这位兄弟就是其中一位,离开得早,没轮到抓阄儿。

饭间仕云想让这个班长说说井下的事儿。班长却讲起荤段子,一拨儿一拨儿没完没了,简直成了仕云下井要遭遇的刑罚。

仕云看向刁姓兄弟,他正害羞地望着她,说:"你先给我们唱首歌。"仕云的脸红爆了,幸好,有矿帽遮着,她哪儿会唱歌,读课文还行。刁兄说:"不唱不接受采访。"仕云鼓起嘴,井下更热了,腋窝攒满热汗,正呼呼往下流,难受得想吼。祁书记也帮腔,说:"唱支歌吧,兄弟们都这样说了,你就唱吧。"仕云没唱,几个兄弟唱起来:"小妹妹送我的郎呀,送到了大门外……"

"这地层真有一千米?"仕云问。

"嗯,深的地方有。"刁兄最积极,仿佛抢答,也忘记唱歌这回事儿。"轰"的一声,顶棚掉下几块硬物,砸在安全帽上,仕云往后一缩,兄弟们笑她。刁兄笑得矿帽遮掩后的半条红疤直跳。仕云主动往前提了身子,问起井下的情况。兄弟们说没什么手艺,有的赚,有的吃,挺好的。他们露出白牙,吃得很快,像可爱的大熊。仕云解开背包,取出馒头和咸菜,开始吃饭。班长给她八宝粥,刁兄给她油条。兄弟们搓着手嘱咐她写好点儿。

刁兄自豪地说他和仕云早就认识。仕云拿出一块巧克力给刁兄,他像收获了爱情一样,喜滋滋地。兄弟们都要,说有曲儿大家听。而后,他们口里嚼着饭,争先恐后地说着自己,并不断纠正说过的话。他们的嘴唇肉乎乎的,脸蛋黑乎乎的,手背多处缠着死皮,身板又厚又有力气。他们像是大地的寓言,谱写着一股精神。也有接过巧克力垂着头不吭声的,仕云也不问。

这么短的时间,问不愿意说话的人,只会增添对方的反感。这么短时间,他们凭什么把一些心思讲给仕云听。仕云看了一眼祁书记,可能一些兄弟的发言有些过头儿,让祁书记意识到工作上的漏洞。当然,她也能看出来,兄弟们很有节制,很可能都被提前嘱咐过。

饭后,戴上矿工帽和防尘面罩,兄弟们回归工作面。仕云和祁书记一行继续往前走。

"你靠着观察就够了,看清井下是什么样子。"这话像是补充,祁书记很认真地说。

前方滴水,拥挤,得历经夹缝的折腾,像分娩时的产道,仕云觉得快要死了。祁书记折回身子,让她低放屁股,放松双肩,像尾离岸的鱼儿一样,左扭扭右扭扭,前抻抻后挺挺地。她额头破了,嘴唇破了,眼睛里闪着晶莹的东西,好不容易歪着帽子出来了。几个兄弟为了护她,爬得比她还慢。

祁书记说前面有个水龙头,可以洗洗。远处的确有一截孤零零的铁管,滴着清水,仕云怀着巨大的喜悦跑过去,洗了手,那股清凉能暂时驱走衣服内包住的水。她解开上衣襟,露出一小片皮肤,往上面拍了点儿水。

真倒霉,一冷一热激得她肚子咕噜,这时就算要升井,也得走上一个小时。据说井下最远的路有近百公里,近的也要几公里。急得她直打转,也忘记说话的节奏,自言自语地说怎么办怎么办。

祁书记没有笑,但她觉得祁书记在笑,问她是想上大号吗。仕云恨不能找个洞钻里面不出来。她自以为讲究的性格,在此番问话后,打了折扣。她鸡啄米似的点点头。祁书记和兄弟们很麻利地用脚在附近的墙垛子处刨了一个土坑,让仕云蹲过去。他们则在另一个冒着臭气的垛子里等着。

这儿应是皮带工区的专属地,一张一合的幕布遮掩一蹦一跳的煤块,像黑色蝴蝶的翅膀扇落黑色的雹子。仕云蹲得腿麻了,腿弯子简直被水泡软了,从出生到现在,这是最折腾人的一次。

祁书记指着前方,说再越过几个沟,就能到通风巷,有几处坐的地方。仕云说好。祁书记边走边说起贺主席从龙田矿建井以来,治安、医疗、生产、学校、表彰、专家、调研等一系列事件,意思很清晰——

待仕云结束下井,她要回港城完成对贺主席的采访。

听这席话,仕云觉得很惭愧,过去矿上没拿她当事儿时,她自个儿拿自个儿当事儿。现在从龙田到嘉水,又到鹤西,人人都把她当事儿了,她却一事无成。

通风巷果然凉快许多,祁书记主动协助她拿下面罩、摘下帽子。通风巷微弱的灯光,映在人脸上格外生动。仕云侧着脸弹着裤腿上的灰尘,弹得鞋上的泥沙成块落下。祁书记歪着头,看着她。四目相对,仕云满脸羞愧,想起身上现在正脏着,是不是留有什么味道,也管不了那么多了,反正井底也没什么好气味。

既然坐下了,仕云就有问题,想问祁书记,有且只有一个——为什么动手打老婆?

"宋冰的事儿,是我不对,可真是没办法啊。"祁书记提到宋冰,面带喜色,他从见宋冰第一面,就爱得不行了。过去,祁书记喜欢写诗,读三毛的作品,读张爱玲的作品,现在特喜欢自己理解下的陈忠实的爱情观,也被自己的爱情感动得昏天黑地。仕云说觉得陆福和新萍的爱情挺伟大的,谁知祁书记却表达了相左的意见,说:"他们之间没有爱情,是在相互传递一种力量。"看仕云还是疑惑,祁书记说:"陆福喜欢钟玲,那是很专一的。新萍爱着秦辛也同样专一。"仕云第一次感受比爱情更丰富的坚守,是力量的坚守。

接着祁书记说仕云不像搞创作的,做人没有激情。祁书记从一个废架子上,移到另一个,双手摊平,在地上玩翻来覆去的游戏。仕云说:"因人而异吧,见谁都有激情那叫癫狂。"祁书记听了笑得像个孩子。

仕云顺着祁书记的思路,想到第二个问题:"钟玲喜欢谁?还是都喜欢?"祁书记说这个问题挺浪漫的,又开始讲题外话:"都说矿上的兄弟们土,不如外界的,甚至有人说要笔杆子的人浪漫,其实要我说,越土的人越有后劲儿;越文的人越是纸上谈兵。男女之事上,会的人深藏不露,不会的到处下流。"仕云不知道这话在指谁,几个兄弟也在,听得很认真。仕云又回到刚才的问题上,祁书记说:"老陆难受了一辈子,老贺难受了一辈子,钟玲是个好女人,两个都喜欢。"

仕云又问:"你觉得钟玲该跟着谁过?"祁书记挠着头,陆福把一些心思说给仕云听,留个难题由这个女的口头捎来。

"跟谁过下去,都没有错。"祁书记说了等于没说。

仕云一身汗消了下去,站起来跺跺脚。

没来时,听说煤矿是个小社会,来后,仕云觉得煤矿是个把情爱、仁义、侠骨、风情、忠孝装得满满的地方。

下井任务结束后,祁书记要开车送仕云回港城,她婉拒了。她想坐火车,一路走一路整理材料,去罢这回龙田矿,就回京。

仕云再一次感受到龙田矿机关楼的空荡,住过的那间办公室,仿佛活在尘埃中。那幢高建筑,也不像当初令人害怕。她摸摸粗糙的电梯门,仍是一股子铁锈气。

刘香青喊她。在她上车时,祁书记安排刘香青招待她。仕云跟着刘香青,一个劲儿地说谢谢。刘香青确实美丽,这是个不争的事实。跟在美丽的刘香青身后,仕云觉得见贺主席的日子一定也是美丽的。她一人坐在沙发上,听着厨房轻微地响动。她想过去帮个忙,喊道:"姨,我和你一起吧?"刘香青探出半个脑袋,摇摇头,仕云看到的仍是美丽。后来仕云对小楚说:"别看我们都比刘香青年轻,可一个也不如刘香青惹人爱。老一辈的厂花,模样底子真实可靠。"小楚耸肩表示赞同,两个矿长爱刘香青极深,又说老隋配不上刘香青。仕云说什么配不配的,婚姻是另一码事儿。小楚想到父亲与母亲的婚姻,觉得"另一码事儿"这话说得挺好,随着日子的推来推去,她有一种虚脱后又补上营养的饱腹感。

刘香青端着面盆,说:"我一早擀的,用麻油一浇,蒜泥一拌,撒上些嫩虾皮和揉腌过的香椿,家常面,尝尝。"仕云吃了一口,从舌尖到舌根,泛起香辣爽,一道长长的口涎要逃出来了,因此她吃得很慢。刘香青也捧了一碗,一个劲儿地问仕云好不好吃。仕云使劲儿点点头,她很惭愧,得要刘香青照顾,她又能为刘香青做些什么?她放下碗,看着刘香青,说:"姨,你真好看。"刘香青一愣,接着笑了,从小到大,说她漂亮的人很多,她早已免疫了。在刘香青心里这是公式是定理,是不可更改的条款,刘香青不像别的上了年纪的女人会说"老了",或是说"哪有你们好看呀",接着表扬其他女性。刘香青会说:"嗯,爹妈给的脸蛋,谁也不用争不用抢。"这霸气!刘香青把面吃得很快,像是想到些什么,先用话搁了一下:"晚上做海肠春卷你吃,吃不惯的地方就说,我这人就爱听实话、听人唠叨我,把咱矿好好写写。"

刘香青给她又盛了一碗,说:"多吃点儿,面消化得快,晚上就饿了。"冰箱里有八宝粥,还是以前李矿拿来的,刘香青说着全部堆在桌子上,"写累了,就吃。"仕云记起陆福骂过李矿,没骂刘香青,骂过自个儿,没骂新萍,骂过贺主席,没骂钟玲⋯⋯骂李矿什么呢?简直全是误会,恐怕是觉得李矿若娶了刘香青,好兄弟老隋就不会走,钟玲的好姐妹刘香青就不会过得这么苦。这是什么逻辑?仕云想不通。

仕云吃着面,刘香青进屋拿了老隋的相片,说:"这是他爸,死在井下。我把那天来的记者全骂了,这些人净知道写别人的悲伤去赚钱。咱家死了人,咱知道什么滋味。我没骂过你,不是不想骂,是我想开了,写就写,发生了还怕写吗?写了有收入,能养家。"

仕云说:"没什么钱,我更多的是关注。"说完这话,仕云想扇自己,弄得一副居高临下恶心人的样子,真以为会用点儿笔,走哪儿搞得像是真悲天悯人似的。怪不得,有人说搞文字的人,十个有九个酸溜溜的,说得更难听些就是实在里包着最不实的凭空想象。

"对于你们这样的人,捞个名也好。"刘香青说。

刚吃过的饭,像一串浮动的气泡,往上顶。刘香青说话够狠,莫名其妙地就锥人一下。仕云又想起陆福讲的话："这个矿上，要交就交刘香青。"刘香青说话确实一针见血、交实底儿，仕云心想。

"我知道，你会觉得我这个老女人不会讲话，觉得我也不漂亮了。没事儿，我的胸口就从没亮堂过，你摸摸我这个胸口。"仕云一手按着刘香青的胸脯，一手按着自己的胸脯，一个抖得厉害，一个心跳和缓。松了手，仕云拿起老隋的相片说："你和隋叔挺般配的。"刘香青叹了口气，说："这么说，我倒是乐意听。"

刘香青揉红了眼睛，说："我对得住老隋。只要他不下井，我就伺候他。他就喜欢那事儿。我也是。汪记者，你有文化，你说，人这一生只能爱一个人，才算正经吗？"

仕云确实不知道。法律与道德的绳索似一座天秤，撵着世人压抑苦闷。就在前天，仕云问祁书记，钟玲爱谁，因为她无法问钟玲，现在她可以问刘香青。

刘香青一下子怔住了，她从没想过这个问题，好久，她摇了摇头，说："老隋吧，对我好得要命。"仕云又问："你说钟玲姨喜欢谁？"刘香青又怔了好久，说："喜欢老陆。"

仕云把老隋的相片交还刘香青，说："姨，我不靠这个赚钱，我也没那个能耐。"刘香青一笑，用手指戳相片，说："我早想开了，老天要收你，不这样死，就那样死。为煤而死，死得光明！"

说罢刘香青去了洗手间，听水声像在洗澡。仕云也想洗个澡，她脱下外衣，在茶几前等了一会儿。刘香青出来时，眼圈儿红着，像一片小面积的霞，说："你要洗澡，就去吧。"仕云进去了，刘香青敲门，说："别关紧了，我说点儿事儿。"仕云就虚掩着门，水声断断续续。

"隋强跑井底了，"刘香青隔着一扇门平和地说，"宋冰闹得对。"仕云感到刘香青在哭，这番话是她哭着说的。接着，刘香青又让仕云多住几天，说贺主席那边她肯定能说通。

这天一早，刘香青回来后，朝仕云继续摆手，说贺主席这个顽固派说见人可以,不可谈过往。仕云心底仿似被砂纸打透了,能见到透明的心瓣在跳,她关上录音笔,拔下电脑充电器,闲了一天。

傍晚,刘香青指着窗外,新萍和贺主席一前一后,呼呼甩起的胳膊活像大力士。端上的咸鱼和片片,谁也没心思吃。

趁刘香青收拾碗筷时,仕云躲进房里,给祁书记发信息。转眼,祁书记来电话说贺主席这边慢慢来,他那边也是一堆事儿。仕云像刚被刘香青收拾走的咸鱼一样,整张脸又硬又皱。"关着门干吗呢?"刘香青敲着,以为仕云病了。仕云说不见贺主席,就决不回京,手里也一堆事儿呢。刘香青出门了。

刘香青拦住刚进家门的贺主席,将门反锁,指着贺主席说:"有几把刷子,你嘚瑟出来呀,过去一嘴一个汪记者。人是你招来的,你管啊!我成天包吃包住包着烧洗澡水。你怕什么?没偷没抢没嫖,她能吃了你吗?!"说罢,刘香青一条腿上了茶几,胳膊肘蜷着。

贺主席烦躁得很,指着刘香青让她出去,他知道刘香青最会胡搅蛮缠,一脑子主意,放矿上可惜了这个人才。果然刘香青就是不走,要他去见仕云。

"我不想说,我没什么和她说的。"贺主席的眼珠子往外鼓。

"她有东西想和你说。"刘香青说。

"听完老陆的,再听我的,听完这个兄弟的,再听那个兄弟的,从没听她把采访的材料反映给矿上。这个女人太讨厌了!去陆福墓前,我以为她能和我说说,一字没提。"

"说了又怎么样?兄弟们还不是都去了嘉水。不要往人家身上撒气。"刘香青说,"没人谈你受处分的事儿,活在世上的人,哪个不遭人说?"

这晚贺主席主动打来电话,要和仕云谈谈。仕云抬着头,抿着嘴,背上电脑包让刘香青送她出门,似乎有一场规模巨大的恋爱等着她享受。这话不离谱,贺主席谈的就是恋爱——和钟玲的。陆福讲过一遍,贺主席再讲一遍,指着两边道牙子中间的路,眼睛射出一道温和的光,仿佛照着重叠的车辙子。仕云松了一口气,蹲下去,在路灯的照耀下一寸一寸地看,没看出什么不一样。贺主席背着双手,一上一下跳起路牙子,好像要蓄点儿电才能再开口。贺主席语气不再温软,像子弹,一枚一枚往外喷,唾沫星子乱溅,酷似老陆重现。

贺主席说这辈子做爱十次,不疯掉算好的,一个男人再有本事,不干男人的事儿也算是废掉了。仕云望着眼前的这个男人,感觉他像一只受伤的老兽。她想起陆福是坐在饭桌前,往地下指着,说那儿也亏了。钟玲的事儿,贺主席和老陆讲得一模一样,情敌面前,不添油加醋,史上未有。她几次要求贺主席停下来看着她。贺主席像是聋了,只顾跳着。

她陪着贺主席跳了一会儿。贺主席让她把录音笔关了。她没关。贺主席拽过她的电脑包,往空中一丢,东西天女散花般掉了一地,电脑屏花了。仕云收拾了电脑包,关了录音笔。贺主席说想上班,协议工也挺好的,接着说起托付祁书记了,可那个家伙开始不接电话。

仕云看着树影晃动中新萍正向这边跑来,她快走几步接住新萍伸过来的手,温热有汗。然后他们三人并排走着,贺主席没提入狱的事儿,一丁点儿关于对连矿的看法也没讲。仕云想问,又觉得多余。还是新萍提起话头,让贺主席讲讲嘉水矿的事儿。贺主席说嘉水煤源丰富,地势险要,工农关系不好处理。说到煤源的时候,贺主席说:"工作面肥沃沃得,左边是煤,右边也是煤,喷得昼夜不停,下井那次把我高兴坏了,那一刻拉住了嘉水兄弟的手,不住地说谢谢你们。那个矿不像我们原先的矿,那个矿太多的不可靠,从去第一天就搅得心头慌,如果龙田矿处在六层上,那嘉水矿就在二层上。城市的发展、人的思想,就怕将来投资人的格局也与嘉水矿的现状相互挂靠不上。嘉水矿有湖有山,湖是好湖,山是黛山,有自己的名字,后来叫着叫着就成了那湖和那山。不管是什么,这些地方早晚得破坏掉,创新起来。可这些也就是想想。"去了嘉水的他常否定自己,处在二层的他已经无法够到六层的东西了,否则也不会脑子一热抄家伙去打人,就算再入乡随俗也没有这么快的。

贺主席又说李矿脾气不好,在那边肯定难过。贺主席把话说得很密,仕云想听的几乎全都听到了。

回去趁脑子热乎敲几个字,看着花了屏的电脑,仕云有些丧气,觉得矿上欺负她,一个电话就告诉了小楚。小楚又气又笑,说要带仕云亲自选个喜欢的。仕云就笑了。在小楚看来,这回仕云找她维权是合乎常理的,爹损坏人家东西,人家找闺女赔天经地义。第二天傍晚小楚就到了,贺主席第一句话竟是"我把汪记者的电脑摔成什么样也不知道,你给她买个,我也不懂,到时我付你钱"。小楚点点头,去找仕云。

仕云在与祁书记通电话,她也想顺着贺主席的意思敲敲祁书记。可祁书记绕话题很远,也很不耐烦。小楚让仕云不用找祁书记,要是说了算,都给贺主席办了,祁书记绕远就是为了往后好见面。"贺主席不这样想。"仕云说。小楚说贺主席一有去嘉水的打算,这身体就好了,他摔电脑就说明不想说嘉水的不好。

仕云调出材料,说东西都在这儿了,要多少拿多少吧。小楚和仕云的约定成了空响炮,她表明现在有别的目标,这些材料对她没用了。当仕云得知小楚建敬老院的想法时,觉得这个可行。小楚有信心地盯着仕云,然后笑得不行。

第二天仕云拎着行李准备返程,她没收那台新电脑,回京换个屏幕就好了。刘香青跟在她后面,有点儿不舍。贺主席让仕云把兄弟们写得好些,别专拣那些奇趣怪闻博人眼球的写。新萍拢着头发,走得很轻。专等着新萍说两句的仕云,看样子要失望了。

仕云走后,重新搬回贺主席家的刘香青继续和连矿聊天。他们聊的内容渐渐起了变化,和煤矿没什么关系。贺主席不愿听这些,回房倚在枕头上想心事儿。他觉得一个人的脸不够用,想拉着徐经理一起去嘉水,现在他俩都是受过处分的,会惺惺相惜,而且这脸就大了一圈儿,嘉水怎么也得给这个面子。新萍坚决反对,说要去就自己去。

嘉水现在要把贺主席当零工用,得李矿点头,老话说得好,不搭理就算,搭理就赚。接着,贺主席发去了一条信息,李矿也没睡,现在睡不睡都不是自己说了算的。回复的一条信息让贺主席看了好多遍。李矿没回答所问,而是提出新的问题:嘉水的工农关系似乎缓和起来,是否里面怨愤更深? 回了一个字"对"。过去,他处理过许多这类关系,现在只剩李矿,无处商讨,彻夜难眠。眼见着整个矿区二分天下,李矿想贺主席回来的心碎成八半,也没用,李矿没有能力为贺主席办任何一件事儿,就连句简单的安抚话都觉得多余。他们彼此太熟了,熟得知道骨头和筋长成什么样。

贺主席和李矿就这样你一条我一条地回着信息,全是谈些边缘化的问题。切中正题对于贺主席现在的身份,实在有些尴尬。李矿那边先没动静的,贺主席追了几条信息,也就不发了。

贺主席正要睡过去时,突然,刘香青那边声音大起来,像是在吵架,贺主席下床急得直敲门。门开了,刘香青跑去厨房喝水,一杯接一杯,像渴了好几天,问她什么事儿,她也不说。

原来,回去后的连矿,工作没几天就接到集团的处分通知。连矿现在比蚂蚱胖不了多少,尤其那脸就是一枚瓜子儿。连矿无人诉说苦闷,悄悄地潜入港城,住进酒店,成了一个闲事儿秧子。他拨刘香青电话,觉得刘香青能懂他。开始,两人还像过去一样谈矿上,谈点儿擦边的情感。这晚,刘香青谈到贺主席,希望连矿能协调一下,让贺主席回矿上工作,否则这人就废了。连矿一再绕弯子,把刘香青绕恼了,当即就骂连矿不能办事儿也就罢了,在她面前耍什么小聪明!她刘香青看不清哪一出人心,她刘香青是死过好几回的,是把死人活人看得透清的人。

连矿才说自己受了处分。刘香青"啊"了一声,问连矿现在还在嘉水吗。连矿说在港城,守着她近些,心里能好受些。刘香青让连矿明天一早到龙田矿,她要听听到底怎么一回事儿。放下电话,她就找李矿问,李矿证实了此事,让她知道直到现在嘉水也有许多兄弟说连矿不敢担当,害贺主席坐牢,贺主席前往嘉水挑大梁,真到梁落身上,活得像一坨烂泥,再也没有脸见人。话长着腿,长着耳朵,刚归国有的嘉水矿原矿长不是集团要处分的对象,可也架不住这些话,便在找连矿谈话后,又找贺主席谈话,之后下达了处分通知。

连矿和刘香青说,嘉水矿顺利收归国有,也了了他的心事儿,这个处分他应该受着。可刘香青心疼这个男人。

第二天,连矿来了。龙田矿这下成了受处分之人的收容所、治疗地,小楚觉得好笑,贺主席气得骂了小楚,说她到底是局外人。小楚惊讶地看着贺主席,立马告诉刘香青。现在小楚和刘香青成了一个耳朵、一个嘴巴。

一阵风,门开了。

"凭什么降你?错是我犯的,监是我坐的,这事儿不就得了吗?还有谁受了牵连?"连矿刚进贺主席家门,贺主席就回来了。

"就我。"连矿说。

"你马上回去!"贺主席推着连矿,仿似这股力,能一口气将连矿推回嘉水。连矿纹丝不动,像来前被谁念了咒。看着连矿这个尿样,贺主席气得七窍生烟,抄起一根从山里捡来的棍子就要打。连矿抱头,一副等揍的样子。

贺主席抽搐了一下,把地面捅得咚咚响,说:"这窝囊相,在古代得刻字!"说着回屋取出陆福的钢笔,把连矿的脸上、身上画了个遍。刘香青看不过去,夺过钢笔,吼道:"陆福是让你画兄弟的?"

"让他走!让他走!"贺主席喊着。

"贺主席,从你出狱,我怕你有闪失,在隔壁屋陪着你,你就这样对兄弟吗？我这样疯过吗？我伤害过谁？伤害我的口舌有多少……这气你也出了，够了！"刘香青挥舞着拳头，"真是当兵的打完，当官的打，你们还把自己当成干部吗？"

贺主席回屋翻出一件套头衫，交给连矿，又去洗手间试了水，让连矿洗脸。连矿不洗。

"降了职也可以干活儿。嘉水没有你不行，李矿人生地不熟。"贺主席说。

刘香青安排他们并排坐好。连矿攥紧套头衫，像是贺主席颁给他的特赦令。贺主席起身找来和陆福常喝的酒，说："你喝了，就回去，降职不耽搁干活儿。"

连矿说："你不走，我不走。"

贺主席太阳穴鼓动着，嘴唇乱抖，一副练家子样。刘香青以为贺主席要打人，提前抓起身旁的凳子。贺主席抱着头哭了。连矿想请贺主席出山，清楚贺主席也想回去，可没人起这个头儿。

贺主席突然扑向连矿哭着说："如果再没人给我壮个胆儿，我就去跳人工湖！"

第二天贺主席像换了个人似的，穿戴整齐，驱车往人工湖去。湖上落满红色的叶子，像无数只小舟，他的腿脚很利索，来和湖面絮叨絮叨。三户人家不是都搬到新房了吗，怎么还跑这儿来摸牌？上回农户走后，新萍让小楚去"半月湾"打听一下安置房的状况，回复说尚留。接下来就是小楚和几个农户谈，农户没提别的要求，就是要求帮着搬家，把一直拖欠的水电暖气费替他们缴上，还有就是得请保洁收拾一遍房子。这些事儿好答应，小楚找人做了，钱也是小楚先垫上的。这些办妥了，他们提交了申请书。

没人发现贺主席，直到他站不住，弄出声响，几个老汉才同时站了起来。贺主席比过去矮了，比他们更矮。贺主席喊出他们的名字，这声音熟得要命，其中一位农户上前握住贺主席的手，一个劲儿地喊领导。另两个用目光表示不信眼前人,怎么能瘦成这样?

贺主席说受了点儿教训,接着问"半月湾"的房子住得是否习惯。农户说好得很,就是搬晚了,说着三人嘿嘿一笑。"你们在这儿干什么?"贺主席问。他们争先恐后地说老领导喜欢这湖,常来,他们得空就在这里等等,指不定就碰上了。贺主席搭着他们的手,说:"早不是了,早不是了,戴罪之身。"

贺主席确实不知道该说什么好,然后说了一句"我得谢谢你们,给我勇气"。农户相互看着,一时间也不笑了。有一个农户问:"是不是那边矿的欺负咱们?"有一个农户说:"不走不行吗,干什么不赚钱?"贺主席回答不了这些问题。人回不过神的状况千奇百怪,他回不过神时,都会找陆福念叨,原先陆福不让驱赶三位农户,最厌恶矿上摆官架子拿条文说事儿。

贺主席和三位农户道别,去了墓地。贺主席抓了一把坟前土,培给两棵参天松树,这树冲着最蓝的云空。几只飞鸟掠过后,他给陆福鞠了一躬,说:"你说得对,荣誉都留给当官的了。"

回到家中,贺主席收拾行李,一刻不能等地要去嘉水。投入工作中,能修好脑子不说,也能活出个人样,给那些说自己的人看看,他又回来了!小楚早巴不得贺主席快去嘉水,她对刘香青说:"你们都去,我也就收了心思。"接着刘香青搬出一摞纸,第一次看到铅笔字的贺主席,觉得眼皮子像针扎般,睁开也疼,闭上也疼。刘香青翻了几页,这是她自搬到贺主席家,就随身带来的武器,说:"工会要管住嘴,越同情,越使人软弱。"

贺主席码齐这堆材料,说:"你也拉上新萍,在哪儿跑不是跑。"

"你和连矿先走吧,嘉水好多事儿等着你们,别挑活儿,有什么力出什么力,过去的事儿就是过去了,别小心眼子,往里窝。"刘香青顿了顿,"我和连矿的事儿,你怎么看?"像矿工的婚姻大事交给组织定夺。贺主席想起穿着纺织服的刘香青,一个劲儿地就知道笑。小楚抢话说:"什么怎么看,婚姻自由。"贺主席想起陆福说不用担心刘香青,让他出主意,不过是客套几句,他不能蹬鼻子上脸,自以为是。

回去的途中,连矿给李矿去了电话。李矿让贺主席到工会,就像贺主席在龙田工会一样。贺主席看着窗外,电话杂音很大,一个又一个的主意在两位矿长嘴边跳着,可能到时候皆成无用之料。贺主席也听得仔细,伴随着长叹出的气流,心里很舒展。贺主席拉开车窗,朝着沙石滚动的上坡路,大声喊:"嘉水,我又回来了!"小楚关上车窗,扭头看着贺主席,贺主席处在浑然不觉中,他像是没坐交通工具,直接腾云驾雾了。小楚想起从国外专门带回来的药,新萍不吃,两位父亲也不吃,过期的蓝色小粒成了一个过时的谶语。

到嘉水后,贺主席看到的确实不是耀武扬威的场面,他的心软了一下,下车主动关心起他们的生活,和他们搭话。村民像平常似的友好,还搬了凳子请他坐,请他喝从矿区打来的开水,一口一个"别烫着"。贺主席喝了水,说了话,转眼日头就偏了西。和他说话的人匆匆起来,像要迎接什么大事情,在嘉水矿晚上睡觉是件很隆重的事情,抬着的、推着的、开车到的,来了十几个老人,他们神采飞扬地和另一些白天坚守的人打招呼,一副有福同享的样子。孩子穿得极少,有的甚至光着屁股。晚上刚到的一批老人陆续往生产楼去,和值夜班的工作人员一同享受着供电设施。贺主席没吃饭,也不走,他觉得要把自己当鹰熬,往后才有力气办事儿。

后半夜厕所涌出难闻的气味,里面摆满尿桶和一堆棍棒,这棍棒是白天用来搭架子晒衣服的。贺主席看到有人为了不影响生产楼的老人休息,直接把尿撒在矿区。难怪他今天一进矿区,感觉特像进了动物园。清早,一楼、二楼、三楼、四楼的厕所全部被占满,拥挤得要命,早先矿上把二、三、四楼的厕所锁了,这难不倒他们,几锤子就砸开了。谁要是问他们,他们会说,堵着腚不让拉吗?矿上苦不堪言。贺主席知道这事儿不是一天能解决的,就先通过李矿汇报给集团,说当初的事儿与连矿无关，是他一人所为。连矿被处分前，贺主席不知道后果会这么严重，才对集团说得较为护着自己，这次又反过来说，没想到惹怒了集团领导，不过，集团领导最终还是在贺主席的客观事件复盘中，鉴于合作关系，网开一面，暂时恢复连矿的职务。

连矿陪着眼窝发黑的贺主席吃了个早饭，又去几个村查看，景象比当年复杂得多。再回矿区时，贺主席对乡亲又多了一份体恤，甚至给孩子们辅导功课。小裙说不值得这么做，这些孩子笨，学校教了，他们不会，这哪里是讲题，而是办学校。贺主席觉得这个主意好，嘉水只顾煤了，别的都没跟上，这地儿连所现成的学校都没有，不过是用大车拉着一群同龄孩子去镇上读书，晚上再拉回来。贺主席想让小裙和宣儿放一放手上工作，真正地给孩子们辅导功课，而不是像过去为了谈事儿，故意卖殷勤。李矿说好。祁书记知道此事后，多次来电说把矿工住房也考虑进去。李矿汇报给集团后，得到许可。

这天晚上，贺主席没熬鹰，静下心翻阅连矿从有关单位找来的地域概况。这片又险又美的地方，因塌陷而更加惊艳，可农民不是来审美的，要过日子。贺主席越看越愁，这几天和当地村民没谈出结果，翻来倒去那几句话，说得贺主席一个劲儿地想该怎么办。

自从贺主席和连矿一同回来，矿上的各种声音戛然而止，连矿更像个孩子，成天围着贺主席等着好点子，贺主席就慌得直摆手。港城的地就是地，路就是路，连大下坡和大上坡也不怎么见，而这里充满着神奇，像是神来一笔勾出的险峻。贺主席真不敢把港城的方案挪到嘉水。他摸出电话，不知不觉地滑到"新萍"，打了三遍无人接听。刘香青正往嘉水赶，因无信号，也未接通。贺主席放下电话，举着陆福留下的钢笔，特想下班还去喝酒谈事儿。

二十

德系车与日系车之争,全球各大媒体第一时间轮番报道,日系车以微弱优势胜出。日系车总部的几名高级负责人轮番上场,在相关频道亮相,通读奖励,而这一切与田中毫无关系。无所谓,他一会儿与曾董会面,曾董刚结束监狱生活,出来后,主动联系了田中,重提建世界级汽车图书馆一事。两人在日本会面。

下榻的小酒馆,青灯低悬,整条街道灰暗得很。曾董依旧肩头高低不平,走起路来摇晃着。两人握了手。田中见老,曾董没什么变化,犯事儿坐牢天经地义,赔不起的就坐监补。田中附和着,等听曾董提正事儿,但说来说去,曾董不掀老底儿。田中便说起厂家有可能重新起用他,虽说不在市场,但也是为市场打外围的热门职位。田中一发而不可收的思维又开始了,大话也就多起来,开始跑题,忘记抛砖引玉的节奏,提议曾董尽可能用人脉协助他下一年的德日汽车之争,重新拿下高位。看曾董不语,田中将预备好的那本福布斯排行榜递了过去,这都是老皇历,没拿当下的,因为曾董不在上面。曾董伸了一个懒腰,拿过一本最新的。他有些日子不看这些了,商人的任务不是为排名而是为赚钱，他又拿来几本，对照着，目光掠过些名字，有的改行了，有的不温不火地干着，有的被抓了，小半数没再上来，而他也是那小半数中的一员，因此能联系到的也就是这小半数，排在前面的那些富豪，没人想认识曾董。曾董垂下头，站起身说回去吧，既然没有诚心。田中说这是一举两得的事儿。曾董没有心思再听，觉得田中旧日的毛病只增未减。田中又说起杜主任，曾董仍旧没接话，铁打的营盘，流水的兵。田中举起酒杯，换了个语气，说起贺主席与小楚。曾董似乎有些徘徊，停了一会儿，说："没事儿，我先走了。"然后，自斟了一杯，饮尽，刚要走，门开了，杜主任迈着如鹤的细腿，噘着红唇，眼角挂着几滴眼泪，坐到曾董面前。曾董又斟了一杯。

杜主任展开图书馆的图纸，古希腊的森林屋、十七世纪俄贵族的梯蹬小院、绿油油的植被、塔式的秋千架、铜铸的飞鸟衔书上天……曾董把图景看来看去，手捻书页。他曾经也是个爱读书的人，最大的愿望是做一名邮差，挎着小绿包，穿行在街头巷尾，享受被人注视而期盼的眼神。他睡过光滑的水泥地，睡过火车甬道，常吃凉透的饭，不是因为吃得晚凉得透，而是没有热乎饭吃。他在工地做小工那阵子，嘴勤眼勤腿勤，分饭师傅就悄悄给他一勺猪油，他把嘴吃得油光光那一时刻早忘记邮差这个行当。邮差要中专学历，他初中就不念了，不是读得不好，而是没钱读。一九七几年的时候，他就想盖楼，盖一座高高的楼。他先跟着包工的混，再跟着监理学，而后一副憨相得到一些老板的信任。依托着国家的政策，放开经营，一天比一天好，他感觉人一点儿不唯心也不行，似有神助。一个穷小子飞起来了，但一些穷小子的习气仍旧改不了。何况，他也挖过一段时间的煤。

当下，杜主任给曾董准备的新衣服，他一件看不上，对着镜子觉得胳膊腿儿甚至脑袋都不是自己的了。过去，他总是自己画样子让杜主任找裁缝做，也就是几笔，会缝衣服的都会。现在他又在画，杜主任早已见怪不怪，手里有钱，那是不花，穿得寒碜些不代表穷。"如今的曾董是穷了些,可听说过瘦死的骆驼比马大吗?"在见曾董前,田中问杜主任。杜主任搂着田中的脖子,一个劲儿地甩甜言蜜语,央求田中别丢下她,觉得这回八成有什么大赚头儿。田中挺感动的,不管什么原因,起码杜主任还是相信他身上有料。

看完图纸,见曾董没表态,杜主任习惯性地瘪瘪嘴,屁股在软垫子上扭了扭。

田中跟着曾董一前一后地走在光溜溜的大街上,冷风灌耳,沙沙的脚步声此起彼伏。走到曾董住处,曾董没邀请田中,田中却做了个请的姿势,也进去了。

曾董从洗手间围着浴巾出来,便劝田中打消这个念头。田中吐了吐舌头,让曾董再想一想。曾董笑得有些神经质。田中可不傻,搞惯商业的人,多半会演戏,哼,想怎么演怎么演,他赖着不走,自顾地说要借曾董的钱、总部一些友人的钱,先建个小规模,外资哗哗就来了,他陶醉得不得了,说着理想中的世界性建筑的样子,说到时候他和曾董就会位列创始人。可曾董像是聋了,倒在沙发上睡了。

夜里趁杜主任熟睡,田中抽身给小楚去了电话。小楚未接,第二天一早,回了过来。田中要去港城,赶在曾董之前,因为他看得出,曾董还没在这儿坐热屁股,就要离开。田中很沮丧,几个方案在一年多的时间内碎了一地,这都换了几代人了,杜主任算是最忠诚的也最没有能耐的,在他这个团队里多她一个不多,少她一个不少。这回,曾董要去港城的消息并没告诉杜主任,田中想再追曾董。

田中所谓的那点儿上司光环,可以忽略不计,但该计的也得计,在接待田中之前,方董再次给小楚几点建议:田中提携过她,不能过河拆桥。别看田中落马了,可曾经在车市的养料,一点儿没丢,她要想在港城继续做大,必须把田中的东西接过来,从目前来看,她是最具有实力的,整个集团已入驻港城,今后,这儿就是主战场。一起下楼时,方董恨不能拎着小楚的耳朵再说一遍。方董能说出这番话,一定是被渔具公司的事儿吓得不轻,也没了原先非要去香港一搏的霸气。小楚打算按方董的意思去做。

田中越过客休区、洗手间,转了个圈儿来到院子,没有人给他鼓掌鞠躬,大家脚底抹油,各忙各的。田中就像这个用了多年的店面,成了二手的。小楚靠近田中,微微一笑,喊了一声部长,随后邀田中去龙田矿生产区走走。

办公楼、生产楼没看头,已是正式的工作区。他们去了主井,厂门锈死,乱草丛生,部分甬道灰突突的,一路来,跟着空洞洞的回响。半空浮着尘土,一点儿人气儿也没有。

方董的集团用不上这边的厂房。小楚问田中还回日本吗,不如把这块地租下来,在当地做起来。田中手里有钱,又有海外资源,用他的话讲,世界各地皆市场,就看脚落哪里。小楚想把他的脚放在港城,助推点儿事儿。她不怕失策,不行就拉倒。

田中失声笑了,整张脸看起来更像一条皱了皮的黄瓜。她轻快地往前走,田中跟在后面机械性地打着嗝儿。有些人上了年纪,身体内发出的怪叫格外多,田中就属于这样的。

小楚又把车开到家属区,田中发出的声音越来越多,她摇开天窗,清新的空气从四面八方涌来,她回过头问要不要去医院看看。田中摆摆手,一脸轻松,真不知道自信从哪里来的。她皱着眉,又验证了一个道理——做市场的人得豁得出去。从早,她就没脸没皮地放开手脚办事儿,把田中学得有模有样,擅自拿主意,异想天开,就像今天她主动让田中在这里投资,不管市场是什么、一系列的渠道在哪里,认为说出来,就有希望。

新萍喊着号子,挥动着胳膊从他们身边跑过,整张脸似被水淋过的西红柿,裤子绞湿了腿,能听到布料摩擦皮肤的声音。

田中说:"你们矿上擅跑,陆福就能跑。以前,为搞活城市,几个行业在港城市委的带领下,联手解决了双向用地的需求,那时就看见陆福到处跑，没够。"小楚不明白，擅跑、陆福、用地三者之间有什么关系。她不语，朝着跑回来的新萍挥手。倒着跑也很有趣，身子弹跳着，轻盈有节奏，新萍倒回去的时候没理他们，扭头又迅速跑远了。

田中体内的各类怪叫终于停止，竖起大拇指，肯定不是竖给小楚的。田中扭头问小楚又想要什么。她咽了口唾沫，抓紧金色的手包，头微仰，小脸特别精致，到了这个年纪就得时刻仰着头，否则挤出双下颌，会显得很油腻，但她仰不仰头都没有这些，可她得尽量让它们出现得晚些。她习惯了田中一脸老皮老肉下的专注，挨近他，能闻到一点儿异味，说明有火，田中的火有年头了，火大火小与她无关，她心里只有打算，就像当初一样，随时准备交换什么。小楚说完了，田中没回应，一味地把目光投向新萍，看样子他也想跑起来。

他没跑，而是又问起陆福是不是小楚的亲生父亲。他特别希望听到她的回答。从最早入职，他们就知道她。表格中"父亲"一栏，她填"陆福，龙田矿，掘进工"，当闲聊问起时，她惊慌乱闪，仿佛谁揭了她的底裤。现在她说陆福是她的养父，她的生父是贺主席。

田中笑了，小楚也笑了。

田中说他不会留在港城发展，小楚的心凉了一大截。他说她可以飞快地进钱，说她的脑洞子堵上煤块了，说她之所以干不大，就是太急功近利，还虚伪。他指着她，指了好久。

回到公寓，她的心脏脆得要命，仿佛谁闹一丁点儿声音，她的心脏都会骤停。姜帅敲门，竟带着杜主任，杜主任一脸委屈。姜帅不再奶声奶气，而是瓮声瓮气，与娇柔软哆的杜主任特别不搭，杜主任数落姜帅一个月不例行洗牙、穿着随便、肚腩有一个巴掌厚，当然这些是杜主任知道姜帅在香港没站住脚后的一通言论，声音时高时低。小楚禁不住两人的吵吵，出了房门，下了楼，田中喊了一声，杜主任便颠着屁股跑上前，一把抱住小楚，简直有点儿像相扑。两人的腿别来别去，小楚想挣开，杜主任执着不放。刚才怎么不拥抱她？定是车展那五万块钱结下的疙瘩,此时杜主任要在田中面前表现与她的要好关系。姜帅看杜主任的眼神很让人心痛。

小楚回房后,给方董打电话,汇报田中没有相关意愿。方董不这样看,田中不是个没意愿会白跑一趟的人,这趟要么与汽车有关,要么就与人有关。方董说恐怕曾董要回来了。小楚手心冒汗,使劲儿眨着眼睛,两行泪喷薄欲出。方董再说什么,小楚几乎一句没听到。

这晚,她失眠了,奇怪的念头一个接着一个地往外冒,像一排婴儿的脸,释放新生的气象。她想再和曾董谈投资。镜子前,蜡黄的脸,尖下巴,肩头瘦削,一副穷相,不愧是贺主席的女儿,也似坐监回来。她对自个儿的相貌一直自信,唯独面对他,高低不平的肩膀、裸着线头的手工衣服、咳嗽得面红耳赤一身赘肉直哆嗦,在她心中全成了经典的象征,她自叹不如。她扶着洗手台,低着头,发丝款款落下,揉搓之际,竟发现多出了几根白丝。她怕自己老得快,同样怕曾董像贺主席一样瘦得认不出。这一夜她仰躺着,侧躺着,蹭墙躺着,换方向躺着,以不同的身姿转着圈儿,无济于事,她飞身下床猛灌冷水,打了几个喷嚏,她决定打死也不说自己的心思,只谈业务。

田中和杜主任一夜没消停,听着吵。小楚替杜主任惋惜,替田中悲哀,更哀怨自己活出了烈女样,到头来,丢了该有的欲望。

一早,杜主任红着眼窝子,扑到姜帅怀里。姜帅说有急事儿,让杜主任先回去。几个月前,姜帅被任命为二手车店的市场部经理,部分车主争先恐后地计算旧车与新车要补缴的差价,说二手车是骗人的把戏,这也是一直持续的经营状态,着急上火自不必说,尤其每回他见了小楚,一个不问一个不说,更感觉对不住小楚对他的一手栽培。姜帅开车从小楚窗下经过,泄劲儿的不是他,而是她。

小楚去咖啡厅,杜主任正一脸木然地搅着一只勺子,突然问小楚姜帅的职业发展前景。小楚吃了一片黑面包,往镶着红边的玻璃门看,田中像匹干瘦的矮马往这边来。刚坐下,他就让小楚给杜主任安排个工作。杜主任刚喝进嘴里的东西,竟然滑回勺子,坚决要求去总部工作。田中让杜主任立马走人,杜主任突然把碗碟一摔,骂田中是个骗子。田中很平静地吃着东西,盯着小楚手里的面包片,讲起精粮和细粮的区别,根本不理会杜主任一半愤怒一半哀怨的目光,杜主任打断他的话,却找不出合适的话来说,伏在桌子上哭得死去活来。

田中对杜主任伸出三个指头,杜主任看了后掩面跑回房间。小楚冷笑一声,拎包出门。

谁知下班回来,杜主任和田中又腻得不行了。田中老谋深算,十个杜主任也不顶事儿。

回到房间的小楚,拉上窗帘,想给曾董去电。犹豫好久,咬紧牙关,一闭眼,打了过去。电话通了,她独自哽咽着,竟说上不来一句话。曾董只是简单地问候了她便挂了电话。她的心像被石子儿拉了一下,漫布身体的情感一下子冷凝了。小楚又发信息约曾董见上一面,他没回信息。她把手机放在肚子上,昏昏地睡着了。

小楚梦到新萍跑步,下半夜还不回去。她追上新萍,新萍说想去嘉水。她说去吧,没人拦你。新萍说没人邀请,不像刘香青哪里都有家。陆福也出现了,也说要去嘉水。几个尘肺病的兄弟说笑着,新萍说他们有伴儿,成天说笑。老隋和秦辛在井下打赌,输的买猪头肉,秦辛输了。"秦辛故意输,"新萍说,"他愿意陪一线兄弟多聊聊,不愿陪我。""我想去嘉水,我想去嘉水……"像回音壁跑出来的调子,渗进小楚的耳道。

醒来时耳朵特别酸,小楚痛苦地下床,手机落地,屏幕真干净,她想着高低不平的肩膀和一身多脂乱晃的肉,扯开了窗帘最里层的纱,远处曾经属于"半月湾"会所的灯光球闪着炫光。她垂下眼,摸索着冰凉的窗台边,小心翼翼地趴在上面,一动不动。

田中猜得不错,曾董回港城了。挂了小楚电话后,曾董驱车去了人工湖,临湖而建的屋子已被夷为平地,和湖堤相邻。曾董摸出手机,拍了一张夜景,坐回车上,抬眼看着万家灯火,"半月湾"会所已被拍卖,成了月子会所。他没地方去,也不愿住酒店,一下一下地抛着手机。而后,他看了几遍小楚要求见面的信息,他不想见她。望着车窗外皎洁的月亮,拉过一床厚毯子,一夜未合眼。他不断地划动手机,关上打开眼前全是陆小楚的模样。

这天,田中郑重地约小楚说事儿。他思考了几天,决定和她一起推广二手车。他拿着日方老同事发到邮箱的材料,以示人脉还在。小楚频频点头,这是当年的市场秘籍,以她的身份是碰不到这些的。

田中又让她谈下主井矿区,建议建成华北最大的汽车零配件供应商,兼发并管,能舀出数不尽的金子。商人重利,小楚的眼睛里也装着钱,没有钱很难办成事儿。

昨晚的难受来得快,去得也快,小楚捧着材料回车行,饭顾不得吃,水顾不得喝,把脑袋挂在文字里,很多东西,心中已有,就差人点拨。老师的作用,就是点拨。这材料就是老师。小楚说干就干,毫不客气。

田中的加入,令方董跳着脚开心,把从渔具公司撤出的资金,直接用于缴纳主井矿区两年的租金。方董想着待赚大了,把整个矿区买下来,做成全国零配件连锁总部。怎么以前没看到港城得天独厚的条件呢?这个地方水运、陆运、空运,四通八达,特别适宜从商。

方董和田中握了三握手,不客气地讲,真有种前生约定今生相见的感动。说话间,二人哽咽着,田中想着境遇,方董怕再赔个大的。小楚也哽咽着,想想未来,又先感动一回。

小楚找来宋经理,要他把当初人才库的人才翻拢一遍,再现场招聘一些。对于零部件供应商,小楚则从全国各地找来大黄页,调查配件市场返修率,属于即插即用的,就不能保证正厂,是正厂的,现如今各品牌还未放出外部人可售的活口。这都不是问题,谁都知道,一些即插即用过了质量关,用于过保车毫无悬念。由于实惠,各车型早晚离开4S店，如此一来，后市场就成了接盘侠。小楚乐得前仰后合，单港城就有几百家4S店，还没算全国的呢，钱哪，钱哪，还有这些产品也会零售，就不兴有场院的个体车主换个火花塞和机油机滤吗？钱哪，钱哪，快来吧！如此一来，她的腰杆就直了，说话就有分量了，别说一个龙田矿，就是把嘉水矿、鹤西矿、平梨矿等全部照顾一下，也未尝不可。小楚这个梦做得挺美，她笑自个儿，敢于想，是那种会被人耻笑的想。她觉得田中曾经浑蛋的日子过去了，谈的这些才是靠谱的事儿。

启动仪式后他们喝到很晚，小楚趁着醉酒之际，扯了几下田中，又多提一个意向。要给矿区家属建个敬老院这事儿田中听过，多提的是公寓闲着大量的房间，依山傍海，可以对外承接企业疗养，这资源不用可惜了。方董赞同疗养，反对建敬老院，怒目盯着小楚，小楚总是在事业不上不下又离不开她时提要求，故技重演。小楚霍地站起来，身体歪斜着说："他们在外工作，在家的又照顾老，又照顾小，年岁大的，怎么办？我爸住院，我们一家子都没得闲。"

"没人要给矿上养老。"方董接近吼了。

田中挥着手，往外吐着酒泡，问小楚："赚不回来怎么办？"

"能！"小楚把杯子摔了个稀巴烂，借着酒劲儿，她想发疯，把对曾董的思念全部以这种方式往外喷。

杜主任左盼右顾，惊得眼睛更圆了，护着耳朵，小心翼翼地看着方董。方董只顾喝酒。小楚举起长幅相片，掷在桌上，猛地喝了一口，说："你们不占我们的地，贺主席能进去吗？"

宋经理用衣角擦拭着玳瑁眼镜，说："这店面能建起来，占煤矿的东西多着呢。"这话明显地护小楚。方董觉得老头子吃错药了，他一饮而尽，机关算尽，仍有黄雀。若小楚早说疗养方案，恐怕方董的租金就不会那么痛快地打出去，理由是主井无人问津，晚些用公寓的租子月供给主井，矿方也会双手接着。最可恨的是她提的养老问题,分明是一个撒手锏。

当晚,方董借着一身酒劲儿掴了小楚一耳光,然后就被姜帅从背后敲晕了。眼见着方董被姜帅扶走,小楚痛苦地流着眼泪。

姜帅安顿好方董,去找小楚,说:"我最讨厌打女人的男人。"

"过几天我想去拜访市里几位领导。"小楚说这话的感觉很像姜帅是她的上司。

"人脉是曾董给的,最好别用。"姜帅说。

想到曾董,小楚身体紧绷。"你回去吧!"小楚的声音越来越小。

姜帅走出房间。走廊的地毯由古铜色的毛绒拼接,像一张长长的严肃的脸。

二十一

陆福的祭日快到了。嘉水往港城走的火车,行进了一天一夜。贺主席和小裙各怀心思,不约而同地提出要回家看看。他们生疏太久了,贺主席不能像过去一样和小裙开玩笑,更不能拍她的肩头。为了打发时间,他低头听着哐当哐当的车轮车轨声。小裙的话多,路上的村庄、天上的云彩、一些无关紧要的描述,被她讨论来讨论去,这种打发时间的方式有收效,终于把贺主席讨论睡着了。

刚一下车,贺主席要去墓地,小裙要去找小楚。小裙打车来到4S店。小楚听说贺主席也回来了,忙问嘉水的情况。小裙脸色一沉,小楚不敢再问,好不容易给面子跑来,得多提小裙爱听的事儿。现在的贺主席如一道雾障隔着姐俩,让她们无法看清彼此。

小楚开车载着小裙进家属区。小裙拒绝去贺主席那个家,小楚便陪她一起回到老房子。家里摆设未变,父亲的几条汗巾硬得满是结痂,收音机的天线像个打敬礼的孩子,台灯、捣鸟食的小锄头……小裙喃喃地喊了一声"爸爸",语调温柔、细腻。小楚抿着唇顺着床边折褥面,好长时间挪一步。在小楚的印象中,父亲常骂母亲,喝多了骂得更凶,小楚不愿到这个房间。她的手停住了,指尖发力,是有什么东西吗?小裙几步冲过来。一个半新不旧的本子,蓝底塑料皮,印着灰绿色的山水,扉页盖着工会的章。两人一起抖下本子上的灰尘,眯着眼睛打开,一笔一画的字迹像压密的针脚,令人喘不上气。

4月8日
　　出太阳。钟玲没和我说话,鼓着个肚子,发呆。我把菜刀、剪子、斧头全藏起来,花钱买食堂的饭,不至于出人命。

10月8日
　　掉叶子。我是个男人,别把心眼儿夹成屁眼儿那点儿。哪个也不是神仙。

11月23日
　　要下雪。我从新萍身上看到了知识的力量。

1月4日
　　卖鞭炮的出来了。不吃食堂了,我觉得这才是个家。

5月12日
　　出太阳。他总来,我不能往外撵,说到做到。

有好多页,只写了日期。对于母亲去世的事儿,陆福只字未提。

7月13日
　　知了叫。小楚不学好,穿戴讲究,哪儿来的钱?她一个女人!

278

9 月 14 日

第四批矿友走出去。小裙像钟玲,怕她想不开,走钟玲的路。

1 月 4 日

下雨了。小裙去求姓曾的。

3 月 18 日

下雨了。都要走了,留我这个老东西干熬。

看到这里,小楚的心像被钝锉锉了一样。

10 月 1 日

阅兵队好看。小楚这孩子像贺主席,心大,能担事儿。她恨着我。

小楚摸出一支笔,接着最后一条写道:"我的钱是正经来的。我愿意做您的出气筒。"她咬着嘴唇,眼睛里闪烁着无数的星子。

小裙从小楚手里拿过本子,扔进厨房的水槽,冲上一盆水,又用小捣锤一顿操作。小楚挡不及,又不愿姐俩相扑一样地厮打,气得乱蹦,一个人发出十个人的噪声。门开了,新萍甩着胳膊,瞪着姐俩。小裙往后躲了几步,新萍抓过她的手,问嘉水的情况。小裙说了几句,就停了,新萍肯定知道得比她多,是刘香青的嘴能闲着,还是贺主席能不给新萍打电话? 新萍问小裙行程,小裙随口一句"姨也要去?"新萍的嘴唇一抖,惊慌地看向小楚,像是在求救。这什么意思? 小楚不敢揣夺,特怕说错话。小裙讨好地看着新萍,说:"姨,去不去随你,嘉水有咱们快一半的人了,大领导全是咱们的人。鹤西也有咱们的人……"

新萍控制住嘴唇的跳动,说:"嘉水就是龙田,龙田就是嘉水。"

279

小裙点头说："对,对。"

贺主席来了,小裙嘴快,说："新萍姨能去嘉水吗?"问贺主席这个没身份的人干什么? 小楚想。可贺主席像抢答似的说能去。

新萍严肃地瞪了他们一眼,说："我为什么要去?"转身走了。三人面面相觑,新萍又回来了,临窗指着说："都走了,都走了,这个,这个……"贺主席是明眼人,知道新萍又在等人放话,好来个立马响应,但这回贺主席把话吞回去了,他想先晾着新萍,这样才能激起新萍更强的斗志。

贺主席打了岔,换了话题,说矿上想找投资人,港城这些企业也不知有没有意向,又故作思索地说想起在政府的牵头下,与曾董有过合作。"那时候,曾董被抬得高,八面威风,走哪儿都是被人歪掉了脖子地看。现在不一样,曾董的地位没那么高,如果有求于他,他顶多是个投资人。落架的凤凰不如鸡,可瘦死的骆驼也比马大。"贺主席的意思很明白,他一边与农民沟通,一边划拉着接触过的几个富商。

想起发信息丢面子一事,小楚恨不能找个地缝钻进去。

她一闭眼,一咬牙,又给曾董拨去电话,又是不接。她怕曾董离开港城,急得浑身大汗,给曾董发了一条信息,同样未回,气得小楚真想破口大骂。这是富豪姿态,还是出狱后的自卑情结? 给他个重新做人的机会,还端着架子。燃烧一半的火气静止后,她想起海滩上,他指着万家灯火,说哪一盏也不属于他,他没有家。

这晚,贺主席也给曾董打了电话,同样没有接通。

来港城的时间,禁不起蹉跎,祭完陆福后,贺主席便拉着新萍拜访搬进安置房的那三户。新萍懂贺主席的意思,所以在与农户攀谈时,格外积极。这么多年来,她讲话从没如此利落。农户想再考虑考虑,也是人之常情。趁天黑前,他们从农户家走出来。

新萍想听嘉水的事儿,贺主席说李矿和连矿皆是雷厉风行的主儿,得到集团批准,说干就干。地皮是矿上的,嘉水用工便宜,一应材料,供给得当,两个月时间又一片生活区在矿上初具规模。李矿额外添了一所幼儿园,把村民子女中专以上学历的挑好的选拔,看护矿工的幼子,村民子女也可免费入园……贺主席还未讲完,新萍朝天挥了挥手,张开双臂,准备起跑。贺主席拉住她,她反握住贺主席的手,要一起跑。

贺主席说想去公寓找小楚。新萍心知肚明,他是又想见方董。贺主席活成变形金刚,换一张脸办一件事儿,一天下来,又哭又笑,又软又硬。现在他脸上正绽着温和,这温和是给方董准备的。

新萍独自跑远了,贺主席打车到了车行公寓。他知道方董就在这儿,这个把家搬到港城的商人,眼力见儿真不错,把煤矿占了个彻底。贺主席去过曾经的主井,搞得像个大农贸市场,全是广告,滚屏的、车载的,门头巨大,"远洋配件"这名字,像是在大海上漂来漂去,不管往哪儿漂,现在都与贺主席有关系,漂得好,就有钱,都是个机会。上回两人通话,酸溜溜的。这回身份不同,贺主席的底气不知从什么时候回来了,在一楼等待时,他一直打着腹稿。

这个方董,左等不来,右等不来,倒是杜主任生了一肚子气,下楼来透气。这女人未变,越发年轻,贺主席喊了她一声。杜主任回头一看,挤出一丝笑容,脑海里却划过庞队长,不由得想起庞队结实的身体,心底酸酸的,怪难受,不知是怎样一种情愫涌上来,她问庞队怎么样。身经百战的贺主席顺其自然地答:"煤好谁都好。"杜主任这一撇嘴,仿佛要老上十岁,贺主席没再看她,她却说方董就在楼上,不下来是不想下来。她和贺主席没什么谈的,扭着细腰远去。

贺主席独自耗着,待耗不起正要往外走时,感应门开了,小楚挽着小裙,活像丫头伺候小姐。好不容易被小楚说动的小裙见贺主席也在,仿佛受骗,推开小楚,独自上楼。贺主席希望小楚约下方董,小楚则让贺主席先回去,没她的通知,别擅自搞大规模的相见。贺主席志气满满地走了。

方董手一摊,说:"见面就谈钱,不是要饭是什么?"小楚回嘴说:"你才是要饭的,从上海要到港城,连煤矿的最后一根骨头你也啃净了。"方董鼻孔冒烟,主意她出着,话柄子也在她嘴里。方董说:"护犊子护成精了。"小楚唯有这个时候,最能胡搅蛮缠。

"你也看到了,账上没钱。"方董挠着手心说。

小楚说从渔具公司撤回来的钱远没用上多少,方董哧的一声冷笑,觉得她脑子进水,那钱不过九牛一毛,扔到水里顶多有半尺高的浪花。方董把自个儿看高了,小楚并没高看他,她要的是众人拾柴火焰高。

小楚说不管有多少先拿出来,嘉水的煤源丰富,有的赚,尤其讲到一些计划性的方案,方董仿佛看到又一个田中。计划没有变化快,方董就是从香港"变"回来的,说是打着包袱卷儿滚蛋一点儿也不夸张。方董怕这段屈辱的历史复现,弄不好所辖集团就成干爪子了。小楚不甘心,像上了弦,嘴皮子弹性好,伸缩到很晚也不见累。在小楚看来,一个女人以任何一种形式要钱用都很讨厌,她自己也不例外。就在三个小时之前,杜主任来过这里,和方董一阵暧昧后,就开始谈钱。方董觉得杜主任不识趣,说没了曾董,她连个屁也算不上。杜主任被一顿羞辱,气得伸出手要削人,被方董推了出去。

小楚不管方董怎么想,她站得正走得直,要钱也是正大光明地要,谁不知道她陆小楚这两年除了要岗位,就是要钱。

田中在台灯下,说是在给总部写回信,莫不是又痴癫,说疯话吧?现在总部的哪个会给他写信?怕是帮他弄材料的那个人问:"用完材料了吗?快还吧。"田中现在回信:"求你了,送我吧。"想到这里,她觉得挺解气,做配件这一阵子,田中没少说她,真是不给面子,现在她这样想,也算是没给他面子。她知道田中一直盼着回总部就任,这封信说不定是个毛遂自荐。她可不希望田中回去。

待田中回过头，她稍微紧张了一下。没等她说话，他就说港城的事业刚发芽，现在谈别的纯属擂台上塞秘籍。小楚不甘心，歪身坐在床边。田中去了趟洗手间，回来时手湿乎乎的。这可不是田中，他是一等一地讲卫生。田中甩着手上的水，说这样自在。田中点上一支烟，往后拢着头发，一会儿按下烟蒂，说："一起看片子吧，早已与你无关了。"小楚仿佛梦醒一回，眼前这个十足的商机钻营者，每时每刻先声夺人地唬着每一个弱者。世上女人多了去，男人多了去，谁过了谁的眼？哪个靠肉体留住了人？因此她厌弃那些自以为肉体值钱的男人和女人。配上影像后，真的很精彩，似乎惊涛骇浪，也似春风扫叶。田中吞着口水，她无动于衷。田中说："曾董就在港城。"她说："知道。"田中说："跟他谈钱？"她一串口水漫过整个口腔仍不作吞咽，而是借机去洗手间吐了出来，直接开门走了。屋内唱响了《蝶》。

小楚回去时，小裙已熟睡。这个心大脸大的家伙，处心积虑地搞分裂，小楚却一丁点儿也怨不起来。父亲写过妹妹像母亲，言外之意，就是不能说。关于妹妹私自求曾董的事儿，父亲多大的脾气都压得无影无踪，否则妹妹非挨揍不可。小楚挺佩服父亲的。

"嘀嘀"，方董给她发信息，说刚收到季度汇总报表，田中的方案有成效。小楚从床上弹起来，努力压着嘴角，双手插进发间，停顿片刻，给贺主席发信息说再等等。

清晨，小裙回矿上，围着新萍，像有聊不完的话，到了晚上，就和小伐发信息互动，一副办好事儿不留姓名的样子，可谁都知道她两头跑是为了什么。贺主席说小裙是为自己的事儿，新萍若是真去了，添把柴火火焰高。贺主席料得准，新萍收拾行李，跑到贺主席家，问什么时候走。新萍用咖色的发绳绾着斑驳的长发，眼神轻松且藏着期盼。小裙表示想再待几天，贺主席不同意。小裙朝贺主席发脾气。新萍说了小裙，小裙一声不吭地跑远了。小裙爱小伐，这是铁一般的事实。临行时，小裙指着贺主席和小楚说："自以为是的人，什么孽都是你们造的!"小楚和贺主席像商量好了,充耳不闻。新萍的嘴巴一张一合,仿佛没了气力。

偌大的矿区,早晚全是车市的影子,小楚想逃离的矿区已是渐渐隐退,她想送送新萍。

小楚拉开车门。新萍坐在副驾驶,眼皮通红,微喘着气,眼睛有些忙不过来,秦辛在时,她常出外学习,走了近半个中国,后来,眼珠子被捆住了。若不是小楚用车拉着,新萍心底是怕的,怕社会、怕人、怕道路,源于当初逃避一切的心。小裙心里美滋滋的,新萍通过后视镜看了几眼,转头对开车的小楚说:"有合适的,也该结婚了。"小楚噘嘴着,回头看了看小裙,小裙尖叫一声,说:"你看我干什么?!"本来心就慌的新萍,抖了一下。小裙声音小得可怜,说:"新萍姨,你别怕。所有的人都不如你棒,我在嘉水待这么久,我能保证。"说着看向贺主席,小裙现在任何时候都不放弃打压贺主席。过去父亲就常说,贺主席是官,肚子里有墨,而他就是个出力的,怎么能比得过。小裙替父亲的服气而不值,她是父亲的好女儿,谁让父亲难受了,就是让她陆小裙难受。小楚撇了下嘴,小裙也就是跟着大集体,就这脑子还不如线头儿。

新萍听出小裙话外的意思,回头望了一眼笑得很自然的贺主席,也就贺主席能办到。新萍吐了口气,说:"老陆说,给孩子们办办。"小楚打开车窗,初冬的风裹着沙石滚进车内。小裙抗议:"你穿得像棕熊,我们还冷呢。"小楚关上车窗,继续开车。

路上,贺主席接到三位农户的电话,答应了农民们的请求。贺主席说:"去时,让小楚派车去接。"小楚的脑袋越奋越低,小裙却说:"能者多劳,谁让你成天觉得本领大得能通天。"

小楚播放轻音乐《每一步》,和着小裙的嘲弄声,别有一番味道。方董来电,因她没告假,想拿来问事儿,小楚听着,就像小裙不拿她当回事儿一样,她对方董也是这样。在商品化社会中,企业里下级跟

284

上级时间长了,自作主张再自然不过。此时,方董果然盛气全减,支支吾吾,遮遮掩掩地只说了句"路上小心,早些回来"。

他们很晚才到嘉水。小楚贴着食堂停车。李矿问新萍一路辛苦,连矿在一旁似乎很激动。新萍一个劲儿地点头,目光专注。连矿安排新萍住招待所,遭到反对。新萍说要去宿舍,无人再反对。新萍提着行李走在最前头,越到黑处,越是小跑,没几个人能跟上她,后来走访塌陷路,新萍脚下有数,如履平川,平衡感特别好。当贺主席自叹不如时,新萍说,她不如陆福。

嘉水的宿舍与龙田的不同,楼层不高,也没装电梯,新萍住一楼。一楼闪烁着黄色灯光,夺目得很。新萍想起陆福的话——都走了,没人提要带他走,他又不能张口说,尤其不能当着贺主席说,再说了,要他一个老头子去吃食堂吗?病中的陆福也这样对新萍说,当时新萍拍拍陆福薄成面板的胸口,说过她要去了,就带着他。

宿舍墙面布满星星,白日吸足了光,一到晚上就色彩缤纷,新萍在一片零星的掌声中,站住了。灯开了,除了宋冰全是陌生的面孔。这些星星是宋冰的主意,为了欢迎新萍,专门去县城买的。新萍仰脸,看着屋里的塑料星片,躺下后也舍不得合眼。

女工们也不合眼,从各个角度打量着这位模样一般的女技术员。新萍不知道宋冰如何表扬了她,简直夸上了天。宋冰闹那一出儿后,时常会觉得自己遭人小觑,这次早盘算着使劲儿往新萍身上靠,和有技术的人成为好朋友,果然奏效。宋冰拿起暖壶,给新萍倒了一杯温水,新萍连忙说不用,坐起身子。宋冰挨着新萍坐下,她们并不熟,在龙田连十句话也没说上。异乡格外亲,这理不假,新萍瞅着宋冰一脸娇弱,又看向自己,笑了。宋冰也笑了,惹得女工们羡慕不已,也凑过来说话。这一夜,房间不时传出笑声。

第二天,不管新萍如何反对,矿上还是给她安排了单间。在龙田,她一直就住单间,来了嘉水必须配套。新萍得讨论矿上大事儿,得画图,集体宿舍影响她工作。望着还没睡热乎的床,宋冰委屈得直掉泪,再怎么镀上一层假金也不抵真金。新萍主动给宋冰打电话,聊天解闷,宋冰又像见了太阳,不无自豪地说:"女技术员找我聊技术上的事儿呢。"几个来回,女工们也相信,宋冰比真技术员不行,比她们还是懂许多技术的,要不新萍怎么让她做助理?宋冰就是这么说的,矿上名额有限,没有岗位,但技术员的活儿不能耽搁。

宋冰斗胆,专程跑到李矿办公室,半真半假地传递新萍要她做助理的消息。李矿哭笑不得。

"行啊,宋冰开始自我疏导了。"李矿拿起话筒对祁书记讲了一通。

祁书记说:"老李,没人背后议论的话就给使使劲儿吧。"

李矿说:"瞧你说的,新萍开口不容易,让宋冰去试试吧。"

祁书记觉得这回李矿真给力。新萍知道后,也愿意教宋冰。

小楚没听方董的,做不到早去早回,那几字真言早成了耳边风。越过一排排村民的生活区,小楚往食堂去。她一直没见着小伐,她猜新萍见到了。这只能猜,问不得。不过,新萍确实有两把刷子,一来便投入工作,看得多,听得多。有的说土地难整,有的说钱好使,有的说村民找事儿,有的说不找事儿活不成,末了,现成一句:"你给出个主意吧。"他们把新萍当成齐天大圣,以为新萍所到之处,皆斩妖降魔,新萍不表态,只是常和贺主席去看多处塌陷的位置:水心长着苔绒,红的绿的,腻歪得心里难受,尤其是凹凸处把一些乱头发束形,束成一些会呼吸的尖的长的方的圆的形状,里面充斥着极小的微生物,斜下的断纹处,锯齿样地密排着,土酥得很不禁踩,地底滋出的水从各个方向涌来,又分成好几个流向,后面的村子、前面的村子,全是。脚后跟黏着一坨沙子,前脚掌湿着。崖那边,有炊烟升起,有搭的连起来的棚子,在矿上闹事儿的那帮人,有些在崖腰处也安了家。

几天下来,该看的都看了。新萍和贺主席坐在路旁休息。新萍问:"你们一起坐牢那个,怎么没见?"越躲着什么,越来什么,贺主席说:

"没见着。"新萍问贺主席是故意避着,还是那人搬走了?贺主席没好气地说他哪儿知道!

新萍从挎包里摸出馒头、榨菜和两瓶可乐。贺主席说回去吃吧。新萍说不回去,一会儿找那个孙队去。贺主席问找人家干什么。新萍说孙队害他坐牢。贺主席狠咬一口馒头,说碍他什么事儿。新萍抽着榨菜丝,吃得挺有滋味,神清气爽的,说那就更没什么可怕的了。贺主席霍地一下起身,说新萍和秦辛一个病,处处揭人短。

现在谁说秦辛也触及不到新萍的痛了。她在石头上蹭蹭溅在裤腿的菜汁,问:"为什么不搞彻底了?"新萍像个上司一样看着贺主席,一点儿不假,新萍的身份是技术科科长,而贺主席是专程来奉献的。这小眼神,令贺主席不爽,什么科长?下面连个精壮人都没有,还得靠集团请来的专家临时凑数。新萍不动声色,有过严重心理疾病的人,相互对抗起来,闻气息,就能得知哪个会先败下阵来。

贺主席拧开可乐盖子,猛喝一口,一阵辣爽,说:"我知道你能,刘香青比你还能,快成矿长夫人了。"新萍拿着可乐瓶砸过去,说:"你就见不得我们好!"贺主席躲过瓶子,说:"我也没落好。"新萍说:"你更见不得陆福好。事已定局,你成天往人家里跑什么?跑出条人命。"贺主席没想到新萍如此盖棺论定,他想辩驳,新萍说:"你想孩子,你想老婆,可都不该跑。"

新萍这是故意挑事儿,以推动接近孙队的进程。因为她要找孙队,两位矿长并未投赞同票,若是贺主席再扯着后腿,这事儿就黄了。该跑的不跑,不该跑的乱跑。贺主席听出这个意思,就说:"去就去,早该去了,看看我俩谁恢复得快。"新萍建议先回矿区找村民打听。

他们在矿区没问出消息,村民怕惹上事儿似的,避免谈起。他们便去村里住家的问,老人听不见,一个劲儿地把他们往外撵,屋檐哗啦啦掉土,地面先是窝,转瞬开出一条沟。新萍搓着手掌,专家来了

287

几拨,没有钱也没用啊。老人更恼怒了,骂他们。这时,他们觉得应该问孩子,不该问老人。

孩子们最是灵通,争先恐后地讲孙队的住址。有个孩子画画好,还现场画了地图。贺主席如获至宝。孙队就住在崖腰,那些迎风飘展的衣裤里也有他的。看着很近,走起来远得要命,好在两人脚下生风,赶在天擦黑时到了。有几户村民出来看了看,就回去了。"走访的人早晚会来的,访谁都一样。"这是他们寄予希望的口头禅。

现在的孙队成了村子里最沉默的人,失去了当年挡路挥锨到连矿那里拍桌子的架势,自从吃了牢饭,他也明白了饭的千百种滋味,回来就老实多了。

房子很简陋,用土砖垒得不足十平方米,里外全有毡草,据说挡风保温,不通电,点着蜡烛头儿,每天早些睡,夜里省蜡,一早起来,太阳就是火种。

孙队家亮着蜡头灯。喊了几声没人应,贺主席推门,门径自开了。用手机照亮,孙队家乱得不成样子,就孙队他一个人,像只垂垂老矣的猴子,目光哀怜。看来孙队的家人也混在矿区讨生活。贺主席鼻子一酸,瘦弱的身体晃了几晃。新萍一把扶住贺主席,自我介绍是嘉水矿的技术员,想找他谈谈。孙队让他们进屋,又找来一个蜡头儿,屋里亮了一些,屋里只有几张小矮凳子和一个锅台。贺主席坐在一张小凳子上,张开手掌,往锅台上摸索,仿佛这锅台是待鉴定的古董。孙队没认出贺主席,递了一支烟给贺主席。贺主席接了。孙队说:"家里的去矿区享福了,我去不成。"说完,他哽咽了一下。

孙队说村民没有办法了,改天换地哪是那么容易的事儿,守着煤是好事儿,也是坏事儿。过去找矿上要的钱,也是乱添置着花了,到头来,苦的还是自村。说完,他抹了几下眼皮子,抖落烟灰。

后来,他就说起了姓贺的,说他们干了一仗,这仗干错了,谁也没落好,还撞到了枪口上,说姓贺的腰上最狠的一下子是他揍的,说着,他又抹了几下眼皮子,烟蒂落到地上,炸开一朵花。

孙队碾着坑洼的地面,说山穷水尽地没个头儿。他起身,烧水,取出三个碗,说一个人过,家什对付着用,从没指望着矿上来人看自己。贺主席一把攥住孙队同样干瘪的手掌,拼命地来回捶,当初他也是这么个动作,把孙队拉出战场想讲和,可孙队打得不能自拔,挥起一锹,撇了过去,贺主席就地连拱几个跟头,痛得直不起腰。

又续了两个蜡头儿,孙队站起身,把贺主席推到灯光下,上下打量着。"哪儿还有点儿干部的派头,还不如我,"孙队直到天明也没抬头,一根烟接着一根烟地抽,"穷折腾啊,穷折腾。"

贺主席见过孙队后,孙队转天就来了。孙队往矿区溜达,看见先搭的生活区也不敢靠前,怕村民赶他,躲得远远的。保安也对他置之不理,他蹲在矿区一角,卷纸烟。

后面的日子,贺主席和新萍继续往崖腰里去,挨户问。村民们的想法很简单:得有个住的地方,得上学,得种地吃饭。他们嘲笑搬进矿区的那部分村民,说:"看他们能待多久,瞎眼驴磨磨,净使憨劲儿。听说要给我们盖高楼,是不是真的?假的又有什么,不过几年后的一个笑话。"新萍听着村民翻来覆去地说着,就往架衣绳的树走去,使足力气勒紧了,衣裤欢快地长高了。

这天一早,新萍和贺主席刚要出矿区,孙队兴冲冲地奔向贺主席,手里拿着两包草烟。三人挨着保安室坐下,孙队先点了烟,说:"这日子确实没法过了。你们成天奔着山头问想要什么、想过成啥样,真是瞎问。"贺主席想托连矿给孙队安排个工作,孙队没同意,说名额有限,他跑去占一个,村民会有意见,他不想一辈子找骂。孙队说等下一批专家来,让他引路吧,他想在煤矿人和村里人面前干件真的大事儿。他把剩下的一盒草烟送给贺主席,说:"过去要你们的东西,现在还你这个。"

贺主席掂着草烟,说:"行业经济若带动不了地方生活,那行业

289

就成了纯粹的纳税人,我们上面有大的方针、大的规划,要因地制宜,别急。"

孙队跺了几下脚,说:"不急是假的。"

傍晚,贺主席拉着孙队去食堂,孙队说什么也不去。贺主席问他为什么。孙队说,什么孙队,叫老孙,老孙可不白吃白喝。说完他一甩胳膊跑出矿区,衣裤鼓着,让贺主席想起崖腰处的那截晾衣绳。

贺主席微张着嘴,一时反应不过来。

"过几天我要走了。"小楚不知什么时候站在他的身后。贺主席忙,没工夫搭理小楚。新萍说今儿歇工,贺主席在保安处,小楚就来了。小楚是第一次看到孙队,她不觉得他坏,也不是算计的人,是被逼急的人。小楚想和贺主席说说孙队。贺主席说:"你又来掺和。"小楚跺脚,用她时,非她进攻不可,不用她时,就是令人厌弃的加塞。

贺主席问她怎么还不走。她又一跺脚,说:"我走,我走,好像我走你们就能办成大事儿似的。"打老陆在的时候,小楚就喜欢在话上发狂,说起来没个收敛,就好像天老大,地老二,她老三。小楚是放心不下小裙,小裙处心积虑地想促成一件事儿,可是新萍来嘉水后,整个心思扑到工作上。小裙急得乱转,硬是不敢张口问,转来转去,就向宣儿吐露。宣儿免不了告诉小楚,由此小楚的心更堵了,找新萍说了说,却换来沉默。

当晚,小裙听说小楚最近有走的打算,刻意跑来说事儿,门砸得咚咚响。她进屋后,看到小楚在床上合着眼,不知真睡假睡,呼吸平稳极了,小裙干坐了一晚上,恨得天不亮就去食堂吃饭等上班,只剩下大白天亮着的白炽亮和床上的小楚。小楚的眼皮子裹出无数金丝,顺着屋檐线,散开。蜘蛛是墙角的常客,拦着不甘落后的壁虎。

二十二

这场婚礼是迟早的事儿,攒了多年的劲儿,就是为了速成。

贺主席没收到邀请,在宿舍喝闷酒。小楚没收到邀请,算是小裙给小楚的下马威。新萍那天喝醉了,一句话没说。

而连矿要做龙田矿的女婿、刘香青要做嘉水矿的媳妇这事儿一传开了,比小伐娶了小裙还要轰动。

刘香青是个爽快人,换了一身干净的衣服,化了淡妆,正大光明地去办公室找连矿,第一句就是"我们领证吧"。连矿紧紧抱住她,当晚送去一枚公主方钻,他们不怕人念叨地睡了一夜,整个夜空时刻响彻着炸开的音色。

刘香青邀请小楚参加婚礼。小楚说好。

"你说走就走,让我给你打工。"田中听完小楚的话说道。

小楚换上棉大衣,说:"国道上的合欢树秃了,我想去看看。"

田中披了一件衣服,说:"我也得出去透透气儿。"

谁知,小楚独自开车走了,田中又返回办公室,在电话里一顿叽里呱啦,又像是生气,又像是汇报。他告诉方董,小楚又要往煤堆里跑。方董也气得不轻,一时觉得集团真养了一个奸细。那是方董的事儿,与田中无关,田中就是生气小楚刚刚羞辱了他。他坐了一会儿,替小楚把她们的业绩折算一下,到底能不能撑点儿江山,他没底,可又不能不帮帮她,因此一边忘乎所以地折算,一边继续向总部有关人员汇报脱职后个人的"勤勉"。

田中和方董都猜对了,小楚这回又没告假,直接从合欢树下出发,一路向西。

一路走走停停,小楚到西沙时,已是凌晨三点。她叩了几次门,不见开,便拨旅馆的电话。卢嫂喝醉了,谁这么晚,还惦记个老女人?卢嫂瘦了两圈儿,肉褶子兜着喜悦,像接待亲戚一样,亲自给小楚放洗澡水,煮上一碗漂着油花的鸡蛋面。

小楚拿过一只空杯,从卢嫂的酒瓶子里倒了些,一仰脖干了,又把自拎酒启瓶一口气喝干,她眼角发麻,神色恍惚。窗外两株秃树,似曾相识,和国道一排秃着的合欢树相像。卢嫂一脸兴奋,又要去炒几个菜。小楚拉住卢嫂,从行李箱取出几包零食,肉干、梅干、花生米……卢嫂说小楚来一趟,还带着吃的,家里什么都有。小楚忽地眼一热,这话好久没听着了。陆福嫌她乱添置吃的,说家里什么都有。

卢嫂说小楚气色不好。小楚掰碎花生米,往口里送,说:"我带你去港城玩吧。""老弟在,不远游。"卢嫂这样说着,随手又开一瓶酒,美滋滋地喝着,"几度风雨几度春秋,风霜雪雨搏激流……"唱歌的人要结婚了,小楚这样想着,也这样说了。"是和连矿吧,他们般配。"卢嫂说着又唱起来,之后就唱唱停停,停停唱唱,刚要抬起的手指又慢慢垂下。风呼呼的,小楚顿时泪如雨下,想抱住卢嫂。

面囫囵成一团,小楚兑了点儿水,往口里扒,泪水仍没止住。卢嫂扯过几张纸,用力地塞给小楚,说:"不许哭,不许哭,哭了也没人看。"细流从卢嫂眼角滑过,"有什么哭的?有什么哭的?人家结婚你该高兴。有缘的,终是聚的。"卢嫂说她弟弟犯事儿,她去求过也是矿长的那个人,稀里糊涂地上了人家的床,事后,她还被那个矿长骂了。卢嫂说:"连矿说话算话,是个男人,矿长和矿长不一样。"小楚似乎听出点儿什么,更觉得这把年纪的卢嫂,活得真实。

"你想把刘香青给连矿的纸藏起来,又装作四处找,那时你的脸上全是慌张,我觉得很奇怪。"小楚说,"丢一张字条,能算得了什么!"

"她托矿长办的事儿要是成了,我就难受。"卢嫂又真实了一回。

"你现在彻底难受了,我不该来。"小楚说。

"没有,有缘的,终是要聚的,就像我和西沙有缘,一待就是这么多年。"卢嫂回头笑着,眼角的细流成了粗流。

卢嫂心中也有爱情,这恐怕是连矿永远不会知道的。小楚挣扎着内心的躁乱,理不清道不明,她替卢嫂心痛,碎了的心重新刺在肺腑上。什么是爱情,她说不上来,有男人有女人就会产生的那种东西吗?她觉得彻底糊涂了,心随着感觉,感觉飘飘忽忽。

小楚从行李箱摸出几件东西,这本是她临行时为刘香青准备的,却说:"连矿和刘香青让我捎来几件衣服和一副翡翠耳坠子。"卢嫂说:"我对连矿说过一辈子没戴过首饰,没穿过时髦的衣服,他记得?"小楚连连点头。连矿和刘香青一般不会往西沙跑的,贺主席出来一年多了,这地儿恐怕早成了过去式。有些情感无须天长地久,真久了生事端。卢嫂粗糙的手指不断地滑过这些东西,趁着高兴劲儿,回房了,再唱那支歌时,充满甜味。

第二天一早,卢嫂说:"有这些东西,也算没白……"后尾的话吞了,小楚知道是什么。

这一晚夜黑尽了,荒凉的冬风吹打窗户,小楚又留下一套化妆品给卢嫂,便驱车驶往港城。回去后,小楚回复刘香青自己身体不舒服,高烧不退,不能前去,而后转去喜金,道,祝贺祝贺!刘香青回信给她开了药方,并嘱咐有什么事儿一定和家里说。这个家,刘香青指的是嘉水矿,更具体些是她和连矿的家。

刘香青和连矿的婚礼再简单也没阻挡住一堆口舌。连矿第一次觉得煤矿人不淳朴,见不得别人好。能见得他们好的要数庞队,不断地敬酒。新人没醉,庞队醉了,一口一个杜主任地喊着,在一旁早坐不住的李矿,扶着庞队溜出席。两人在树下靠着。李矿说:"龙田一件喜事儿接着一件,是好兆头。"庞队吐出些秽物,说:"别他妈的扯了,一码归一码,矿上有好兆头是一准的事儿,可人没有……没有了,哪儿来什么好事儿?"

李矿说:"擦干净嘴,回去睡吧,明儿什么事儿都没有了。"

宣儿认强子,更认刘香青。小裙看不过眼,问:"你就不替你妈觉得不值?你爸待你妈有这么好吗?"宣儿说:"一时一景。人要这么活,不累坏了?"小裙说:"我爸走了,要是活着,他和我婆婆不敢名正言顺走一块儿。"宣儿说:"所以他走了。"说完就去开会了。小裙休婚假,不需要开会,坐在那里冥思苦想宣儿的话,还一阵阵犯着恶心。小裙想让小伐调到二线,没人帮忙。新萍说下井挺好的,这一句话就把小裙的话全堵上了。小裙想找小楚寻个主意,可一想婚礼的事儿,又觉得没脸。姐俩是你不给我打电话,我也不给你打电话,压着性子,跟时间赛跑。

最近,小楚并不好过,神经性头痛,身体一着床,心跳声咚咚,买回几副睡眠用的耳塞,一耳朵塞一个,断断续续能睡些,只是醒来,神经性的痛法,绕着额头后脑勺久久不离去。这天一早,小楚在电梯口碰到姜帅,她冲姜帅摆手,姜帅不明白这是再见还是稍等,就站在原地,提到杜主任去了"半月湾"物业、田中又联系上了曾董。一阵酸楚后,小楚让姜帅去忙吧,然后打开邮箱,点开未读的星标邮件。作为港城首家汽车后市场,现在一切井然有序——从上至下,电台报纸,明星助阵,循环摸排,已取得良好口碑。4S店疲软后,断后行业如一颗新星闹哄哄地升起,促进就业,促进税收,闲置的矿区又一次得到充分利用。最后一封邮件是方董的,重点是说不能将港城半新不旧的4S店挤死。小楚心里有底,4S店死不了,汽车后市场暂时搞不到原厂零部件,更多的凭技术。打江山的人,就得穷着干,就得挺着干。凡等着一应俱全,再端盘子上菜,恐怕肚子早被别的填饱了。市场也是这个道理。田中是借鉴着曾经的经验,先赢了一场仗,她的底气来自田中,她没什么了不起的。关上电脑,小楚耸了耸肩,心中的那股酸楚劲儿消失不少。

在事业的飞升期,方董到底没拗过她,用现有地皮迅速筹建了占地一万平方米的敬老院,几栋电梯洋房与后市场毗邻着。小楚又从家属区聘了两名厨师、两个洗衣服的、四个收拾房间的。

徐经理不甘落后,主动请缨要求担任院长一职。徐经理说得很感人,他说看护好老家属的生活也是为煤矿做事。她让徐经理来了。徐经理性子油,哄得上了年纪的老人满面红光。从家属区来到敬老院,从没事儿干到有事儿干,徐经理身上使不完的力气终于有了释放口,心肺力量噌噌往上涨。

这晚,徐经理约小楚到敬老院一叙,作为领导,小楚去了。本来喊着不进第三产业的第一人,现在干得热火朝天,徐经理酒杯不停,旁边还放着那个黑色布艺钥匙扣,像提示着和小楚过往的交情。徐经理之后说起秦辛的"任性",天生看不起当官的家属,才悄没声地走了。小楚不语,他看出她无意于这个话题,她也知道他想说的不是这些。徐经理又说现在矿上一提他,就像撞见小偷,把他毁得连站脚地都没有。他拜托小楚,有机会把他在敬老院的工作成绩,往嘉水说说,尽可能地把他平调过去。这徐经理,把敬老院当成矿业集团的一部分,而不是方董集团的一部分。

小楚喝着茶,没接话,而是详问了曾董与矿上的关系。

徐经理说的和小楚零散听来的差不多。曾董挖过煤,对煤矿人格外有感情,往港城开发地块时,也诚心到矿区拜访过诸位领导,徐经理被祁书记派去陪同招待。"那几年'半月湾'搞得特好,曾董大方,煤矿慷慨,真有点儿割头换颈的行业交的意思。国家政策给力,领导给力,煤矿兄弟给力,就连我们这些负责二线的,也特给力,上下争着干,抢着干,咱的煤挖得那个快呀。眼见着挖空,与'半月湾'的置气就开始了。别的行业没错,人家还环保呢。"

小楚说:"徐叔,你当初死活不走想搞污染。"说得徐经理不自然地挤着眼皮儿,说:"瞧你说的,老庞搞外遇,我不搞,我搞材料。我下来了,他干得顺水顺风。真是后院不起火,谁也碍不着。"小楚说:"庞叔离婚了,诚心要和那个女人过日子。你呢?"这徐叔东一榔头,西一棒槌,又要说些别的,怪不得父亲活着的时候,非揍他。小楚不客气地说:"你那叫偷国家资产。"她让他把操错的心收收。徐经理吐着舌头,想再讲题外话,她做了个暂停的手势,徐经理不自然地笑笑。她不想和徐经理讨论这样话题,这类事儿,走哪儿仿佛都令人特兴奋,一边骂着一边享受着,是常态,徐经理的脸已开始微红,也有可能是酒精在燃烧。徐经理还说个不停,她沉下脸,说:"怪不得我爸揍你,老大不小的年纪,刚给点儿活气,就把自个儿往死里整,还说女人爱扯闲篇,我看社会上就你们这些男人嚼舌头。"

徐经理臊得没脸,一口酒一口酒地往下咽。刚才微红的脸,还原成黄脸蛋子,他本来就是黄脸蛋子。

小楚特想听的事儿总结下来,还是那一点儿,就在她决定再硌硬曾董一次时,小裙来电话了,说和贺主席吵了起来。

一听这话,小楚的头更疼了。

小裙要回港城把钟玲和陆福合墓,贺主席坚决反对。小裙学着贺主席的吼声,号得小楚的话筒直颠簸。小裙说:"你知道什么?!你是有奶便是娘。你闭嘴,听我说!你以为我对贺主席好,是喜欢他?不过是为爸有个伴儿,爸那个脾气,谁和合得来?贺主席说的正是爸想听的。我到工会,也是为了爸。贺主席一心想调我去,我不去,他和爸就会疏远,这样一来,我下班,更方便招呼他到家。你当初对贺主席不好,我当然看不惯了,我怕爸不高兴。你以为呢?现在,贺主席要拆散爸妈,不可能!新萍姨和秦叔肯定要在一起的,就让爸单着……"说着,小裙哭得悲天恸地。

话到嘴边咽下了,小楚先挂了电话,百无聊赖地伸展身体躺在床上,觉得生而为人,就是来处理各类事儿的。她的神经痛,当下加剧着。她管不了,也不想管,任凭小裙的电话短信狂轰滥炸,她只回复了一句:"新萍和秦辛本来就该在一起。新萍和爸是借力量活下去,没有那些事儿。爸最爱妈,新萍最爱秦辛。祁书记说的。"

第一场雪很快就来了,姜帅护着杜主任微微隆起的肚子绕着院子转来转去,像是要引人注目。"这是要有喜事儿了!"小楚放开嗓子大喊一声。天幕像水一样震着,"半月湾"散播的光芒,小心地切割着月光。杜主任的脸色蜡黄,妊娠反应很重。姜帅说杜主任要留下来,小楚觉得不可能,但还是送了几件像样的礼物,让姜帅很有面子。

小楚当晚就告诉了宣儿,杜主任也退出了。宣儿淡淡地说虚梦都会碎的,就像那台宣儿自以为拉风的保时捷在矿区停久了,风吹日晒,老死的牲口一样。宣儿又说起小裙二次怀孕,第一回因父母合葬一事流产。小楚听后眼前全是妹妹痛苦无助的表情和贺主席胆战心惊的眼神,她走出电梯,坐进前厅,发现田中一动不动地看着窗外。小楚顺着田中的目光看去,多冷的天,那两人还在散步呢,冻流产了怎么办?想起小裙气流产了,小楚奔出旋转门,大喊:"快回来,快回来!冻坏了,就来不及了。"

杜主任黄着脸进来,没有一丝笑意,姜帅简单打了招呼,两人一前一后进了电梯。

"你什么时候有喜事儿?"田中收回目光,问小楚。

小楚去吧台开了一瓶酒,举起两只空杯子,说:"喝点儿吧,没有庆功宴,没有舞会为你饯行,你不习惯。"

"消息挺灵的。"田中说。

"你找曾董给杜主任安排工作,一边镀金,一边笼络人。"她说。

"姓曾的有什么好?有钱?"田中中指和拇指相弹。

她不想接话,田中说:"他去,你也去;你去,他也去。"田中又开始做假设、搞设计,把那片所谓的市场搞成精神病的园地。

"我哪儿也不去。"她说。

田中把衣扣紧了紧,说:"你说了算。"说完走了,没喝酒。

床榻松软,垫得像一块抹了芝士的蛋糕,花边枕头上的穗头骚动着,小楚一脸舍我其谁,她知道田中在门外,要走了的人,免不了想多搞点儿动静。可他丢了人,把人丢在她的床上。她没上床,一直倚着床看,看田中这个司令,表演一些搜集来的精华,自个儿把自个儿就那么玩了。丢了人,他丢了句"老了,老了"。她说:"是想的花样太多,反而什么都不成。"

小楚的花样不输田中,成也好,败也好,总得试试。她问嘉水治理情况,能不能将嘉水打造成赛车跑道旅游区,税收就业双保。这想法似一枚重磅炸弹,震得田中一头汗,比图书馆的计划大出好几圈儿不止,这也是田中做梦时想做的,也是那次去嘉水站在崖边想到的。时钟敲到十二点,他让她好好保护脑袋,说矿上自有道理。说罢,他回去收拾行囊。

一早,在向方董辞行时,田中直说把留他的高薪送小楚。方董没答应田中的要求。机场送别田中后,方董把田中的好意说了,后视镜里,小楚一手握着唇盒,一手划着唇刷,仰脸上妆。

她直起身子,让方董开到合欢树下。一排光秆子扎向天空,方董问她来这儿想说什么。

"为什么躲贺主席?"她问。

"简直无理取闹。这算是合作吗?这是往上砸钱!"他说。

她问:"哪个砸钱了?"

"成天往窝里搬东西。你兜里的钱谁给的?你有今天是谁给的?

298

还贪个没完！搞不垮企业,你不瞑目?！"他说。

"曾董的房地产搞得大,你不也顺手牵了几套民居,转手回来数倍的钱?你也从没瞑目过。现在打造美丽旅游煤矿,输入经济源,解决就业问题,让嘉水走上社会,让社会认识嘉水,你作为企业家,不光彩吗?"她下嘴皮乱翻不停。方董哼了一声,看样子能颤出鼻痂。

方董制止她再说下去,要求回公寓谈。小楚觉得回去谈也没戏,抓过文件,说:"没空。"又把文件扔一边。这些文件是田中留下的。

方董捻碎一张文件纸。她抓起纸片,扬向窗外。纸片逆风而回,打在她脸上。她不想曾董离开,她真怕田中一走曾董也走了,头痛欲裂,手指划过座椅皮面,不客气地打开火机,把文件烧了,扬了,合欢树下一地纸灰。方董眼珠子乱晃。她从后视镜里微微一笑,说"那份是复印件,给你的。田中部长做的原件在我这儿。"

"陆小楚,你不要欺人太甚!敬老院给你建了,面子全给了你!"方董吼着。

"从嘉水到龙田的距离,不过一座敬老院吗?"她问。

"你什么意思?还要什么?贪心不足的女人!要我说,你一开始就是抱着算计来的,你在给煤矿铺路。"他说。

"九牛一毛,妄自尊大。你有什么给煤矿?"她反问。

"你走吧!"方董手一挥,一脸的决心。

她一惊,干了十多年,想让她走,简直比登天难。

方董趴在方向盘上,呼噜声渐起。以她的了解,方董正为说了后悔的话遮羞。越来越紧的风吹净纸灰,吹得枝丫竖起,碰撞声喋喋不休。小楚的手机响了,曾董说他正在海边,海风快把腰杆子吹断了。方董一脚油门,车速迅猛,眼皮子折着一道痕。汽车很快地到达海边,小楚抓过包,冲着海的方向去了。

风卷破了海的宁静,像一张跳跃的无垠浪毯。她眷恋海的深度、广度和海底的各种生物。海的肚腹里藏着许多阳光、雨水,凡世上有的海底都有。她扶着齐腰的铁索护栏,目不转睛地寻着"半月湾"的建筑,眼前全是兄弟们可爱的笑脸。她曾为这一切使的力,成了美丽的过往,她叹了一口气,曾董在哪儿呢? 要和她说什么? 也许路上曾董和田中谈崩了,各怀恨意在心,就此不再往来? 想到这里,她手脚发麻,脖颈泛冷,胆怯地四处看了看,她知道自己并不比田中更有能耐。

曾董越过一排石刻的海洋生物,喊她的名字。她莞尔一笑,轻盈地走过去,刚要握手,曾董张开双臂给她一个拥抱,但很快就放开了。她迈着石阶往前走,这才觉出海腥气扑鼻而来。曾董的脸湿乎乎的,十足的中老年男人气。她偎着铁索护栏,问他最近忙什么。"养老。"曾董说。小楚腼腆地笑了,说:"你养老,好多人去哪儿就业? "曾董挥挥手,说:"不祸祸国家就是好的,"接着又仰起头,"反腐也靠我。"摇晃得像个泥娃娃。

曾董问起贺主席的情况,小楚含糊地说了。曾董知道的情况远比这些多。嘉水已经启动招标,他手头的票子仅是九牛一毛,而她运作的事件更是只占整个事件的一小块面积,更大的规模正在路上。

她问:"你不想来吗? 做个大的。"

曾董清楚这不是自己的买卖,这是国家事业,要在法的框框中换成另一种工作状态。他指着另一块地界,说:"若没有那档子事儿,这片早开发了。也好,保护海洋生态,就像龙田迁出时的口号,真大气响亮。"他让她说点儿事儿来听,她的脑子已经跑题。这女人犯起情痴,真够呛。他无意,那她的心何必为他高悬? 她随即摆出另一副姿态,提出有限的见地,主要是想促成资金并拢。

他说当官的躲他远远的,踩过雷的人,办什么事儿都不会顺当。后来,他说了一句"田中在日本等我"。她才知道,他们没吵起来。

她从包里拿出一封信,上面全是妹妹小裙想对曾董说的话。曾董接过来,直接扔向大海。

二十三

　　小裙妊娠反应厉害，无处撒气，便拨通小楚的电话，骂了一通。小楚一声不吭，待小裙渐渐没声了，才说："你要保重身体，我错了，我改。我在收拾东西，过几天去看你。"

　　小裙说："你想好了，我生了孩子，就回港城给妈妈迁墓。"

　　小楚说："你想好了，就行。"小裙说："有来看我的工夫，去找贺主席说说，别到时候犯疯，影响爸妈的事儿。"嘭的一声，电话挂了。小楚点开贺主席的电话，贺主席没接，她又拨，贺主席接了，以为是为了投资建设的事儿，格外激动，说："方董没见我，心里有数着呢，买卖做得大，全不是空口来的。他有发展眼光，嗯，会看哪里有活水。曾董那边也使使劲儿，不行的话，我再回趟港城。"

　　"不是……"她说。

　　"那你说，你说说我听听。"贺主席说。

　　"我……投资的事儿，不能急，什么事儿都不能急。"她说。

　　贺主席慢吞吞地问："你要说点儿别的？"

　　"爸……"她欲言又止，拿起自动铅笔，不断地写着，"不想说，不想说。"一页纸飞快地画完,笔画相连,看起来更像一堆草。

"你说吧,只要不是我和你妈的事儿,都不算事儿。"贺主席咳了两声,走到饮水机处,盯着空桶发呆。电话里没有动静,严格说,这一会儿,谁也没说一句,她又画满一张纸。贺主席先挂了电话,随后扑到空桶上,一动不动,像是死了。

一早,小楚飞往嘉水,她觉得快要疯掉了,神思恍惚,心肺一抖就要哭喊,她怕自个儿真得病了,路上她打电话给刘香青,得到一句"没事儿",一句"有事儿就去跑两圈儿"。

出机场,她巧遇祁书记,两人说了一路,行至山脚下谁也没提打车。她喘着粗气,长期不锻炼,腿脚走起来直打晃,刘香青说得对,是该跑跑了。祁书记手搭凉篷,五颜六色的衣裳浮荡在山间,远山近岭,稀疏散落的一些人家。贺主席说专家来过四批了,龙田那会儿也差不多这个数,她在外人面前称爸是贺主席,好像这样叫格外亲。

"曾董去日本了?"祁书记问她,随即停住了脚。

"不知道,前几天还见过。"她说。

"曾董给港城做了不少实事儿。"祁书记说。

她第一回听人说曾董好,不自主地哽咽了一声。

祁书记用力拉她一下,说:"你怎么了?成宋冰了?"

她使劲儿吸了一下鼻子,声音听起来颇为有力,说:"这里能建旅游赛道实验基地多好,无限风光在险峰。"

再次放眼,雷闪齐鸣,冬月了,看来这地儿的雨水偏要多起来。果然哗啦一声水柱从天而降。二人躲进一个窑洞,里面好多祭祀的东西。她觉得宣儿说过这个地方。她蹲在一边,耸着肩,一脸惨黄。祁书记说宋冰这回要转做协管员了。她回头说这个合适。祁书记说宋冰聪明,没机会读书罢了。她再次回头,心想秦辛说得不假,这些当官的想给家属弄个像鼻子像脸的工作,就得一个劲儿地贴好标签。宋冰嫁给祁书记十几年,条件好得很,为什么不学?她笑了笑。祁书记见她笑了，也没再接着说。

一个老农探头进来，说这雨停不了，他的三轮车有帘子，送领导们回矿上。村里人一眼就分得出矿上的人。当祁书记问老农怎么知道他们是矿工，老农自豪地唱起歌。

小楚和祁书记扶着铁棍子，一侧坐一个。这车开得似蹦极，提心吊胆不说，老农还用歌声吓他们。听调子似乎是民歌，但词不达意，个别词后面，噢的一声。小楚问他唱的什么，他露出油乎乎的神色，说："我见过你，你和一个后生去过那窑。"她觉得老农说的是小裙。老农旋又指向那些五颜六色，说："那边我有家，矿上我也有家，盖了楼，我再有个家。"老农一路嘴巴不停。

她嘶着气，仿佛被人空悬在峭壁间。村民知道点儿事儿，能把芝麻比画成西瓜。她微微地别过脸一路低着头。直到老农把三轮车开进矿区，她大声喊着停。老农指着密密麻麻的一户一户划分的"区域房"，跳下三轮说到家了。

贺主席递给祁书记一支烟，祁书记狠狠地拥抱了贺主席。几人去了贺主席的办公室。贺主席说："农民不能失去土地，就像矿工跑多远也要挖煤。"指着很远一片黛山，"那边土地好，适合种作物，专家说的。"

"好远啊！"祁书记感叹道。

"嘉水人身有绝活儿，奔山走崖如履平地，何况还有农用车。"赶来的连矿积极地修改祁书记的情绪。连矿拿出一张图纸，通往黛山的路弯弯错错，发现这条小路的就是那位老农。老农来了，没看他们，而是很自豪地说开车上山没问题。新萍和孙队推门进来，各拿一个厚本子。

"材料是安抚民心的有效武器，谁要是有情绪，我会把本子往厚巴掌上甩两甩，大人物正往这边来，要开建啦！二十一世纪，寻求各行业交互合作，是一个大走向。"孙队特会重复贺主席的话。

夜里，小楚住进招待所。宋冰一进门就拿着小楚的大衣往自己身上套，爱不释手。小楚把它送给了宋冰，而后让宋冰讲讲小裙的情况。宋冰神秘兮兮地说，小裙二次怀孕，真佩服新萍观棋不语，好像不是亲生的，好像秦辛走了，她也走了，从没见一个女人这么不顾孩子的。宋冰的嘴突突地像机关枪，直说到打着哈欠走了。听了这些，小楚睡不着了，打着手机电筒往妹妹的住处去。窗前一个人影晃动着，像是小伐。小伐记得母亲咬着床罩，口水拉出晶莹的稠丝，时常半夜烧一壶开水，抱着热暖瓶，扭曲着脸不出声地闷哭，身子软下来，倒在地上连个扶的人都没有，而他只会躲在被子里哭。陆伯伯来了，帮着烧水、热饭，用一双有力的手，扶过母亲因思夫而瘦下去的双肩，让母亲挺住。还有呢，他摇着脑袋想不起来。陆伯伯围着矿区跑得飞快，像只温柔的黑豹。母亲似乎重燃信念，等着烧水、热饭，被扶过的双肩燃出力量，可他瞪着类似放毒的目光，宣示主权，边哭边把步子压到最响。他竖起一道屏障，彻底把陆伯伯安排到了路灯下。可是那天小裙说他们是相互借力活下去，说她父亲只爱母亲、婆婆只爱公公，说这些是祁书记说的。那时，小伐把碎片过往重新整理一遍，看向小裙，眼里布满泪光。

小裙起来喝水，问小伐怎么不睡。小伐搂过眼圈儿乌黑、瘦得厉害的小裙，陪她回卧室，哄她睡去。小伐睡不着。

第二天区队点名，大梁子说小伐的图纸行之有效，应当加薪。庞队曾在中层会上提过这个想法，连矿赞同却无下文，庞队便不好再提了。听罢，大梁子冲动起来，说要找李矿谈谈。庞队挡住大梁子说会上再提。小伐不让提，说把钱用来投资做建设是目前最重要的。

庞队佩服小伐的主人翁意识，从龙田到嘉水，本以为这孩子揣着心眼子，倒不如说这正是秦辛那把火的继续燃烧。

一阵吵吵声，便知是宋冰，她是借着祁书记的到来来闹情绪的。今早的中层会上，矿上正式吸纳刘香青进工会。刘香青泼辣能干，对兄弟们的脾气摸得透,对入住矿上的农民也有安抚作用,如此人才正是矿上急需的。李矿和连矿站到一起,共同举手表决同意这件事儿。宋冰缓过劲儿,极力要求重回技术科,而且得做真正的技术。祁书记可不敢对宋冰使力了,上回脑震荡,这回指不定再造成哪出。李矿早知道宋冰会来,所以散会就走了。

列席会议的贺主席和新萍,一个没走,一个走了。贺主席要留下连矿再请示事,争分夺秒地浸在环境中思考下一步,但鉴于有前期宋冰制造的心理阴影,他们也摆好了应战的架势。

宋冰说:"你给你女人做事,怎么一点儿不考虑别人?这矿全成你家的了。"这话一出,连矿气得要命。贺主席让宋冰少说几句,宋冰矛头一转,说:"你是谁?轮不到你说我。"祁书记尽量压低声音,劝宋冰先去上班,宋冰知道祁书记不敢碰她,索性推开祁书记,指着连矿说:"你让你那口子,学学隋强,从技术科主动下井,从不你争我抢。"

听说宋冰又去闹,一贯脾气不让人的宣儿早想与这个女人干一场,欺压连矿的这句重话就是欺压连宣儿,宣儿便抢过话头:"就你会争抢,技不如人,还转着圈儿丢人。要不是有祁书记,称煤也不用你!"祁书记的脸色一沉。宋冰一跺脚,满眼泪花,"你们都欺负我!"连矿瞪了宣儿。祁书记搂着娇妻说:"宋冰是没什么文化,没什么技术,可也服从安排了,不是吗?"祁书记看着连矿,贺主席打着圆场:"好了,好了,宋冰的事儿再请示李矿商量商量。"

"不行!不是说不走后门吗?要上也是小伐上,隋强也行。宋冰会什么?"宣儿继续说。

连矿喝住女儿,觉得她还是把这里当作私人矿的天下。宣儿鼓着腮帮子,斜了祁书记一眼,扭身走了。

晚上,庞队去找祁书记。宋冰扭着脸,双眼肿得像核桃。庞队一个劲儿地表扬宋冰的针法好。祁书记夸赞宋冰样样拿得起放得下。看样子哄了好久,瞧祁书记这一脸汗就知道了。庞队说连矿偏心,占着龙田的一个女人,欺负龙田的另一个女人。宋冰为这句话叫好。祁书记提高声音,严肃地教训庞队,自由恋爱,明媒正娶,天经地义。技不配位,何来岗位?不要东挪西凑打击人。祁书记心里透亮,庞队把杜主任一事儿全赖给了连矿。

祁书记问庞队有什么事儿。祁书记哄宋冰不想断了节奏,说:"明儿我找你去。"庞队急忙说徐经理托他传话,想来嘉水,签个协议干什么都行,下井也行。时间果真把人的心肝脾肺大修了,这小子!眼见着宋冰的毛线球滚出很远,祁书记说:"他终于知道下井也是个机会了。"宋冰冷着脸,眼里又是一汪泪。

庞队看出祁书记心不在焉,起身要走,宋冰放下手上的活儿,让庞队再坐一会儿,他又坐下了。宋冰要让祁书记当庞队的面说点儿她爱听的话。"矿上全是妖魔鬼怪,欺负可怜的宋冰。"宋冰逼着祁书记说李矿是妖魔、连矿是鬼怪。先前祁书记不说,觉得太没原则。宋冰不依,跳着高儿让说,要么就伏在茶几上哭,说自己头疼,脑震荡刚好不久又开始疼了。这招儿好使,祁书记像是被充了电般重复了好几遍,宋冰破涕为笑。看着祁书记挤眉弄眼的样子,庞队觉得祁书记也挺不容易。

贺主席怕祁书记太护妻,一早拦住说说笑笑的两人去餐厅唠唠。宋冰剜弄着指甲,低着头,听他们说什么。贺主席给她一个鸡蛋,她接了。

"你和刘香青争什么?你有的她有吗?"贺主席问。

"她有,她是矿长夫人。"宋冰那样子,就像谁把祁书记的矿长位子抢了。

"她十几年怎么过的,你忘了?"贺主席说。

宋冰小声饮泣,放下剥了一半的鸡蛋。祁书记把鸡蛋放回宋冰手里。宋冰一歪头,不看他们,啃着鸡蛋,说:"秦辛说了句屁话,你们能嚼半辈子。"他们对视一眼,谁也没说话。宋冰吃完鸡蛋,小口喝粥,依着祁书记说:"我也不容易啊。"祁书记让宋冰有空找小楚聊聊,说小楚谁都不靠,还帮着矿上做事。

宋冰生气了,说:"要么就不住宿舍,跟着你去嘉水,你到哪儿我到哪儿。我为两个矿做事去。"祁书记觉得这样也好,他带着宋冰,矿上有什么事儿就干点儿什么事儿。

宋冰向新萍辞别,前不久不是新萍不带她做助理,而是她在真正接触这些时感到枯燥,她一味地要求做技术,就是想顶个技术员的名干着简单的活儿。这比秦辛当时骂的情况,还要严重好多。

小楚走在祁书记之前,是贺主席让她回去的,在矿区转来转去能转出什么。贺主席压不住自己的脾气,所有事情的发生使他无暇关心小楚。当年小楚要是能和他说句话,他肯定会激动得站不住,现在不同了,身心像重新反应一般,照搬了陆福那一套。何况,小楚这次来就是和小裙谈那件事儿,竟对贺主席只字未提,看来姐俩儿还是一条心的,贺主席不知应该高兴还是难过。

二十四

　　田中发来消息，说日本总部重新聘用他。田中仿佛历经了窒息的痛苦，现在终于可以大哭、大笑。

　　小楚高兴得蹦了起来，于她来讲，这个个子不高，身材干瘦的男人，仍是她未来事业的领路人。她回复了一封热情洋溢的赞美信。田中的回信则极其平淡，不像第一封信说得又多又碎。田中如何回复小楚不在意，她在意的是方董从此对她的态度。

　　方董怎么也没想到，田中能坐回原位子，他的心呼哧呼哧喘着粗气，觉得当初那儿戏般的事儿更儿戏了。谁知小楚却来了一句"江山是熬出来的"。

　　最没想到的要数杜主任，得知田中复职一事后与姜帅连番地吵。姜帅怕她动胎气，一声不吭。吵得最厉害那次，杜主任早产了，七个月大的孩子躺在保温箱里，活像一只剥了皮的小鸡。杜主任不去看孩子，成天喊着国外人不坐月子。她联系上田中，要马上去日本。姜帅急得眼内血丝暴胀，工作生活两头跑，赚的几个钱全交给特护了。现在谁也留不住杜主任，她不顾未恢复的身体，扔下一枚樱花胸针，直飞日本。

气得发抖的姜帅回房砸了电视机,撕了床单。方董找他谈话,他不去,扬言要去日本找田中算账。小楚听了嘴角一挑,把姜帅推到椅子上,说:"田中承诺杜主任的事儿没做完,现在正是补缺的时候,你发什么疯?你去田中也是欢迎的,两口子一起走吧。"姜帅低下头,满脸的胡楂抖得厉害。小楚拾起床上那枚胸针,当初送的时候,娇艳,如今更娇艳。

该走的都走了,没走的,等看春暖花开。小楚驱车往"半月湾"去,越过一排排建筑群,不巧曾董的宝驾正停靠在安置房小区的道边上。小楚下车看车内无人,寻着路往前走,熟悉的身影回过头,两双亮晶晶的眼相对,似有很多的话要说。曾董从裤袋里摸出一张旧相片,相片上一个身材瘦弱、眼睛有神、嘴唇很厚的年轻人站在煤楼前,真怪,这肩头竟不一高一低了。小楚接过相片,对着阳光看,问:"这是你吗?"曾董嘿嘿一笑。

"我车上有酒,喝点儿吧。"曾董说。

小楚环顾四周,一时不知所措。她随曾董到车上。两人各举一瓶,碰一下喝一口,碰一下喝一口,喝得酩醉,一个向东倒,一个向西倒,睡着了。

这几天,嘉水又闹翻了天,由于天气冷,冻得村民老婆叫孩子闹,关节疙瘩连成球,走起路疼得东倒西歪。"专家来逛街的吗?矿上吃剩饭长大的吗?骗谁不好骗老百姓?这拖了三几个月,毛动静也没有,兔子急了还咬人呢!"

他们就是骂着说理。贺主席几回抱住孙队乱跳的身体,把孙队抱得没了脾气。在场的人都掉泪了,唯小裙把攒了许久的怨恨目光投向贺主席。

贺主席还想说煤好,油亮的,不差钱,上面自有安排,这事儿说办就办了,可话到嘴边咽了下去。孙队因受不住各村领导班子的这顿怨,二话不说,找来一把锹铲,一路敲回村子,地上一敲一个洞,孙队高声喊:"还要往上面报几年?!屁动静没有,倒是锣鼓喧天地欢迎专家组,送走实验组。"

最近一次专家会上,贺主席急过,把专家惹得不轻。事后李矿批评他:"你的觉悟呢?有头有脸的专家,那是在总结经验继往开来。"贺主席觉得时光在老,人在变,他和李矿倔强到头还得去给专家赔礼道歉。后儿拨专家的看法又与前面的专家统一不了,侧重点不同,得出的结论及如何整治安抚的措施更是大相径庭。原来以为就差钱,现在看来人越多,考虑的问题越多,事儿越细,越难使讨论定型。土生土长的村人,没有土地耕种,确实无法生存,举家搬迁到更远的山头,人力及机械化施展缓慢时有停滞,说再多也是纸上谈兵。

新萍建议先改变土质,平整塌陷,建房和发展旅游的事儿是后话。新萍不和专家吵,吵来吵去就为红一次脸吗?个别专家爱跑题,冲着假大空直喊,新萍就安静地说不落地的东西就是个废影,开会成了耽搁时间、糟蹋人。但新萍的意见还是被个别专家推翻了。新萍没像贺主席那样再次反对,毕竟不像龙田当年天时地利就是人不和。现在三个条件,每个皆跛着一条腿。

孙队把锹一放,蹲在地上,眼圈儿先红了一半。

小伐怕孙队硬来,喊来大梁子,凡是小伐的事儿就是大梁子的事儿。孙队睨了一眼,低头只顾吸烟。眼前的难景,使贺主席想出了个主意,过去军民一家,现在企矿与农民亲,干脆把村民安置到家属区和宿舍楼里,一户虽只给六平方米多点儿,起码不冷了,也算是提前体验住楼。

暂时平静下来的农民,说:"天热了,还搬到院子住。"李矿拧着眉头,说:"夏天若还没有转机,我就得请辞回港城养老去。"贺主席把原话转述给孙队听,孙队吓坏了,怕李矿这行人走。这些当官的办

310

得慢是慢,起码有管的。换个不管的人来,遭罪的还是他们。因此孙队闹腾得少了。

孙队回去打量着分给他们家的六平方米,哭着笑着,不知说什么好。这么五口人,平着躺进去,只能挤着睡,倒是暖和。白天就干坐着,你瞅我,我瞅你。有些人家,孩子连个写作业的地方都没有。矿上管饭,馒头和菜。就这样的境况,孙队还是邀贺主席进家喝酒。贺主席觉得孙队臊他,提议去食堂。

开了一瓶老白干,贺主席负责一杯一杯地倒,孙队的口中渐渐有了一股烧焦皮子味。

"兄弟,这行业,对不住咱的乡亲、咱的城市。可各行各业需要煤,咱这些煤娃子靠它吃饭、养家。国家也等着咱的大丰收。"贺主席说。

"哪天不是鼻孔黑,眼屎就从没白过。祖祖辈辈这样过,心疼死爷了。"孙队骂道。

贺主席无话说,憋出一股子气,把空酒瓶子往脑门一磕,几根红色的蚯蚓陆续滑到嘴边。孙队住了口,让贺主席去缝针。贺主席手抹脑门子,说:"没事儿,抓把长毛土撺上就好了。"说着踉跄地走出食堂。孙队跟上几步,说:"你这是跟我置气。"贺主席去了矿医院,正在聊天的小裙吓了一跳,问:"这是怎么了?"贺主席说:"被瓶子搞的,没事儿。"小裙怪叫道:"我还以为多大事儿呢。"转身走了。贺主席让孙队也回去,孙队却问医生要些感冒药,医生说要开处方交钱,孙队理直气壮地说:"矿上给我买。"贺主席花钱买了一瓶,让孙队带了回去。医生说:"这医院早成菜市场了,谁都可以逛,拖个兄弟进来逼着给他们开药。"医生是龙田来的,认得贺主席,不免牢骚满腹。贺主席说:"没办法,先这样过着吧。"

傍晚,小楚给贺主席打电话,说疗养又迎来第三批客户,几个产业并驾齐驱,客源比港城其他店不知多了多少倍。尤其配件公司一路绿灯,二手车市场刺激了旧车生态,港城这边没棘手事儿了。贺主席问投资的事儿,小楚没吱声。贺主席又说起合葬的事儿,小楚没表态。贺主席叹了一口气,额头裂开般疼。

放下电话,小楚挪步窗前,喊来姜帅,先把他好个看。他跟了她快十年,打眼一看就知道下一步要说什么、要走哪儿去。小楚说:"别遇点儿事儿,成天抓虱子搁头上放不下。"姜帅把腮帮子咽进牙槽儿,像只倒霉的老狗。

"你想去只管去。"她说。

"我去,会死在那里。杜主任不会跟我走。"姜帅说。

"你心里什么都清楚,还哭丧着脸干什么?那么多事儿等着你。我说了,明年你接手二手车店总店长。"根本无须请示方董,自田中做回原位置,小楚的地位越来越高。每回,方董都像献殷勤似的说:"请示陆总好了。"

姜帅说人生没意义,他想去挖煤。这话带着羞辱,她问:"井下是和尚姑子庙,看破了人生的才要下井吗?"姜帅说:"陆总,我不是这个意思。"小楚叹了口气说:"在哪儿不是挖?活着就是挖心,不断地把心挖出力量。"

"你真要去?"她又问。

姜帅没回答,转身走了,一会儿回来说方董叫她。

方董在一楼喝着茶看账,这回钱是真数到手了,原上海的办公楼所获租金能租二十几个矿区办公楼不止,这也仅是毛毛雨,让他数到手疼的要数港城产业带动各地的事物,一派欣欣向荣。

方董划给她一千万元,作为奖励。"滴滴",一连串数字闯进手机屏幕,这密码小气!她摸过他的烟,往口里叼,他给她递火,火苗隔着二人的脸,烧得炽红。

"你不用说,我不想再为别的行业做无用功,明白吗?"方董说。

"行业间一盘棋,什么你的我的。"她说。

"你端的谁的碗？"方董说。

"我们都给社会打工。"她说。

方董冷笑一声，说："哪个社会？煤矿社会？"她说要回房取一份材料。方董没反对，多待一会儿，聊什么都一样。

接过标书，方董像个近视外加花眼的人，贴着内容好个看，有种想要将标书吞下的冲动，眼光中跳跃着金子，仿佛有的赚。但他不信她，她是个会宣传的人，永远把遥不可及的利益放在最前面，当然，这也是他喜欢她的地方。过程方面，不用他操心，两头她都有吊打一通的本领。过去，他讨厌姜帅的工作能力，成天汇报工作，屁大的事儿也问来问去，问得几个部门反感，得让人喂着一口一口吃，现在姜帅跟着她也算出师了。想起这两人，方董似乎紧张了一下，随后，他把标书往桌上一放。

"怎么样，方董？"小楚问。

"我说了不算。"方董说。

方董拿走了标书。

她相信方董要为此召开董事会。一块冷月，拼上天空。她敲姜帅的门。

姜帅的女儿"小月亮"正睡着。小楚在摇篮边张望了一会儿，说："曾董走没走？"

"走了吧。"姜帅垂头丧气地说。

"哦，我同意你去嘉水。"她说。

姜帅说那是气话，好不容易打拼出了点儿样子，他不想离开他的女儿。

"我想了想，把小月亮交给刘姨吧，比让公寓服务员照看得好。"她说。

姜帅挪步摇篮旁，双手攥着篮柄，青筋胀得老高。小楚说将来那边的事业建起来，会给他一个更好的职位。远处的馅饼，听着似乎香，但眼前一片迷雾。小楚不是和他商量,而是命令,这么多年,他再清楚不过。他说好。

小楚回到房间,抱紧被子,渴望那个男人临走前会来到身边,她再次难受地咽下排山倒海的洪流。她莫名其妙地把电话拨给宋经理,老人夜里惊霍霍地起身,极为关切地问她有什么事儿。她把宋经理约到车上,伏在方向盘上痛哭起来。宋经理连打几个喷嚏,她要送他回去。他说她心里有事儿,让她别闷着,说现在年轻人焦虑得很,压力大。

她问宋经理喜欢过人吗。他说他和老伴儿是经人介绍的,两个人过日子,挺好,去年老伴儿走了,一个人慢慢习惯,没喜欢过谁。那副玳瑁眼镜就是他妻子送他的,一个时代的标记,没什么喜欢不喜欢,可没了它就不行。和他说这些,好像没有切入点,这老头儿像个外星人,不懂地球人的感情。她说方董开会谈去嘉水投资的事儿了。他一阵嗟叹,说保住港城这几块也挺好,别折腾了。她猛地一踩油门,把他吓得不轻,连忙改了口。"这病还没改。"他不客气地说。

"那后来呢?"她为了避嫌,此事一直弃权。"还用说?方董就想着赚钱,又要一意孤行了。"他机械性地甩着头,好像脑海里有许多想法,不尽如人意。一颗定心丸落下,她仰起脑袋,滑开天窗看向不多的星子,问:"你相信,未来一片光明吗?我们是来这个世上取火的人。"

宋经理枕着椅背睡了,她说个没完,呼噜声顶替了寒风声。她拉过车后座的毯子,盖在宋经理腿上,又拖过另一张毯子,盖在他的肩头,关小天窗,开了暖风。她下了车。

凌晨四点已有晨练的人,她什么时候才能轻松下来,真正为了休闲而跑步呢?她踮着脚,跟在晨练人的后面,过来一个慢跑团,港城经常出现这类群体,在她看来,所有的一切都为了强身健体。吸一口冰冷的空气,整个身体仿佛浸在薄荷液中。她拿出手机,拨通曾董的视频电话,通了,影像清晰极了。曾董扶着铁索栏杆,正目视大海,迎接远帆。一团红光撑着白色的面纱,浮游在海上。风太大,听不清。越听不清,越喊起来,越喊,被风刮掉得越多。不知是风吹出的眼泪,还是眼窝子被这个清晨的露水洗了,阳光下,汽笛声砸开新的一天,绕着城市开始重复长跑。